하늘의 여신 누트의 벽화. 당시 이집트인들이 생각한 태양의 이미지를 잘 보여주는 그림이다. 이집트인들은 밤이 오는 것을 누트 여신이 태양을 삼켰기 때문이라고 생각했고, 여신의 몸에서 다시 태양이 태어나면 낮이 온다고 생각했다.

테베의 '영원의 신전' 라메세움에서 발견된 람세스2세의 거대한 흉상
높이 227cm, 무게 7.25톤

신성한 매의 날개를 단 이시스와 네프티스가 날개를 웅장하게 펼쳐 보이고 있다.
미라를 넣은 석관을 둘러싸고 있는 삼중의 황금관 가운데 가장 안쪽의 황금관 벽에 있는 그림

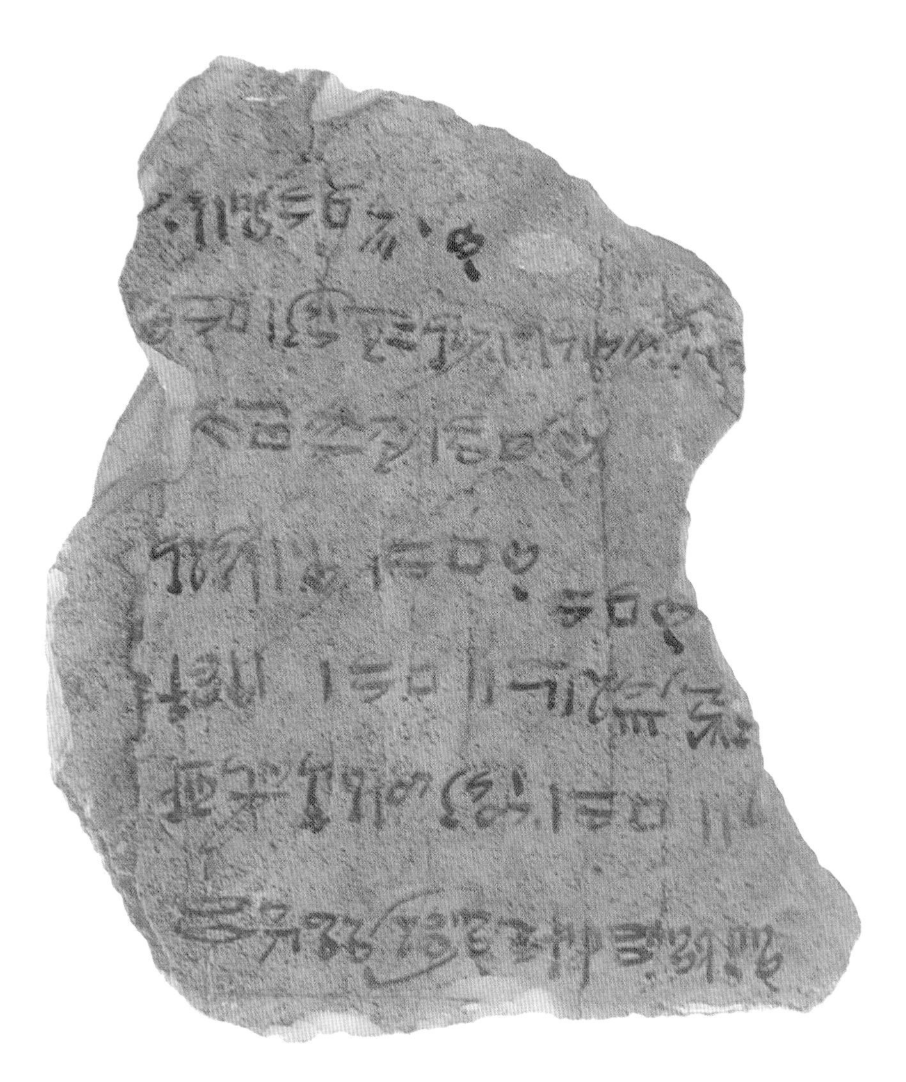

석회암 조각에 새겨진 신성문자 : '아메누'라는 이름의 한 이집트인이 자기 물건을 파는 모습을 묘사하고 있다. 물건의 가치는 구리판의 무게에 따라 '데벤'이라는 단위로 표시되었는데, 염소 한 마리가 1데벤이었고, 침대는 2.5데벤이었다.

람세스를 나타내는 신성문자

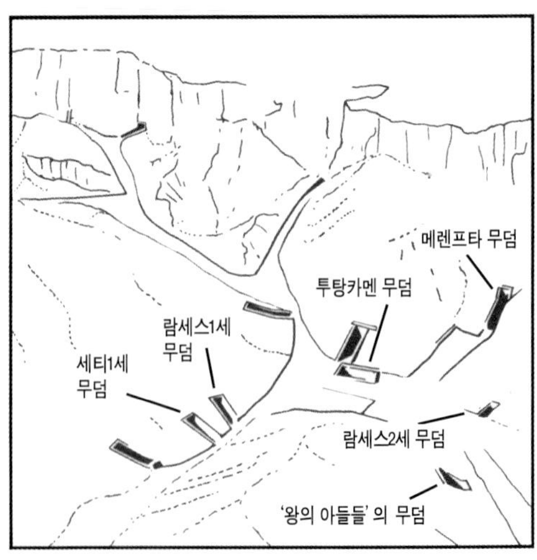

하늘에서 내려다본 '왕들의 계곡' 중심부

RAMSÈS

람세스

RAMSÈS
Sous l'acacia d'Occident(volume 5)
by Christian Jacq

이 도서의 국립중앙도서관 출판예정도서목록(CIP)은
서지정보유통지원시스템 홈페이지(http://seoji.nl.go.kr)와
국가자료종합목록 구축시스템(http://kolis-net.nl.go.kr)에서 이용하실 수 있습니다.
(CIP제어번호: CIP2004000308)

람세스

제왕의 길

크리스티앙 자크 장편소설

김정란 옮김

문학동네

고대 서남아시아

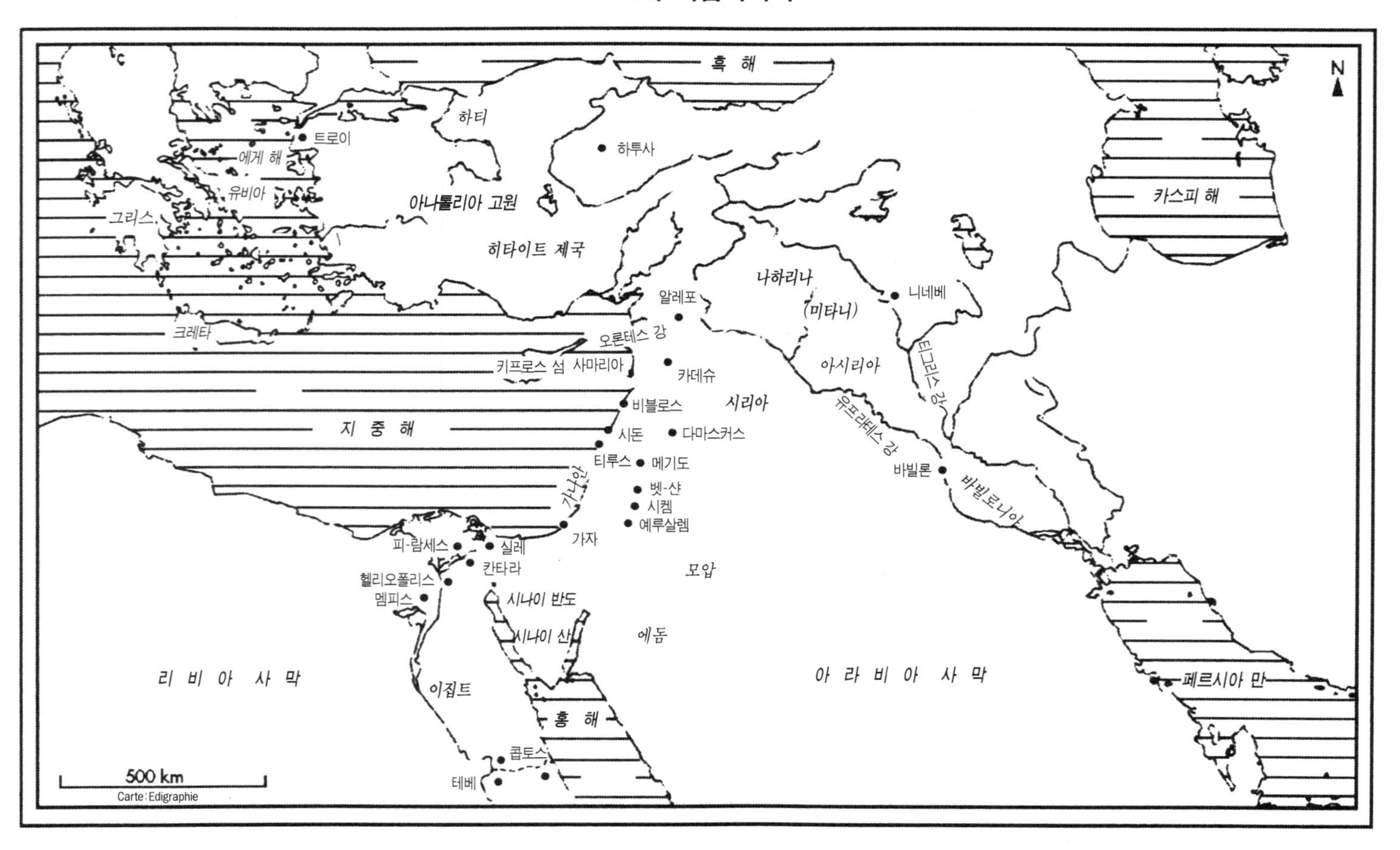
N
흑 해
카스피 해
하티
트로이
하투사
에게 해
유비아
그리스
아나톨리아 고원
히타이트 제국
크레타
나하리나
(미타니)
니네베
알레포
오론테스 강
키프로스 섬
사마리아
카데슈
아시리아
티그리스 강
비블로스
시리아
유프라테스 강
지 중 해
시돈
다마스커스
티루스
메기도
바빌론
바빌로니아
가나안
벳-샨
시켐
예루살렘
가자
피-람세스
실레
칸타라
모압
헬리오폴리스
멤피스
시나이 반도
시나이 산
에돔
리 비 아 사 막
이집트
아 라 비 아 사 막
페르시아 만
홍 해
콥토스
테베
500 km
Carte : Edigraphie

이집트

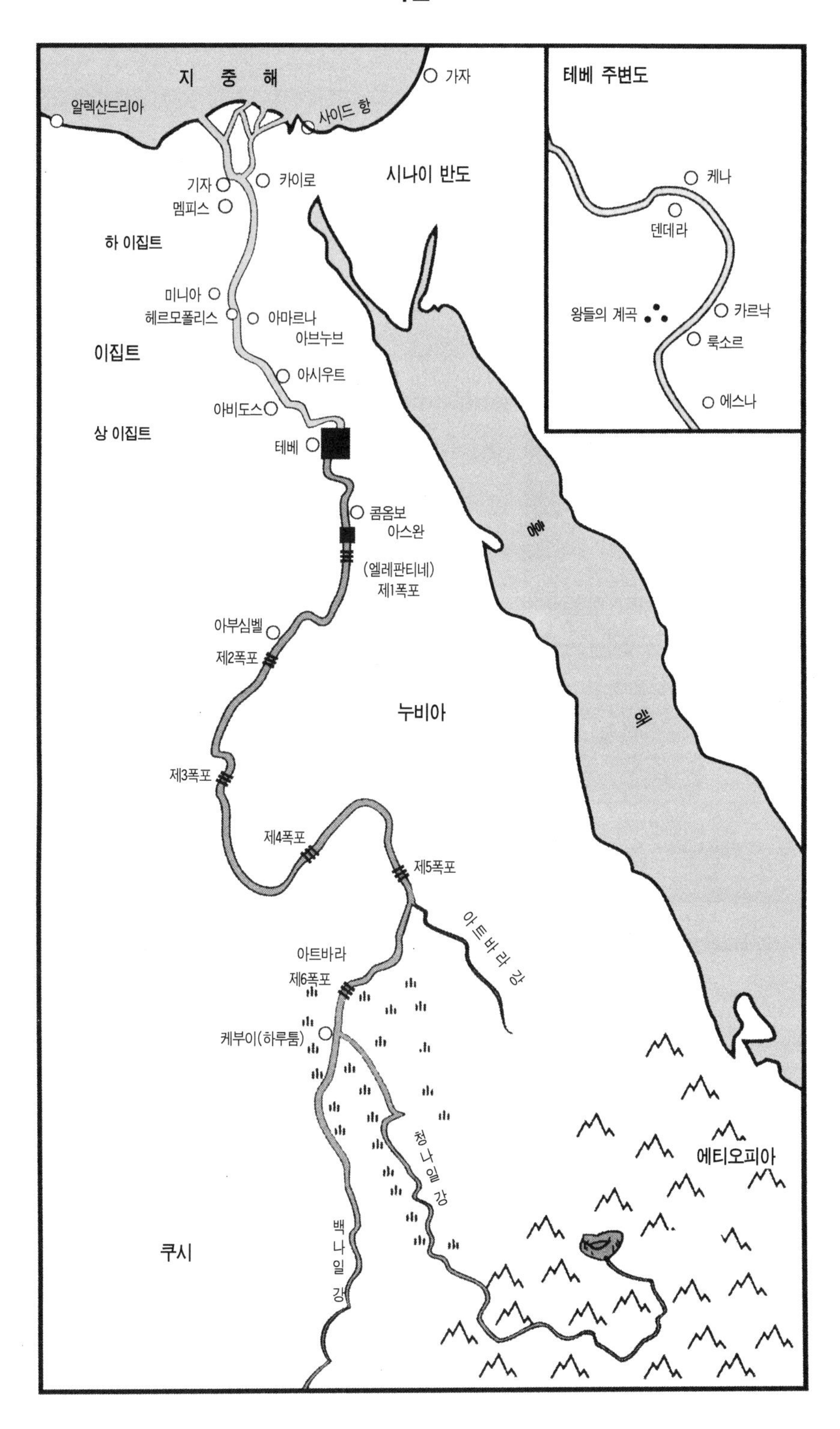

지 중 해
가자
알렉산드리아
사이드 항
기자
카이로
시나이 반도
멤피스
하 이집트
미니아
헤르모폴리스
아마르나
아브누브
이집트
아시우트
아비도스
상 이집트
테베
콤옴보
아스완
(엘레판티네)
제1폭포
홍해
아부심벨
제2폭포
누비아
제3폭포
제4폭포
제5폭포
아트바라 강
아트바라
제6폭포
케부이(하루툼)
청나일 강
에티오피아
백나일 강
쿠시
테베 주변도
케나
덴데라
왕들의 계곡
카르낙
룩소르
에스나

1

피-람세스의 하늘에 석양이 비꼈다.

신전들이 황금빛으로 물들고 있었다.

세라마나는 장밋빛으로 물든 하늘이나 부드러운 공기를 전혀 음미하지 못했다. 뿔 달린 투구를 쓰고 허리에 칼을 찬 그는 험상궂은 표정으로 말을 달리고 있었다. 히타이트의 전 총사령관 우리테슈프가 수년 전부터 연금상태로 머물고 있는 별장으로 급히 향하는 중이었다.

람세스 즉위 21년째 되던 해, 이집트와 히타이트가 외부로부터의 침공이 있을 경우 상호협력을 약속하는 평화조약을 맺자, 우리테슈프는 자신의 최후가 다가왔다고 믿었다. 람세스가 평화조약을 성사시키기 위해 하투실에게 선사하는 기막힌 희생양이 될 거라고 생각한 것이다.

우리테슈프가 머무는 별장은 도시의 북쪽 변두리, 종려나무 숲의 한가운데 자리잡고 있었다. 그는 자기가 파괴하려 꿈꾸던 이 파라오들의 땅에 삶을 의탁하고 있었다.

세라마나는 람세스를 신처럼 여겼다. 하지만 오늘 람세스가 자신에게 맡긴 임무는 전혀 내키지 않는 것이었다.

칼과 철퇴로 무장한 경찰들이 별장의 입구를 지키고 있었다. 세라마나가 직접 선발한 부하들이었다.

—별 이상 없나?

—없습니다, 대장님. 히타이트인은 정원의 연못 근처에서 술을 담그고 있습니다.

세라마나는 급한 발걸음으로 연못으로 향하는 모랫길에 들어섰다. 정원의 요소에도 경찰들이 배치되어 있었다. 그들은, 먹고 마시고 헤엄치고 잠자는 것으로 소일하고 있는 히타이트 군의 전 총사령관을 24시간 감시하고 있었다.

제비들이 하늘 높이 날고 있었다. 오디새 한 마리가 세라마나의 어깨를 스쳐갔다. 그는 도끼눈을 부라리며 이를 악물고 주먹을 꽉 쥔 채 자신이 할 일을 준비했다. 이 순간 그는 람세스를 위해 일하는 자신을 후회하고 있었다.

우리테슈프는 위험이 가까이 다가오는 것을 느낀 야수처럼, 세라마나의 무거운 발자국소리를 미처 듣기도 전에 잠에서 깨어났다.

우리테슈프는 근육질의 커다란 몸집에 머리를 길게 기르고 가슴엔 갈색 털이 무성했다. 아나톨리아의 매서운 겨울철에도 추위를 모르던 그였다. 수년 동안의 연금생활도 야수와 같은 그의 모습을 변모시키지 못했다.

연못가의 포석 위에 누워 있던 우리테슈프는 눈을 반쯤 뜨고, 람세스 대왕의 친위대장이 다가오는 것을 바라보았다.

'때가 왔구만.'

이집트와 히타이트 사이의 저 끔찍한 평화조약이 체결된 이후, 우리테슈프는 더이상 자신의 안전을 믿지 않았다. 그는 끊임없이 도망칠 기회를 엿보았지만, 세라마나의 부하들은 그에게 기회를 주지 않았다. 만일 그가 히타이트에 강제송환되지 않는다면, 그것은 자기 못지않은 무자비한 놈에게 돼지새끼처럼 죽임당한다는 것을 뜻하는 것이리라.

세라마나가 명령했다.

—일어나!

우리테슈프는 그의 아버지 무와탈리스 대왕이 아닌 그 누구로부터도 명령을 받아본 일이 없었다. 피가 거꾸로 솟구치는 걸 느꼈지만, 그는 상대에게 즐거움을 주고 싶진 않았다. 숱한 전장을 누비며 수많은 적장들의 목을 벤 그였다. 어떤 때 적의 목을 베는 게 가장 큰 쾌감인지, 그는 잘 알고 있었다.

그는 마치 마지막 순간을 즐기려는 사람처럼 천천히 자리에서 일어나 팔짱을 끼고, 이제 곧 자신의 목을 베게 될 자를 똑바로 바라보았다.

그는 이 단순하고 격정적인 사르디니아인이 분노를 간신히 억제하고 있다는 것을 시선에서 읽을 수 있었다.

우리테슈프가 입가에 미소를 단 채 경멸하듯 말했다.

—죽여라. 네 주인이 시킨 대로. 내가 저항한다면 네 즐거움만 커지겠지.

세라마나는 칼을 꽉 움켜쥐고 이를 갈며 말했다.

—꺼져라!

우리테슈프는 자신의 귀를 믿을 수 없었다.

—무슨 소리냐?

—너는 자유다.

—자유라니…… 무슨 자유? 도망치다 죽을 자유?

—너는 이 집을 떠나서 네가 가고 싶은 곳으로 어디든 갈 수 있다. 파라오는 너에게도 법을 똑같이 적용하셨다. 이제는 너를 이곳에 붙잡아둘 이유가 전혀 없다.

—날 놀리는 거냐?

—평화란 말이다, 우리테슈프. 너는 이제 자유다. 하지만 나는 네가 이집트에 눌러 사는 실수를 저지르지 않기 바란다. 네가 조금이라도 말썽을 일으킨다면 나는 너를 즉시 체포할 것이다. 너는 이제 외국의 고관이 아니라 일반법을 적용받는 범법자로 간주된다. 네놈의 뱃속에 칼을 찔러넣는 순간이 오면, 나는 기꺼워할 것이다.

—그러니까…… 지금은 나를 건드릴 권리가 없다는 말이지, 그런 얘기냐?

—꺼져라!

돗자리 하나, 로인클로스 한 벌, 샌들, 빵 한 덩어리, 양파 한 개, 그리고 식량과 맞바꿀 수 있는 부적 두 개가 우리테슈프에게 허가된 짐보따리의 전부였다. 그는 몽유병자처럼 몇 시간 동안 피-람세스의 거리를 헤매고 다녔다. 오랜만에 되찾은 자유는 취기와도 같이 그의 사고능력을 마비시켰다.

사람들은 즐겨 노래하곤 했다.

"피-람세스만큼 아름다운 도시가 또 어디 있으랴. 아이들도 이곳에선 어른처럼 대접받고 아카시아와 무화과나무는 산보객들에게 시원한 그늘을 제공해주네. 궁전은 터키석과 금빛으로 찬란한 빛을 발하고, 바람은 부드러우며, 새들은 연못 주위에서 노니네."

우리테슈프는 잠시 이집트 수도의 매력에 이끌렸다. 나일 강의 지류 가까이, 두 개의 넓은 운하에 둘러싸인 비옥한 평야에 세워진 도시. 초원에는 목초가 풍성했고, 과수원들에서는 사과가 쏟아져

나왔고, 해변의 모래만큼이나 많은 기름을 제공해준다는 올리브 밭이 있었고, 포도밭에선 깊은 향기의 감미로운 포도주를 생산해냈다…… 황량한 아나톨리아 고원 위에 세워진 히타이트 제국의 수도, 요새와도 같이 거친 하투사와는 정녕 다른 곳이었다.

하투사, 문득 살을 저미는 듯한 고통이 우리테슈프를 혼몽상태에서 깨어나게 했다. 그는 결코 히타이트의 대왕이 되지 못할 것이다. 하지만 자신을 자유롭게 풀어준 실수를 범한 람세스에게 복수할 수는 있지 않을까. 카데슈에서 그를 박살냈을 수도 있었을 동맹군을 격파한 이후 신과 같은 존재로 여겨지고 있는 파라오를 죽인다면 이집트를, 어쩌면 서남 아시아 전체를 혼란에 빠뜨릴 수 있을 것이다. 자신의 몸을 던져 무엇이든 해치고 파괴하고픈 불타는 욕망 이외에 그에게 이제 무엇이 남아 있는가? 그 외의 무엇이 운명의 장난에 놀아난 그를 위로해줄 수 있단 말인가?

그의 주변에는 이집트인, 누비아인, 시리아인, 그리스인 등 온갖 나라 사람들이 뒤섞인 군중이 있었다. 그들은 히타이트인들이 그렇게 파괴하려 애썼던 이 수도를 찬미하기 위해서 몰려든 것이다.

람세스를 죽인다…… 하지만 그건 욕망일 뿐, 우리테슈프가 그 일을 해낼 가능성은 전혀 없었다. 그는 이제 패배한 전사에 불과했다.

그의 뒤에서 누군가가 속삭이듯 말했다.

—장군님…….

우리테슈프는 뒤돌아보았다.

—장군님…… 저를 알아보시겠습니까?

우리테슈프는 보통 키에 밤색 눈을 번뜩이고 있는 사나이를 내려다보았다. 띠로 동여맨 텁수룩한 머리, 짧고 뾰족한 갈색 턱수염, 발뒤꿈치까지 내려오는 색띠를 드리운 옷.

—라이아…… 자네, 라이아 아닌가?

시리아 상인은 몸을 굽혔다.

—자네, 히타이트의 첩자가…… 피-람세스에 되돌아온 건가?

—평화입니다, 장군님. 새로운 시대가 열렸습죠. 과거의 잘못은 모두 잊혀졌어요. 저는 이곳에서 부유하고 인정받는 상인이었습니다. 다시 장사를 시작했지요. 지난 일로 저를 비난하는 사람은 아무도 없습니다. 저는 다시 이곳 상류사회에서 인정받게 됐습니다.

하투사에 머물던 그는 평화조약 체결에 힘입어 자신의 고향이나 다름없는 이집트로 되돌아온 것이다.

—자네한텐 잘된 일이군.

—우리들에게 잘된 일입죠.

—무슨 뜻인가?

—우리의 만남이 우연히 이루어진 것이라 생각하십니까?

우리테슈프는 미간을 모으며 라이아에게 좀더 주의를 기울였다.

—나를 뒤쫓아왔나?

—장군님에 대해 여러 가지 풍문이 떠돌고 있었지요. 갑작스레 처형시킬 것이란 말도 있었고, 풀어줄 것이란 말도 있었습죠. 벌써 한 달 전부터 제 부하들이 장군님이 연금돼 있던 별장을 끊임없이 감시하고 있었습니다. 저는 장군님이 다시 이 세상의 맛을 느끼실 날을 기다리다가 이제서야…… 우선 시원한 맥주 한잔 대접하고 싶은데, 가시지요?

우리테슈프는 머리가 어지러웠다. 오늘 하루 너무 많은 일들이 일어났다. 하지만 그는 본능적으로, 시리아 상인이 자기의 계획을 구체화시키는 데 도움을 줄 수 있으리라는 것을 알 수 있었다.

주점에서 그들의 대화는 활기를 띠었다. 라이아는 우리테슈프의 변신을 목격할 수 있었다. 망명자는 그 어떤 것도 정복할 자세가 돼 있는 잔인한 전사로 서서히 되돌아오고 있었다. 시리아 상인의 생각은 틀리지 않았다. 오랜 망명생활에도 불구하고 히타이트 군의 전 총사령관은 그 난폭한 기질을 전혀 잃지 않고 있었다.

—나는 쓸데없는 말을 늘어놓는 데 익숙하지 않네, 라이아. 나한테 뭘 기대하는가?

시리아 상인은 목소리를 낮춰 말했다.

—저는 장군님께 딱 한 가지만 여쭤볼 게 있습니다. 람세스에게 복수하기를 원하십니까?

—그는 나를 모욕했다. 히타이트는 어쨌는지 모르지만, 나는 이집트와 화해하지 않았어! 하지만 파라오를 처치하는 것은 불가능한 일 같구나.

라이아는 고개를 저었다.

—상황 나름이지요, 장군님…….

—내 용기를 가늠하는 거냐?

—죄송한 말씀이지만, 용기만으론 부족할 겁니다.

—그런데, 왜 자네 같은 상인이 그토록 위험한 모험에 뛰어들려 하는가?

라이아는 일그러진 미소를 지었다.

—제 증오심 역시 장군님에 못지않기 때문입니다.

2

두툼한 금목걸이, 피라미드 시대 이래 파라오들이 즐겨 입던 하얀 로인클로스에 하얀 샌들 차림의 람세스 대왕은 테베의 서안에 세워진 자신의 영원의 신전 라메세움에서 새벽 제의를 집전했다. 그는 성상안치소 안에 숨어 있는 신의 힘을 조용히 불러일으켰다. 그 성스런 힘이 하늘과 땅 사이에 충만하면, 이집트는 우주의 형상을 닮게 될 것이고, 인간들이 타고난 파괴의 욕망은 제거될 것이다.

올해로 즉위 33년째를 맞은, 쉰다섯 살의 람세스는 여전히 건장한 풍모를 잃지 않았다. 그에게선 일종의 자력과 힘, 그리고 자연적인 권위가 풍겨나왔다. 그와 마주하면, 강한 기를 지닌 사람들도 당황해서 어쩔 줄 몰랐다. 신들도, 온 나라를 기념물로 뒤덮고 모든 적을 물리친 이 파라오를 사랑하지 않던가?

33년간의 통치…… 람세스만이 자신이 견뎌온 시련들의 진정한 무게를 느끼고 있었다. 그 숱한 시련은 아버지 세티의 죽음으로부터 시작되었다. 아버지를 잃은 후, 음모의 사슬을 뚫고 파라오의 자리에 오르자마자, 무적 히타이트 제국과의 전쟁에 맞닥뜨려야 했다. 그의 천상의 아버지 아몬 신의 도움이 없었다면, 카데슈에서 승리를 거두지 못했을 것이다.

평화와 행복의 순간도 있었다. 하지만 권력의 정통성을 구현하고 있던 어머니 투야가 의로운 영혼들이 살고 있는 빛의 나라로 남편을 찾아 떠나가버렸다. 그 슬픔이 채 가시기도 전에, 가혹한 운명은 다시 한번 가장 잔인한 방식으로 람세스에게 충격을 가해왔다. 왕비 네페르타리는, 람세스가 그들 부부의 영원한 합일을 기리기 위해 두 개의 신전을 세웠던 누비아의 아부 심벨에서, 그의 품에 안긴 채 죽었다. 결코 치유되지 못할 상처, 그의 가슴 깊은 곳에서 쉼없이 흐르는 고통이었다. 세월의 힘은 다만 그 슬픔이 그의 목 넘어까지 치밀어오르지 않도록 할 수 있을 뿐이었다.

파라오는 가장 소중한 세 사람을 잃었다. 그들은 바로 지금의 람세스가 있게 해준 사람들이었고, 가없는 사랑을 베풀어준 사람들이었다. 하지만 그는 권좌를 지켜야 했고, 예나 다름없는 신념과 정열로 이집트를 구현해야만 했다.

세월은 그에게서 많은 것을 앗아갔다. 그에게 숱한 승리를 가져다주었던 다른 네 동료들도 그를 떠났다. 전장에서 참으로 용감했던 두 마리 말과 여러 차례 그의 목숨을 구해주었던 사자 '학살자', 그리고 노란 개 '감시자'가 지상에서의 삶을 마쳤다. 감시자는 최상의 미라가 되는 혜택을 받았다. 또다른 감시자가 그놈의 뒤를 이었고 다시 그 뒤를 이을 세번째 감시자가 얼마 전에 태어났다.

그리스 시인 호메로스 역시 떠나갔다. 그는 자기 정원의 레몬 나무 아래에서 생을 거뒀다. 람세스는 파라오의 문명에 매혹되었던

『일리아드』와 『오디세이』의 저자와 나눴던 대화들을 향수에 젖어 떠올리곤 했다.

네페르타리의 죽음 이후, 람세스는 왕좌를 맏아들 카에게 물려주고픈 충동을 느꼈다. 모든 것에서 떠나고 싶었다. 하지만 그의 친구들은 파라오는 종신제이며, 파라오의 몸은 더이상 자신의 것이 아니라는 사실을 왕에게 환기시키며 그에 반대했다. 한 인간으로서 느끼는 그의 고통이 어떠하든 간에 람세스는 최후의 순간까지 자신의 임무를 완수해야 했다. 규범은 바로 그와 같이 요구하고 있었고, 람세스는 선왕들이 그랬듯이 그에 따라야 했다.

그의 통치를 지켜주는 주술적인 흐름을 발산하는 바로 이곳 영원의 신전에서, 람세스는 자신을 지탱해주는 힘을 길어냈다. 중요한 행사가 그를 기다리고 있었지만, 왕은 길이 3백여 미터에 달하는 벽에 둘러싸인 라메세움을 좀체로 떠날 줄 몰랐다. 그곳엔 오시리스 형상의 왕의 모습이 새겨진 탑들이 서 있는 두 군데의 큰 안마당, 48개의 기둥이 서 있는 깊이 31미터 넓이 40평방미터의 홀, 그리고 신이 머물고 있는 성소 한 곳이 마련되어 있었다. 신전의 입구에 있는 높이 70미터의 탑들에는 그것들이 하늘까지 닿아 있다는 글이 새겨져 있었다. 첫번째 안마당의 남쪽에는 궁전이 세워져 있었다. 성소의 주위에는 거대한 도서관과 창고들, 귀금속을 보관하는 창고 한 곳, 서기관들의 사무실들과 사제들의 집들이 있었다. 이 신전 도시는 밤낮을 가리지 않고 활동하고 있었다. 신들에게 봉사하는 일에는 휴식이 있을 수 없기 때문이었다.

람세스는 성소 가운데 아내 네페르타리와 어머니 투야에게 바쳐진 곳에서 잠시 머물렀다. 비의에 감싸인 채 빛을 발하는 신 아몬-라의 향기에 감싸인 왕비, 그리고 영원한 젊음을 간직한 투야의 모습이 결합된 음각의 부조를 바라보았다.

궁정 인사들은 조바심을 내고 있을 것이었다. 왕은 추억을 떨쳐버렸다. 그는 장밋빛 화강암을 통째로 깎아 만든 높이 18미터의 거상 '왕들의 빛 람세스' 앞에서도, 그가 재위 2년에 심었던 아카시아 나무 앞에서도 멈춰 서지 않았다. 그는 외국의 대사들이 모여 있는, 16개의 기둥이 들어선 접견실을 향해 큰 걸음을 옮겼다.

선명한 초록색 눈, 작고 곧은 코, 섬세한 입술, 부드러운 턱, 나이 오십을 넘겼지만 이제트는 여전히 아름답고 활달했다. 세월의 힘도 그녀를 어쩌지는 못했다. 그녀는 변함없이 우아했고 매력적이었다.

그녀는 시녀에게 걱정스레 물었다.

—왕께서 신전을 떠나셨느냐?

—아직 아닙니다, 폐하.

—대사들이 화를 낼 텐데!

—걱정하지 마십시오. 람세스 대왕 폐하를 뵌다는 것은 너무 커다란 특권이라 기다리는 것에 불평할 사람은 아무도 없을 거예요.

람세스를 본다는 것…… 그렇다. 그것은 엄청난 특권이었다. 이제트는 람세스 왕자, 권력으로부터 밀려난 것처럼 보였던 그 괄괄한 젊은이와 가졌던 밀회를 떠올렸다. 밀밭가의 그 갈대 오두막, 그 많은 밤들이 지켜준 쾌락의 비밀을 함께 나누던 시절! 위대한 왕비의 자질을 타고났던 저 숭고한 네페르타리가 나타나기 전까지.

의례에 따라 '둘째 부인'이 된 이제트는 왕의 곁에 머물며, 그 그늘에 묻혀 살 수 있는 것만으로도 행복을 느꼈다. 그녀가 자신의 삶을 망쳤다고 말하는 사람들도 있었지만, 이제트는 그런 비판에 무관심했다. 그녀에겐 바보스럽고 욕심 많은 어느 고관의 마누라가 되기보다는 람세스의 시녀가 되는 것이 나았던 것이다.

네페르타리의 죽음은 그녀를 깊은 상심에 빠지게 했다. 왕비는 그녀에게 경쟁자가 아니었다. 그녀가 존경하고 찬미하던 친구나 다름없었다. 어떤 말로도 왕의 비통함을 덜어줄 수 없다는 것을 그녀는 알고 있었다. 그녀는 뒤로 물러나 입을 다물고 있었다. 사랑하는, 하지만 슬픔도 함께 할 수 없이 먼 사내의 등만을 바라보고 있었다.

그런데 믿을 수 없는 일이 벌어졌다. 한번도 생각지 않았던 일이.

장례기간이 끝나갈 무렵, 자신의 손으로 네페르타리의 무덤 문을 닫아버린 람세스는 이제트에게 새로운 왕비가 되어달라고 요청해온 것이다. 그 어떤 파라오도 홀로 통치할 수는 없었다. 파라오는 남성성과 여성성이 화해하고 조화하여 이룬 결합이기 때문이었다.

이제트는 왕비가 되겠다는 생각을 해본 적이 없었다. 네페르타리와 비교하는 것만으로도 그녀는 끔찍한 기분이었다. 하지만 람세스가 바라는 것이라면 이의가 있을 수 없었다. 이제트는 그녀가 느끼는 번민에도 불구하고 그의 요청에 따랐다. 그녀는 '호루스 신과 세트 신이 마침내 상 이집트와 하 이집트 두 땅의 왕인 파라오의 존재 안에서 화해하는 것을 보는 사랑의 여인, 그 목소리만으로도 즐거움을 주는 여인'이 되었다.

하지만 그런 전통적인 칭호들은 전혀 중요할 것이 없었다. 진정한 기적은, 람세스의 삶을, 그의 희망과 고통을 함께 나누게 되었다는 것이었다. 이제트는 세상에서 가장 위대한 왕의 아내였고, 그가 그녀에게 보여주는 믿음만으로도 충분히 행복할 수 있었다.

시녀가 그녀의 상념을 깨뜨렸다.

—폐하께서 찾으십니다.

깃털 두 개가 위로 솟은 독수리 모양의 가발을 쓰고, 붉은 끈으로 허리를 졸라맨 기다란 흰 옷에, 목걸이와 금팔찌로 장식한 왕비는 접견실로 향했다. 부유한 귀족 가문의 딸로 자라면서 받은 교육 덕분에 그녀는 공식행사가 있을 때 멋을 내는 방법을 잘 알고 있었다. 이번에도 그녀는 흠잡기 좋아하는 고관들의 관심의 초점이 될 것이다.

아름다운 이제트는 람세스 바로 앞에서 멈춰 섰다.

그녀의 첫번째이자 유일한 사랑, 그는 여전히 강렬한 인상으로 다가왔다. 그는 그녀에겐 너무 컸다. 그녀가 그의 생각의 폭을 가늠해본 적은 한번도 없었지만, 정열이란 마법이 그러한 깊은 구렁을 메워주고 있었다.

—준비되었소?

이집트의 왕비는 몸을 굽혔다.

국왕 부처가 모습을 드러내자, 사람들의 말소리가 그쳤다. 람세스와 이제트는 그들의 옥좌에 자리를 잡았다.

외무대신 아샤가 앞으로 나섰다. 잘 다듬은 턱수염에 총기로 빛나는 두 눈, 건방져 보이는 태도에 우아한 맵시. 여전히 미녀들을 좋아하고, 세상에 대해 비웃는 듯한, 때로는 환멸적인 시선을 던지는 인물. 하지만 가슴속에는 그 무엇도 잠재우지 못할 열망이 불타고 있는 인물.

—폐하, 남쪽 지방이 폐하께 복종하게 되었습니다. 그들은 폐하께 숨통을 열어주십사 부탁하며 진상품을 바쳐왔습니다. 북부 지방은 폐하께서 통치해주시기를 간절히 요청하고 있으며, 동부 지방은 그들의 땅을 모아 폐하께 바치고자 합니다. 서부 지방 역시 공손하게 무릎을 꿇었고 그 족장들은 허리를 굽혀왔습니다.

히타이트의 대사가 외교관들의 무리에서 빠져나와 국왕 부처에게 깊숙이 허리를 굽혔다. 그가 말했다.

—파라오께서는 빛의 주인이시며, 생명을 낳고 또한 파괴하는 불타는 숨결이십니다. 그분의 '카'가 영원히 존재하고 그분이 행복한 시간을 누리시며, 그분을 위하여 강의 범람이 제때에 와주기를 기원합니다. 하늘과 땅에 동시에 속하시는 그분은 신성한 기운을 일으키시는 분이십니다. 람세스 대왕의 지배 하에 더이상 반란은 없을 것이며, 온 나라가 평화롭기만 할 것입니다.

연설에 이어 선물들이 줄을 이었다. 누비아의 오지로부터 가나안과 시리아의 보호령에 이르기까지 람세스 대왕의 제국은 그들의 주인에게 존경을 표했다.

밤이 그 무거운 휘장을 내렸다. 궁전은 깊은 잠 속에 빠져들었다. 왕의 집무실만이 아직도 불을 밝히고 있었다. 람세스가 물었다.

—어찌된 노릇일까, 아샤?

—두 개의 땅은 번영하고 있습니다. 온 나라가 풍요를 누리고 있고, 곳간은 하늘을 찌를 듯합니다. 백성들에게 있어 폐하께서는 생명 그 자체나 다름없고, 폐하는…….

—연설은 그만두게나. 왜 히타이트 대사는 그런 과장된 찬사를 늘어놓은 것일까?

—외교관 아닙니까…….

—아냐. 뭔가 다른 게 있어. 자네도 역시 그렇게 생각하지 않는가?

아샤는 매니큐어를 칠한 검지손가락으로 항내 나는 그의 콧수염을 어루만졌다.

—고백컨대 잘 모르겠군요.

—하투실이 평화를 재고하려는 것일까?

—그렇다면 그는 다른 종류의 메시지를 보내올 것입니다.

—자네의 진짜 생각을 말해보게나.

—저도 모르겠어요, 정말입니다.

—히타이트인들을 상대로 석연치 않은 점을 남겨놓는다는 것은 치명적인 실수가 될 것이네.

—그 말씀은 저더러 진실을 밝혀내라는 의미이십니까?

—우리는 너무 오래 평화를 누려왔네. 최근에 자네가 할 일이 거의 없었잖은가.

3

파라오가 테베에서 수개월을 보내기로 작정한 까닭에 아메니는 자신의 보좌관들과 함께 테베로 옮겨왔다. 공식적으로는 여전히 왕의 신발 운반 담당관이자 개인비서인 아메니는 그러한 직함이나 명예는 우습게 여겼다. 그의 유일한 관심사는 나라의 번영이었다. 그는 어떤 치명적인 실수를 저지르지 않을까 두려워 스스로에게 잠시도 쉴 틈을 허락하지 않았다.

람세스가 서류들이 잔뜩 널려 있는 그의 사무실에 들어섰을 때, 아메니는 보리죽과 신선한 치즈를 먹고 있었다.

—식사는 다 한 건가?

—괜찮습니다. 그런데 폐하께서 이곳까지 납셨다는 것은 좋은 징조가 아닌데요?

—아닐세. 나는 자네의 이번 보고서에 안심한 편이라 할 수 있네.

—안심한 편이라니요…… 무슨 말씀이 그렇습니까? 설마 제가 어떤 사소한 일이라도 감추는 게 있다고 생각하시는 건 아니겠죠?

나이를 먹어가면서 아메니는 더욱 강팔라졌다. 근무조건에 대해 불평하는 사람들이나 그에게 충고하려는 사람들에게 면박을 주기 일쑤였다.

람세스가 차분하게 말을 이었다.

—전혀 그런 생각 한 적 없네. 나는 단지 이해하려는 것일세.

—이해하시다니요, 뭘 말씀입니까?

—자네를 근심케 하는 어떤 부분이 있는 것이 아닌가?

아메니는 큰 소리로 하나하나 따져나갔다.

—관개는 완벽히 이루어지고 있고…… 제방을 관리하는 데에도 아무 문제 없고…… 지방의 족장들은 명령에 잘 따르며 어떤 엉뚱한 일도 꾸밀 생각이 없는 것 같고…… 농사는 잘 지어졌고, 백성들은 굶주리지 않고 잘 지내고 있으며, 축제를 준비하는 데에도 전혀 문제가 없고, 온 나라의 십장들과 석공들, 조각공들, 화공들이 일에 전념하고 있고…… 없습니다. 아무것도 없어요.

람세스는 안심해도 좋았을 것이다. 아메니는 나라의 행정과 경제의 결함을 발견해내는 데에 탁월한 능력이 있었기 때문이다. 하지만 왕의 근심은 사라지지 않았다.

—제게 말씀하시지 않은 어떤 중대한 정보가 있는 건 아닌가요?

—내가 그럴 수 없다는 걸 자네도 잘 알지 않는가?

—그렇다면 도대체 무슨 일이십니까?

—히타이트 대사의 태도가 마음에 걸리네. 지나치게 이집트에 아첨하고 있어.

—쳇! 그 작자들이야 싸우거나 거짓말하는 것밖엔 모르지 않습니까.

—나는 이집트 내에 어떤 폭풍이 다가오고 있는 걸 느끼네. 파괴적인 우박을 실은 폭풍 말일세.

아메니는 왕의 직감을 신중하게 받아들였다. 람세스는 그의 부친인 세티가 그랬듯이, 무시무시한 세트 신과 각별한 관계를 맺고 있었다. 세트는 벼락과 기상이변의 신이며, 동시에 태양의 배를 파괴하려 하는 괴물들로부터 그것을 보호해주는 신이 아닌가.

서기관은 걱정스레 물었다.

—이집트의 내부라니요…… 그것은 뭘 의미하는 겁니까?

—네페르타리가 살아 있다면, 그녀의 눈은 미래를 내다볼 수 있었을 텐데…….

아메니는 파피루스를 말고 붓을 내려놓았다.

자신과 람세스의 마음에 퍼지려 하는 슬픔으로부터 벗어나기 위한 쓸데없는 몸짓이었다. 네페르타리는 아름다웠고 지혜로웠으며 우아했다. 그녀는 완성된 이집트의 잔잔한 미소였다. 어쩌다 그녀를 보게 되는 날이면 아메니는 자기가 할 일을 잊어먹곤 했었다.

반면에 아메니가 보기에 이제트는 그다지 탐탁치 않았다. 권력의 현실에서 너무 멀리 떨어져 있는 그 여인의 어깨에 왕비의 지위는 너무 무거운 것처럼 보였다. 하지만 람세스가 그녀를 옥좌에 앉힌 데에는 나름대로 타당한 이유가 있었을 것이다.

적어도 그녀는 람세스를 사랑했다. 그 사실은 이제트의 다른 많은 결함들을 메워주고 있었다.

—폐하께서는 제게 제안할 어떤 단서라도 갖고 계십니까?

—유감스럽게도 아닐세.

—그렇다면 경계를 배가해야겠군요.

—나는 누가 공격해올 때까지 기다리는 것은 질색일세.

아메니는 불평했다.

—압니다, 알아요. 저는 하루쯤 쉴 생각이었는데, 나중으로 미뤄야겠군요.

붉은 등에 옆구리는 초록색을 띠었으며 대가리가 납작하고 꼬리가 굵은 살모사가 종려나무 그늘에서 사랑을 나누고 있는 연인들을 향해 기어오고 있었다. 낮 동안 모래 속에 숨어 있던 뱀은, 밤이 되자 사냥에 나섰다. 날이 더운 계절에 그 뱀에 물리면 즉사했다.

정열적으로 몸이 얽힌 남녀는 위험을 느끼지 못하는 것 같았다. 덩굴처럼 부드럽고 고양이처럼 간드러진 누비아 여인은, 검은 머리에 억세고 다부진 몸매의 애인으로 하여금 모든 정력을 쏟아내게 하고 있었다. 때로는 부드럽고 때로는 강하게, 누비아 여인은 오십 줄을 넘긴 이집트인에게 숨돌릴 여유도 주지 않았다. 사내는 첫 만남의 열정으로 그녀를 공격했다. 밤의 푸근함 속에서 그들은 여름의 태양처럼 불타는 사랑을 나누었다.

살모사는 그들로부터 불과 1미터도 안 되는 곳에 있었다.

남자는 짐짓 거칠게 여자를 돌려눕히고 그녀의 가슴에 입을 맞추었다. 그녀는 활처럼 몸을 휘며 그를 받아들였다. 그들은 눈을 마주보며 탐욕스레 서로를 삼켰다.

살모사는 그들이 토해내는 달뜬 한숨처럼 은밀하게 다가왔다. 로투스는 세타우의 몸에 자신을 밀착시키며, 재빠르고 단호한 동작으로 살모사의 목을 낚아챘다. 뱀은 씨익 소리를 내며 허공을 물었다.

로투스의 부드러운 몸을 애무하던 세타우가 말했다.

—좋군. 최고급의 독이 제 발로 찾아왔으니.

갑자기 로투스의 열기가 식은 듯했다. 그녀가 고개를 들고 먼 곳을 바라보며 말했다.

—뭔가 나쁜 징조가 느껴져요.

—이 살모사 때문에?

—람세스 폐하가 위험해요.

누비아의 통치를 일임받은 땅꾼 세타우는 아름다운 마법사 로투스의 경고를 심각하게 받아들였다. 세타우가 걱정스레 물었다.

—어떤 위험이 있다는 거지?

—저도 몰라요.

—누구 얼굴이 보이나?

로투스가 대답했다.

—아뇨, 그냥 뭔가 불편하게 느껴졌어요. 하지만 순간적으로 폐하가 위험에 처했다는 걸 알 수 있었어요.

여전히 살모사를 단단히 쥔 채 그녀는 몸을 일으켰다.

—세타우, 당신이 나서야만 해요.

—이곳에서 내가 뭘 어떻게 할 수 있겠어?

—피-람세스로 가요.

—우리가 없는 동안에 누비아의 총독이 우리의 계획을 백지로 돌릴 텐데.

—어쩔 수 없죠. 람세스 폐하께 우리가 도움이 된다면, 우리는 그의 곁에 있어야만 해요.

누구도 어쩌지 못하는 괄괄한 세타우지만, 이미 오래 전부터 로투스의 부드러운 명령에는 군소리를 달지 못했다.

카르낙 대사제 네부는 나이가 들 만큼 들었다. 현자 프타 호텝이 그의 유명한 잠언집에 썼듯이 나이가 들 만큼 들었다는 것은 항시 몸이 피곤하다는 것, 몸이 계속 쇠약해진다는 것, 그리고 낮에도 졸음이 쏟아진다는 것 등으로 나타났다. 눈이 침침해지고 귀가 어두워지며 힘이 부치고 입이 말을 안 들으며 뼈마디가 아파오고 입맛이 없어지고 코가 막히고…… 그는 자리에서 일어서는 것만큼이나 앉는 것도 고통스러웠다.

늙은 네부는 그 온갖 잡병들에도 불구하고 람세스가 그에게 맡긴 임무를 수행하고 있었다. 아몬 신과 그의 신전 도시인 카르낙의 재산을 관리하는 일이 바로 그것이었다. 대사제는 세속적인 업무들의 거의 대부분을 제2예언자인 바크헨에게 일임하고 그의 보고를 받았다. 바크헨은 작업장과 공방, 밭, 과수원, 포도밭 등에 고용된 8만 명의 사람들을 감독하고 있었다.

늙은 네부는 카르낙의 성스런 호숫가에 있는 그의 세 칸짜리 수수한 집에 틀어박혀 좀체로 밖에 나가지 않았다. 저녁이면 그는 마당에 나가 붓꽃 화단에 물을 주는 것을 좋아했다. 그 일조차 벅차게 느껴지면, 그때 왕에게 은퇴를 요청할 생각이었다.

누군가 그의 정원에 쭈그리고 앉아 잡초를 뽑고 있었다. 네부는 자신의 불만을 감추지 않았다.

—누가 감히 이 늙은 네부의 붓꽃을 건드리느냐!

—이집트의 파라오래도 안 되는가?

람세스가 몸을 일으키며 뒤돌아보았다.

—폐하…….

—대사제께서 이 보물을 직접 지키는 것은 정말 잘하는 일이오. 네부, 이집트와 카르낙을 위해 정말 잘 일해주었소. 이토록 아름다운 연약한 생명을 심고, 자라는 것을 지켜보고, 돌봐주는 것…… 이보다 더 고귀한 일이 또 어디 있겠소? 네페르타리가 떠난 뒤, 나는 왕좌와 권력에서 멀리 떠나 정원사가 되기를 꿈꾸었다오.

—그러실 수는 없습니다, 폐하.

—네부 대사제라면 이해해주리라 기대했는데.

—저 같은 늙은이가 휴식을 바라는 것은 당연한 일이지요. 하지만 폐하께서는…….

람세스는 떠오르는 달을 바라보았다.

—폭풍이 가까이 오고 있소, 네부. 나는 사슬이 풀린 자연력과 맞설 만한 능력이 있는 사람들이 필요하오. 대사제의 나이와 건강이 어떻든 간에 은퇴할 생각은 좀 뒤로 미뤄야겠소. 네부의 단단한 손으로 계속해서 카르낙을 관리해주시오.

4

예순 살쯤 된 작은 몸집의 히타이트 대사가 외무성 입구에 나타났다. 관례에 따라 그는 한 묶음의 백합과 국화를 돌 제단 위, 서기관들의 신이요 성스런 언어와 지혜의 신인 토트 상 발치에 올려놓았다. 그리고 나서 그는 창으로 무장한 병사에게 향했다.

그는 메마른 어조로 말했다.

―대신께서 나를 기다리고 있소.

―잠시 기다리십시오.

붉은색과 푸른색이 섞인 옷을 입고, 향내 나는 고무를 발라 번뜩이는 검은 머리, 턱수염 때문에 얼굴이 검어 보이는 대사는 한참을 기다렸다.

얼굴에 미소를 가득 담고 아샤가 그를 마중 나왔다.

—너무 오래 기다리시게 한 것은 아니겠지요? 정원으로 가십시다. 조용히 얘기를 나눌 만하답니다.

푸른 연꽃으로 뒤덮인 연못 주위에는 종려나무들과 대추나무들이 쾌적한 그늘을 드리우고 있었다. 시종이 조그만 원탁에 시원한 맥주가 담긴 백대리석 잔들과 무화과 바구니를 올려놓고 물러갔다.

아샤가 말했다.

—안심하십시오. 아무도 우리 얘기를 엿들을 수 없습니다.

히타이트 대사는 푸른 천의 방석이 놓인 나무의자에 앉기를 주저했다.

—무엇을 걱정하시는 겁니까, 대사?

—바로 당신이오, 아샤.

이집트 외교의 수장은 웃음을 잃지 않았다.

—내가 예전에 이집트를 위해 첩보활동을 했던 것은 사실입니다. 하지만 그건 오래 전 얘깁니다. 나는 이제 책임자 자리에 있는 공식적인 인물이고, 옛날과 같은 고통스런 일에 뛰어들 생각은 추호도 없습니다.

—내가 어떻게 당신을 믿는단 말이오?

—왜냐하면 당신이나 나나 한 가지 목적밖엔 없기 때문이지요. 우리 양국간의 평화를 공고히 한다는 것, 바로 그것 말입니다.

—파라오께서는 하투실 대왕의 편지에 답장을 하셨습니까?

—물론이지요. 람세스 폐하께서는 대왕께 왕비 이제트의 안부를 전하고, 이집트와 히타이트를 영원히 결합시키는 조약이 완벽히 준수되고 있다는 것을 기쁘게 생각한다고 띄우셨지요.

대사의 얼굴이 굳어졌다.

—우리나라의 관점에서는 전혀 충분치가 않습니다.

—무엇을 바라시는 겁니까?

—하투실 대왕께선 지난번 파라오께서 보내신 편지의 어투에 충

격을 받으셨습니다. 대왕께선 파라오가 자신을 일국의 왕이 아니라, 파라오의 신하처럼 생각하는 것 같다는 느낌을 받으셨지요.

대사는 간신히 공격적인 태도를 감추고 있었다.

아샤가 물었다.

—그러한 불만이 위험한 수준입니까?

—그러지 않을까 걱정되는 바입니다.

—그런 하찮은 일로 우리의 동맹이 위태로워질 수 있는 겁니까?

—우리 히타이트 사람들은 자부심이 강합니다. 누구든 우리의 자존심을 건드리는 자는 무사할 수가 없지요.

—사소한 사건을 그렇게 확대하는 것은 어리석은 일이 아닐까요?

—우리 관점에선 그건 사소한 일이 아닙니다.

—그렇다면…… 히타이트의 입장은 그것이 협상의 대상이 아니라는 말씀입니까?

—아닙니다.

아샤는 이러한 사태를 걱정하고 있었다. 하투실은 카데슈에서 람세스가 무찌른 동맹군을 지휘했던 자였다. 그의 원한은 사라지지 않았고, 그는 자신의 우위를 확인하기 위해 어떤 구실이라도 찾고 있던 중이었다.

—그렇다면 당신들은 그…… 부분까지 예상하고 있는 것입니까?

히타이트 대사가 직시했다.

—조약을 취소하는 데까지.

아샤는 이쯤에서 그가 준비한 무기를 사용하기로 마음먹었다.

—이 편지를 보시면, 대사의 감정이 좀 누그러지지 않을까요?

외무대신은 편지 한 장을 히타이트인에게 내밀었다. 호기심을 느낀 대사는 큰 목소리로 편지를 읽었다.

하투실 형제께서는 잘 지내고 계시는지. 그대의 부인과 가족,

말들과 온 나라에도 별고 없으신지. 나는 조금 전에 그대의 비난을 전해 들었소. 그대는 내가 그대를 내 신하들의 하나처럼 다루고 있다고 생각하고 있는데, 심히 가슴이 아프오. 내가 그대를 그대의 신분에 걸맞게 대한다는 사실에 의심을 갖지 마시오. 히타이트인들의 대왕이 그대말고 또 누가 있겠소? 내가 그대를 형제처럼 여긴다는 사실을 믿어 의심치 마시길.

대사는 놀란 것처럼 보였다.

—람세스 대왕께서 이 편지를 승인하시겠습니까?

—물론이지요.

—이집트의 파라오가 당신의 실수를 인정하신단 말입니까?

—람세스 폐하께서는 평화를 원하십니다. 또 한 가지 중요한 일이 결정되었다는 것을 알려드려야겠군요. 피-람세스에 대사는 물론 다른 외교관들이 머물게 될 외국관이 문을 열게 되었다는 것입니다. 그곳엔 관리들과 자질 있는 시종들이 상주하며, 당신네 외교관들의 편의를 위해 일할 겁니다. 이집트의 수도는 그리하여 그의 동맹국들과 봉국들을 연결하는 항구적인 대화의 중심이 될 것입니다.

히타이트 대사가 말했다.

—굉장하군요.

—당신네의 호전적인 의사가 곧 사라지게 되리라 기대해도 좋겠습니까?

—그렇진 않을 겁니다.

이번엔 아샤도 정말 걱정이 되었다.

—그렇다면 그 무엇도 대왕의 노기를 가라앉힐 수 없다는 말씀입니까?

—요점으로 돌아와서, 하투실 대왕 역시 평화를 공고히 하자는

데에는 동의합니다. 하지만 대왕은 한 가지 조건을 달았습니다.

히타이트 대사가 마침내 대왕의 진짜 의도를 밝혔을 때, 아샤는 너이상 웃을 기분이 아니었다.

여느 아침과 마찬가지로 제관들은 테베의 서안에 위치한 구르나 신전에서 세티의 카를 기리는 제사를 올렸다. 책임사제가 제단에 포도와 무화과, 노간주나무 가지 등의 제물을 막 바치려 하고 있을 때, 한 보좌사제가 그의 귀에 몇 마디 중얼거렸다.

—파라오께서 이곳에? 하지만 사전에 얘기가 없었지 않습니까?

몸을 돌린 사제는 하얀 옷을 입고 있는 훤칠한 키의 왕을 발견했다. 람세스의 힘과 기는 다른 사람들과 금방 구분할 수 있을 만큼 강한 것이었다.

파라오는 제사단에 올라 그의 아버지의 영혼이 머물고 있는 성소로 들어갔다. 바로 이 신전에서, 세티는 어린 람세스를 사랑과 엄격함으로 이끌어온 입문과정에 종지부를 찍으며, 그의 차남에게 왕위를 물려줄 것을 알렸었다. 그날 이곳에서, 두 개의 왕관이 빛의 아들의 머리 위에 단단히 고정되었고, 그의 운명은 바로 이집트의 운명이 되었다.

세티의 뒤를 잇는다는 것은 불가능한 일처럼 보였다. 하지만 람세스가 누릴 수 있는 진정한 자유는, 다른 사람들이 행복해질 수 있도록 자기 자신은 선택하지 않는 것, 규범을 살리는 것, 신들을 만족시키는 것에 있었던 것이다.

이제 세티와 투야, 네페르타리는 영원으로의 아름다운 길을 떠나고 없다. 그들은 천상의 배를 타고 항해하고 있다. 땅위엔 그들의 신전과 그들의 무덤이 그들의 이름을 영원히 이고 있는 것이다. 사람들이 저승의 신비를 알아내고픈 욕구를 느낄 때면, 그들은 그들의 카로 몸을 돌릴 것이었다.

제의가 끝나자, 람세스는 잿빛 왜가리들이 둥지를 튼 무화과나무가 있는 신전의 정원으로 향했다.

낮고 부드러운 피리소리가 그를 매혹했다. 느리고도 구슬픈 가락 속엔, 희망이 항상 슬픔을 사라지게 하고야 만다는 듯이, 한 가닥 웃음이 배어 있었다.

젊은 여인이 나뭇잎 그늘 아래 낮은 벽 위에 앉아 눈을 감고 연주하고 있었다. 빛나는 검은 머리칼, 여신처럼 순수하고 고운 얼굴선, 이제 서른세 살이 된 메리타몬은 그 아름다움의 절정에 와 있었다.

람세스의 가슴이 저며왔다. 그녀는 어머니 네페르타리와 흡사할 만큼 닮았다. 음악에 재능이 있는 메리타몬은 어려서부터 신전에서 신에 봉사하며 은둔생활을 할 것을 선택했다. 람세스가 왕비가 될 것을 요구하며 깨뜨려버린, 네페르타리의 젊은 날의 꿈을 살고 있는 것이다. 메리타몬은 카르낙 신전의 신성한 음악가들 가운데 가장 높은 자리를 차지할 수도 있었을 것이다. 하지만 그녀는 이곳 구르나 신전, 세티의 영혼 가까이에 머무는 편을 택했다.

마지막 음이 태양을 향해 날아올랐다. 연주자는 벽에 자신의 피리를 내려놓고 녹푸른 두 눈을 떴다.

—아버님! 언제부터 거기 계셨어요?

람세스는 품안에 뛰어든 딸을 오래도록 끌어안았다.

—보고 싶었다, 메리타몬.

—파라오는 이집트의 지아비예요. 그의 자식은 백성들 전체구요. 아들딸이 백 명도 넘는 아버님이 아직 저를 기억하고 계셨어요?

그는 떨어져서 그녀를 바라보았다.

—'왕의 아들들'…… 그들이 아무리 많다 해도, 내 유일한 사랑 네페르타리의 딸은 너 하나 아니더냐.

—지금 아버님의 부인은 아름다운 이제트잖아요.

—날 탓할 셈이냐?

—아니에요. 아버님은 잘하신 거예요. 이제트는 아버님을 배반하지 않을 거예요.

—피-람세스에 함께 가지 않겠느냐?

—아녜요, 아버님. 바깥 세상은 따분해요. 제의를 올리는 것만큼 중요한 일이 어디 있나요? 매일같이 저는 어머니를 생각해요. 저는 어머니의 꿈을 실현하고 있고, 제 행복이 곧 어머니를 영원히 살리는 길이라 믿고 있어요.

—네 어머니는 네게 그 아름다움과 성격을 물려줬구나. 너를 달리 설득할 방법이 정말 없겠느냐?

—없어요. 잘 아시잖아요.

그는 딸의 손을 가만히 잡았다.

—정말 없겠느냐?

그녀는 네페르타리와 같은 우아한 미소를 띠었다.

—제게 명령하실 생각이세요?

—아니다. 너는 파라오가 자기 뜻대로 만들기를 단념한 유일한 사람이야.

—그렇다고 아버님이 제게 진 것은 아니지요. 저는 궁전에서보다는 이곳 신전에서 더 쓸모가 있어요. 제 할아버님 할머님, 그리고 어머니의 영혼을 살리는 일이 제게는 가장 큰 일처럼 여겨져요. 조상님들과의 연결이 없이 어떤 세상을 건설할 수 있겠어요?

—그래. 그 천상의 음악을 계속 연주하려무나, 메리타몬. 이집트는 그것을 필요로 하게 될 게다.

람세스의 번민이 젊은 여인의 가슴에 스며들었다. 메리타몬은 파라오의 얼굴을 걱정스레 바라보며 물었다.

—아버님을 걱정에 빠뜨린 게 뭐죠?

—폭풍이 우리를 위협하고 있다.

—아버님은 폭풍의 주인이 아니시던가요?

—연주해라, 메리타몬. 파라오를 위해서도 연주하거라. 조화를 창조하고 신들을 기쁘게 하여 그들을 두 개의 땅으로 모셔오려무나. 폭풍이, 아주 끔찍한 폭풍이 다가오고 있다…….

5

세라마나는 격분하여 위병 초소의 벽을 주먹으로 쳤다. 석회조각이 떨어져 나갔다.

—뭐라고, 사라졌다고?

히타이트의 전 총사령관 우리테슈프를 감시하는 임무를 맡았던 병사가 몸을 떨며 대답했다.

—사라졌습니다, 대장님.

세라마나는 그 큰 손으로 부하의 어깨를 움켜잡았다. 보통 사람보다는 건장한 체격이었지만 불쌍한 병사는 그의 손아귀에 어깨가 부서지는 것 같았다.

—날 놀리는 거냐?

—그럴 리가요, 대장님. 맹세합니다.

—그럼, 눈앞에서 그냥 사라져버렸단 말이냐?

—사람들과 뒤섞여 사라져버렸습니다.

—왜 부근의 집들을 샅샅이 뒤지게 하지 않았나?

—우리테슈프는 자유의 몸입니다, 대장님! 우리는 그를 붙잡기 위해 경찰을 동원할 아무런 근거가 없습니다. 그랬다간 공권력 남용으로 고발당할 겁니다.

세라마나는 성난 황소처럼 으르렁거리며 부하를 놓아주었다. 그의 말이 옳았다.

—명령을 내려주십쇼, 대장님.

—파라오 경호병력을 두 배로 늘려라. 누구든 군기가 느슨한 놈이 내 손에 걸리면 그 대가리에 투구를 쑤셔박아버릴 테다.

람세스의 친위대 병사들은 세라마나의 위협을 가볍게 받아들이지 않았다. 화가 머리끝까지 치밀면, 왕년의 해적은 충분히 그러고도 남을 위인이었다.

세라마나는 분노를 삭이기 위해 여러 개의 단도를 던져 나무로 만든 표적의 심장에 꽂았다. 우리테슈프가 사라졌다는 것은 좋은 징조가 아니었다. 원한에 사무친 히타이트인은 되찾은 자유를 이집트의 주인을 공격하는 무기로 사용할 것이었다. 하지만 언제 어떤 방식으로?

일단의 외교관들이 지켜보는 가운데, 람세스는 아샤의 보좌를 받으며 몸소 외국관을 개장했다. 평상시와 같은 쾌활함으로 아샤는 '평화'와 '화합', '통상협력' 따위의 단어들이 일정한 간격으로 반복되는 열변을 토했다. 그 뒤를 이어 화려한 연회가 벌어졌다. 피-람세스는 이제 모든 사람들을 환대하는 서남 아시아의 수도로 정착된 것이다.

람세스는 아버지 세티로부터 사람들의 비밀을 간파해내는 능력을 물려받았다. 아샤의 연기는 썩 훌륭했지만, 친구가 뭔가 불안해하고 있으며 그것이 자신이 예상하고 있는 폭풍과 무관하지 않다는 것을 알아차렸다.

의례적인 행사가 끝나자 두 친구는 따로 떨어져 나왔다.

—훌륭한 연설이었네, 아샤.

—직업상의 의무지요. 이번 일로 폐하의 성가는 더욱 높아질 겁니다.

—내 편지에 대한 히타이트 대사의 반응은 어떻던가?

—아주 좋았습니다.

—하지만 하투실은 그 이상을 요구하겠지, 그렇지 않은가?

—가능한 얘깁니다.

—나는 외교관이 아닐세, 아샤. 진실을 말해주게나.

—폐하께 미리 알려드리는 게 낫겠지요. 만일 폐하께서 하투실이 내건 조건을 받아들이지 않으신다면 전쟁이 터질 겁니다.

—협박이군! 그런 식이라면 그 조건이 뭔지 알고 싶지도 않네.

—제 말씀을 들어주십시오, 폐하! 폐하께서는 평화를 위해 많은 일을 해오셨습니다. 그것이 한순간에 깨진다는 건 안 될 말씀입니다.

—아무것도 숨기지 말고 말해주게.

—폐하께서도 아마 아시지요, 하투실과 푸투헤파에게는 딸이 있잖습니까. 사람들 말에 의하면 굉장한 미인인 데다 머리도 똑똑하다더군요.

—좋은 일이군. 그런데?

—하투실은 평화를 공고히 하기를 원합니다. 그의 생각에 따르면, 가장 좋은 방법은 양국이 결혼으로 맺어지는 것입니다.

—무슨 소린가?

—폐하께서 이미 알고 계십니다. 우리의 화해를 결정적으로 못박기 위해서, 하투실은 폐하께 자기 딸과 결혼할 것을 요구하고 있습

니다. 그뿐 아니라, 히타이트 공주의 신분에 걸맞게 이집트의 정비가 되어야 한다고 요구하고 있습니다.

—이집트의 정비는 이제트라는 것을 잊고 있나?

—히타이트인에게는 그런 세세한 점은 별로 중요하지 않습니다. 그들에게 있어, 아내는 남편에게 무조건 복종해야 하는 존재지요. 남편이 버리면, 여인은 군소리 없이 그에 따라야 하는 게 그들의 법입니다.

—우리는 지금 야만인들의 나라가 아니라 이집트에 살고 있네, 아샤. 자네는 나보고 숙적의 딸과 결혼하기 위해 이제트를 버리라고 말하는 건가?

외무대신이 정정했다.

—지금은 폐하의 가장 중요한 동맹자입니다.

—그런 요구는 일고의 가치도 없네!

—겉으로 보기엔 그렇습니다. 하지만 실제에 있어선 이로운 점이 전혀 없는 것도 아니지요.

—나는 이제트에게 그런 모욕을 안길 수 없네.

—파라오는 여느 지아비들하고는 다릅니다. 폐하의 감정보다는 이집트의 영광이 우선입니다.

—여자들과 그렇게 놀아나더니만, 자네는 파렴치한이 되어버렸나 보군.

—저는 절조 따위는 모릅니다. 인정하지요. 하지만 폐하의 대신이자 친구로서 의견을 말씀드리고 있는 겁니다.

—카나 메렌프타에게 의견을 묻는 것은 불필요할 게야. 나는 그들이 뭐라 할지 벌써 알 수 있네.

—그들이 폐하의 왕비이자 생모인 이제트를 아끼는 것은 당연한 일이겠지요. 하지만 이것은 전쟁과 평화의 갈림길입니다…… 폐하께서 결단을 내리셔야 합니다.

—아메니와 같이 식사하세나. 나는 그의 의견을 듣고 싶네.

—세타우의 의견도 듣게 되실 겁니다. 방금 누비아에서 돌아왔습니다.

—이제야 좋은 소식 하나를 듣게 됐군!

누비아에 깊이 반해버린 땅꾼 세타우, 날카로운 눈을 가진 외교관 아샤, 헌신적이고 엄격한 서기관 아메니…… 오래 전 우정을 함께 나누었고 진정한 힘이란 무엇인가를 함께 얘기하던 멤피스 대학 캅의 동창생들이 다시 한자리에 모였다. 한 사람, 모세만이 빠져 있었다.

람세스의 주방장은 기대 이상의 솜씨를 발휘했다. 호박과 부추를 고기즙과 함께 무친 것, 무화과 퓌레에 곁들인 백리향에 그을린 양고기, 소금에 절인 콩팥, 염소 치즈, 캐롭에 즙을 입힌 꿀과자 등…… 오랜만의 재회를 기념하기 위해 람세스는 세티 3년에 담근 적포도주를 내오게 했다. 그 향에 세타우는 넋을 잃었다.

해독제들이 든 주머니가 잔뜩 달린 영양가죽 옷을 입은 코브라들의 친구가 말했다.

—세티를 찬양할지어다! 그분의 통치 하에 이러한 기적과도 같은 포도주가 생산되었다는 것은, 그분이 신들의 축복을 받았다는 것을 뜻하네.

아메니가 한탄했다.

—자네는 여전히 그 촌티를 벗지 못했구만.

아샤가 동의했다.

—맞아.

—서기관 자네는 제 몸무게의 두 배나 먹는 것에 만족하게! 살이 찌지 않는 비결이 도대체 뭔가?

—왕국을 위해 일하는 것이지.

—내가 누비아를 개척하는 일에 대해서 뭐 비난할 거라도 있나?

—만일 그랬다면, 나는 이미 오래 전에 보고서를 작성해 올렸을 것이네.

아샤가 끼어들었다.

—자네들 그 말다툼은 여전하구먼. 이제는 좀더 진지한 문제를 얘기해보자구.

람세스가 생각에 잠겨 말했다.

—모세만 빠졌군. 그는 지금 어디에 있나, 아샤?

—여전히 사막을 헤매며 싸움을 벌이고 있습니다. 그는 그의 약속의 땅이란 곳에 닿지 못할 것 같아요.

—모세는 길을 잘못 들었어. 하지만 그 길의 끝에서 그는 자기가 원하던 것을 찾을 걸세.

아샤가 고백했다.

—저도 옛날이 그립습니다. 하지만 우리 히브리 친구가 이집트를 배반했다는 사실을 어떻게 잊을 수 있습니까?

세타우가 잘라 말했다.

—지금은 추억에 빠져 있을 때가 아니네. 나를 떠난 친구는 더이상 내 친구가 아니지.

람세스가 물었다.

—만일 그가 공개적으로 용서를 빈다면, 그래도 자네는 그를 거부할 텐가?

—사람이 일정한 경계를 넘어서면 더이상 되돌아올 수 없는 법이지. 용서란 약자들의 자기 합리화일세.

아샤가 말했다.

—람세스 폐하께서 자네에게 우리의 외교를 맡기지 않은 것은 천만다행이야.

—뱀들을 상대로 타협책이란 존재하지 않네. 독이란 사람을 죽이든가 아니면 사람을 치료하든가 둘 중의 하나야.

아메니가 말했다.

—모세는 당면문제가 아닐세.

세타우가 설명했다.

—내가 오늘 여기 온 것은 로투스 때문일세. 앞날을 내다보는 그녀의 능력 덕분에 우리는 위험을 알아차렸네. 파라오에게 위험이 다가오고 있어, 그렇지 않으신가?

파라오는 부정하지 않았다. 세타우는 아메니 쪽을 돌아보았다.

—이봐 서기관, 그 과자 그만 좀 먹고, 자네가 알고 있는 것을 우리에게 얘기해주게나.

—하지만 말할 게 없는데…… 내가 보기엔 모든 게 정상이야.

—그럼 자네 쪽은, 아샤?

외교관은 그릇에 든 물에 손가락을 닦았다.

—하투실이 예기치 않았던 요구를 해왔네. 자기 딸을 파라오와 결혼하게 해달라는 거야.

세타우는 흥겨운 듯 말했다.

—뭐가 문제야? 그런 종류의 정략결혼은 과거에도 행복하게 이루어졌었네. 그 히타이트 여자를 둘째 부인으로 맞으면 되잖나!

—상황이 좀 복잡하네.

—여자가 못생겼나?

—히타이트 대왕은 딸이 파라오의 정비가 되기를 바라고 있어.

세타우는 흥분했다.

—그렇다면…… 우리의 오랜 적이 파라오에게 이제트 왕비를 버리라고 요구한단 말인가!

아샤가 말했다.

—자네의 표현은 좀 과격하긴 하지만 아주 적절하네.

세타우는 포도주 잔을 다시 비우면서 말했다.

—나는 히타이트인들을 증오하네. 이제트 왕비는 물론 네페르타

리 폐하는 아니지. 하지만 그렇다고 그분이 그런 일을 당할 수는 없어.

아메니가 볼멘 목소리로 말했다.

—그 점에선 나도 자네와 동감일세.

아샤가 말했다.

—자네들은 너무 충동적이야. 평화가 걸려 있는 문제일세.

세타우가 반박했다.

—적들이 우리에게 자기네 법을 강요할 수는 없어!

외무대신이 환기시켰다.

—그들은 더이상 우리의 적이 아니야.

—틀렸어! 하투실과 그 패거리들은 이집트를 정복할 생각을 결코 버리지 않을 거야.

—틀린 건 자네야. 히타이트 대왕은 평화를 원하고 있어. 단지 조건을 제시하는 것이지. 왜 생각해보지도 않고 거부해야 하는가?

—나는 내 직관밖에는 믿지 않아.

두 사람의 논쟁을 지켜보던 아메니가 말했다.

—나는 곰곰이 생각해봤네. 나는 이제트 폐하를 그리 좋아하지는 않네. 하지만 그분은 이집트의 왕비이고, 네페르타리 폐하 사후에 파라오께서 선택하신 정비이시네. 비록 히타이트 대왕이라 할지라도 그분을 모욕할 권리는 없어.

아샤가 말했다.

—미련들 하구먼! 자네들은 수천의 이집트인들을 죽음으로 몰아가고 싶은가? 우리의 북부 보호령들을 피로 물들이고, 나라 전체를 위태롭게 하고 싶은가 말일세.

아메니와 세타우는 람세스를 바라보았다.

파라오가 조용히 말했다.

—결정은 나 혼자 내리겠네.

6

대상(隊商)의 주인은 망설였다.

곧장 남쪽으로 내려가는 해안로를 따라 베이루트와 가나안을 지나 실레에 닿을 것인가, 아니면 다마스커스 서편을 끼고 헤르몬 산과 안티-레바논 산맥 사이의 길을 택할 것인가?

페니키아는 아름다운 고장이었다. 떡갈나무와 사이프러스 숲, 시원한 그늘을 드리운 호도나무, 맛있는 열매가 열린 무화과나무가 줄지어 있었고, 마을마다 인심이 후해 머물기에 좋았다.

하지만 서둘러 피-람세스에 유향을 배달해야만 했다. 아라비아 반도에서 무진 애를 쓴 끝에 수확한 유향이었다.

대상은 이집트인들이 '손테르' 즉 '신성화하는 것'이라고 부르는 이 하얀색의 유향과, 역시 값비싼 붉은색의 몰약을 함께 운반하는 중이었다. 신전에서 제의를 올릴 때에는 이런 귀한 물건들이 꼭 필요했다. 성소에 퍼진 유향은 그 냄새가 하늘에까지 닿아 신들의 코를 즐겁게 해주었다. 의사들이나 미라를 만드는 사람들도 유향을 사용했다.

진녹색의 작은 잎을 가진 아라비아 유향나무는 그 높이가 5~8미터에 달했다. 8, 9월에 가운데가 자줏빛인 황금색의 꽃이 피면, 나무 껍질 속에는 하얀색의 수지 방울이 맺혔다. 나무 껍질을 긁어내는 전문가라면, "나와 함께 있는 것을 기뻐하여라, 유향나무야. 파라오께서 너를 자라게 해주실 게다"라는 옛부터 내려오는 마법의 주문을 외며 일 년에 세 번 수확을 거둘 수 있었다.

대상은 또한 아시아 산(産) 청동과 주석, 유리도 운송하고 있었다. 하지만 사람들이 많이 찾고 또 흥정하기도 쉬운 그 물건들은 유향만큼 가치 있지 않았다. 이번 배달이 끝나면 대상의 주인인 유향 납품업자는 델타의 아름다운 별장에서 쉴 작정이었다.

머리가 벗겨지고 배가 나온 유향 납품업자는 품성이 넉넉한 사람이었다. 하지만 일에 대해서는 철저했다. 그는 직접 마차와 당나귀들의 상태를 점검했다. 고용인들에게는 충분한 음식과 휴식시간을 주었지만, 조금이라도 일에 불철저하다거나 불평하면 그 즉시 해고해버렸다.

대상의 주인은 해안로보다는 힘들지만 거리가 짧은 좁은 산길을 택했다. 산길은 그늘이 시원할 것이고 당나귀들도 더위를 먹지 않을 것이다. 당나귀들은 힘들어하지 않고 잘 걸었다. 20명의 상인들은 낮은 소리로 노래를 불렀다. 시원한 바람이 그들의 발길을 가볍게 해주었다.

—주인님…….

—왜 그러나?

—누가 우리를 뒤쫓아오고 있는 것 같은데요.

주인은 어깨를 으쓱했다.

—언제쯤 돼야 자네가 용병이었단 사실을 잊게 될 텐가? 이제 전쟁은 끝났어. 우리는 안전하게 여행할 수 있단 말일세.

—제가 뭐라고 그랬습니까? 하지만 어쨌든 누가 우리를 쫓아오고 있습니다. 이상한 일인데요…….

—상인들이 우리만 있는 게 아니잖나!

—만일 저것들이 부랑자들이라면 제 식량을 저들한테 나눠줄 생각은 하지 마십쇼.

—쓸데없는 걱정 말고 자네 당나귀들이나 잘 돌봐.

대상의 선두가 갑자기 멈춰 섰다.

화가 난 주인은 대열을 거슬러올라갔다. 그는 잔뜩 쌓여 있는 나뭇가지들 때문에 당나귀들이 전진할 수 없다는 것을 확인했다.

—저걸 빨리 치워버려!

선두의 상인들이 일을 막 시작하려 할 때였다. 어디선가 날아온 화살들이 그들을 땅에 쓰러뜨렸다. 당황한 상인들은 도망치려 했지만 공격자들에게서 벗어날 수 없었다. 전에 용병이었던 자는 칼을 휘두르며 바위투성이 비탈길을 기어올라가 궁수들 가운데 하나에게 덤벼들었다. 하지만 긴 머리칼을 휘날리는 건장한 체격의 사내가 자루가 짧은 도끼로 그의 두개골을 쪼개버렸다.

순식간에 일어난 참변이었다. 대상의 주인만이 아직 목숨을 부지하고 있었다. 도망가지도 못한 채 부들부들 떨고 있던 그는 가슴팍이 온통 갈색 털로 뒤덮인 살인자가 가까이 다가오는 것을 바라보았다.

—살려주세요…… 살려만 주시면 제가 가진 것을 모두 드리겠습니다!

우리테슈프는 웃음을 터뜨렸다. 그는 불행한 상인의 배에 칼을 꽂았다. 오래 전부터 그는 상인들을 증오해왔다.

그의 부하들인 페니키아인들이 시체들에서 화살을 거두어들였다. 당나귀들은 새로운 주인의 명령에 순순히 복종했다.

시리아인 라이아는 우리테슈프의 폭력을 두려워했다. 하지만 그는 평화에 반대하고 어떡해서든 람세스를 전복시키려는 무리들의 이익을 위해 그보다 더 나은 동지를 찾아낼 수 없었다. 그간의 휴식기간 동안 라이아는 부를 축적했다. 하지만 그는 전쟁이 다시 일어날 것이며, 히타이트인들이 이집트에 대한 공격에 나설 것이라는 사실을 믿어 의심치 않았다. 전 총사령관인 우리테슈프는 그들 군대의 지지를 받게 될 것이고 병사들의 전의를 북돋울 것이다. 그가 구렁텅이에서 빠져나오게 도왔다는 사실만으로도 라이아는 언젠가 좋은 자리를 차지할 수 있을 것이다. 상인 라이아는 큰 투자를 하고 있는 셈이었다.

우리테슈프가 그의 창고에 들어섰을 때, 라이아는 자신도 모르게 뒤로 물러섰다. 그는 저 포악하고 냉정한 성정의 잔인무도한 작자가 단지 살인의 기쁨만을 위해 자신의 목을 벨 수도 있으리라는 느낌을 받았다.

—벌써 돌아오셨군요!

—왜, 나를 다시 보게 된 것이 반갑지 않은가, 라이아?

—천만의 말씀입니다, 장군님! 하지만 일이 그렇게 간단한 것이 아니었는데…….

—내가 간단한 것으로 만들었지.

시리아 상인의 턱수염이 부르르 떨렸다. 그는 우리테슈프에게 페니키아인들과 접촉하여 그들이 아라비아 반도에서 가져온 유향을 모두 사버리라고 요구했었다. 흥정은 쉽지 않을 것이었지만, 라이아는 대상의 주인이 자기 물건을 양도하기에 충분한 주석판을 우리테슈프에게 주었다. 게다가 밀수입한 은판과 귀한 화병들, 고급 포목들도 교환조건으로 덧붙였었다.

—간단하게 하셨다니…… 어떤 방법으로?

—상인들은 말로 하지만, 나는 행동으로 하지.

—그렇다면 장군님은 유향을 팔도록 대상의 주인을 설득하는 데 별 어려움이 없으셨단 말씀이군요.

우리테슈프는 야수와 같은 미소를 지었다.

—전혀 어려움이 없었지.

—하지만 그는 흥정에 강할 텐데…….

—내 칼 앞에서는 강한 놈이 없어.

—설마…….

—나는 용병들을 고용해서 대상 전체를 처치해버렸네.

—하지만 왜?

—나는 말 많은 건 딱 질색이야. 어쨌든 유향을 가져왔지 않나. 중요한 건 그것 아닌가?

—조사가 있을 겁니다!

—시체들은 계곡 아래에 던져버렸어.

라이아는 그저 돈이나 버는 상인으로 만족하는 편이 더 낫지 않았을까 하는 생각이 들었다. 하지만 물러서기에는 너무 늦었다. 조금이라도 주저하는 기색을 보이면 우리테슈프는 아무 망설임 없이 그를 제거할 것이다.

우리테슈프가 팔짱을 끼며 물었다.

—자 그럼, 이제 다음 계획은 뭔가?

라이아가 말했다.

—유향을 없애버려야 합니다.

—없애? 한 재산 나가는 물건 아닌가?

—맞습니다. 하지만 유향을 사가는 사람은 그가 누구든 우리를 배반하게 될 겁니다. 이것은 본래 신전을 위한 것입니다.

—나는 무기와 말과 용병들이 필요하다.

—이걸 팔아서 돈을 만들 생각은 아예 하지도 마십시오!

—상인들의 생각이란 정말 좀스럽군. 자네가 이것을 팔아줘야겠어. 조금씩 나눠서 그리스나 키프로스로 떠나는 상인들에게 팔란 말이야. 그러면 우리는 이 빌어먹을 평화를 깨뜨리는 데 함께 할 동지들을 모을 수 있을 거야.

우리테슈프의 계획은 아주 미친 짓은 아니었다. 페니키아의 중개상들을 이용하면 라이아는 큰 위험 없이 유향을 풀어낼 수 있을 것이다. 이집트에 대해 무척이나 적대적인 페니키아에는 하투실의 정책에 실망한 많은 히타이트인들이 피신해 있었다.

우리테슈프가 말을 이었다.

—그리고 나는 바람막이가 필요하다. 세라마나의 눈을 언제까지 피할 순 없을 테고, 그놈은 내가 할 일 없이 세월이나 축내는 것으로 보이지 않으면 나를 끊임없이 감시하고 못살게 굴 거야.

라이아는 머리를 굴렸다.

—그렇다면 돈 많고 존경받는 여자와 결혼하셔야 합니다. 사랑에 굶주린 부유한 과부, 그게 바로 해결책입니다.

—그런 여자를 알고 있나?

라이아는 턱수염을 긁적였다.

—제 고객들은 하도 많아놔서…… 두어 가지 생각이 있습니다. 다음주에 있는 연회에서 사람들에게 장군님을 소개하겠습니다.

—아라비아 반도에서 다시 유향이 운반돼오는 날짜는 언젠가?

—저도 아직 모릅니다. 하지만 시간은 충분합니다. 제 정보망이 사전에 알려올 겁니다. 하지만…… 또다시 습격이 있게 되면 이집트 군이 나서지 않을까요?

—습격당한 흔적은 하나도 남아 있지 않을 거야. 이집트 당국은 당황하겠지. 우리는 올해 수확할 유향 전체를 손에 넣게 될 거야.

그런데 자네는 무슨 근거로 유향의 부족이 람세스를 곤경에 빠뜨리게 될 거라고 그렇게 굳게 믿나?

—이집트 사람들에게 제의가 올바르게 집행되는 것보다 중요한 일은 없습니다. 먼 조상 때부터 전해내려온 규칙대로 제의가 집행되지 않으면, 나라의 안정이 위태롭게 됩니다. 유향과 몰약이 부족하다는 것을 사제들이 알게 되면, 그들은 람세스에게 반기를 들 겁니다. 앞날을 못 내다본 자신의 무능을 확인하는 일말고, 그가 뭘 할 수 있겠습니까? 그는 신들을 우습게 안다고 비난받을 것이고, 사제들과 백성들은 불만을 갖게 될 겁니다. 만일 우리가 제때에 몇 가지 헛소문을 퍼뜨리는 데 성공한다면 혼란은 더욱 심해져서, 람세스는 자신의 중요한 지지기반을 잃게 될 것이고, 큰 도시들에서는 심각한 사태가 벌어지게 될 겁니다.

우리테슈프의 뇌리에 난장판이 되어 노략질이 극성을 부리는 이집트, 히타이트 군의 발길 아래 짓밟히는 파라오의 왕관, 공포에 질린 람세스의 시선이 환영처럼 떠올랐다. 그의 온몸이 격렬히 진동했다.

증오심으로 뒤틀린 그의 얼굴은 시리아 상인을 두려움에 떨게 했다. 암흑의 왕국에 들어간 우리테슈프는 한동안 인간들의 세상을 잊고 있었다. 그가 이를 악물고 신음을 토하듯이 말했다.

—나는 빨리 해치우고 싶다, 라이아.

—서둘러서는 안 됩니다, 장군님. 람세스는 무서운 상대입니다. 조급함은 우리를 실패로 이끌 겁니다.

—나는 사람들이 그의 주술적인 보호막에 대해 말하는 것을 들었는데…… 뭐, '카'라고 부르던가? 하지만 그도 나이를 먹어서 약해졌겠지. 게다가 네페르타리도 그 저주받을 왕 곁에서 돕지 못하게 됐으니…….

라이아가 상기시켰다.

—우리의 첩보조직은 세나르와 메바를 뒤에서 조종하는 데 성공했었지요. 그들은 이제 죽고 없지만, 저는 아직도 행정부의 고위층과 관계를 유지하고 있습니다. 관리들이란 이따금 말이 많지요. 그들 가운데 하나가 제게 알려준 바에 따르면 이집트와 히타이트의 외교관계가 악화될 위험에 있다고 합니다.

—굉장한 소식이군! 뭣 때문에 사이가 나빠진 건가?

—아직은 비밀에 속합니다만, 제가 좀더 알아보겠습니다.

—운이 우리 쪽으로 기우는 것 같다, 라이아! 람세스가 무서운 놈이라곤 하지만 나 역시 그만 못하진 않아!

7

이제트의 시녀는 왕비의 등에 오랫동안 비누질을 하고, 그녀의 날씬한 몸에 향을 넣은 미지근한 물을 부었다. 시녀가 비누로 사용하는 것은, 귀한 나무인 발라니트의 과실과 껍질에서 추출해낸 사포닌이 풍부한 물질이었다. 이집트 왕비는 뭔가를 꿈꾸는 듯한 표정으로, 손톱을 다듬는 시녀와 화장을 담당한 시녀에게 몸을 맡겼다. 시종 하나가 그녀에게 신선한 우유가 든 잔을 가져다주었다.

이제트는 테베보다는 피-람세스에서 지내는 것이 더 편했다. 그곳, 강의 서안의 왕비들의 계곡에는 네페르타리의 무덤이 있었다. 그리고 라메세움에 있는 그녀의 성소에서, 람세스는 자주 제사를 지냈다.

파라오가 건설한 국제적인 도시인 이곳 피-람세스의 생활은 머리가 어지러울 정도로 혼잡했지만, 그 때문에 저승이나 과거에 대한 생각은 좀체로 하지 않게 되었다.

이제트는 반들거리는 원반 모양의 청동거울에 자신의 모습을 비춰보았다. 거울의 손잡이는 다리가 길고 머리에 파피루스 꽃다발을 쓰고 있는 벌거벗은 여인의 형상을 하고 있었다.

그녀는 아직 아름다웠다. 그녀의 피부는 귀한 천과도 같이 부드러웠고, 얼굴은 아직도 청춘의 모습을 간직하고 있었으며, 두 눈엔 사랑이 빛나고 있었다. 하지만 그녀의 아름다움은 네페르타리에 견줄 것이 못 되었다. 람세스는 네페르타리를 언젠가는 잊게 될 것이라는 거짓말을 하지 않았다. 이제트는 차라리 그런 람세스가 고맙게 느껴졌다.

이제트는 네페르타리를 질투하지 않았다. 그녀는 네페르타리를 그리워하고 있었다. 이제트는 결코 왕비의 자리를 탐한 적이 없었다. 람세스에게 두 아들을 낳아준 것만으로도 그녀는 행복했다.

두 아들의 성격은 완연히 달랐다. 이제 37살이 된 카는 고위 성직자가 되어 대부분의 시간을 신전의 도서관에서 보냈다. 27살이 된 메렌프타는 제 아버지마냥 건장한 몸을 타고났고, 지도력을 발휘하는 데 남다른 자질을 보이고 있었다. 둘 중 하나가 왕이 될 것이다. 하지만 파라오는 대부분 탁월한 행정가로 성장한 수많은 '왕의 아들들' 가운데 하나를 후계자로 지명할 수도 있었다.

이제트는 권력이나 미래에 대해서는 신경 쓰지 않았다. 그녀는 운명이 그녀에게 베풀어준 기적의 매순간을 만끽하고 있었다. 람세스의 곁에서 살아간다는 것, 그와 동행하여 공식행사에 참가한다는 것, 그가 두 개의 땅을 통치하는 것을 바라본다는 것…… 이보다 더 멋진 삶이 달리 있겠는가?

시녀는 왕비의 머리를 땋고 몰약 향수를 뿌리고 짧은 가발을 씌우고 그 위에 진주와 홍옥수로 만든 왕관 모양의 장식을 올렸다.

—버릇없게 구는 것을 용서해주세요…… 하지만 폐하는 정말 아름다우세요!

이제트는 미소지었다. 그녀는 람세스를 위해서라도 아름다움을 간직해야 했다. 가능한 한 오랫동안 그녀가 이제 젊지 않다는 사실을 그가 깨닫지 못하게 해야만 했다.

그녀가 몸을 일으키려는 순간, 그가 나타났다. 그 누구와도 견줄 수 없는 남자, 누구도 그의 지성과 힘, 위엄을 갖추고 있지 못했다. 신들은 그에게 모든 것을 주었고, 그는 그 선물을 자기 백성들에게 돌려주고 있었다.

—람세스! 저는 아직 옷을 입지 않았어요.

—당신하고 의논할 중대한 문제가 있소.

이제트는 이런 일이 생길까 걱정했었다. 네페르타리는 다스리는 법을 알았지만, 그녀는 그렇지 못했다. 왕비는 국가라는 배의 운항에 함께 관여해야 한다는 사실에 그녀는 거의 두려움을 느낄 정도였다.

—파라오께서 결정하시는 게 옳겠죠.

—이제트, 당신이 관련된 문제요.

—저요? 맹세하건대, 저는 아무 일에도 관계한 게 없어요…….

—바로 당신의 신상에 관한 일이오. 그리고 평화가 걸려 있소.

—무슨 말씀이신가요? 자세히 설명 좀 해주세요.

—하투실은 나에게 자기 딸과 결혼할 것을 요구해왔소.

—정략결혼인가요…… 안 될 것도 없지요.

—그는 그 이상을 요구하오. 자기 딸이 정비가 되기를 원하오.

아름다운 이제트는 한동안 꼼짝도 않고 있었다. 이윽고 그녀의 두 눈에 눈물이 가득 고였다. 기적은 이제 사라져버렸다. 그녀는 물러나야 하고, 이집트와 히타이트의 우호관계를 상징하는 젊고 예쁜 히타이트 처녀에게 자리를 양보해야 했다. 이제트가 갖는 비중은 깃털 하나의 무게만도 못한 것이었다.

람세스가 말했다.

—결정은 당신이 내려야 하오. 당신은 왕비의 자리를 내주고 물러나는 것을 받아들이겠소?

왕비는 처연한 미소를 지었다.

—그 히타이트 공주는 아주 젊겠죠…….

—그녀의 나이가 중요한 게 아니오.

—당신은 저를 무척 행복하게 해주셨어요, 람세스. 당신의 뜻이 바로 이집트의 뜻이에요.

—그렇다면, 물러나겠단 말이군.

그녀는 조용히 고개를 숙이고, 수십 년 전의 일을 떠올렸다. 람세스가 네페르타리와 결혼한다는 말을 듣고, 그에게 물었던 날. 그 날도 오늘처럼 가슴이 무너져내렸었다.

—평화에 방해가 된다는 것은 죄를 짓는 일이지요.

—그런가? 그런데 나는 물러설 수가 없소! 히타이트 대왕이 이집트의 파라오에게 결정을 강요할 수는 없소. 우리는 여자들을 비천한 동물처럼 취급하는 야만족이 아니오. 역대 두 땅의 주인 가운데 누가 파라오의 존재 자체에 속하는 자신의 왕비를 쫓아냈단 말이오? 그런데 람세스에게 아나톨리아의 전사가 감히 우리 조상들의 법을 어기라고 요구한단 말인가!

람세스는 아름다운 이제트의 손을 다정하게 잡았다. 이제트는 참았던 눈물이 쏟아졌다.

—당신은 이집트 왕비라면 마땅히 취해야 할 바를 내게 보여주었소. 이제는 내가 행동할 차례요.

넓은 집무실에 나 있는 세 개의 커다란 창문들 가운데 한 곳을 통해 스며든 석양의 햇살이, 세티의 조상을 금빛으로 물들이고 있었다. 전통에 따라 눈과 입을 열고 있는 모습의 세티의 조상은, 조각가의 마법과 같은 솜씨 덕분에 마치 살아 숨쉬는 것 같았다. 세티는 세상이 신성한 빛으로 물드는 고요한 저녁 무렵, 오로지 그의 아들만이 깨달을 수 있는 올바름의 교훈을 전해주고 있었다.

흰색의 벽, 서남 아시아의 지도가 펼쳐져 있는 커다란 탁자, 등받이가 곧은 파라오의 의자, 방문객들을 위한 짚을 넣은 의자들, 왕의 영혼을 보호하는 것에 관련된 책들로 가득한 서가, 그리고 파피루스들이 담긴 서랍장…… 이러한 절제된 분위기 속에서 람세스 대왕은 나라의 앞날이 걸린 문제에 대해 홀로 고뇌하고 있었다.

왕은 헬리오폴리스 생명의 집의 현자들과 주요 신전들을 관리하는 대사제들, 총리대신을 비롯한 대신들과 상의하고, 이제는 그의 집무실에 틀어박혀 세티의 영혼과 대화를 나누고 있었다. 예전에 그는 네페르타리나 투야와 상의할 수 있었다. 이세트는 자신의 한계를 알고 있었고, 그에게 별다른 도움이 되어주지 못했다. 고독의 무게는 더더욱 커져만 갔다. 이제 곧 그는 누가 과연 최초의 파라오 이후로 계속되어온 과업을 물려받을 수 있는지, 자신의 두 아들을 시험대에 올려야만 했다.

이집트는 강하면서 동시에 허약했다. 마아트의 규범이 인간들의 잡사를 초월하여 존속하고 있었기 때문에 이집트는 강했다. 하지만 세상은 변하고 있었고 폭정과 탐욕, 이기심에 점점 더 많은 자리를 내주고 있었기 때문에 이집트는 약했다. 파라오들이야말로 보편적인 규범의 구현이요, 사랑과 정의의 구현인 마아트 여신의 지배를 존속시키고자 최후까지 투쟁할 자들이었다. 왜냐하면 마아트가 없는 세상은, 야만인들이 신들과의 모든 관계를 저버린 채 저들의 이익만을 늘리기 위해, 점점 더 파괴적인 무기를 동원하는 싸움터로 변할 것임을 그들은 알고 있었기 때문이었다.

혼돈과 폭력, 불의와 거짓과 증오가 설치는 곳에 마아트를 다시 세우는 것, 이것이야말로 보이지 않는 힘들의 도움을 받아 파라오가 이뤄내야만 할 과업이었다. 그리고 히타이트 대왕이 요구하는 것은 분명 마아트에 어긋난 것이다.

보초병이 멋지게 차려입은 아샤를 집무실로 안내했다.

그가 람세스에게 말했다.

—저는 이런 곳에서는 별로 일하고 싶지가 않군요. 언제 봐도 너무 허전해요.

—아버님께선 불필요한 장식을 싫어하셨네. 나도 마찬가지야.

—파라오가 된다는 것도 별로 즐거울 게 없군요. 폐하를 부러워하는 자들은 멍청이들이거나 아니면 생각이 모자란 사람들입니다. 그런데 폐하께선 결정을 내리셨습니까?

—나는 사람들과 만나 상의해보았네.

—제가 폐하를 설득시킨 셈입니까?

—아닐세, 아샤.

외무대신은 서남 아시아 지도를 들여다보았다.

—바로 제가 겁내던 상황이 닥쳤군요.

—하투실의 요구는 하나의 모욕일세. 그러한 요구에 굴복한다는 것은 파라오의 정체를 부정하는 것과 다름이 없네.

아샤는 히타이트 제국의 영토를 손가락으로 짚었다.

—요구를 받아들이지 않는다는 것은 바로 선전포고를 의미합니다, 폐하.

—내 결정을 비난할 셈인가?

—파라오 람세스 대왕의 결정이 아닙니까. 선왕께서도 똑같은 결정을 내리셨을 겁니다.

—그렇다면 자네는 나를 시험해본 것인가?

—저는 평화를 위해, 외교관으로서의 직분을 다했을 뿐이지요. 만일 제가 폐하를 시험해보지 않는다면, 과연 친구라고 불릴 자격

이 있겠습니까?

왕의 입술에 가벼운 미소가 스쳤다.

—폐하께선 언제 총동원령을 내리실 생각이십니까?

—우리 외무대신께선 무척 비관적이시군.

—폐하의 공식적인 답신은 하투실의 분노를 일으킬 것입니다. 그는 한순간도 주저하지 않고 전쟁을 선포할 겁니다.

—자네는 자신감이 부족해, 아샤.

—저는 현실주의자이지요.

—만일 아직도 평화를 구할 수 있는 자가 있다면, 그것은 바로 자네야.

—달리 말하면, 파라오께선 저더러 하투사로 가서 히타이트 대왕에게 폐하의 입장을 설명하고 그의 생각을 돌리라는 것이군요.

—자네는 내 속마음을 다 읽었네.

—성공할 가능성이 전혀 없습니다.

—아샤…… 자네는 다른 큰일도 이뤄내지 않았는가?

—저도 늙었습니다…… 폐하.

—그만큼 경험이 풍부해졌잖나! 이 말도 안 되는 결혼에 대해 논쟁만 하는 것으로는 충분치가 않아. 좀더 공격적이 되어야만 하네.

외교관은 눈썹을 찌푸렸다. 그는 자신이 람세스를 잘 알고 있다고 믿었었다. 하지만 파라오는 다시 한번 그를 놀라게 하고 있었다.

왕이 말을 이었다.

—우리는 우리의 친구 하투실 대왕과 상호협력의 조약을 맺은 바 있네. 자네는 그에게 이렇게 설명하게. 리비아인들이 우리의 서쪽 국경을 침략해오지 않을까, 내가 걱정하고 있다고 말일세. 그런데 평화가 정착된 이후로 우리의 군사장비는 노후되어버렸고, 철도 많이 부족하네. 히타이트 대왕에게 상당한 양의 철을 제공해줄 것을 요구하게. 우리는 양국의 조약 덕분에, 그리고 또한 하투실의 도움

으로, 침입자들을 무찌를 수 있을 것이네.

말문이 막힌 아샤는 팔짱을 꼈다.

—그게 정말 제 임무입니까?

—한 가지 잊은 게 있네. 나는 그 철이 가능한 한 빠른 시일 내에 이집트에 당도할 것을 요구하네.

8

카* 왕자는 군인이나 관리가 되기를 거부했다. 그러한 세속적인 일은 그의 마음을 사로잡지 못했다. 그는 현자들의 글이나 고대 왕국의 기념물에 진정한 열정을 느끼고 있었다. 엄격해 보이는 각진 얼굴, 삭발한 머리, 짙푸른 눈, 좀 마른 편인 몸, 그리고 이따금 쑤시는 관절 때문에 걸음걸이가 어색해 보이는 그는 타고난 학자였다. 멤피스의 프타 대사제로서, 카는 자기가 맡은 일 가운데 세속적인 부분은 다른 사제에게 떠맡겨버리고, 공기와 돌과 물과 나무 속에 현현하는 숨은 힘을 탐구하는 중이었다.

헬리오폴리스의 생명의 집에는 '빛의 영혼들'이라 불리는, 성스런 고문헌들이 보관되어 있었다. 파라오들이 피라미드를 건설하고 현자들이 제문을 작성했던 이집트의 황금기에 쓰여진 문헌들이었다. 그

축복받은 시대에 선조들은 삶과 죽음의 비밀을 밝혀내지 않았던가? 현자들은 우주의 신비를 탐색한 것에 만족하지 않고, 그 신비를 신성문자로 기록해서 그들의 지식을 후세에 전달하고자 했다.

카 왕자는 전통에 관한 한 최고 전문가로 인정받고 있었다. 수년 전, 재위 30주년을 맞이한 람세스의 첫번째 재생 제의 때에는 카가 책임사제 직을 맡았었다. 30년이란 오랜 기간 동안 권력을 행사하고 나면 파라오를 지켜주는 신비한 힘인 '카(ka)'가 소진된 것으로 간주되었다. 따라서 그의 '카'를 재생시키고, 새로운 에너지를 부여받을 수 있도록 모든 신들과 여신들을 그의 주위에 불러들여야 했다. 무수한 악마들이 람세스의 '카'의 재생을 방해하고 나섰지만, 프타 대사제 카 왕자의 힘은 그 악마들을 넘어선 것이었다.

카는 이른 새벽부터 헬리오폴리스 근처, 붉은 산의 채석장을 기어오르고 있었다.

카는 난해한 고문헌들을 풀이하는 것에만 만족하지 않았다. 커다란 계획이 그의 머리에서 떠나지 않고 있었다. 너무도 큰 계획이기에 파라오의 지지가 필요할지도 모르는 일이었다. 그는 자신의 꿈을 아버지에게 알리기 전에, 그것을 조금씩 구체화시켜야만 했다.

먼저, 이곳 헬리오폴리스의 채석장에서 석영을 찾아내야 했다. 신화에 따르면, 신들은 빛에 반란을 일으킨 사람들을 이곳 헬리오폴리스의 붉은 산에서 몰살시켰다. 그들이 흘린 피가 아직도 이 붉은 산 바위에 남아 있다고 했다.

카는 비록 석공이나 조각가의 수업을 받지는 않았지만, 본능적으로 자연 그대로의 물질들과 교감하는 법을 알고 있었다. 그는 돌의 혈관 속에 흐르고 있는 잠재된 힘과 기를 감지할 수 있었다.

—여기서 뭘 찾고 있는 것이냐, 아들아?

어둠을 물리치고 사막에 자신의 제국을 각인한 떠오르는 태양의 찬란한 빛 속에 람세스가 서 있었다.

카는 순간 숨을 멈추었다. 그는 알고 있었다. 네페르타리가 마법사의 저주에 걸린 자신을 구하기 위해, 그녀의 생명을 희생시켰다는 것을. 그리고 네페르타리는 아버지 람세스가 가장 신뢰하고 사랑한 사람이라는 걸. 이따금 그는 아버지 람세스가 자신을 원망하는 것은 아닐까 생각했다.

—아니다, 카. 나는 너를 탓하지 않는다.

람세스가 카를 그윽한 시선으로 바라보며 말했다.

—아버님은 저의 가장 비밀스런 생각까지 헤아리고 계시는군요.

—나를 보고 싶지 않았느냐?

—테베에 계신 줄로만 알았지요. 그런데 여기 붉은 산엔 무슨 일이십니까?

—심각한 위험이 이집트를 위협하고 있다. 맞서야만 한다. 이곳에서 생각할 일이 좀 있었다.

—히타이트인들과는 평화로운 관계가 아니던가요?

—잠깐 동안의 휴전에 불과한 것일 게다.

—아버님은 전쟁을 피하시든가, 아니면 전쟁에서 승리하실 겁니다. 어떤 일이 닥치더라도 아버님은 결국 이집트를 불행에서 구해내실 겁니다.

—너는 나를 돕지 않겠느냐?

—정치 말인가요…… 아닙니다, 아버님. 저는 불가능합니다. 하지만 아버님이 조상들의 제의를 존중한다면 아버님의 통치는 오래도록 계속될 겁니다. 그에 관해서 저는 아버님과 얘기를 나누고 싶었습니다.

—그래, 무엇을 내게 제안하려는 것이냐?

—지금부터 아버님의 다음번 재생 제의를 준비해야만 합니다.

—첫번째 재생 제의를 치른 것이 불과 삼 년 전인데?

—이제부터는 짧은 간격으로 규칙적으로 제의를 올려야만 합니다. 그것이 제가 오랜 연구 결과 얻어낸 결론입니다.

—그런가? 네가 알아서 진행시키거라.

—제게는 그보다 더 기쁜 일이 없습니다, 아버님. 아버님의 다음번 제의 때에는 하나도 빠짐없이 모든 신들이 참석하시게 될 겁니다. 기쁨이 두 개의 땅에 퍼져갈 것이고, 누트 여신은 하늘에 공작석과 터키석을 흩뿌릴 겁니다.

—네게는 다른 계획이 있지 않느냐? 네가 찾고 있는 석영은 어느 신전에 가져가려는 것이냐?

—여러 해 전부터 저는 우리의 기원에 대해 관심을 기울였습니다. 가장 오래된 우리 제의들 가운데 '아피스'라 불리는 황소의 달리기가 있습니다. 그것은 모든 공간을 넘나들 수 있는 왕의 능력을 구현하고 있지요. 저는 그 비범한 동물을 더욱 숭배해야 하고, 그에게 그 힘에 걸맞는 신전을 마련해주어야 한다고 생각합니다…… 그리고 힉소스 침략자들에 의해, 그리고 세월의 풍화작용으로 심하게 훼손된 오랜 기념물들과 피라미드들을 복구하는 일도 빠뜨릴 수 없습니다. 제가 석공들을 지휘해 그런 일들을 해나갈 수 있게 허락해주시겠습니까?

—네가 직접 작업반장과 석공들을 선택하려무나.

카의 엄정한 얼굴이 환하게 밝아졌다.

—이곳은 기이한 장소다. 저 돌들에는 반란자들의 피가 스며 있다. 빛과 암흑 사이의 영원한 투쟁이 그 깊은 흔적을 남겨놓았구나. 붉은 산은 조심성 없이 돌아다니기엔 너무 위험한 곳이다. 카, 너는 우연히 이곳에 온 것이 아니겠지? 어떤 보물을 찾고 있는 것이냐?

왕의 맏아들은 갈색 바위에 걸터앉았다.

—토트 신의 책입니다. 신성문자의 비밀을 간직하고 있는 책이지요. 그 책은 사카라의 묘지 어딘가에 있습니다. 저는 몇 년이 걸리

더라도 그 책을 찾아내고야 말 겁니다.

타니트 부인은 미모가 뛰어난 54세의 페니키아 여인이었다. 그녀의 농익은 몸매는 아직도 젊은 사내들의 시선을 끌기에 충분했다. 라이아의 친구였던 부유한 상인의 미망인인 그녀는 상당한 유산을 물려받아, 피-람세스에 있는 화려한 별장에서 연이어 연회를 벌였다.

잘 익은 과육 같은 페니키아 여인은, 죽은 남편을 이내 잊어버렸다. 그녀에게, 남편은 돈만 아는 저속하고 권태로운 사람이었다. 몇 주일 동안 애써 슬픈 표정을 하고 다니던 타니트는 얼마 가지 않아 어느 건장한 누비아 사내의 품안에서 슬픔을 잊고 있었다.

그들의 애정행각도 오래 가진 않았다. 이미 남편이 살아 있을 때부터 많은 애인을 전전했던 그녀의 욕망을 채워줄 수 있는 사내는 없었던 것이다. 타고난 정력을 자랑하는 사내들도 그녀보다 먼저 나가떨어지곤 했다. 타니트는 한심한 그들의 근력을 용서할 수가 없었다.

타니트는 페니키아로 되돌아갈 생각도 했었다. 하지만 그녀는 점점 더 이집트가 좋아졌다. 람세스의 권위와 광휘 덕분에 파라오들의 땅은 천국의 향내를 풍기고 있었다. 그녀가 바라는 만큼 여자가 자유롭게 살 수 있는 곳은 달리 없었다.

날이 저물자, 손님들이 도착했다. 타니트 부인과 거래가 있는 부유한 이집트인들, 페니키아 여인에게 푹 빠져버린 고위관리들, 그녀의 재산을 노리는 동향인들, 거기에 누군지도 모르는 새로운 얼굴들도 있어 집주인은 즐거울 따름이었다.

욕망에 불타는 남자의 시선을 느끼는 것만큼 자극적인 일이 또 어디 있으랴? 타니트는 때로는 즐거운 듯 때로는 무관심한 듯 표정의 변화를 주며, 상대방을 애태우는 재주가 있었다. 그녀는 대부분의 사내들에게 눈길을 주고 눈길을 거두며, 어느 사내이든 자신의 자장 안에서 벗어나지 못하게 했고, 안심하지 못하게 했다. 누구도, 그녀와 하룻밤의 땀을 교환한 남자들일지라도, 그들의 만남이 어디까지 이어지게 될지 전혀 예측할 수 없게 만드는 것이었다. 어떤 경우든 그녀는 주도권을 잡았고 결정을 내렸다. 그녀를 지배하려고 하는 남자들은, 결코 그녀를 유혹하는 데 성공하지 못했다.

여느 때와 다름없이 요리는 훌륭했다. 특히 소스에 넣고 익힌 산토끼 등심과 가짓빛의 캐비아, 그리고 최고급 포도주는 기가 막히는 것이었다. 궁전과 긴밀한 관계를 맺고 있는 타니트는 히타이트와의 평화조약이 이루어진 람세스 재위 21년의 피-람세스 산 적포도주 몇 항아리를 손에 넣을 수 있었다.

늘 그렇듯이 페니키아 여인은 새로운 먹이를 찾아 잘생긴 남자들에게 음탕한 눈길을 던지고 있었다.

—어떻게 지내셨습니까, 부인?

—라이아! 다시 보게 돼서 정말 반가워요. 저는 잘 지내고 있어요.

—아첨하는 말처럼 들릴지 모르지만, 부인께선 점점 더 아름다워지시는 것 같습니다.

—이곳의 기후가 제게 좋아요. 남편을 잃은 슬픔에서도 조금씩 벗어나고 있는 것 같아요.

—다행히도 그것이 바로 자연의 법칙이죠. 부인 같은 분이 홀로 지낸다는 것은 말도 안 돼요.

—남자들은 거짓말쟁이에다 거칠어요. 저는 남자들을 믿지 않아요.

—말씀이 맞습니다. 조심하셔야죠. 하지만 저는 운명이 부인께 또다른 행복을 선사할 것이라고 확신합니다.

—사업은 잘되시나요?

—일이 너무 많지요. 고급 통조림을 만드는 일은 아주 비싼 노동력을 요구하지요. 상류층의 고객들이 즐겨 찾으시는 외국 화병으로 말하면, 수입하는 데 많은 홍정을 거쳐야 하고 또 장거리를 운반해야 합니다. 진짜 공인들은 결코 헐값에 넘어가지 않지요. 상품의 질이야말로 제 목숨과도 같은 것이기 때문에 저는 끊임없이 투자해야 합니다. 장사가 잘된다 해도, 부자는 못 될 겁니다.

—그래도 당신은 운이 좋으신 거예요…… 이제 곤란한 일도 다 끝났지요, 아마?

—사람들은 제가 히타이트인들에게 호의적이란 이유로 기소했었는데, 그것은 잘못된 일이지요. 저는 정치 같은 것은 전혀 생각지 않고 그저 그들과 거래를 했을 뿐입니다. 평화의 정착으로 그 지긋지긋한 혐의를 벗게 됐어요. 이제는 히타이트 쪽 상인들과 협력하는 일이 오히려 권장되고 있는 형편입니다. 그것이야말로 바로 람세스 대왕이 거둔 가장 훌륭한 승리가 아니겠습니까?

—파라오는 정말 멋져요…… 그분을 만나볼 수 없다는 게 유감이에요.

평화, 람세스와 하투실이 맺은 조약, 정복의지를 상실한 히타이트 제국, 승리한 이집트…… 라이아는 이러한 참패의 원인이었던 비겁과 모반을 참을 수 없었다. 그는 아나톨리아 군이 서남 아시아 전역을 지배하게 되기를 바라며 싸워왔고, 그 투쟁을 아직도 포기하지 않고 있었다.

그가 타니트에게 은근하게 물었다.

—제가 친구분 하나를 소개시켜드려도 괜찮을까요?

그녀는 이내 관심을 보였다.

—누군데요?

—이집트에 체류하고 있는 히타이트 제국의 전 총사령관이십니다. 그분은 부인에 대한 얘기를 많이 들었지요. 하지만 좀 수줍어하

는 성격이죠. 그분을 오늘 연회에 끌고 나오느라 애를 많이 먹었습니다. 워낙 세속적인 것은 싫어하는 양반이라…….

—어디, 좀 보여주세요.

—저쪽, 월계나무 가까이에 계십니다.

기둥에 매달린 램프가 우리테슈프의 모습을 비추고 있었다. 쓸데없는 대화를 나누고 있는 초대객들의 무리에서 멀찍이 떨어져 있어서 그의 모습은 쉽게 눈에 띄었다. 흔들거리는 불빛에 그의 거친 얼굴과 숱이 많은 긴 머리칼, 갈색 털로 뒤덮인 사나이다운 상체, 탄탄한 전사의 근육이 드러났다.

감동한 타니트는 잠시 말을 잊었다. 그녀의 속에서 강렬한 불길이 타오르며 온몸을 저리게 하고 있었다. 그녀는 저토록 강렬한 성적 매력을 발산하는 야생동물을 결코 본 적이 없었다. 연회는 이제 안중에도 없었다. 그녀의 머릿속엔 한 가지 생각밖엔 없었다. 어서 저 종마와 단둘이만 남아야 했다.

9

람세스는 세라마나와 메렌프타가 벌이는 격투를 지켜보고 있었다.

갑옷과 투구, 그리고 둥근 방패로 무장한 세라마나는 큰 검을 들고 무자비한 공격을 퍼붓고 있었다. 메렌프타는 네모난 방패를 들고 세라마나의 공격을 막으며 뒤로 물러섰다가 슬슬 옆으로 돌면서 서서히 세라마나의 힘을 빼고 있었다.

파라오는 친위대장 세라마나에게 상대를 봐주지 말 것을 요구했다. 자신의 전투능력을 입증해 보이고 싶었던 메렌프타로서도 이보다 더 좋은 맞수를 만나기 힘들었다.

이제 27살이 된 메렌프타, '프타 신의 사랑을 받는 자'는 억센 체력을 지녔고, 용감하고 신중했으며 반사행동이 아주 민첩했다.

세라마나는 50대를 넘긴 나이에도 전혀 그 힘이나 활력을 잃지 않고 있었다. 그의 공격을 버텨내는 것만으로도 큰일이었다.

갑자기 거인이 멈춰 섰다. 그는 자신의 검과 방패를 땅에 던져버렸다.

—이제 몸이 좀 풀리셨습니까? 맨손으로 겨뤄볼까요!

으르렁거리는 듯한 세라마나의 말에, 메렌프타는 순간 주저했다. 하지만 곧 세라마나의 행동을 따랐다. 람세스는 해적 세라마나를 자신의 친위대장으로 삼기 전에 지중해의 해변에서 그와 벌였던 싸움을 머리에 떠올렸다.

미처 자세를 취하지 못한 왕자는, 머리를 앞세우고 달려든 거인의 기습을 예측하지 못했다. 군사학교에서도 이같이 짐승처럼 싸우는 법은 배우지 못했었다. 병영의 흙먼지 속에 쓰러진 그는 옛 해적의 거대한 몸에 짓눌려 숨이 막혔다.

람세스가 선언했다.

—그만! 됐다.

두 사나이는 몸을 일으켰다. 메렌프타는 화가 나 있었다.

—저를 속였어요!

—적은 항상 그렇게 행동한다, 아들아.

—다시 싸우고 싶어요.

—그럴 필요 없다. 나는 내가 보고자 했던 것을 다 봤다. 너에게 쓸모 있는 교훈도 한 가지 가르쳐주었으니, 나는 너를 이집트 군의 총사령관에 임명하겠다.

세라마나도 흡족한 표정으로 고개를 끄덕여 동의했다.

람세스가 말을 이었다.

—한 달 안에 우리 군과 장비 상태에 대해 상세한 보고서를 제출하라.

메렌프타가 숨을 돌리는 동안, 람세스는 직접 전차를 몰아 병영을 떠났다.

누구에게 이집트의 운명을 맡길 것인가? 학자인 카에게? 아니면 전사인 메렌프타에게? 그들 각자의 자질이 단 한 사람에게 몰려 있었다면 선택은 쉬웠을 것이다. 네페르타리가 이제는 곁에 없으니 그녀의 충고를 기대할 수도 없었다. 수많은 '왕의 아들들'은 그들 나름의 자질을 갖추고 있었지만, 그 누구도 이제트의 두 아들만큼 강한 개성을 갖고 있지는 못했다. 네페르타리의 딸인 메리타몬은 이미 신전에 은둔해 사는 쪽을 택했다.

람세스는 그날 아침 아메니가 말했던 의견을 고려해보아야 했다.

"폐하께서는 제의를 통해 재생되어야만 합니다. 폐하의 '카'가 완전히 소진될 때까지 나라를 다스리기 위해서 말입니다. 파라오에게는 결코 다른 길이 없고 또 앞으로도 없을 것입니다."

라이아는 자신의 창고를 나서서 공방들의 거리를 가로질렀다. 그는 왕궁을 지나 피-람세스의 신전으로 향하는 큰길에 들어섰다. 아카시아와 무화과나무들이 시원한 그늘을 드리우고 있는 그 길은 웅장하고 안전한 람세스의 수도를 상징하고 있었다.

라이아는 왼편의 아몬 신전과 오른편의 라 신전을 지나쳤다. 그는 느긋한 발걸음으로 프타 신전으로 향했다. 건물에 접근한 그는 하마터면 뒤로 물러날 뻔했다. 신전의 외벽에는 조각가들이 새겨넣은 귀와 눈의 형상이 장식돼 있었다. 신들은 가장 비밀스런 말도 들을 수 있고 가장 은밀한 의도도 알아차릴 수 있다지 않은가?

'미신이야' 라이아는 속으로 생각했다. 하지만 마음이 편치는 않았다. 그는 일부러 마아트 여신의 신상이 마련되어 있는 벽의 모퉁이를 피해 갔다. 바로 그곳에서 사람들은 파라오의 문명의 가장 큰 비밀, 시간과 공간의 핏속에서 태어난 영원불변의 규범을 바라볼 수 있었다.

라이아는 공인들이 일하는 곳으로 향했다. 문을 지키는 보초는 그를 알고 있었다. 그들은 수도의 아름다움에 대해 쓸데없는 말을 몇 마디 나누고, 상인은 몇몇 고객들의 인색함에 대해 불만을 털어놓았다. 보초는 곧 라이아를 금 세공사들이 일하는 신전의 작업장으로 들어가게 해주었다. 귀한 화병의 진문가인 라이아는 낡은 세공사들을 알고 지냈다. 그는 잊지 않고 그들에게 가족의 안부나 건강을 묻기도 했다.

수레에 금괴를 싣고 있던 늙은 기술자가 중얼거렸다.

—우리 비법을 알아내자는 거야, 뭐야?

라이아가 말했다.

—그건 단념했네. 자네들이 일하는 모습을 보는 것만으로도 나는 즐거우이.

—그렇다고 여기 놀러 온 것은 아닐 텐데?

—금괴 한두 개쯤 사고 싶은데.

—그걸 세 배쯤 불려 팔아먹으려구?

—장사란 게 다 그런 것 아닌가, 친구.

늙은 기술자는 라이아에게서 등을 돌려버렸다. 라이아는 그런 매몰찬 태도에 익숙해 있었다. 그는 사람들 눈에 안 띄게 뒤에 머물면서, 기술자들이 다른 동료들에게 금괴를 가져가는 것과 그들이 특별 서기관들의 관리 하에 금괴의 무게를 재는 것을 관찰했다. 그릇에 넣어진 금괴는 이어서 불 속에 들어갔다. 취관에서 불꽃이 피어올랐다. 풀무공들은 뺨을 가득 부풀린 채 리듬을 잃지 않기 위해 열심히 불어댔다. 다른 기술자들이 녹은 금을 여러 형태의 용기에 부어넣었고 그렇게 해서 얻어진 금을 세공사들에게 가져다주었다. 세공사들은 모루와 돌망치를 사용해 금을 다루었다. 그들의 손끝에서 목걸이, 팔찌, 그릇, 신전의 문 장식, 조상의 장식 등이 만들어졌다. 작업의 비법은 오랜 동안의 도제생활을 거쳐 장인으로부터 그

제자에게로 전달되었다.

라이아는 이제 막 갑옷의 가슴 장식 한 개를 끝낸 세공사에게 말을 걸었다.

—훌륭하구먼!

공인이 말했다.

—어느 신상을 장식하게 될 거야.

상인은 목소리를 낮췄다.

—얘기 좀 나눌까?

—여기서 해도 돼. 이 작업장은 굉장히 시끄러워. 아무도 우리 얘기를 못 들을 거야.

—자네 두 아들녀석이 결혼할 거라고 들었는데…….

—그럴지도 모르지…….

—내가 자네 아들들에게 가구를 좀 선사하고 싶은데, 괜찮겠나?

—대가는 뭔데?

—간단한 정보 한 가지만 알려주면 되네.

—나한테 우리의 작업비법을 알아낼 생각은 하지도 말게.

—그런 게 아냐!

—그럼 뭘 알고 싶은데?

—지금 이집트에는 꽤 많은 시리아인들이 머물고 있네. 나는 그들의 생활이 더 나아질 수 있게 도와주고 싶어. 이 공방에도 한두 명쯤 고용돼 있지 않나?

—맞아, 한 명 있지.

—자기 생활에 만족해하나?

—그저 그런 모양이야.

—나한테 그 사람 이름을 알려주면 내가 얘기해보겠네.

—자네가 원하는 게 그것뿐이야, 라이아?

—나도 늙기 시작했네. 나에게는 자식놈도 없지 않나? 좀 가진

재산을 고향 사람들을 돕는 데 쓰고 싶다네.

—이집트에 살더니 다른 사람 생각도 할 줄 알게 됐군…… 잘된 일이지. 자네의 영혼이 심판받는 날, 신은 그러한 너그러움을 높이 사줄 걸세. 여기 시리아인은 풀무공으로 일하지. 개중에 제일 뚱뚱한 자야. 귀가 잘려나갔지.

—내 선물이 자네 아들들의 행복에 한몫 하기를 바라겠네.

라이아는 그의 동향인과 말을 나누기 위해 작업이 끝날 때까지 기다렸다. 자기네 처지에 만족해하는 목수와 석공들을 설득하는 데는 실패했지만, 이번은 대성공이었다.

카데슈 전투에서 전쟁포로가 되었던 시리아인 풀무공은 히타이트의 패배를 인정하려 들지 않았고 평화가 깨지기를 바랐다. 원한과 복수심에 사무친 이 성마른 시리아인은 우리테슈프와 라이아가 원하던 바로 그런 부류의 사람이었다. 게다가 그에게는 생각이 비슷한 친구들까지 몇몇 있었다.

라이아는 자기와 함께 저항군에 가담하자고 그를 설득할 필요도 없었다.

우리테슈프는 여인의 긴 목을 깨물며 거칠게 그녀를 공략했다. 수많은 능선을 타 넘고 거침없이 평야를 가로질러 적의 목을 베며 집요하게 성을 공격해가는 우리테슈프의 열정에 여자는 탄성을 내지르기 바빴다. 그녀는 이런 야수가 사람의 탈을 쓰고 있는 게 신기하기만 했다. 그가 맹렬히 질주하며 보여주는 전투에 여자는 새로운 세상을 만나는 경험을 실감했다.

그녀가 땀에 젖은 그의 목에 매달려 애원했다.

—한 번 더…….

말할 필요도 없었다. 이미 히타이트 전사는 새로운 전투를 시작하고 있었다. 그는 다시 전략을 세우고 새로운 전술을 구사하며, 아름다운 페니키아 여인의 활짝 핀 몸을 아낌없이 향유했다. 아나톨리아의 요새에서 우리테슈프는 이미 여자들과 더불어 숱한 격전을 치르지 않았던가. 긴 연금생활 동안 강제된 금욕생활로 그의 전투력은 최상을 유지하고 있었다.

한순간 타니트는 어떤 두려움을 느꼈다. 생전 처음 그녀는 상황을 주도하지 못하고 있었다. 이 야수와도 같은 남자의 넘쳐흐르는 정력은 거의 겁이 날 정도였다. 그녀는 자신과 함께 정열을 나눌 유일한 사내를 얻은 것이다.

숱한 격전에 밤이 깊었다. 한밤중에 그녀는 백기를 내걸었다.

—됐어요…… 이제 그만. 더이상 못하겠어요.

—벌써?

—오, 당신은 괴물이에요!

—여태껏 애들만 상대했구먼. 나는 애가 아냐.

그녀는 그의 털북숭이 가슴에 몸을 붙였다.

—당신은 굉장해요…… 아, 이 밤을 붙들어두고 싶어요. 날이 밝지 않았으면 좋겠어요.

—그게 뭔 상관이야?

—하지만…… 떠나야 하잖아요? 우리는 내일 밤에나 다시 만나게 될 거예요.

—난 안 떠나.

—그게 이집트에서 뭘 의미하는지 알아요?

—한 남자와 한 여자가 같은 지붕 아래에서 산다면, 사람들은 그들이 결혼했다고 생각하겠지. 그렇다면 결혼한 셈으로 치자구.

놀란 그녀는 그의 몸에서 떨어졌다.

—우리는 다시 만나게 될 거예요. 하지만…….

우리테슈프는 그녀의 몸을 눕히고 육중한 자신의 몸으로 눌렀다.

—내 말에 복종해! 나는 죽은 히타이트 대왕의 아들이고 제국의

합법적인 상속자야. 너는 나에게 기쁨을 주고 내 필요를 충족시키는 페니키아의 창녀에 지나지 않아. 내가 널 마누라로 삼는다는 게 얼마나 큰 영광인지 알기나 해?

타니트는 저항하려 했다. 하지만 우리테슈프는 발정한 숫염소처럼 그녀의 몸을 파고들었다. 그녀는 밀려드는 쾌락의 소용돌이 속으로 휩쓸려 들어가고 말았다.

우리테슈프가 그녀의 귀를 깨물며 쉰 목소리로 중얼거렸다.

—만일 나를 배반하면 죽여버릴 테다.

10

세타우는 등나무 바구니에서 빵 한 덩어리와 귀리죽이 든 공기 하나, 말린 생선, 비둘기 찜, 메추라기 구이, 포도주에 넣고 삶은 콩팥 두 개, 튀긴 양파를 깐 소고기 갈비 한 대, 향초를 가미한 치즈, 그리고 무화과를 꺼냈다. 그는 전혀 서두르지 않고 그것들을 아메니의 책상 위에 하나하나 늘어놓았다. 아메니는 조금 전까지 살펴보고 있던 파피루스들을 황급히 치워야만 했다.

—이게 다 뭐야?

—눈이 멀었나? 자네 허기를 두어 시간쯤 잠재우기엔 이 정도면 적당하지 않겠어?

—어, 나는 배고프지 않은데…….

—아냐, 자네는 배가 고파. 밥통이 비어 있으니까 머리가 제대로

돌아가지 못하는 게야.

창백한 안색의 아메니가 발끈했다.

—나를 모욕하는 건가?

—자네의 관심을 끄는 유일한 방법이지.

—또다시 내게 저번의 그…….

—맞았어! 나는 누비아를 위해서 돈이 더 필요해. 하지만 나는 여느 관리들처럼 50여 장이나 되는 서류를 채워넣고 싶은 생각은 없어.

—자네에겐 직속상관이 있잖나. 그 누비아의 총독…….

—그 멍청한 게으름뱅이 말인가! 그자는 자기 경력밖에는 안중에 없고, 람세스가 내게 개발을 맡긴 그 지방에 대해서는 아무 생각이 없어. 누비아에 신전과 성소를 가득 세우고 경작지를 넓히기 위해선 인원과 자재가 필요해.

—정해진 절차를 지키는 것도 필요할 텐데…….

—아, 절차! 갑자기 숨이 막히는군. 그런 건 잊자구, 아메니!

—나라고 뭐든지 마음대로 처리할 수 있는 건 아냐, 세타우. 총리대신인 파제르와 왕 자신도 보고서를 요구하고 있어.

—내가 달라는 걸 먼저 주게나. 보고서는 나중에 제출할 테니.

—달리 말하자면, 일이 잘못되는 경우 내게 책임을 미루겠단 말이군.

세타우는 놀란 것처럼 보였다.

—그래 물론이지! 그 애매모호한 서기관의 혓바닥으로 자네는 우리 일을 정당화시켜줄 수 있지 않겠나?

비둘기 찜은 훌륭했다. 아메니는 즐거운 기분을 망치고 싶지 않았다.

—이걸 요리한 건 로투스지, 그렇지 않나?

—내 아내는 진짜 마술사일세.

아메니는 맛있는 요리들을 입에 몰아넣으며 말했다.

—우리는 지금 공직자의 부정부패를 보여주고 있네.

—내 부탁을 들어줄 건가, 아메니?

—람세스 폐하께서 그토록 누비아에 대해 애정을 갖고 있지만 않다면…….

—내 덕분에 누비아는 몇 년 안에 이집트의 여느 지방보다 더 부유한 땅이 될 걸세!

아메니는 메추라기 구이에 덤벼들었다.

세타우가 말했다.

—이제 작은 문제들은 해결이 됐으니까 말인데, 나는 사실 무척 걱정이 되네.

—뭣 때문에?

—어제 저녁 로투스와 일을 치르고 있는데, 그녀가 갑자기 몸을 일으키더니 이렇게 소리치는 게 아닌가. "괴물이 돌아다니고 있어요!" 그녀가 말하는 괴물이란 우리 침대 밑을 지키고 있는 두 마리의 코브라는 물론 아니야. 만일 필요하다면 람세스가 다시 무찌를 히타이트의 군대도 아니었네.

—그렇다면 뭔가?

—내 생각에…… 그건 저 난폭하기 그지없는 히타이트놈, 우리테슈프가 틀림없어.

—우리는 그를 비난할 일이 아무것도 없네.

—자네는 세라마나에게 알렸나?

—물론이지.

—그가 어떻게 반응하던가?

—그도 자네처럼 우리테슈프를 싫어하지. 그리고 그자를 풀어준 것은 실수였다고 믿고 있어. 하지만 히타이트인은 어떤 범죄도 저지르지 않았네. 내 입장에서 보자면 그는 패배한 전사요 거세당한

왕자일 따름일세. 우리가 무엇 때문에 그를 겁내야 하는가?

방안을 비추는 아침 햇살에 세라마나는 눈을 떴다. 그의 왼편에는 젊은 누비아 여인이 잠들어 있었다. 오른편에는 더 젊은 리비아 처녀애가 있었다. 사르디니아의 거인은 그녀들의 이름이 생각나지 않았다.

—그만 일어나, 요것들아!

그는 한밤을 같이 보낸 동반자들의 연약한 엉덩이를 가볍게 내리쳤다. 그는 늘 자기의 힘을 제대로 가늠하지 못했다. 거인이 의도했던 것에 비하면 이번에도 그다지 부드럽지 못했던 모양이다. 여자들이 놀란 새처럼 소리를 질러대자, 그는 골치가 아파왔다.

—빨리 옷들 입고 꺼져버려.

세라마나는 그의 정원의 대부분을 차지하고 있는 연못 속에 뛰어들어 20여 분 동안 헤엄쳤다. 그는 포도주의 뒤끝과 몸의 피로를 푸는 데 이보다 더 좋은 방법을 알지 못했다.

기운을 되찾은 그가 서둘러 신선한 빵과 양파, 베이컨, 말린 소고기 따위를 삼키려 할 때였다. 부하 하나가 찾아왔다고 하인이 알렸다.

—새로운 소식입니다, 대장님. 우리테슈프를 찾아냈습니다.

—바라건대, 죽었겠지?

—생생하게 살아 있습니다. 게다가 결혼까지 했어요.

—누구하고?

—타니트란 이름의 부유한 페니키아 과부입니다.

—피-람세스에서 몇 안 되는 큰 부자들 가운데 하나 아닌가! 자네가 뭘 잘못 알았겠지.

—직접 확인하시죠, 대장님.

—가자.

엄청난 크기의 말린 소고기 조각을 이빨 사이에 물고 세라마나는 그의 말 잔등에 뛰어올랐다.

타니트 부인의 별장 문지기는, 집주인을 심문하러 왔다는 사르디니아 거인에게 공식적인 문서를 요구하지 못했다. 세라마나의 성난 눈길에 그는 물러서고 말았다. 문지기는 정원사를 불러 친위대장을 주인마님에게 안내하라고 요청했다.

농익은 몸을 거의 그대로 드러낸 투명한 아마 옷을 입은 타니트는, 상체의 갈색 털을 다 드러낸 우리테슈프와 함께 그늘진 테라스에서 아침식사를 하던 중이었다.

세라마나의 방문에 즐거운 빛이 역력한 히타이트인이 소리쳤다.

—세라마나 아닌가? 우리 식사에 함께 초대하자구, 여보.

세라마나는 우리테슈프와 착 달라붙어 있는 페니키아 여인 앞에 멈춰 섰다.

—저 자가 누군지 아십니까, 타니트 부인?

—예, 알아요.

—더 정확히 말씀해보시오.

—우리테슈프는 죽은 히타이트 대왕의 아들이지요.

—그는 히타이트 군의 총사령관이기도 했습니다. 또한 악착같이 이집트를 파괴하려는 야만인이지요.

우리테슈프가 빈정거리듯 끼어들었다.

—그건 아주 오래 전 얘기야. 람세스와 하투실은 평화조약을 맺었고 파라오는 나를 풀어줬어. 그래서 우리 모두 행복하게 살게 됐지 않나! 자네 생각은 다른가, 세라마나?

세라마나는 여인의 하얀 목에 무수히 나 있는 물린 자국에 눈길을 주었다.

—저 히타이트인은 부인의 집에서 밤을 보냈고, 이곳에서 계속

살기로 작정한 듯싶군요…… 타니트 부인, 부인은 그게 뭘 의미하는지 알고 계십니까?

—물론이죠.

—그가 부인을 괴롭혀서 억지로 결혼하신 거군요, 그렇지 않습니까?

우리테슈프가 말했다.

—대답해, 여보. 당신은 여느 이집트 여인이나 마찬가지로 자유로운 여자고, 당신 스스로 결정을 내린다는 것을 저 자에게 말해줘.

페니키아 여인의 말투가 날카로워졌다.

—저는 우리테슈프를 사랑해요. 그리고 그를 제 남편으로 선택했어요. 어떤 법도 그걸 막을 수는 없어요.

—잘 생각하십시오, 타니트 부인. 만일 저 자가 당신을 때렸다는 사실을 시인하신다면, 나는 저 자를 이 자리에서 당장 체포할 것입니다. 부인은 앞으로 어떤 위험도 겪지 않게 될 겁니다. 나는 저 자를 즉각 재판정에 세울 것이고, 형벌은 결코 가볍지 않을 겁니다. 여자를 학대하는 것은 범죄행위니까요.

—이 집에서 나가요!

우리테슈프가 빈정거리듯 덧붙였다.

—놀랐는데…… 나는 우리가 친구를 맞이하는 줄 알았는데, 난폭한 경찰에게 심문을 당한 셈이구먼. 이봐, 세라마나, 자네는 사유지에 함부로 들어와도 좋다는 공식허가를 받았나?

—조심하십시오, 타니트 부인. 부인은 아주 곤란한 처지에 있습니다.

히타이트인이 덧붙였다.

—내 아내와 나는 자네를 고발할 수도 있어. 하지만 이번은 봐주지. 꺼져, 세라마나. 행복을 누리고픈 생각밖에는 없는 얌전한 부부를 가만히 놔두라구.

우리테슈프는 페니키아 여인을 격렬하게 껴안았다. 세라마나가 앞에 있다는 것도 잊고, 여인은 아무 거리낌 없이 털북숭이 가슴을 파고들었다.

아메니의 사무실에 있는 선반과 함들은 행정서류들의 무게를 견디지 못하고 무너져내릴 위험에 처해 있었다. 왕의 개인비서가 이토록 많은 서류를 동시에 다뤄야 했던 적은 이제까지 없었다. 그는 각각의 세부사항을 자신이 직접 확인해야 했기 때문에, 밤에는 두 시간밖에 자지 못했다. 부하 서기관들의 항의에도 불구하고 다음번 휴가를 취소해버렸다. 그 대신 상당한 액수의 상여금이 사람들의 불만을 가라앉혔다.

아메니는 보수적인 총독의 주장을 묵살하고 누비아에 관련된 세타우의 요구를 검토했다. 경제전문가들을 거의 신임하지 않는 총리 대신 파제르에게 자신의 견해를 밝히는 것도 그의 일 가운데 하나였다. 그는 왕이 요구하는 구체적인 자료들을 정성스레 준비하여 매일같이 람세스와 만나 셀 수도 없이 많은 결정을 내리게 해야만 했다. 이집트는 자기 자신의 안녕을 생각지 않고 봉사해야 하는 하나의 위대한 국가, 세상에 다시 없는 땅으로 언제까지나 남아야 했기에 할 일은 끊임없이 생겨났다.

하지만 세라마나가 그의 사무실에 들이닥치는 걸 보며, 안색이 창백하고 볼이 움푹 팬 서기관은 자신의 어깨가 과연 또다른 일을 견뎌낼 수 있을까 자문해보았다.

—또 뭔가?

—우리테슈프가 페니키아 여인 타니트와 결혼했네.

—그자 운이 나쁘지 않군. 부인은 자기 몸만큼이나 포동포동한 재산을 가지고 있지, 아마?

—큰일이야, 아메니!

—뭐가 큰일이란 말인가? 우리의 히타이트 전 총사령관은 쾌락과 무위 속에서 세월을 보내게 될 텐데.

—나는 이제 그자를 더이상 효과적으로 감시할 수가 없게 됐어. 내 부하들이 따라다니는 것을 눈치채면 그는 당장 고발할 거고 승소할 거야. 지금 그는 자유의 몸일세. 그자가 나쁜 짓을 준비하고 있는 게 분명한데도, 나는 그를 공식적으로 견제할 수 없단 말일세.

—타니트 부인과 얘기해봤나?

—그자가 부인을 때리고 협박했을 거야. 확실해. 하지만 그녀는 그자한테 완전히 빠져버렸어.

—사랑을 생각할 여유가 있는 한가로운 자들도 있구먼! 안심하게, 세라마나. 우리테슈프는 마침내 한 가지를 정복하게 됐네. 하지만 그것은 그를 전쟁의 길에서 영원히 멀어지게 할 것이네.

11

히타이트 제국의 수도 하투사. 요새와도 같은 그 도시는 여름엔 불타는 듯한 더위, 겨울엔 얼어붙는 추위가 지배하는 중부 아나톨리아 고원에 세워져 있었다. 하투사의 '낮은 도시'엔 뇌우의 신과 태양의 여신의 신전이 있고, '높은 도시'엔 성탑들과 감시구들이 늘어선 9킬로미터에 달하는 성벽을 굽어보며 대왕의 궁전이 우뚝 솟아 있다.

아샤는 돌로 구현된 히타이트 군사력의 상징인 하투사를 바라보며 감회가 새로웠다. 카데슈 전투가 있기 직전, 이곳에서 첩보 임무를 수행하다 목숨을 잃을 뻔하지 않았던가?

이집트 외무대신의 호송대는 히타이트의 수도에 닿기 위해 메마른 스텝 지역을 통과하고, 험난한 산간의 협로를 뚫고 전진해야 했다. 수도를 둘러싼 거대한 산들은 그 자체만으로도 침략자들에게는 커다란 장애요인이었다. 엄청난 기술적 쾌거의 대가로 바위 산정에 건설된 하투사는 말 그대로 철옹성이었다. 다정하고 열기 넘치는 이집트의 열린 도시들과는 얼마나 딴판인 세계인가!

이집트 대사 일행을 인도하던 히타이트 호위대는 하투사의 다섯 개 성문 가운데 가장 높은 곳에 위치한 '스핑크스의 문'으로 그들을 안내했다.

아샤는 성문을 통과하기 전에 히타이트식의 제를 올렸다. 그는 바위 위에 빵 세 덩어리를 바치고 포도주를 부으며 '영원히 이어지이다'라는 제문을 외었다. 이집트인은 사방에 기름과 꿀로 채워진 그릇들이 있는 것을 발견했다. 악마들이 도시에 독취를 퍼뜨리는 것을 막기 위한 조치였다. 하투실 대왕은 그들의 전통을 바꾸지 않았던 것이다.

이번 여행이 아샤에게는 꽤 고달펐다. 젊었을 때는 한 곳에 머무는 것을 싫어하고 모험을 즐겼던 그도, 나이가 들면서는 이집트를 떠나 있는 것이 힘이 들었다. 외국에 머무는 것은 그에게 다시 없는 한 가지 기쁨을 빼앗아버렸다. 람세스가 통치하는 모습을 바라보는 것, 바로 그것이었다. 파라오는 마아트의 규범을 준수하면서, 네페르타리가 애독하던 현자 프타 호텝의 잠언대로 '남의 말에 귀를 기울이는 것이 가장 좋은 방법'이라는 것을 신뢰하고 있었다. 그는 대신들이 장시간 의견을 피력하게 놔두고 그들의 목소리나 태도에 주의를 기울였다. 그러다 갑자기, 마치 태양을 다시 태어나게 하기 위해 깊은 물 속으로부터 솟아오르는 악어의 신 소베크처럼 그는 단숨에 결정을 내렸다. 단호하고 명백하고 결정적인 단 한 마디. 그는 비할 데 없는 손놀림으로 키를 다루었다. 오로지 그만이 이집트라는 거대한 배를 조종할 수 있었다. 그를 선택한 신들의 결정은 틀리지 않았다. 그러한 신들을 믿고 있는 백성들 역시 틀리지 않았다.

투구와 갑옷 차림에 장화를 신은 두 장교가 하투실 대왕의 궁전으로 아샤를 안내했다. 둔중한 청동문이 등뒤에서 닫혔을 때, 아샤는 자신이 포로가 된 듯한 느낌을 받았다. 그가 하투실에게 전달해야 할 메시지는 그를 더욱 비관적으로 만들었다. 다행스런 조짐은 대왕이 그를 곧바로 맞아주었다는 것이다. 아샤는 육중한 기둥들이 늘어서 있고, 벽에는 전투의 노획품들이 장식돼 있는 냉랭한 홀로 안내되었다.

작고 허약한 체구의 하투실은 외양만으로는 평범하고 무해한 존재처럼 보였다. 하지만 그것은 무망해 보이기까지 한 오랜 싸움 끝에 무적의 전사 우리테슈프를 물리친 그의 끈질긴 성격과 뛰어난 머리를 간과한 것이다. 그 어려운 싸움을 수행하는 동안, 그는 군인들이나 상인들조차 두려워하는, 아름다운 아내 푸투헤파의 도움을 받았다.

아샤는 거칠기 그지없는 거대한 옥좌에 자리한 대왕과 왕비에게 몸을 굽혔다.

―이집트와 히타이트의 모든 신들이 폐하를 도우시고, 폐하의 통치가 하늘처럼 오래 지속되기를 기원합니다.

―오래 전부터 알고 지내는 사이에 그런 격식은 그만두세나, 아샤. 이리 가까이 와서 앉게나. 그래 내 형제 람세스께서는 어찌 지내고 계시나?

―잘 지내고 계십니다, 폐하. 솔직히 고백을 드리면, 왕비 폐하의 아름다움으로 이 궁전이 환하게 빛나는 것 같습니다.

푸투헤파가 미소지었다.

―이집트 외무대신께선 여전히 아첨을 무기로 사용하시는군요.

―우리 양국은 이제 평화로운 관계입니다. 저는 더이상 왕비 폐하께 아첨할 이유가 없지요. 제 말씀이 아마도 불경스러울 것이나,

그것은 제 진심입니다.

왕비의 얼굴이 붉어졌다. 대왕이 말했다.

—자네가 여전히 예쁜 여자들을 쫓아다니는 중이라면, 나도 조심해야겠구먼.

—저는 그 취미를 버리지 못하고 있지요. 게다가 절조를 지키지 못하는 축입니다.

—하지만 자네는 히타이트가 드리운 함정으로부터 람세스를 구해내고, 우리의 첩보조직을 일망타진했었지.

—과찬이십니다, 폐하. 저는 파라오의 계획을 실행에 옮겼을 뿐이고, 또 운이 따랐던 것이지요.

—그 모든 것이 다 과거지사일세! 이제는 미래를 건설해야 하네.

—그것이 바로 람세스 폐하의 생각이십니다. 그분은 히타이트와의 평화를 공고히 하는 데 가장 큰 비중을 두고 계십니다. 우리 양국 백성들의 행복이 바로 그 평화에 달려 있습니다.

푸투헤파가 말했다.

—그 말을 들으니 기쁘군요.

아샤가 말을 이었다.

—허락해주신다면 람세스 폐하께서 무엇을 강조하고 계신지 말씀드리겠습니다. 그분은 분쟁의 시기는 끝났고, 그 무엇도 다시금 분쟁에 불을 붙여서는 안 된다고 생각하고 계십니다.

하투실의 얼굴이 어두워졌다.

—그 말 뒤에는 무엇이 감춰져 있는 것인가?

—아무것도 없습니다, 폐하. 폐하께서 그분의 가장 깊은 생각까지도 알아주셨으면 하는 겁니다.

—그가 내게 보내온 신뢰에 대해 고맙게 생각한다고 전해주게. 그리고 우리의 생각이 완전히 일치하고 있다는 것도 그에게 말하게.

—이집트와 그 동맹국들의 백성들은 그 말씀에 무척 기뻐할 것입니다. 하지만…….

아샤는 뭔가 생각에 잠긴 듯한 태도로 가슴 높이에 마주 잡고 있는 두 손 위에 턱을 얹었다.

—무슨 일인가, 아샤?

—이집트는 부유한 나라입니다, 폐하. 도대체 언제가 돼야 이집트는 남들의 탐욕스런 시선에서 벗어날 수 있을까요?

왕비가 물었다.

—누가 이집트를 위협하나요?

—리비아에서 다시 폭동이 일어났습니다.

—파라오는 그런 반란을 진압할 능력이 없단 말인가?

—람세스 대왕은 효과적인 무기를 사용하여 신속히 대처하기를 원하십니다.

하투실의 시선이 캐묻듯 아샤를 노려보았다.

—파라오에게 무기가 부족한가?

—파라오께서는 강력한 공격무기를 만들어 리비아의 위협을 소멸시킬 수 있도록, 형제이신 히타이트 대왕께서 많은 양의 철을 보내주시기를 바라십니다.

긴 침묵이 흘렀다. 이윽고 하투실은 끙 하는 신음을 토하며, 자리에서 일어나 집견실을 성큼성큼 걸어다녔다.

—내 형제 람세스께서는 나에게 엄청난 것을 요구하는군! 철이라? 내게는 철이 없어. 설령 있다 해도, 우리 군대를 위해 남겨놓아야 하네! 파라오는 나를 헐벗게 하고 히타이트를 망하게 할 심산인가? 그토록 가진 게 많은 그가 말일세. 우리의 철 보유고는 바닥이 났네. 그리고 지금은 철광석을 채굴하기에 좋은 시기가 아니야.

아샤는 태연했다.

—저도 이해합니다.

—내 형제 람세스에게 전하게. 이집트 병사들이 쓰던 무기를 가지고 리비아인들을 처리하라고 말일세. 훗날, 그가 여전히 철을 필요로 한다면, 내가 가능한 양을 보내줄 것이네. 그리고 그의 요청에 내가 무척 놀라고 충격받았다고 전하게.

—그러겠습니다, 폐하.

하투실은 다시 자리에 앉았다.

—이제 진짜 중요한 문제를 얘기해보세. 내 딸이 람세스의 정비가 되기 위해 언제쯤 히타이트를 출발하면 되겠나?

—글쎄요…… 그 날짜가 아직 잡혀 있지 않습니다.

—내게 그걸 알리려고 여기에 온 것이 아닌가?

—그렇게 중대한 결정은 심사숙고를 요합니다. 그리고…….

왕비가 끼어들었다.

—말을 돌리지 마세요, 대사. 람세스 대왕은 이제트를 버리고 우리 딸을 이집트의 정비로 삼기로 결정하셨나요?

—상황이 미묘합니다, 폐하. 이집트의 법은 정비의 폐위를 허락하지 않습니다.

하투실이 차갑게 물었다.

—법을 만드는 게 여자인가? 나는 이제트란 여자나 그녀의 욕심 따위는 안중에 없네. 람세스는 죽은 네페르타리를 대신하기 위해 그녀와 결혼했을 뿐이야. 네페르타리야말로 진정한 왕비였지. 그녀는 평화를 이룩해내는 데 결정적인 역할을 했어. 이제트는 중요하지 않네. 우리의 동맹을 결정적으로 못박기 위해서는 람세스가 히타이트 공주와 결혼해야 하네.

—폐하의 따님이 둘째 부인이 되면 어떻겠습니까? 그리고…….

—내 딸은 이집트의 왕비가 되어야 해. 아니면…….

하투실은 말을 중단했다. 자신의 입 밖으로 튀어나오려던 말에 스스로가 놀란 표정이었다.

왕비가 타협조로 물었다.

—왜 람세스 대왕께서는 우리의 제안을 한사코 거부하려 하시지요?

—파라오는 정비를 폐위시킬 수 없기 때문입니다. 그것은 마아트의 규범에 어긋납니다.

—그것이 이집트의 최종적인 입장인가요?

—유감스럽게도 그렇습니다, 폐하.

—람세스 대왕께서는 자신의 고집이 어떤 결과를 가져올 것인지 알고나 계신가요?

—람세스 폐하께서는 한 가지 일밖엔 염두에 없습니다. 올바르게 행동하는 것, 바로 그것입니다.

하투실은 자리에서 일어났다.

—접견은 끝났네. 내 형제인 파라오에게 내 말을 전하게. 그는 내 딸과 결혼하는 날짜를 조속한 시일 내에 결정해야만 하네. 그게 아니라면 전쟁일세.

12

아메니는 등이 아파 고생했지만, 안마받을 시간이 전혀 없었다. 그가 맡고 있는 일만으로도 부족해서, 그는 왕의 두번째 재생 제의를 준비하는 카를 도와야 했다. 자신의 완벽한 건강을 이유로 람세스는 재생 제의가 연기되기를 바랐다. 하지만 카는 옛부터 전해내려오는 고문헌들의 권위를 내세워 자신의 주장을 굽히지 않았다.

아메니는 카의 엄정함이 마음에 들었다. 카와 문학에 대해 대화하는 것도 즐거운 일이었다. 하지만 공식적으로는 파라오의 신발 운반 담당관인 이 개인비서는 아름다운 문장의 맛을 즐기기에는 하루하루 해나가야 하는 일들이 너무 많았다.

남부 지방에 나무를 심는 거대한 계획이 논의되고, 예정된 일정보다 일이 늦어진 제방 수리 책임자가 람세스의 질책을 듣고 회의가 끝났다. 아메니는 왕과 함께 궁전의 정원을 산책하였다.

—아샤에게서는 새로운 소식이 있었습니까?

—그는 하투사에 잘 도착했네.

—하투실을 단념시키는 일은 쉽지 않을 텐데요.

—아샤는 수많은 일들을 성사시키지 않았는가?

—이번 경우엔 그도 어찌해볼 여지가 별로 없는 것 같습니다.

—그런데 회의에 참석한 사람들이 알아선 안 될 비밀정보라는 게, 그래 무엇인가?

—먼저 모세의 소식입니다. 그리고 한 가지 사고가 있습니다.

—모세?

—그가 이끄는 히브리인들 처지가 무척 곤란해진 모양입니다. 모두들 그를 두려워하고 있어요. 그들은 오로지 살아남기 위해 한걸음 한걸음 싸우며 전진해야 하는 처지가 되었지요. 만일 우리가 개입한다면, 문제는 곧 해결될 것입니다. 하지만 다른 사람 아닌 우리의 친구 모세가 아닙니까. 폐하께서는 그가 스스로 운명을 개척하도록 내버려두시리라는 걸 잘 알고 있습니다만.

—이미 내 대답을 알고 있다면, 뭣 때문에 내게 질문하는가?

—우리의 사막경찰들이 경계상태에 있어요. 만일 히브리인들이 다시 이집트 땅으로 되돌아오기를 바란다면, 폐하께서는 어떤 결정을 내리시겠습니까?

—그들이 되돌아왔을 땐, 모세도 나도 이 세상 사람이 아닐 것이네. 그런데 사고라니?

—우리가 기다리던 유향은 도착하지 않을 겁니다.

—무슨 이유인가, 아메니?

—생산자들과 거래하는 페니키아 상인으로부터 장문의 보고서를 받았는데, 이미 병들어 있던 나무들이 심한 우박에 큰 타격을 입었답니다. 올해는 수확을 기대할 수 없다는군요.

—그런 재변이 이전에도 있었는가?

—기록을 살펴봤습니다. 그런 일이 없진 않았던 모양입니다. 하지만 다행히도 그런 현상은 아주 드물게 발생합니다.

—우리가 가진 재고량은 충분한가?

—신전들은 아무런 곤란도 겪지 않을 겁니다. 가능한 한 빨리 다음번 수확물을 보내라고 페니키아 상인들에게 명령했습니다. 곧 재고를 다시 채워넣을 수 있을 겁니다.

라이아는 희희낙락이었다. 평상시엔 그렇게 절제하는 그였지만, 술집에 들러 독한 맥주 두 잔을 연이어 들이켜지 않을 수 없었다. 머리가 좀 어지러웠다. 하지만 궁극적인 승리를 기약하는 듯 작은 일들이 계속 성공을 거두는데 좀 취한들 어떻겠는가?

동향의 시리아인들과의 접촉은 그의 기대를 뛰어넘는 대성공이었다. 라이아가 퍼뜨린 불길은 패배한 자들, 시기하는 자들, 부러워하는 자들에게 다시금 힘을 불어넣었다. 시리아인들만이 아니었다. 다시금 이집트 정복에 나서기엔 역부족인 우유부단한 하투실의 정책에 실망한 히타이트인들도 가세했다. 라이아의 창고들 가운데 한 곳에서, 극비리에 우리테슈프를 만난 그들의 열광은 대단한 것이었다. 저런 힘있는 장군과 함께라면, 권력이 그들의 손에 떨어질 날이 멀지 않아 보였던 것이다.

우리테슈프에게 전해줄 다른 기쁜 소식들도 있었다. 하지만 그는 지금 피-람세스의 새로운 부부, 히타이트 왕자와 타니트 부인의 손님들을 위해 춤추는 벌거벗은 누비아 여인들을 감상하느라 정신이 없었다.

페니키아 여인은 천국과 지옥을 오르내리는 삶을 살고 있었다. 낮밤을 가리지 않고 거칠게 달려들어 그 꺼지지 않는 정열로 그녀를 탐하는 우리테슈프의 탄탄한 몸은 다시 없는 천국의 열쇠였다.

하지만 도대체 그 반응을 종잡을 수 없는 저 무지막지한 괴물에게 언제 맞아 죽을지 모르는 현실은 분명 지옥이었다. 이제까지 자기의 뜻대로 삶을 이끌어왔던 그녀는 노예의 신세가 된 것이었다. 그것은 분명 고통이었지만, 그녀의 몸은 전적으로 동의하고 있었다.

타니트와 우리테슈프의 초대를 받은 백여 명의 손님들은 젊은 무희들을 쳐다보고 있었다. 그녀들의 둥글고 단단한 젖가슴이나 긴 다리는 무감한 사람들까지도 흥겹게 만들었다. 하지만 그 매혹적인 무희들은 건드릴 수 없었다. 춤이 끝나면 그녀들은 사라져버릴 것이었다. 그리고 이러한 훌륭한 공연을 다시 감상하기 위해서는 그녀들이 이렇게 성대한 연회에 다시 나타날 때까지 기다려야 했다.

우리테슈프는 두 명의 사업가와 상담을 벌이고 있는 자기 아내에게서 떠났다. 그들은 여인들의 춤을 놓치지 않기 위해 어떤 계약이라도 당장 서명할 태도였다. 포도송이 하나를 집어든 히타이트인은 당초문이 그려진 기둥 옆 방석 위에 앉았다. 곁에는 라이아가 있었다. 악단이 음악을 연주하는 동안, 그들은 서로 쳐다보지 않은 채 낮은 목소리로 말을 나누었다.

—뭐가 그리 긴급한 일인가, 라이아?

—일등품 화병들 몇 개를 싼 값에 넘기면서, 늙은 궁신과 얘기를 나누었습니다. 요즘 왕궁은 온통 난리랍니다. 이틀 전부터 저는 사실을 확인하려 했습니다. 소문은 사실인 것 같습니다.

—무슨 일인가?

—평화를 공고히 하자는 명분으로, 하투실 대왕은 람세스에게 자기 딸과 결혼하기를 요구하고 있답니다.

—정략결혼이구먼…… 그게 뭐 중요하단 말인가?

—그게 아닙니다. 하투실은 자기 딸이 이집트의 정비가 되어야 한다고 요구한답니다!

—히타이트 여자가 이집트의 옥좌에 오른단 말인가?

—맞습니다.

—말도 안 되는 소리!

—람세스는 이제트를 폐위하기를 거부했고, 하투실의 최후통첩에 물러서지 않은 것 같습니다.

—그렇다면…….

—그렇습니다, 나리. 전쟁의 가능성이 생긴 겁니다.

—그럼 우리 계획이 엉망이 되는데.

—말하자면 너무 빨리 닥친 것이죠. 제 생각엔 우리가 확신을 갖기 전까지는 아무것도 변경하지 않는 것이 좋을 것 같습니다. 아샤는 대왕과 협상하기 위해 지금 하투사에 있을 겁니다. 저는 그곳에 친구가 많습니다. 일이 어떻게 돌아가는지 곧 알게 될 겁니다. 그것만이 아니지요…… 저는 장군님께서 흥미를 느끼실 인물 하나를 데려왔습니다.

—어디 있나?

—정원에 숨어 있습니다. 우리는…….

—내 침실로 데려가게. 포도밭 뒤쪽으로 돌아가서 옷방을 통해 집안으로 들어가. 연회가 끝나는 대로 나도 뒤따르겠네.

손님들이 모두 떠나자, 타니트는 우리테슈프의 목에 매달렸다. 그녀의 몸 속에서 타오르는 불을 다스릴 수 있는 사람은 우리테슈프밖에 없었다. 그는 부드러운 손길로 그녀를 침실로 이끌었다. 화려한 가구들과 꽃장식들, 그리고 향로들로 가득한 사랑의 보금자리였다. 침실의 문지방을 넘어서기도 전에 페니키아 여인은 제 옷을 벗어던졌다.

우리테슈프는 그녀를 방안으로 밀어넣었다.

타니트는 새로운 유희를 기대했다. 하지만 시리아 상인 라이아와 웬 낯선 남자를 발견한 타니트는 그 자리에 얼어붙어버렸다. 이방인은 각진 얼굴에 구불구불한 머리칼, 검은 눈 속엔 잔인함과 광기가 서려 있었다.

그녀는 놀라 물었다.

―누…… 누구예요?

우리테슈프가 대답했다.

―친구들이야.

겁먹은 타니트는 홑이불을 끌어당겨 자신의 몸을 감췄다. 당황한 라이아는 히타이트인이 왜 페니키아 여인을 그들의 만남에 끌어들인 것인지 알 수가 없었다. 잔인한 눈매를 가진 이방인은 전혀 동요하지 않았다.

우리테슈프가 말했다.

―우리가 여기서 나누는 얘기는 타니트도 모두 듣게 될 것이네. 그녀도 우리의 동지가 되는 거지. 이후 그녀의 재산은 우리의 일을 위해 쓰여질 것이네. 타니트가 조금이라도 우리에게서 벗어나려 한다면, 즉각 제거될 것이네. 다들 동의하는가?

이방인은 고개를 끄덕였다. 라이아도 그를 따라 했다.

―당신도 잘 알아둬, 타니트. 당신은 우리 세 사람과 우리를 따르는 사람들에게서 벗어날 수 없어. 내 말을 이해하겠나?

―예…… 그럼요, 이해해요!

―우리를 무조건 돕겠다는 걸 약속하겠어?

―약속해요, 우리테슈프!

―당신은 후회하지 않을 거야.

히타이트인은 아내의 젖가슴을 어루만졌다. 그 단순한 행동이 타니트를 사로잡았던 공포심을 사라지게 했다.

히타이트인은 라이아 쪽으로 돌아섰다.

―자네의 친구를 내게 소개해주게.

안심한 시리아 상인은 천천히 말문을 열었다.

—우리는 운이 좋습니다. 아주 좋아요…… 우리의 첩보조직은 오피르란 이름의 리비아인 마법사에 의해 지휘되고 있었습니다. 그가 지닌 비범한 힘은 이집트 왕가에 심한 타격을 입혔었지요. 하지만 그는 체포되어 처형당했습니다. 우리 입장에선 엄청난 손실이었지요. 하지만 또다른 이가 오피르의 복수를 하겠다고 횃불을 들었습니다. 바로 그의 동생 말피입니다.

우리테슈프는 머리끝에서 발끝까지 리비아인을 찬찬히 살펴보았다.

—훌륭한 계획이야…… 하지만 이 사람에게 무슨 수단이 있다는 건가?

—말피는 리비아에서 가장 잘 무장된 전사 부족의 대장입니다. 이집트를 무찌르는 것이 그들의 유일한 삶의 목적입니다.

—아무런 조건 없이 내 말에 복종할 것을 받아들인다던가?

—장군님이 람세스와 그의 왕국을 없애려고 하는 한, 그는 장군님의 명령에 따를 겁니다.

—얘기는 끝났네. 자네는 나와 우리 리비아 동료 사이의 중개역을 맡게. 그의 부하들이 계속 훈련하고 언제든지 행동에 나설 준비가 돼 있도록 하게.

—말피는 끈기 있게 기다릴 것입니다, 장군님. 리비아는 파라오에게 당한 모욕을 피로써 씻고자 이미 오랜 세월을 견뎌왔으니까요.

—그에게 말하게. 내 명령을 기다리라고.

리비아인은 단 한마디도 입 밖에 내지 않은 채 떠났다.

13

동이 튼 지 한참이 되었지만, 피-람세스 궁은 깊은 침묵 속에 잠겨 있었다. 사람들은 각자의 일에 몰두하면서, 아주 작은 소리도 내지 않기 위해 애쓰고 있었다. 요리사에서부터 하녀들에 이르기까지, 모든 시종들은 마치 그림자처럼 소리없이 움직였다.

람세스의 분노가 모두를 두려움에 떨게 했다. 젊은 시절부터 왕을 모셔온 나이 많은 시종들도 왕이 그렇게 격분하는 모습은 본 적이 없었다. 천둥처럼 폭발한 세트의 힘에 그 희생자들은 어리둥절할 따름이었다.

람세스는 이빨이 아팠다.

55살이 되어서야 그는 생전 처음으로 자신의 육체적인 고통을 체험하고 있었다. 왕궁 치과의들의 보잘것없는 치료에 화가 난 그는 그들을 시야에서 사라지게 했다. 아메니를 제외하고는, 왕이 그토록 화를 내는 데에는 또다른 이유가 있다는 것을 아는 사람은 없었다. 하투실이 협상을 계속한다는 구실로 자기네 수도에 아샤를 붙잡아두고 있는 것이다. 차라리 이것은 볼모라고 하는 편이 낫지 않은가?

왕궁의 희망은 이제 단 한 사람에게 걸려 있었다. 왕국의 수석의(首席醫)였다. 수석의마저 왕의 고통을 덜어주지 못한다면, 람세스의 심기는 더더욱 악화될 위험에 있었다.

고통에도 불구하고, 람세스는 그러한 순간에 그를 견뎌낼 수 있는 유일한 존재인 아메니와 함께 일을 계속하고 있었다. 람세스 못지않게 불만이 많은 아메니는 궁신들처럼 아첨 떠는 것을 싫어했다. 일하는 동안에는 굳이 상냥할 필요가 없다는 것이 아메니의 생각이었다. 왕의 상태가 불편하다 해서, 그것이 긴급한 서류를 다루는 데 방해가 될 이유는 전혀 없다는 것이다.

파라오가 말했다.

―하투실은 이집트를 우습게 알고 있어.

아메니가 말했다.

―아마도 그는 어떤 출구를 찾고 있는 것이겠지요. 폐하의 거절은 그로서는 받아들이기 어려운 모욕이었을 겁니다. 하지만 어쨌든 새로운 분쟁을 결정하고 책임질 사람은 히타이트 대왕이지요.

―그 늙은 여우는 나한테 책임을 전가시킬 거야!

―아샤는 아주 솜씨 있게 일을 처리한 것 같습니다. 하투실이 당황하고 있을 거라고 확신합니다.

―틀렸어! 그자는 복수하려 들 거야.

―아샤가 보고해오는 대로 진실을 알 수 있겠지요. 그가 사용하는 암호를 해독하면 그가 완전한 자유상태에서 협상한 것인지, 혹은 포로로 붙잡혀 있는 것인지 알게 될 겁니다.

—그는 붙잡혀 있는 거야. 분명해.

누군가가 조심스레 문을 두들겼다.

—아무도 만나고 싶지 않아.

아메니가 문을 열러 가면서 말했다.

—아마도 수석의일 겝니다.

문가에는 시종장이 왕의 노여움을 사지 않았나 싶어, 두려움에 벌벌 떨고 있었다. 그가 중얼거렸다.

—수석의께서 도착하셨습니다. 폐하께서는 만나보시겠습니까?

시종장과 아메니는 옆으로 비켜섰다. 봄날의 여명처럼, 막 피어난 연꽃처럼, 나일 강의 한가운데서 반짝이는 물결처럼, 아름다운 젊은 여인이 물길을 열듯이 부드럽게 들어섰다.

금발에 가까운 머리칼에 곧은 시선과 푸르른 눈, 윤곽이 부드러운 무척 순수한 얼굴. 길고 청초한 느낌의 목에는 청금석의 목걸이가 빛나고, 손목과 발목에는 홍옥수의 팔찌와 발찌가 드리워져 있었다. 높이 위치한 단단한 젖가슴과 군더더기 하나 없이 완벽에 가깝게 빚어진 허리, 가늘고 긴 다리는 아마 옷으로 감싸여 있었다.

네페레트, 아름다운 여인, 완벽한 여인, 완성된 여인…… 그녀에게 이보다 더 어울리는 이름이 달리 있으랴? 전문적인 내용을 담은 파피루스에는 집중할 능력이 없는 데다가 변덕스럽기만 한 여자들이란 존재에 좀체로 관심을 기울이지 않던 아메니도 한순간 절로 이마에 땀이 솟았다. 이 여자, 네페레트는 네페르타리와 아름다움을 견줄 만하다고 그는 생각했다.

람세스가 불평했다.

—너무 늦게 왔군.

—죄송합니다, 폐하. 저는 한 소녀의 수술을 집도하기 위해 지방에 있었습니다. 제가 그 소녀의 생명을 구했기를 바랍니다.

—당신네 의사들은 멍청이들인 데다가 무능하기 그지없소!

짜증 섞인 파라오의 질책에도 네페레트는 자세를 흐트러뜨리지 않았다.

—의술이란 하나의 기술이면서, 과학이기도 하지요. 아마도 제 동료들의 솜씨가 좀 부족했던 모양이군요.

—천만다행으로 그 노의사 파리아마쿠는 은퇴해버렸지. 그의 치료를 받지 않은 사람들은 그나마 살아날 가능성이 있었어.

그녀는 고요히 미소지으며 말했다.

—하지만 폐하께서는 아프시지 않습니까?

—나는 아플 시간이 없소, 네페레트! 가능한 한 빨리 내 병을 고쳐주시오.

아메니는 좀 전에 람세스에게 보였던 파피루스를 둘둘 말았다. 그는 네페레트에게 인사하고 자기 사무실로 돌아갔다. 파라오의 개인비서는 고통으로 울부짖는 소리나 피를 보는 것을 견디지 못했다.

—폐하, 입을 좀 벌리시겠습니까?

네페레트는 그녀의 고명한 환자를 살펴보았다. 모든 사람이 부러워하는 수석의의 자리에 오르기까지, 그녀는 치과에서 안과를 거쳐 외과에 이르는 수많은 전공분야를 섭렵해왔다.

—능력 있는 치과 전문의가 폐하의 고통을 없애드릴 겁니다.

—당신이 직접 하시오. 다른 사람은 안 돼.

—폐하께 아주 솜씨 있는 전문의를 소개해드리겠습니다…….

—당신이 하라니까. 당장 치료하시오. 당신의 자리가 걸린 문제야.

떼쓰는 아이를 달래는 듯한 따뜻한 미소를 지으며 네페레트가 일어섰다.

—저와 함께 가시지요, 폐하.

궁전에 딸린 치료실은 환하고 통풍이 잘되었다. 하얀 벽에는 약초의 그림들이 그려져 있었다. 왕은 안락한 소파에 몸을 누이고 머리를 뒤로 젖혔다. 방석이 그의 목을 받치고 있었다.

네페레트가 설명했다.

—국부 마취를 위해서 세타우님이 개발한 약품을 사용하겠습니다. 폐하께서는 아무 고통도 느끼지 못하실 겁니다.

—무슨 병이오?

—일종의 치골종양입니다. 세균이 침투해서 좀 곪았습니다. 제가 그것을 제거하겠습니다. 치아를 뽑아낼 필요는 없을 것 같습니다. 송진과 광물질을 섞은 혼합물로 땜을 해드리겠습니다. 또다른 충치에는, 저희들 용어로 하면 '병을 살찌워버리는' 특수한 약을 발라드리겠습니다. 약용 황토, 꿀, 석영 가루, 무화과, 잠두콩 가루, 커민, 콜로신트, 브리오니아, 아카시아 고무 등이 약에 사용된 재료들입니다.

—그것들은 어떻게 고른 것이오?

—제게는 옛 현자들이 기술한 의학서들이 있습니다, 폐하. 그리고 제가 즐겨 사용하는 도구로 약의 조제가 제대로 됐는지를 확인한답니다.

네페레트는 엄지와 검지 사이에 아마실 하나를 쥐고 있었다. 줄 끝에는 마름모꼴로 깎인 작은 화강암 조각이 달려 있었다. 그것은 적절한 약제 위에서는 빠르게 돌아가기 시작했다.

—내 부친과 같은 방법을 사용하는군.

—폐하께서 사용하시던 것과도 같은 방법이지요. 폐하께서도 사막에서 물을 찾아내시지 않았습니까? 이것뿐만이 아닙니다. 오늘 간단한 치료가 끝나고 나면 폐하께서는 브리오니아, 노간주나무, 쑥, 무화과, 향, 약용 황토 등으로 만들어진 반죽으로 매일같이 잇

몸을 문질러 치아를 보호하셔야 합니다. 만일 통증이 느껴지시면 버드나무 껍질로 만든 탕약*을 드십시오. 아주 효과적인 진통제입니다.

—나쁜 얘기가 또 있소?

—폐하의 맥박과 눈동자를 살펴보건대, 폐하께서는 비범한 기를 타고나셔서 웬만한 병들은 미처 자리잡지도 못하고 사라져버릴 정도입니다. 하지만 더 나이가 드시면 관절염이 따를 것 같습니다…… 그것은 어쩔 수 없는 일이지요.

—그렇게 쇠약해지기 전에 죽었으면 좋겠군!

—폐하께선 평화와 행복을 구현하고 계십니다. 이집트는 폐하께서 장수하시기를 기원합니다. 폐하께서 스스로 옥체를 돌보셔야 함은 거역할 수 없는 의무입니다. 현자들의 나이는 백열 살이 아닙니까? 프타 호텝은 그의 잠언집을 쓰기 위해 그 나이가 될 때까지 기다렸다고 하지 않습니까.

람세스는 미소지었다.

—당신을 바라보고 당신의 말을 듣고 있자니, 고통이 사라져버린 것 같소.

—마취제의 효과입니다, 폐하.

—당신은 내 보건정책에 만족하고 있소?

—곧 정기 보고서를 올리겠습니다. 전체적으로 만족스러운 상황입니다. 하지만 공공의 위생이나 개인의 위생을 관리하는 데 있어 지나침이란 없습니다. 이집트가 전염병들로부터 안전할 수 있는 것은 바로 그러한 공중위생 때문이지요. 금은양고(金銀兩庫)를 관리하는 책임자는 치료약의 조제에 필요한 비싸고 귀한 재료들을 구입하는 데 인색해서는 안 될 것입니다. 올해에는 평상시와 같은 유향

* 이로부터 현대의 아스피린이 유래했다.

을 조달받지 못한다고 들었는데, 저는 유향 없이는 일을 할 수가 없습니다.

—걱정할 것 없소. 재고가 충분히 있으니까.

—준비가 되셨습니까, 폐하?

카데슈에서 고삐 풀린 수만의 히타이트 전사들 앞에서도 람세스는 떨지 않았다. 하지만 치과의사의 기구들이 그의 입을 향해 달려드는 것을 바라본 순간, 그는 눈을 감아버렸다.

람세스의 전차는 너무 빨리 달리고 있었다. 세라마나가 간신히 따라붙을 정도였다. 네페레트의 치료가 신통한 효과를 보이자, 왕은 기력이 두 배로 늘었다. 오로지 아메니만이 왕이 일하는 리듬에 적응할 수 있었다.

아샤의 서신이 람세스를 안심시켰다. 외무대신은 포로로 붙잡혀 있는 것이 아니라, 언제까지 계속될지 모르는 협상을 위해 하투사에 머물고 있는 것이었다. 아메니가 지적했듯이 히타이트 대왕은 어떤 결과를 초래할지 알 수 없는 전쟁이란 모험에 뛰어들기를 두려워하고 있었다.

부드러운 열기가 기분좋게 느껴지는 9월 말, 하 이집트에 범람했던 강물이 서서히 빠져나가는 시기였다. 왕의 전차는 마을들 사이로 나 있는 운하를 따라 달리고 있었다. 람세스가 몸소 시행하겠다고 나선 긴급한 임무가 어떤 것인지, 아메니도 가늠하고 있지 못했다.

람세스는 운하 가까이에 있는 나무 아래에서 멈춰 섰다. 피침형의 나뭇잎들이 매혹적이었다.

—이리 와서 좀 보게나, 세라마나! 생명의 집의 고문헌에 의하면, 이놈이 이집트에서 가장 오래된 버드나무라는군. 이 껍질에서 염증을 가라앉히는 물질을 추출해낸다네. 바로 이것이 내 아픔을 달래

주었지. 나는 이 나무에게 감사하기 위해 여기 온 것일세. 그것만으론 부족하지. 나는 내 손으로 직접 버드나무 가지들을 피-람세스의 연못들 옆에 심을 생각이네. 그리고 온 나라 안에 이 버드나무 꺾꽂이를 명령할 것이야. 신들과 자연은 우리에게 모든 것을 베풀어 주네. 이 보물들이 열매를 맺도록 해야 하지 않겠나?

세라마나는 영문을 모르겠다는 표정으로 버드나무를 바라보며 생각했다. '저런 이상한 왕이 또 어디에 있을까?'

14

살을 에는 바람이 아나톨리아 고원을 쓸고 있었다. 하투사의 가을은 때론 겨울과 다름없었다. 아샤는 하투실의 환대에 아무것도 불평할 것이 없었다. 음식이 좀 거칠긴 했지만 먹을 만했고, 그의 기분을 달래주는 역할을 맡은 두 명의 히타이트 처녀들은 열성과 확신으로 맡겨진 임무를 수행했다.

하지만 그는 이집트가 그리웠다. 이집트, 그리고 람세스…… 아샤는 그가 평생 동안 봉사해온 왕의 그늘에서 늙어가고 싶었다. 마음속 깊이 람세스에 대한 열정을 감춘 채, 그는 왕을 위해 어떤 위험한 일도 마다하지 않았다. 멤피스에서 공부하던 젊은 시절, 아샤는 한때 자신을 매혹하는 진정한 힘을 갖고 있는 사람은 모세가 아닐까 생각했었다.

모세와 람세스. 그로부터 수많은 세월이 흘렀다. 그 세월 동안 모세는 계시받은 진리, 결정적인 진리를 실천하기 위해 투쟁했다. 반면에 람세스는 하나의 문명, 한 민족의 진리를 하루하루 쌓아가고 있다. 그는 자신의 행동을 보이지 않는 진리요 삶의 원리인 마아트에 바치고 있는 것이다. 선왕들과 마찬가지로 람세스는, 모든 고정된 것은 죽음으로 향한다는 사실을 알고 있었다. 그는 여러 악기를 연주할 줄 아는 연주자, 영원한 같은 음들로부터 끊임없이 새로운 음률을 창조해낼 줄 아는 음악가와도 같았다.

람세스는 신들이 그에게 내린 힘으로 사람들에 대한 권력을 창출해낸 것이 아니었다. 그는 그것으로부터 올바름의 의무를 이끌어냈다. 바로 그러한 마아트에 대한 성실성이, 이집트의 파라오가 폭군이 되는 것을 막아주고 있었다. 그의 과업은 사람들을 복종시키는 데 있는 것이 아니라, 그들을 그들 자신으로부터 해방시키는 데 있었다.

람세스의 통치를 지켜본다는 것은 한 문명의 얼굴을 조각해내고 있는 석공을 바라보는 것과도 같았다.

무와탈리스가 입던 것과 유사한, 붉은색과 검은색이 섞인 양털 외투를 걸친 하투실이 그가 머무는 방으로 들어섰다.

—불편한 점은 없으신가, 아샤?

—그런 대로 좋습니다, 폐하.

—때 이른 추위로 고생이겠군.

—아니라고 말씀드리면 거짓말이겠지요. 이런 계절에 나일 강가는 정말 온화합니다.

—어느 나라나 장단점이 있기 마련이지…… 히타이트가 이젠 싫어졌는가?

—나이를 먹어갈수록 점점 더 집에만 있고 싶어집니다, 폐하.

—좋은 소식을 하나 알려주지. 나는 결정을 내렸네. 당장 내일이

라도 자네는 이집트로 돌아갈 수 있네. 하지만 나쁜 소식도 한 가지 있지. 나는 양보하지 않겠네. 내 주장은 변함없어. 내 딸은 람세스의 정비가 되어야만 하네.

—파라오가 계속 거부한다면요?

하투실은 이집트인에게서 등을 돌렸다.

—어제 나는 장군들을 불러 전투준비를 명령했네. 내 형제 파라오가 철을 요구해왔으니, 그를 위해서 특별한 철을 준비하게 했지.

대왕은 몸을 돌려 외투 안주머니에서 철제 단검 하나를 꺼냈다. 그는 그것을 아샤에게 주었다.

—이것일세. 어떤가, 훌륭하지 않나? 이보다 더 가볍고 다루기 쉬운 무기도 없네. 게다가 어떤 방패라도 뚫을 수 있지. 나는 이 단검을 장군들에게 보여주었네. 그리고 만일 내 형제 람세스가 내 요구를 거절한다면, 내가 직접 그의 시체에서 이것을 되찾을 것이라고 약속했네.

피-람세스에서 가장 특이한 건물인 세트 신의 신전 위로, 태양이 기울고 있었다. 천둥과 번개를 주재하는 이 신이 머무는 성소는, 제18왕조의 왕들이 쫓아낸 힉소스 침략자들의 수도가 있던 곳에 세워졌다. 람세스는 그 불길한 장소를 창조의 힘이 집중된 곳으로 변화시켰다. 그는 그곳에서 세트와 대결했고, 그의 힘을 자신의 것으로 취했었다.

세티의 아들만이 감히 들어설 수 있는 이곳, 금지된 영역에서 파라오는 다가올 전투를 위해 필요한 힘을 길어내고 있었다.

람세스가 신전에서 나오자, 둘째아들인 메렌프타가 곁으로 다가왔다.

—제 일이 끝났습니다, 아버님.

—일을 빨리 했구나…….

—피-람세스와 멤피스의 병영들 모두를 조사대상으로 삼았습니다.

—고위장교들의 보고를 전혀 믿지 않은 모양이구나.

—그게…….

—솔직히 얘기해봐라.

—전혀 믿을 수가 없습니다, 아버님.

—무엇 때문이냐, 메렌프타?

—저는 그들을 관찰했습니다. 그들은 배가 불러 있습니다. 아버님이 이룩해놓으신 평화를 너무 믿고 있는 나머지, 그들은 병사들을 훈련시킬 생각을 전혀 안 하고 있습니다. 우리 군대는 스스로의 힘과 과거의 승리에 도취해 잠들어 있습니다.

—우리의 장비상태는 어떠냐?

—양은 충분합니다만, 질은 다소 의심스럽습니다. 대장장이들은 벌써 여러 해 전부터 일손을 늦추고 있습니다. 상당한 수리를 받아야 할 전차들이 꽤 됩니다.

—네가 처리하여라.

—사람들의 감정을 상하게 할 위험이 있습니다.

—이집트의 운명이 걸려 있는 일이다. 다른 것은 중요하지 않다. 진정한 총사령관으로서 처신하여라. 무기력한 장교들은 퇴역시키고, 책임이 막중한 자리엔 확실한 사람들을 임명하여라. 우리 병사들에게 그들이 필요로 하는 장비를 갖춰주어라. 네 임무를 완수하기 전엔 내 앞에 나타나지 마라.

메렌프타는 파라오 앞에 몸을 굽히고 사령부로 떠났다.

아버지라면 무릇 아들에게 다른 식으로 얘기했어야 하리라. 하지만 람세스는 두 개의 땅의 주인이었고, 메렌프타는 그의 후계자가 될지도 모르는 사람이었다.

아름다운 이제트는 잠을 잃었다.

그녀의 슬픔과 고독은 날이 갈수록 깊어갔다. 네페르타리는 평화를 이루어낸 여인이었다. 하지만 이제트 자신은 전쟁의 동의어가 되었다. 헬레네가 처참한 트로이 전쟁의 원인이었듯이, 이제트는 백성들의 눈에 이집트와 히타이트 사이의 새로운 대결을 일으킨 장본인으로 비칠 것이다.

피-람세스는 전쟁준비의 열병을 앓고 있었다. 파라오로부터 군 통수권을 일임받은 메렌프타는 확고한 자세로 임무에 임했다. 고위 장교들과 장군들도 이제는 총사령관의 권위를 인정하고 그에 따랐다. 강훈련과 무기생산이 재개되었다.

왕비의 미용사는 불안해했다.

—언제 화장해드릴까요, 폐하?

—왕께선 자리에서 일어나셨느냐?

—벌써 한참 되셨어요!

—함께 식사하게 될까?

—파라오께서는, 총리대신과 피-람세스에 불려온 가나안 요새의 사령관들과 함께 온종일 일하실 거라고 시종장에게 알리셨어요.

—가마를 준비시키거라.

—폐하! 머리도 빗지 않으셨고, 화장도 아직 …….

—서둘러라.

왕비를 아메니의 사무실까지 모셔가는 12명의 건장한 가마꾼들에게 이제트는 무척 가벼운 짐이었다. 왕비는 그들에게 서둘 것을 당부했다. 그들은 발걸음을 빨리 하며 상여금과 특별휴가를 기대했다.

왕비는 진짜 벌통 속에 들어온 것 같았다. 아메니와 팀을 이루는 20여 명의 서기관들은 한순간도 한눈팔 겨를이 없이 엄청난 양의 서류를 처리하고 있었다. 읽고, 요약하고, 분류하고, 보관함에 정확히 정리해야 했고, 무엇보다도 신속하게 처리해야 했다.

이제트는 원주들이 늘어선 홀을 가로질렀다. 어떤 관리들은 눈을 들지도 않았다. 아메니는 거위기름을 바른 빵조각을 씹으면서 곳간 관리자에게 보낼 공문을 작성하고 있다가 깜짝 놀라며 일어섰다.

—폐하…….

—앉아 계세요, 아메니. 당신에게 할 말이 있어요.

왕비는 사무실의 나무문을 닫고 빗장을 질렀다. 서기관은 마음이 불편했다. 그는 네페르타리를 존경하는 만큼 이제트를 싫어했으며, 이미 그녀와 충돌한 적도 있었다. 평상시와 달리 그녀의 모습은 빛나 보이지 않았다. 시선은 죽어 있었고 피곤해 보이는 얼굴에 화장의 흔적도 없었다.

—나는 당신의 도움이 필요해요, 아메니.

—무슨 말씀이신지…….

—나를 속이려 들지 말아요. 파라오가 나를 폐위하면 온 나라가 편안해지리라는 걸 나도 알고 있어요.

—폐하!

—그래요…… 내가 할 수 있는 일은 아무것도 없어요. 당신은 모든 것을 알고 있으니까, 백성들이 어떻게 생각하는지 말해줘요.

—아주 미묘한 문제라서…….

—나는 진실을 알고 싶어요.

—폐하께선 왕국의 정비이십니다. 어떤 사람도 폐하를 비난할 수 없습니다.

—아메니! 진실을 말해줘요!

서기관은 책상에 펼쳐진 파피루스를 들여다보는 듯이 눈을 내리깔았다.

—백성들을 이해하셔야 합니다, 폐하. 그들은 평화에 익숙해져

있습니다.

—백성들은 네페르타리를 좋아했고 나를 탐탁치 않게 생각해요. 당신이 숨기려는 진실은 바로 이것이 아닌가요?

—그것은 상황일 따름입니다.

—람세스 폐하께 전하세요. 나는 상황의 중차대함을 인식하고 있어요. 전쟁을 피하기 위해서라면 나를 희생할 각오가 되어 있다고 말이에요.

—파라오께서는 이미 결정을 내리셨습니다.

—그가 생각을 바꾸도록 해보세요, 아메니. 부탁이에요.

왕의 개인비서는 이제트의 말이 진실임을 알 수 있었다. 처음으로 그는 이제트에게서 진정한 이집트 왕비의 모습을 발견했다.

15

하투실 대왕이 아샤에게 물었다.

—왜 출발을 늦추고 있는가?

—아직도 폐하의 결정을 돌이킬 수 있으리라고 기대하기 때문입니다.

하투실은 수도의 성벽을 휩쓸고 다니는 차가운 돌풍을 두려워했다. 커다란 망토를 두른 아샤도 살을 파고드는 추위에 몸을 떨었다.

—불가능하네, 아샤.

—여자 때문에 불필요한 전쟁을 일으킬 작정이십니까? 트로이의 예가 있지 않습니까? 무엇 때문에 우리가 살육의 광기에 매이는 노예가 되어야 합니까? 무릇 왕비는 죽음이 아니라 삶을 가져와야 합니다.

—자네의 논리는 훌륭하네. 하지만 너무나 이집트적이야! 나 때문에 망신을 당한다면, 히타이트는 결코 나를 용서하지 않을 것이네. 내가 람세스에게 양보한다면 내 왕좌가 흔들린단 말일세.

—폐하를 위협하는 자는 아무도 없습니다.

—내 행동이 히타이트 군에 모욕을 준다면 나는 오래 살지 못할 것이네. 우리는 호전적인 민족일세, 아샤. 장담하지만, 나를 대신하게 될 대왕은 나보다 더 고약한 폭군일 걸세.

—파라오께서는 폐하의 통치가 오래 지속되기를 바라고 계십니다.

—믿어도 되는가?

—제가 가장 귀하게 여기는, 람세스 폐하의 생명을 걸고 약속드리지요.

두 사람은 도시를 굽어보고 있는 성벽의 순찰로를 잠시 걸었다. 사방에 감시탑이 솟아 있었다. 군대는 사방에 존재했다.

—전쟁에 지치지 않으셨습니까, 폐하?

—군인들은 나를 피곤하게 하네. 하지만 그들이 없다면 히타이트 역시 사라질 것이네.

—이집트는 전쟁을 별로 좋아하지 않습니다. 이집트는 사랑과 신전을 세우기를 좋아하지요. 카데슈 전투도 이제는 과거지사가 아닙니까?

—내 입에서, 내가 이집트에서 태어났기를 바란다는 말이 튀어나오게 강요하지 말게나, 아샤.

—이집트와 히타이트 사이에 새로운 분쟁이 발생한다면 그것은 우리 양국을 약화시키는 참변을 낳을 것이고, 아시리아만 좋은 꼴이 될 겁니다. 폐하의 따님이 람세스의 두번째 부인이 되고, 이제트가 정비로 남는 것을 받아들이십시오.

—나는 더이상 물러설 곳이 없네, 아샤.

람세스 대왕의 외무대신은 '낮은 도시'를 내려다보았다. 그 중심엔 뇌우의 신과 태양의 여신의 신전이 있었다. 그는 말했다.

—인간들이란 타락하고 위험한 동물들입니다. 그들은 땅을 더럽히고 제 종족을 몰살시키고야 말 겁니다. 일단 파괴행위에 빠지면 그 어떤 논리도 그들을 거기에서 빠져나오게 하지 못합니다. 무엇 때문에 그렇게 고집스레 스스로의 파멸을 향해 치닫고자 할까요?

하투실이 대답했다.

—인간들이 점점 더 신들로부터 멀어지기 때문이지. 훗날 신들과의 모든 관계가 끊기게 되면, 남는 것은 엄청난 개미떼와 같은 인간들 위에 군림하는 폭군들과 그들의 조종을 받는 광신자들밖에는 없을 것이네.

—이상하군요, 폐하…… 폐하께서는 저로 하여금 제가 그 이외의 것은 모두 하찮은 것인 양 오로지 마아트를 위해서, 하늘과 땅의 조화를 위해서 제 생을 바쳤다고 고백하게 만드십니다.

—그렇지 않다면 자네가 람세스의 친구였겠는가?

바람이 더욱더 사나워졌다. 더욱 기승을 부리는 추위에 목을 움츠리며 하투실이 말했다.

—그만 들어가는 게 좋겠네, 아샤.

—너무 어리석은 짓입니다, 폐하.

—내 생각도 그렇네. 하지만 자네나 나도 어쩔 수 없는 일이야. 히타이트와 이집트의 신들이 우리의 선의를 알아주시고 어떤 기적을 일으키시기를 기대하세나.

피-람세스 내항의 부둣가에는 흥분한 군중이 득시글거리고 있었다. 멤피스와 테베, 그리고 다른 남부 지방의 도시들에서 온 여러 척의 배들이 같은 날 물건을 부려놓았던 것이다. 평상시에도 무척 활기에 차 있던 그곳의 시장은 전에 없이 붐비고 있었다. 가장 좋은 터에 점포를 갖고 있던 사람들은 크게 한몫 잡아볼 태세였다. 개중에는 장사수완이 뛰어난 여자들도 많이 끼어 있었다.

우리테슈프와 타니트는 손을 맞잡고 구경꾼들 사이에서 기웃거리고 있었다. 포목이나 샌들, 귀한 나무함이나 또다른 훌륭한 물건들, 참으로 볼 것이 많았다. 피-람세스의 모든 사람들이 나와 있는 것 같았다. 아름다운 페니키아 여인은 우리테슈프의 건장함에 이끌린 수많은 친구들에게 억지웃음을 지어야 했다.

은근히 여자들의 시선을 즐기던 우리테슈프는, 세라마나의 졸개들이 뒤따라다니지 않는다는 것을 알아차렸다. 정직한 시민을 괴롭히는 것은 범법행위지…… 우리테슈프는 만일 그런 놈이 눈에 띄면 고발할 생각으로 주위를 살폈다.

페니키아 여인이 간청했다.

—좀 사도 돼요?

—이봐, 당신 맘이야. 자유라니까.

타니트는 미친 듯이 물건을 사대기 시작했다. 그것이 그녀의 신경을 다소 가라앉혔다. 진열대를 옮겨다니던 부부는 라이아의 점포앞에 다다랐다. 시리아 상인은 주석 잔들과 날씬한 백대리석 화병들, 그리고 멋쟁이 여인들이 즐겨찾는 색유리로 만든 향수병 따위를 내놓았다. 타니트가 라이아의 조수들 가운데 한 사람과 악착같이 값을 흥정하는 동안, 라이아는 우리테슈프에게 다가왔다.

—하투사로부터 굉장한 소식이 왔습니다. 아샤가 이끌던 협상은 결렬됐습니다. 대왕은 그의 요구를 거절했습니다.

—대화가 완전히 깨진 것인가?

—아샤는 이집트로 돌아오는 중입니다. 하투실이 람세스에게 보내는 회답은, 철제 단검이랍니다. 대왕은 이집트를 짓밟고, 자기 손으로 직접 그 단검을 파라오의 시체에서 되찾겠다고 약속했답니다.

우리테슈프는 생각에 잠긴 채 한동안 말이 없었다.

—오늘 밤, 내 아내가 산 물건들을 자네가 직접 배달해주게.

튼튼한 세타우는 날이 갈수록 로투스에게 더욱더 감탄하였다.

그녀는 도대체 무슨 수로 전혀 늙지 않는단 말인가? 그녀는 향유나 연고를 사용하지 않았다. 오로지 어떤 마술만이, 세타우가 거부할 수 없는 매력을 유지하는 비결일 것이었다. 그녀와의 사랑은 무궁무진한 환상 속에 펼쳐지는 감미로운 유희였다.

세타우는 로투스의 젖가슴을 어루만졌다. 갑자기 그녀가 얼굴을 찌푸렸다.

—무슨 소리 안 들렸어요?

—당신 심장소리야. 좀 세게 뛰는군…….

세타우의 열기는 로투스에게 옮아갔다. 그녀는 곧 황홀한 기쁨 외에는 아무 생각도 할 수 없었다.

방문객은 순간 멈춰 섰다. 실험실로 숨어든 여자는, 그들 부부가 외출했으리라고 기대했었다. 하지만 세타우와 로투스는 피-람세스에 머무는 동안 왕코브라, 검은 코브라, 살모사의 독이 든 그릇에서 좀처럼 떨어져 있으려 하지 않았다. 그들은 왕국의 수석의와 논의하면서 새로운 치료약을 개발하거나 기존의 약을 개선시킬 연구를 계속하고 있었다. 그들은 연회나 사교를 좋아하지 않았다. 사람의 생명을 앗아갈 수도, 구해줄 수도 있는 물질을 연구하는 일을 제쳐놓고 어떻게 지루하게 속 빈 대화를 늘어놓는단 말인가?

헐떡이는 신음소리가 방문객을 안심시켰다. 그들 부부는 너무 바쁜 상태라 방문객의 존재를 눈치채지 못했다. 그녀는 실수 없이 독이 든 병 하나를 훔쳐야 했다. 하지만 어떤 것을 가져간다지? 불필요한 질문이었다. 무엇이나 마찬가지 아닌가? 가공 전의 자연상태에서 그 독들의 효과는 치명적이었다.

한 걸음, 또 한 걸음, 다시 한 걸음…… 그녀는 맨발로 포석 위를 미끄러져갔다. 이제 1미터밖에 남지 않았다.

순간 어떤 형체가 스르르 몸을 일으켰다.

공포에 질린 여인은 움직일 수가 없었다. 희미한 빛 속에서 거대한 왕코브라가 앞뒤로 몸을 흔들고 있었다. 너무나 겁에 질려 소리지를 수도 없었다. 그녀의 본능은 거의 눈에 띄지 않을 정도로 서서히 몸을 움직여 뒤로 물러서라고 명령하고 있었다.

그녀는 그렇게 몇 시간을 계속 뒷걸음질친 느낌이었다. 마침내 그녀가 시야에서 사라지자, 왕코브라는 긴 몸을 누이고 다시 잠이 들었다.

아메니는 서류들을 다시 세었다. 마흔두 장, 각 지방마다 하나씩이었다. 결과는 운하와 저수지의 숫자에 따라 지방마다 상이했다. 중왕국 시대의 파라오들에 의해 정비된 커다란 호수 덕분에, 이미 많은 종류의 산림을 보유하고 있는 파윰 지방이 유리한 상황이었다. 람세스의 명령에 따라 이집트 전체에 버드나무들이 심어질 것이었다. 그러면 각 신전의 실험실에선 버드나무 껍질에서 진통효과를 내는 물질을 추출해낼 것이고, 의사들은 이제 손쉽게 그것을 손에 넣을 수 있을 것이다.

공연히 늘어난 일거리 때문에 아메니는 화가 머리끝까지 치밀었지만, 파라오의 명령에 이의를 제기할 수는 없는 노릇이었다. 별수 없이 부하 서기관들이 대가를 치러야 했다. 다행히 전쟁준비에 대해서는 걱정하지 않아도 되었다. 메렌프타가 자기의 임무를 썩 잘 수행하는지, 아메니의 사무실에 찾아와 하소연하는 일이 없었다.

왕이 저녁 제의를 집전하기 위해 아몬 신전으로 향하는데, 아메니가 다가왔다.

—제게 시간 좀 내주시겠습니까?

—아주 긴급한 일이 아니면 곤란한데.

—그래요? 그럼 어쩔 수 없지요…….

—자네가 공연한 일로 이러는 것은 아닐 테지. 그래, 무슨 일인가?

—이제드 폐하께서 저를 찾아왔있지요.

—그녀가 나라 일에 관심을 갖게 되었단 말인가?

—왕비께서는 당신이 분쟁의 원인이 되는 것을 원치 않으십니다. 그분의 진심에 저도 감동했다는 것을 고백하지 않을 수 없군요.

—만일 자네가 이제트의 매력에 넘어간 것이라면, 왕국이 위태로워지겠는걸?

—농담이 아닙니다! 왕비께서는 진정으로 당신 때문에 새로운 전쟁이 일어나는 게 아닐까 걱정하고 계십니다.

—그 문제는 이미 끝났네, 아메니. 만일 우리가 히타이트인들에게 한치의 땅이라도 양보한다면, 우리가 벌였던 그 모든 싸움은 헛된 일이 돼버릴 것이네. 이집트의 정비를 폐위시킨다는 것은 야만에 문을 열어주는 것이야. 이제트는 이번 사건에 아무런 책임도 없네. 오로지 하투실, 그자에게 모든 책임이 있어.

16

하투사에 찬비가 내리고 있었다. 이집트 외무대신의 호송대는 출발준비를 마쳤다. 푸투헤파 왕비는 추위에도 아랑곳없이 아샤를 배웅하러 나왔다. 화려한 술장식이 달린 붉은 옷을 걸친 우아하고 세련된 모습이었다.

—대왕께선 몸져누우셨어요.

—설마 큰 병은 아니시겠지요?

—열이 좀 있어요. 곧 괜찮아지시겠죠.

—대왕께 쾌차를 빈다고 전해주십시오, 폐하.

푸투헤파가 쓸쓸한 표정으로 말했다.

—협상이 실패로 끝나 정말 유감이에요.

—동감입니다. 폐하.

—람세스 폐하께서 끝내 양보하시지 않을까요?

—환상은 좋지 않습니다.

—대사가 이처럼 비관적인 모습을 보인 적이 없어요, 아샤.

—우리에게는 이제 두 가지 희망밖엔 남지 않았습니다. 기적이 일어나든가…… 아니면 바로 왕비 폐하의 힘입니다. 대왕의 고집을 좀 누그러뜨려주시지 않겠습니까?

—아직까진 성공하지 못했지만…… 계속 노력해보겠어요.

—폐하, 말씀드리려 했었는데…… 아니, 아닙니다.

—말씀해보세요.

—정말 아닙니다.

어떻게 말할 수 있겠는가. 자신이 만난 모든 여인들 중에서 그녀만이 유일하게 아내로 삼고 싶은 여자라는 사실을, 어떻게 히타이트의 왕비에게 고백할 수가 있겠는가? 그것은 용서받지 못할 커다란 실수일 것이다.

아샤는 그의 손이 미칠 수 없는 여인의 얼굴을 마음속에 새겨두기라도 할 것처럼 푸투헤파를 바라보았다. 그리고 그는 그녀에게 몸을 굽혀 절했다.

—너무 슬퍼하지 마세요, 아샤. 최악의 상황을 피하기 위해 최선을 다하겠어요.

—저도 노력하겠습니다, 폐하.

호송대가 찬비를 뚫고 남쪽을 향해 움직이기 시작했다. 아샤는 뒤돌아보지 않았다.

세타우는 더할 나위 없이 기분이 좋았다. 그는 로투스를 깨우지 않고 침실에서 나왔다. 참으로 감동적인 그녀의 알몸은 언제나 그의 욕망을 부채질했다. 잠시 기분좋게 새벽의 찬 공기를 호흡하던 그는 자신의 실험실로 향했다. 지난 밤에 받아두었던 살모사의 독을 오전중에 처리해야 했다.

과일 접시를 가져오던 어린 하녀가 세타우를 보고 그 자리에 얼어붙어버렸다. 거의 벌거벗은 세타우의 모습에 놀란 그녀는 달아날 엄두도 내지 못했다. 손으로 독사를 마음대로 다루는 저 남자는 무서운 마법사가 아닌가.

—배가 고프다, 얘야. 말린 생선하고 갓 구운 빵과 우유를 가져오너라.

하녀는 덜덜 떨면서 그의 말에 고개를 끄덕였다. 세타우는 정원으로 나가 땅의 풍취에 푹 젖고자 풀밭에 드러누웠다. 그는 하녀가 가져온 음식을 맛있게 먹고, 들어주기 힘든 목소리로 한 곡조 흥얼거리며, 실험실로 할당된 궁전의 방으로 향했다.

그가 평상시에 입던 영양가죽 외투가 눈에 띄지 않았다. 호주머니에 해독제들이 가득 들어 있는 옷이었다. 그 물질들은 아주 주의해서 사용해야 했다. 약이 독이 될 수도 있기 때문이었다. 그 이동약국 덕분에 세타우는 수많은 병을 고칠 수 있었다.

로투스를 끌어안기 전에 그 옷을 낮은 의자 위에 올려놓았었다. 아냐, 잘못 생각한 게지…… 다른 방이었나? 세타우는 대기실을 살펴보고, 기둥이 들어선 작은 홀과 샤워실, 화장실까지 뒤져보았다.

아무 데에도 없었다.

이제 남은 장소는 침실이었다. 그래, 틀림없어…… 침실에 자신의 귀중한 외투를 벗어놓은 것이 분명했다.

로투스가 깨어났다. 세타우는 그녀의 젖가슴에 부드럽게 입을 맞추었다.

—내 외투를 어디에다 치웠어, 여보?

—저는 건드리지 않았어요.

신경이 곤두선 세타우는 침실을 온통 뒤졌지만 헛수고였다. 그가 침통한 목소리로 말했다.

—없어졌어.

세라마나는 병영에서 큰 칼을 휘두르며 몸을 풀고 있었다.

그는 람세스가 히타이트인들과의 전쟁에 이번에는 반드시 자신을 데려갈 것이라고 기대하고 있었다. 벌써 오래 전부터 왕년의 해적은 아나톨리아의 야만인들의 목을 베고 싶었다. 그 동안 늘 자신의 발목을 붙잡았던 왕실 경호를 책임질 수 있는 부하들도 이제는 많이 양성해냈다. 그는 이제 자신도 전장에 나가 람세스를 위해 무훈을 세우고픈 생각밖에는 없었다.

세타우가 병영에 들이닥치는 걸, 세라마나는 놀란 표정으로 바라보았다. 이렇게 이른 시간에, 그것도 병영에 나타날 위인이 아니었기 때문이다.

세라마나는 큰 칼을 치우고 온몸에 번들거리는 땀을 손으로 훔쳐냈다.

—문제가 생겼나, 세타우?

—어떤 놈이 내 가장 귀중한 물건을 훔쳐갔네. 내 영양가죽 외투 말일세.

—의심 가는 사람은?

—나를 질투하는 어떤 의사놈이 분명해! 그놈은 그걸 사용할 수도 없을 텐데…….

—좀더 정확히 말할 수 없나?

—없어, 젠장!

—누군가가 자네를 골탕먹이려 했구먼. 자네가 누비아에서 너무 큰 자리를 차지하고 있기 때문일 거야. 궁정에선 자네를 좋아하는 사람이 별로 없어.

—궁전을 뒤져야 돼. 고관들의 별장도, 공방들도, 또…….

—진정하게, 세타우! 내가 부하 둘을 투입시키겠네. 하지만 지금

은 총동원령이 떨어져 있어. 자네 외투에 더 많은 신경을 쓸 순 없네.

—그 옷이 얼마나 많은 목숨을 구한 줄 아나?

—나도 모르지 않지. 하지만 다른 옷을 하나 장만하는 게 나을 거야.

—말하긴 쉽지. 나는 그 옷에 정이 들었단 말일세.

—가세나, 세타우! 너무 불평하지 말고 나하고 술이나 마시자구. 그리고 우리 함께 도시에서 제일 솜씨 좋은 무두장이한테 찾아가세. 자네도 이젠 껍질을 갈 때가 됐어!

—도대체 어떤 놈이 훔쳐갔는지 알아야겠어.

람세스는 메렌프타의 보고서를 읽으며 마음이 흡족했다. 간결하고 명료한 보고서로, 메렌프타는 자신의 명석함을 입증했다. 아샤가 히타이트에서 돌아오는 대로 파라오는 하투실과의 최종적인 협상에 나설 것이다. 하지만 하투실 대왕은 어리석은 사람이 아니다. 그 역시 람세스처럼 협상기간을 이용해 자신의 군대를 전투에 대비시킬 것이다.

이집트의 정예부대는 람세스가 기대했던 것보다는 좋은 상태에 있었다. 경험 많은 용병들을 고용해서, 어린 신병들의 훈련에 박차를 가하는 일은 어렵지 않을 것이었다. 무기 제조공들이 생산에 온 힘을 기울이고 있으니, 군의 장비 역시 곧 완비될 것이다. 람세스의 승인 하에 메렌프타가 임명한 장교들은 히타이트인들에게 용감히 맞설 수 있는 병사들을 양성하고 있었다.

람세스의 진두지휘로 북쪽을 향해 행군하게 될 이집트 군은 승리의 확신으로 불타오를 것이다.

평화를 저버리는 하투실의 실수를 철저히 응징할 생각이었다. 이집트는 생존을 위해 싸울 뿐만 아니라, 아나톨리아 전사들이 예상치 못한 선제공격에 나설 것이다. 이번에야말로 람세스는 카데슈 성을 점령할 생각이었다.

하지만 전에 없던 불안이 왕의 마음에 자라나고 있었다. 그는 자신이 취할 행동에 확신을 갖지 못했다. 네페르타리의 빈 자리가 사무쳤다. 그 숱한 결단의 순간에 네페르타리는, 그리고 어머니 투야는 람세스의 가슴에 확신을 심어주었었다. 왕은 신을 찾아 그의 길을 묻고자 했다.

이집트 중부의 헤르모폴리스로 향할 빠른 배 한 척이 준비되었다. 왕이 선교에 오르려 할 때, 이제트가 그에게 간청했다.

—저도 같이 가면 안 되나요?

—아니, 나 혼자 가야 하오.

—아샤 소식은 들으셨어요?

—그는 곧 돌아올 거요.

—제 생각을 아시잖아요, 람세스. 명령해주세요. 저는 복종할 거예요. 제 개인의 행복보다는 이집트의 행복이 더 중요해요.

—고마운 말이오. 하지만 그 행복도, 이집트가 불의 앞에 허리를 굽혀 얻은 것이라면 곧 사라져버릴 것이오.

하얀 돛이 남쪽을 향해 멀어져갔다.

사막의 변경, 토트 신의 대사제들이 묻혀 있는 묘지 가까이에, 유난히 키가 큰 거대한 종려나무가 자라고 있었다. 이곳에서 성스런 빛의 심장이요 신성한 언어의 주인인 토트가, 불필요한 말을 삼갈 줄 알았던 그의 신봉자들에게 현현했다고 전설은 전한다.

서기관들의 신 토트는, 수다스런 자들에겐 막혀 흐르지 않지만 고요한 자에게는 쉼없이 흐르는 신선한 샘과도 같다. 왕은 혼란스런 그의 생각을 가라앉히며 그 종려나무 아래에 앉아 명상에 잠겼다. 난마와도 같은 생각들이 그의 머릿속을 스쳐갔다. 그 혼돈을 온

전히 가라앉히고 자신을 비우는 긴 싸움이 끝나자, 람세스는 그의 주위를 휘감아도는 신선한 샘물소리를 들었다. 그렇게 하루 낮과 하루 밤이 지났다.

새벽이 되자, 어떤 힘찬 소리가 떠오르는 태양을 향해 인사를 보냈다.

람세스는 눈을 떴다. 3미터도 떨어지지 않은 곳에서 거대한 원숭이 한 마리가 그를 바라보고 있었다. 공격적인 턱을 가진 비비였다. 파라오는 그의 시선을 마주 받았다.

—하늘과 땅의 신비를 알고 있는 토트여, 내게 길을 열어주소서. 그대는 신들과 사람들에게 규범을 밝혀주었나이다. 그대는 힘의 언어를 만들었나이다. 내가 올바른 길, 이집트에 이로운 길을 갈 수 있게 하소서.

비비는 뒷발로 딛고 몸을 일으켰다. 람세스보다 더 키가 큰 비비는 숭배의 표시로 하늘을 향해 앞발을 쳐들었다. 눈을 다치지 않고 작열하는 빛을 바라볼 수 있는 왕은 그의 동작을 흉내내었다.

토트의 음성이 하늘로부터, 종려나무로부터, 그리고 비비의 목구멍으로부터 울려퍼졌다. 파라오는 그것을 자신의 마음속에 받아들였다.

17

며칠째 비가 내리고 있었다. 이집트 외무대신의 호송대는 짙은 안개 때문에 제대로 전진하지 못했다. 당나귀들은 70킬로그램의 등짐들을 지고 악천후를 뚫으며 꾸준한 발걸음을 내딛고 있었다. 이집트는 그 짐승들을, 무궁무진한 힘을 지닌 세트 신의 현현들 가운데 하나로 생각했다. 당나귀들이 없다면 경제적 번영도 없었다.

아샤는 서둘러 북시리아를 벗어나고 싶었다. 그는 페니키아를 가로질러 이집트 보호령 내로 들어가고자 했다. 대체로 여행은 그를 즐겁게 했지만, 이번 여행은 당나귀 등에 얹힌 짐처럼 무겁게 느껴졌다. 단조로운 경치에 눈을 주며 그는 묵묵히 걸음을 옮겼다. 산들은 그를 불편하게 했으며, 강들은 우울한 생각을 불러일으켰다.

호송대의 책임장교는 카데슈 전투에서 공을 세운 구원군의 일원이었다. 수많은 세월을 전장에서 보낸 그는 아샤를 높이 평가하고 있었다. 비밀 공작원으로서의 그의 업적이나 히타이트 현지에 대한 아샤의 지식은 존경할 만했다. 외무대신은 또한 재치 있게 대화를 이끄는 활달한 인물로 평판이 나 있었다. 하지만 히타이트를 떠난 이후, 그는 내내 슬프고 우울해 보였다.

어느 양 우리에 멈춰 서서 짐승들과 사람들이 몸을 녹이고 있을 때, 책임장교는 아샤 곁에 앉았다.

—어디 편찮으십니까?

—좀 피곤할 뿐이네.

—결과가 좋지 않군요, 그렇죠?

—좀더 나은 결과였을 수도 있었지. 하지만 람세스 폐하가 통치하는 한, 상황은 결코 절망적이지 않을 걸세.

—저는 히타이트인들을 잘 압니다. 그자들은 야만인들이고 침략자들입니다. 오랜 평화기간 동안 군비를 쌓은 그들은 아마 더욱더 악랄해졌을 겁니다.

—틀린 생각이야. 하지만 세상은 아마도 한 여인 때문에 갈가리 찢길 것 같네. 그녀가 다른 여인들과는 다르다는 건 사실이지. 이집트의 왕비이니까 말일세. 람세스 폐하가 옳아. 우리 문명의 근본적인 가치가 걸린 문제라면, 절대로 물러설 수 없지.

—그건 외교관의 말씀 같지가 않군요!

—은퇴할 나이가 가까워졌지. 나는 언젠가, 여행이 싫증나고 힘들게 느껴지는 대로 일을 그만두겠다고 다짐한 바 있네. 그날이 온 거야.

—람세스 폐하께서는 대신님을 놓아주시려 하지 않을 텐데요.

—내 고집도 왕에 못지않지. 어쨌거나 이 협상을 성사시키기 위한 노력은 다할 걸세. 내 후임을 찾는 것은 생각보다는 수월할 거야. '왕의 아들들'은 단순한 궁신들이 아니야. 그들 중 몇몇은 이집

트를 위해 큰일을 담당할 수 있을 걸세. 이런 직업에선 호기심이 사라지면 그만둘 줄 알아야지. 나는 더이상 바깥 세상에 관심이 없네. 이제는 종려나무 그늘 아래 앉아 나일 강이 흐르는 것을 바라보는 일말고는 다른 욕심이 없어.

냉소와 총기로 빛나던 평소의 아샤가 아니었다. 장교가 물었다.

—일시적인 권태기가 아닐까요?

—떠들고 협상하는 것에 이젠 흥미가 없네. 내 결정은 돌이킬 수 없어.

—저도 이번이 마지막 여행입니다. 마침내 쉴 수 있게 됐지요.

—어디 사는가?

—카르낙 근처의 마을입니다. 제 어머니는 아주 연로하시지요. 어머니의 노후를 편안히 모실 수 있게 되어 행복합니다.

—결혼은 했는가?

—그럴 시간이 없었죠.

아샤가 꿈에 잠긴 듯 말했다.

—나도 마찬가질세.

—아직 젊으신데요.

—나이가 들 만큼 들어 여자들에 대한 내 열정이 꺼질 때까지 기다릴 작정일세. 그때까지는 용기를 내어 어쩔 수 없이 내 결점을 감수해야겠지. 심판의 날, 신들이 나를 용서하시기를 바랄 뿐이네.

장교는 부싯돌과 마른 나무를 이용해서 불을 피웠다.

—저희한테 맛있는 육포와 포도주가 있습니다.

—포도주 한 잔이면 충분하겠네.

—식욕이 없으십니까?

—그런 셈이지. 아마도 현자가 되기 시작한 징조가 아닐까?

아샤는 쓸쓸하게 웃으며 하늘을 바라보았다. 어느덧 비가 멈춰 있었다.

—다시 출발할 수 있겠군.

장교가 반대했다.

—짐승들과 사람들 모두 지쳐 있습니다. 좀 휴식을 취하고 나면 훨씬 빨리 전진할 수 있을 겁니다.

—그럼 나도 좀 자둬야겠군.

결코 잠이 오지 않으리란 걸 알고 있는 아샤의 말이었다.

호송대는 가파른 비탈길을 굽어보고 있는 푸른 떡갈나무 숲을 통과했다. 일행은 길게 늘어서서 좁은 산길을 지났다. 변화무쌍한 하늘에는 구름이 떼를 지어 흘러갔다.

기이한 느낌이 아샤를 떠나지 않았다. 뭐라 이름할 수 없는 그런 느낌이었다. 그는 나일 강의 강둑과 그가 평화로운 나날을 보내게 될 피-람세스의 별장의 그늘진 정원, 그리고 이제는 여유를 가지고 그가 돌봐줄 개들과 원숭이들과 고양이들을 떠올리며 그 느낌을 쫓아버리려 했지만 소용이 없었다.

그는 하투실이 최후통첩의 상징으로 선사한 철제 단검을 오른손에 쥐었다. 하투실은 이 선물이 람세스의 마음에 불안감을 드리우기를 기대할 것이다. 람세스를 불안케 한다…… 하투실은 람세스를 아직 모른다! 람세스는 위협에 굴복할 사람이 아니다. 아샤는 저 아래 흐르는 강물에 단검을 던져버리고픈 충동을 느꼈다. 하지만 이 단검 때문에 전쟁이 일어나는 것은 아니었다.

한때 아샤는 각 민족들의 관습을 통일하고 이질감을 해소하는 게 바람직하다고 생각했었지만, 지금은 그 반대였다. 획일성이라는 토양에선 괴물밖에 태어날 것이 없다. 사방에 촉수를 뻗친 권력에 종속된 국가, 오로지 사람들을 더욱더 짓누르고 저들의 졸개로 만들기 위해 체제를 옹호하고 나설 모리배들이 횡행할 국가라는 괴물 말이다.

람세스만이 인간을 우둔하고 나태한 본래의 경향에서 벗어나 신들에게 향하도록 할 수 있었다. 만약 세계가 인류에게 단 한 사람의 람세스도 베풀어주지 않는다면, 세계는 혼돈과 골육상잔의 핏속에서 사라져버릴 것이다. 파라오를 이끌어주는 것은 보이지 않는 힘과 저승 이외의 다른 것이 아니다. 신전의 성상안치소에서 신들과 홀로 마주한 그는, 그가 스스로의 영광을 생각지 않고 봉사해야 하는 그의 백성들과 마주한 것이었다. 수천 년 전부터 파라오 제도는 그것이 이 세상 것이 아니었기에, 모든 장애를 극복했고 위기를 넘겼던 것이다.

이제 외무대신의 짐보따리를 내려놓게 되면, 아샤는 하늘과 땅에 동시에 속하는 파라오의 이중성에 대한 옛 문헌들을 수집할 생각이었다. 아샤는 그것을 람세스에게 바칠 것이다. 그들은 포도덩굴 아래에서 혹은 연꽃으로 뒤덮인 연못가에서 어느 부드러운 저녁 무렵 그에 대해 대화할 것이다.

아샤는 운이 좋았다. 아주 좋았다. 람세스 대왕의 친구라는 것, 그가 반란을 뿌리뽑는 데 도움을 주었다는 것, 그가 히타이트의 위험을 물리치는 데 한몫 했다는 것…….

그보다 더 열광적인 생이 다시 있으랴? 아샤는 인간들의 비천함과 배반과 평범함에 수백 번이나 고개를 저었었다. 인간의 미래에 대해 절망했었다. 하지만 수백 번이나 람세스라는 존재는 그의 이마 위에 다시 태양이 빛나게 했다.

나무 한 그루가 죽어 있었다.

크고 밑동이 넓은 나무는 뿌리를 드러내고 있었다. 하지만 그것은 불멸의 모습을 하고 있었다.

아샤는 미소지었다. 저 죽은 나무가 바로 삶의 원천이 아닐까? 새들은 저곳에 둥지를 틀고 곤충들은 저곳에서 먹이를 찾을 것이다. 나무는 살아 있는 존재들간의 눈에 보이지 않는 신비한 관계를 상징하고 있었다. 파라오는 바로 하늘까지 닿는 거대한 나무, 온 백성에게 양식을 베풀고 보호해주는 거대한 나무가 아니겠는가?

람세스는 결코 죽지 않을 것이다. 왜냐하면 그에게 주어진 직분은 그의 생전에 이미 저승 문을 넘나들 것을 요구하고 있기 때문이다. 삶과 죽음, 이승과 저승의 경계를 넘나드는 존재, 죽음 너머의 세계를 응시하는 존재. 오로지 초자연적인 것에 대한 통찰만이 파라오로 하여금 일상적인 것을 올바르게 이끌어가도록 허여하는 것이다.

아샤는 신전에 거의 가지 않았다. 하지만 람세스를 자주 수행하면서 곁눈질로 파라오가 관리하고 지키는 몇몇 비밀들에 입문할 수 있었다. 아마도 아샤는 한가한 은퇴생활을 미처 살아보기도 전에 벌써 권태를 느끼고 있는지도 몰랐다. 또다른 모험, 영혼의 모험을 경험하기 위해 바깥 세상을 떠나 은둔자의 삶을 살아가는 것도 흥미롭지 않을까?

오솔길이 더더욱 가팔라졌다. 아샤의 말이 힘들게 나아가고 있었다. 이제 고개 하나만 넘으면, 가나안까지는 내리막 길이고, 그 다음은 이집트 델타 지방의 북동 경계에 이르는 길이었다.

아샤는 자신이 단순한 행복에 만족하리라고는 믿지 않았다. 자신이 태어난 땅에서 혼란과 열정을 멀리한 채 살아갈 수 있는 그런 사람이 아니었다. 아샤는 얼음 위에 타오르는 불꽃 같은 사람, 타오르는 불꽃이 너무 거세어 푸르고 하얀 얼음의 빛을 띠듯이, 냉소 속에 주체할 길 없는 열정을 감추고 있는, 그런 사람이었다.

히타이트를 떠나던 날 아침, 그는 거울 속에서 처음으로 자신의 흰머리를 발견했다. 아나톨리아 산에도 눈이 일찍 내렸었다. 명백한 징후였다. 그가 그토록 두려워하던 세월의 승리였다.

그의 몸이 너무나 많은 여행과 모험으로 쇠진해 있다는 걸 그만이 알고 있었다. 왕국의 수석의 네페레트가 몇 가지 병을 고치고 늙어가는 것을 좀 늦출 수 있으리라. 하지만 아샤는 람세스처럼 제의를 통해 새로워지는 힘은 갖고 있지 못했다. 외교관은 자기 힘의 한계를 벗어나기 시작했음을, 이제 그의 생명의 시간이 거의 소진되었음을 알고 있었다.

갑자기 처참한 비명소리가 들렸다. 누군가 심하게 다친 모양이었다. 아샤는 말을 정지시키고 뒤를 돌아보았다. 후방에서 다시 비명소리들이 들려왔다. 저 아래쪽에선 격투가 벌어지고 있었고, 떡갈나무 꼭대기에서 날아온 화살들이 사방에 빗금을 긋고 있었다.

숲 양쪽에서 단검과 창으로 무장한 리비아인들과 히타이트인들이 튀어나왔다.

이집트 병사들의 절반이 몇 분 만에 몰살당했다. 생존자들은 몇몇 공격자들을 쓰러뜨릴 수 있었지만, 적의 숫자가 너무 많았다.

장교가 아샤에게 소리쳤다.

―도망치십쇼! 곧장 앞으로 달려가세요!

아샤는 망설이지 않았다. 철제 단검을 휘두르며 그는 적의 궁수에게 달려들었다. 검붉은 끈으로 졸라맨 머리칼 사이에 두 개의 깃털을 꽂고 있는 것으로 보아 리비아인이 분명했다. 아샤는 단검을 휘둘러 그의 목을 베어버렸다.

―조심하세요, 조…….

아샤에게 경고하던 장교의 외침이 비명으로 바뀌었다. 머리가 길고 가슴에 갈색 털이 뒤덮인 악마 같은 사내가 묵직한 검으로 장교의 머리를 쪼개버렸다.

같은 순간, 화살 한 개가 아샤의 등에 박혔다. 숨이 막힌 이집트 외무대신은 축축한 땅위에 쓰러졌다.

모든 저항이 끝났다.

악마는 부상자에게 다가왔다.

—우리테슈프…….

—그래, 아샤. 내가 이겼다! 마침내 네놈한테 복수하게 됐구나. 내 신세를 망친 이 저주받을 외교관놈! 하지만 네놈은 내 길을 가로막는 작은 방해물에 불과하다. 이젠 람세스 차례다. 람세스는 이 일이 비겁한 하투실의 소행이라고 믿겠지? 내 계획이 어떠냐, 아샤?

—비겁한 것은 바로 네놈이다…….

우리테슈프는 철제 단검을 빼앗아 아샤의 가슴에 찔러넣었다. 벌써 약탈이 시작되고 있었다. 우리테슈프가 개입하지 않으면 리비아인들은 서로 죽이려 들 것이었다.

아샤는 자신의 피를 손에 묻혔다. 하지만 우리테슈프의 이름을 새길 기운이 남아 있지 않았다. 죽는 순간까지도 여유가 없는 자신의 생을 한하며 아샤는 미소지었다. 그는 꺼져가는 힘을 간신히 붙잡고 집게손가락으로 자신의 외투에 단 한 글자의 상형문자를 그려넣을 수 있었다. 그 문자의 의미를 람세스가 이해할 수 있기를 바라며…… 그의 몸은 영원히 굳어버렸다.

18

궁전은 침묵에 잠겨 있었다. 헤르모폴리스에서 돌아온 람세스는 어떤 참변이 발생했다는 것을 곧 알아차릴 수 있었다. 궁신들은 그림자도 보이지 않았고 관리들은 자기네 사무실로 숨어버렸다.

왕은 세라마나에게 명령했다.

—아메니를 찾아오게. 나는 테라스에 있겠네.

궁전의 가장 높은 장소에서 람세스는 모세가 건축한 수도를 바라보았다. 터키석 타일로 외장을 두른 하얀 저택들이 종려나무 아래에서 졸고 있었다. 저수지 근처의 정원에서는 산보객들이 한담을 나누고 있었다. 높은 깃대에서 나부끼는 깃발이, 그곳에 신이 거하신다는 사실을 보여주고 있었다.

토트 신은 어떤 희생을 치르더라도 평화를 유지할 것을 왕에게 명령했다. 욕망들이 서로 얽혀 있는 미로 속에서 학살과 불행을 피할 수 있는 올바른 길을 찾아내는 것이 왕이 할 일이었다. 왕의 마음을 넓혀준 깨달음의 신은, 그에게 새로운 의지를 심어주었다. 신성한 빛이 구현되어 있는 태양, '라'의 아들 람세스는 또한 밤의 태양, 토트의 아들이기도 했다.

아메니의 안색이 평소보다 더 창백했다. 그의 눈에는 커다란 슬픔이 배어 있었다.

—자네만은 내게 진실을 말해주겠지?

—아샤가 죽었습니다.

람세스는 동요하지 않았다.

—왜 죽었나?

—그의 호송대가 공격당했습니다. 시체들을 발견한 목동이 가나안의 경찰에게 알렸습니다. 그들은 현장에 가서 확인했는데, 경찰들 중 아샤를 알아본 사람이 있답니다.

—그의 시신은 공식적으로 확인되었나?

—그렇습니다.

—지금 어디에 있나?

—다른 호송대원들과 함께, 지금 가나안의 요새에 안치돼 있습니다.

—생존자는?

—전혀 없어요.

—증인은?

—증인도 없어요.

—세라마나를 사건 현장에 보내게. 그에게 아주 사소한 단서라도 전부 긁어모으라고 하게. 그리고 아샤와 그 일행의 시신을 이곳으로 옮기게. 그들은 이집트 땅에 묻힐 것이네.

세라마나와 용병들은 서둘러 가나안에 닿기 위해 여러 마리의 말들을 기진케 했다. 그들은 현장을 조사하고, 아샤 일행의 시신을 수습하여 신속하게 돌아왔다. 세라마나는 피-람세스에 도착한 즉시 아샤의 시체를 염장이에게 넘겼다. 그는 시신을 깨끗이 하고 향을 뿌려, 파라오에게 보일 준비를 하라고 당부했다.

람세스는 그의 친구를 안아다가 궁전 침실의 침대 위에 뉘었다.

아샤의 얼굴은 차분해 보였다. 하얀 수의에 감싸인 이집트의 외무대신은 마치 잠들어 있는 것처럼 보였다.

잠든 그의 앞에 세타우와 아메니, 그리고 람세스가 서 있었다.

눈이 빨갛게 부어오른 세타우가 물었다.

—누가 죽였나?

왕이 약속했다.

—알게 될 걸세. 나는 세라마나의 보고를 기다리고 있네.

아메니가 말했다.

—아샤의 영원의 집이 준비되었습니다. 사람들의 심판은 그에게 호의적이었어요(고대 이집트에서는 죽은 이가 신들의 심판을 받기 전에, 이승에서 그를 알았던 사람들의 심판을 먼저 받는다—역주). 신들은 그를 다시 태어나게 할 겁니다.

—내 아들 카가 장례식을 이끌 것이네. 옛부터 내려오는 부활의 제문을 낭독할 것이야. 이승에서 맺어진 것은 저승에서도 계속될 것이네. 이집트에 대한 아샤의 충성은 저 세상에서 그를 위험으로부터 보호할 것이네.

세타우가 말했다.

—아샤를 살해한 놈을 내 손으로 죽여버리겠어. 결코 이 각오를 잊지 않을 것이네.

세라마나가 왕 앞에 나타났다.

—뭘 발견했나?

—아샤는 오른쪽 견갑골에 화살을 맞았습니다. 하지만 그 상처는 치명적이진 않았습니다. 그를 죽인 무기는 바로 이것입니다.

그는 람세스에게 단도를 내밀었다.

아메니가 격분하여 소리쳤다.

—철이군요! 히타이트 대왕이 보낸 불길한 선물입니다! 폐하의 절친한 친구인 이집트의 외무대신을 죽이는 것, 이것이 바로 그의 대답이었어요!

세라마나는 아메니가 그렇게 화내는 것을 본 적이 없었다. 세타우가 차갑게 결론지었다.

—그렇다면 우리는 살인자가 누군지 알게 되었군. 하투실이 제 성채 안에 숨어 있다 한들 소용없는 일이다. 나는 거기 숨어들어가 그놈의 시체를 성벽 아래에다 던져버릴 것이다.

세라마나가 말했다.

—한 가지 문제가 있습니다.

—문제는 뭔 문제! 난 하고야 말 테다!

—자네가 복수하겠다는 데 문제가 있는 게 아냐, 세타우. 살인자의 정체에 문제가 있다는 말일세.

—이 철제 단검이 히타이트 것이 아니란 말인가?

—물론 맞아. 하지만 나는 현장에서 다른 단서도 찾아냈네.

세라마나는 부러진 깃털 하나를 내보이며 말을 이었다.

—이건 리비아인들의 전사 장식인데…….

세타우가 흥분하여 세라마나의 말을 자르며 소리쳤다.

—리비아인들이 히타이트인들과 동맹을 맺었다구? 그럴 리가 없어!

아메니가 말했다.

—악의 힘들이 서로 뭉치려 든다면 불가능한 일은 아무것도 없네. 모든 게 명백해졌어. 하투실은 힘의 대결을 선택했어. 그의 선

임자들과 마찬가지로 그는 이집트를 파괴할 생각밖에는 없어. 그리고 그것을 위해 지옥의 악마들과의 동맹도 서슴지 않은 거야.

묵묵히 깃털을 살펴보는 람세스를 바라보며 세라마나가 덧붙였다.

—또하나 특기할 만한 사실은 우리 호송대의 숫자가 별로 많지 않았다는 점입니다. 공격자들의 수효는 40명, 많아야 50명 정도였을 겁니다. 그들은 매복하고 호송대를 기다리던 약탈자들이었지, 정규군은 아니었어요.

아메니가 반박했다.

—그건 자네 생각이지.

—아냐, 그게 사실이야. 현장 주위의 풍경이나 좁은 길, 기병들이 남긴 발자국 등을 살펴보면 뻔한 사실이네. 나는 그 부근에 단 한 대의 히타이트 전차도 있지 않았다고 확신해.

세타우가 물었다.

—그래서 뭐가 달라진단 말인가? 하투실은 특공대에게 아샤를 처치하라고 명령한 것이란 말야. 그것도 자기가 람세스에게 보낸 선물인 철제 단검을 이용해서 말일세. 제 딸과 결혼하기를 거부한 파라오에게, 히타이트 대왕은 그의 가장 친한 친구 하나를 암살한 것으로 대답한 것일세. 대화와 평화를 위해 일한 사람을 말이지. 그 무엇도 한 민족이 원래 가지고 있는 정신을 바꾸지는 못하네. 히타이트놈들은 영원히 말이 통하지 않는 야만족으로 남을 것이야.

아메니가 목소리에 무게를 실어 말했다.

—폐하, 저는 폭력을 혐오하고 전쟁을 증오합니다. 하지만 이러한 범죄를 응징하지 않는다는 것은 용납할 수 없는 불의가 될 겁니다. 히타이트가 산산조각이 나지 않는 한, 이집트는 멸망의 위기에서 벗어날 수 없을 겁니다. 아샤는 자신의 목숨을 희생시키면서 우리에게 그러한 사실을 깨닫게 한 겁니다.

람세스는 어떤 감정도 드러내지 않은 채 듣고만 있었다.

—다른 것은, 세라마나?

—없습니다, 폐하.

—아샤는 땅바닥에 아무것도 적어놓지 않았는가?

—그럴 시간이 없었을 겁니다. 그는 심장을 단도에 깊이 찔렸습니다. 그 즉시 절명했을 겁니다.

—그의 짐은?

—놈들이 훔쳐갔습니다.

—그의 옷은?

—염장이가 치웠습니다.

—아샤의 옷을 내게 가져다주게.

—하지만…… 이미 버렸을 텐데요!

—내게 가져오게, 빨리!

세라마나는 람세스의 명령에 그렇게 화가 치밀어오른 적이 없었다. 도대체 피에 물든 옷과 외투를 가져다 어쩌겠단 말인가?

세라마나는 궁전에서 달려나와 말 잔등에 뛰어올랐다. 그는 도시 바깥에 위치한 염장이들의 마을까지 쉬지 않고 달렸다. 염장이들의 우두머리는 아샤가 지상에서 마지막으로 그의 친구인 파라오를 만날 수 있게 그의 시신을 준비시켰었다.

—아샤의 옷은 어디 있나?

염장이가 대답했다.

—제게는 없는데요.

—그걸 어떻게 했어?

—글쎄요…… 평소처럼 북쪽 변두리에 사는 세탁부한테 줬지요, 아마.

—그가 어디에 사나?

—운하 근처의 굽이길 마지막 집에 삽니다.

세라마나는 서둘렀다. 그는 말을 몰아 작은 벽담을 뛰어넘고 정원을 가로지르고, 사람들이 넘어지건 말건 길로 뛰어들어 속도를 늦추지 않고 굽이길에 들어섰다. 마지막 집이 있는 곳에 다다르자, 그는 고삐를 당겨 땀에 젖은 말을 정시시켰다. 그는 빗장문을 두들겼다.

—세탁부!

한 여인이 문을 열었다.

—운하에 있어요. 일하는 중이에요.

세라마나는 말을 버려두고, 사람들이 옷이나 더러운 속옷을 빠는 운하까지 달려갔다. 그는 아샤의 외투에 비누질을 막 시작한 남자의 머리칼을 움켜쥐었다.

외투에는 피얼룩이 있었다. 하지만 피얼룩들에 뭔가 차이가 있었다. 아샤는 떨리는 손가락으로 어떤 기호를 그려놓은 것이다.

람세스가 말했다.

—이건 상형문잔데. 자네가 보기엔 어떤 글자 같은가, 아메니?

—두 팔을 벌리고 있고, 손바닥을 땅을 향해 펴고 있고…… 부정의 기호입니다.

—'아니다'…… 내가 보기에도 그렇네.

—어떤 이름이나 단어의 시작 같은데요…… 아샤는 뭘 말하려 했던 걸까요?

세타우와 아메니, 그리고 세라마나는 종잡을 수 없었다. 람세스는 생각에 잠겼다.

—세라마나의 말대로 심장을 찔린 아샤는 시간이 없었을 걸세. 죽기 전 몇 초밖에는. 그는 단 한 글자밖에는 그려넣을 수가 없었어. 그는 우리의 결론을 예상한 거야. 이 끔찍한 습격의 장본인은

하투실일 수밖에 없고, 따라서 나는 그에게 즉각 전쟁을 선포해야 하는 의무에 처하게 되네. 아샤는 이런 상황을 예상했겠지. 그는 자신의 최후의 말을 새겨놓은 것일세. '아니다'…… 그래, 진짜 살인자는 하투실이 아니야.

—아샤는 죽으면서도 친구들의 회의에 참석하고 싶어했군. 끝내 참석해서 결정적인 한마디를 했어. 그 미로에 빠진 외교관놈이…….

눈이 붉게 충혈된 세타우가, 아샤가 피로 쓴 마지막 유언을 더듬으며 중얼거렸다.

19

이집트 외무대신의 장례식은 성대하게 거행되었다. 표범가죽을 두른 카는 아샤의 미라를 담고 있는 황금빛 아카시아 나무관 위에서 눈과 귀와 입을 여는 제의를 거행했다. 람세스는 아샤의 영원의 집의 문을 직접 봉했다.

묘지에 다시 침묵이 찾아왔다. 왕은 바깥으로 열린 성소 안에 홀로 남았다. 그는 죽은 친구의 '카'를 위해 최초로 사제의 일을 수행했다. 그는 제단 위에 연꽃과 붓꽃, 갓 구운 빵과 한 잔의 포도주를 바쳤다. 이후로 국록을 받는 사제가 매일같이 이곳에 찾아와 공물을 바칠 것이고, 아샤의 묘지를 관리할 것이었다.

모세는 자신의 꿈을 찾아 떠났고, 아샤는 저승으로 가버렸다. 어릴 적부터 같이 지내온 친구들이 돌아올 수 없는 길을 떠났다. 이따금 람세스는 그림자들로 가득한 자신의 오랜 통치를 한탄하곤 했다. 세티와 투야, 네페르타리와 마찬가지로 아샤는 그에게 둘도 없는 존재였다. 좀처럼 속내이야기를 하지 않던 그는 고양이처럼 우아하게 자신의 삶을 살았다. 그들 사이에서는 서로의 가장 은밀한 의도를 알기 위해 많은 말이 필요치 않았다.

네페르타리와 아샤는 평화를 구축했다. 그들의 결단과 용기가 없었다면, 히타이트는 폭력을 단념하려 하지 않았을 것이다. 아샤를 죽인 자는, 우정이라는 끊어지지 않는 관계를 알지 못했다. 아샤는 죽어가는 순간에도 자신의 마지막 힘을 쏟아 거짓을 무찌르고자 애썼던 것이다.

슬픔을 잊기 위해 술을 마실 수도 있고, 곁의 사람들과 행복했던 시절의 추억을 나누며 고통을 잠재울 수도 있었다. 모든 사람은 그럴 수 있었다. 파라오만 제외하면.

람세스 대왕과 단둘이 만난다는 것은 메렌프타에게도 숨막히는 일이었다. 사람들의 행동의 옳고 그름을 가늠하는 토트처럼 그의 아버지가 자신을 심판하리라는 것을 알고 있었기 때문이다. 메렌프타는 애써 침착을 유지하려 했다.

—아버님, 저는…….

—됐다, 메렌프타. 아샤는 나의 친구였지, 너의 친구는 아니다. 위로가 내 슬픔을 달랠 수는 없다. 육신의 죽음을 넘어서는 '카'의 영속성만이 중요한 것이다. 군대는 전투준비가 되었느냐?

—예, 폐하.

—이제부터 태만은 있을 수 없다. 세상은 많이 변할 것이다, 메렌프타. 우리는 항시 우리 자신을 보호할 준비가 되어 있어야 한다. 주의를 늦추지 말아라.

—전쟁이 시작되었다고 간주해도 됩니까?

—아샤는 우리가 함정에 빠지는 것을, 히타이트와의 평화조약을 우리가 먼저 파기하는 것을 막아주었다. 하지만 그렇다고 이 평화가 완전한 것은 아니다. 하투실은 손상당했다고 여기는 자신의 명예를 지키기 위해, 가나안을 침공하고 델타지역에 대규모 공세를 감행하지 않을 수 없을 것이다.

메렌프타는 놀랐다.

—그렇다면 어찌해야 합니까?

—그에게 우리의 군대가 와해되어 있고 반격할 능력이 없다고 믿게 하라. 그가 나일 강의 지류에 접어들어 자신의 군대를 분산시키는 실수를 범하는 순간, 우리는 히타이트 군을 공격할 것이다. 우리 영토 내에서 히타이트 군은 제대로 힘을 발휘할 수 없을 것이다.

메렌프타는 긴장돼 보였다.

—내 계획에 대해 어떻게 생각하느냐, 아들아?

—너무…… 대담합니다.

—위험하단 의미냐?

—아버님은 파라오이십니다. 저는 아버님께 복종할 따름입니다.

—진실을 말해봐라, 메렌프타.

—저는 믿습니다, 폐하. 저는 이집트의 모든 백성들과 마찬가지로 아버님을 믿습니다.

—준비하여라.

세라마나는 자신의 직관을 믿고 있었다. 약탈과 살육으로 점철된, 그의 젊은 날의 해적질로 단련된 직관이었다. 그는 아샤의 죽음이 하투실 대왕의 명령에 따라 어느 장교가 이끈 정규전의 결과라고는 보지 않았었다. 그리고 바로 그 직관이 그를 다른 쪽 단서로 이끌어가고 있었다. 람세스를 약화시키기 위해, 그리고 그에게서 귀중한, 거의 없어서는 안 될 동지 하나를 떼어놓기 위해서라면 살인도 서슴지 않을 야수가 달리 누가 있겠는가?

세라마나는 타니트 부인의 별장 근처에 잠복하여, 우리테슈프가 외출하기만을 기다리고 있었다.

정오가 지나자, 우리테슈프는 집에서 나와 흰 점이 박힌 검은 말을 타고 멀어져갔다. 그는 누가 자기를 뒤따르는지 살피는 것도 잊지 않았다.

세라마나는 문지기를 찾아갔다.

—타니트 부인을 만나고 싶다.

페니키아 여인은 기둥이 두 개 있는 화려한 방에서 그를 맞았다. 환기를 위해 벽 높은 곳에 설치된 네 개의 창문을 통해 빛이 들어오고 있었다.

아름다운 페니키아 여인은 그새 많이 수척해진 것 같았다.

—공식적인 방문인가요, 세라마나?

—지금 당장은 친구로서 방문한 것이라 해두죠. 이것이 어떻게 바뀔지는 부인의 대답에 달려 있습니다.

—그렇다면 심문하러 왔단 말인가요?

—아닙니다. 잘못된 길로 들어선 숙녀분과의 단순한 면담이올시다.

—무슨 뜻인지 모르겠어요.

—물론 부인은 내 말을 이해하고 계십니다. 심각한 사건이 얼마 전에 터졌습니다. 외무대신 아샤가 히타이트에서 귀환하는 중에 살해당했습니다.

—살해됐다구요…….

타니트의 얼굴이 창백해졌다. 소리만 지르면, 그녀는 세라마나에게서 벗어날 수 있었다. 그녀의 집에 숨어 있는 악귀 같은 네 명의 리비아 전사들이 당장에 달려들어 비무장의 세라마나를 처치할 것이었다. 하지만 파라오의 친위대장을 죽인다면 철저한 조사를 피할 수 없을 것이고, 타니트는 법이라는 기계에 말려들어가 으깨어질 판이었다. 하지만 그녀는 물러설 수도 없었다.

—나는 부인의 남편, 우리테슈프가 지난 두 달 동안 어디서 뭘 했는지 알아야겠습니다.

—그는 대부분의 시간을 이 집안에서 보내요. 우리는 무척 사랑하는 사이거든요. 그가 외출할 때는 술집에 들르거나 아니면 시내를 산책하죠. 우린 너무 행복해요!

—그는 언제 피-람세스를 떠났고, 언제 돌아왔습니까?

—우리가 결혼한 이후로 그는 수도를 떠난 적이 없어요. 그는 피-람세스가 무척 매력적이라고 생각하죠. 그렇게 그는 서서히 자신의 과거를 잊어가고 있어요. 우리의 결혼으로, 그는 당신이나 저처럼 파라오의 충실한 신민이 되었단 말이에요.

세라마나가 말했다.

—우리테슈프는 범법자입니다. 그는 부인을 협박하고 공포에 떨게 하고 있습니다. 만일 부인이 내게 진실을 말해준다면, 나는 부인을 제 보호 하에 안전하게 모실 것이고, 그자는 법의 심판을 받게 될 것입니다.

한순간 타니트는 정원으로 도망치고픈 충동을 느꼈다. 세라마나는 그녀를 뒤쫓아올 것이고, 그녀는 그에게 리비아인들의 존재를 알릴 것이었다. 그러면 다시 자유로워질 수 있다…… 하지만 우리테슈프를 다시는 못 볼 것이 아닌가? 우리테슈프와 같은 사내를 포기한다는 것은 그녀에게는 불가능한 일이었다.

그가 없는 동안, 그녀는 병에 걸릴 지경이었다. 마치 마약중독자처럼 그녀는 그에게 매몰되어 있었다. 우리테슈프가 보여준 새로운 열정의 세계, 온몸을 사르는 쾌락, 어떤 희생을 치르더라도 그런 쾌락을 포기할 순 없었다.

—당신이 저를 재판관 앞에 끌고 간다 해도 달리 할 말이 없어

요, 세라마나.

—우리테슈프는 부인을 파멸시킬 겁니다, 타니트.

그녀는 우리테슈프가 외출하기 직전에 치렀던 열렬한 전투를 떠올리며 미소지었다.

—당신의 그 우스꽝스러운 질문이 끝났으면 이제 그만 가보세요.

—나는 부인을 구하고 싶은 겁니다, 타니트.

—저는 위험에 빠지지 않았어요.

—마음의 결정을 하게 되면, 내게 연락해주십시오.

그녀는 장난스레 자신의 부드러운 손을 사르디니아 거인의 거대한 팔에 올려놓았다.

—당신은 좋은 사람이에요…… 당신에겐 안된 일이지만, 제게는 지금 다른 남자는 필요없어요. 제가 연락할 일이 없겠지요?

깃털 두 개가 높이 솟은 왕관을 쓴 이제트는 마차를 타고 피-람세스의 거리를 천천히 달려가고 있었다. 청금석 풍뎅이가 매달린 황금 목걸이와 터키석 팔찌와 발찌로 치장하고, 주름진 아마 옷과 장밋빛 망토를 걸친 이제트는 눈부시게 아름다웠다.

왕비의 마차를 끄는 두 마리의 순한 말에는 화려한 색깔의 마의가 등에 씌워졌고, 푸르고 붉고 노랗게 물들인 타조의 깃털 장식이 말 머리에 꽂혀 있었다. 마부의 차림새도 단정했다.

굉장한 구경거리였다. 왕비가 행차한다는 소문은 급속히 퍼져나갔고, 곧 이어 많은 군중이 왕비를 보기 위해 몰려들었다. 아이들은 말이 지나는 곳에 연꽃잎을 던졌고 사방에서 박수소리가 터져나왔다. 그토록 가까운 거리에서 왕비를 볼 수 있다는 것은 커다란 행운이 아닌가? 사람들은 전쟁의 풍문을 잊고 모두들 람세스의 결정을 지지했다. 그의 결정이 어떤 결과를 가져온다 할지라도, 왕은 아름다운 이제트를 폐위시켜서는 안 되었다.

귀족가문에서 자라난 아름다운 이제트는 온갖 사회계층과 문화가 뒤섞여 있는 백성들과의 접촉을 좋아했다. 피-람세스의 모든 주민들이 그녀에게 애정을 표시하고 있었다.

마부는 주저했지만, 왕비는 서민들이 많이 사는 지역을 방문할 것을 고집했다. 그곳에서 그녀는 열렬한 환영을 받았다. 사람들로부터 사랑받는다는 것은 얼마나 좋은 일인가!

왕궁에 돌아온 이제트는 무엇에 취한 듯 그대로 침대에 몸을 뉘었다. 희망과 밝은 미래를 가진 백성들의 믿음만큼 감동적인 것은 다시 없었다. 자신을 감싸고 있던 고치에서 빠져나온 이제트는, 자신이 왕비로 있는 나라를 처음으로 만난 것이었다.

각 지방관들을 초대하여 베푼 만찬에서 람세스는 전쟁이 임박했음을 그들에게 통고했다. 사람들은 만찬석상에서 아름다운 이제트가 찬란한 빛을 발하는 것을 보았다. 네페르타리와 견줄 수는 없었지만, 그녀는 자신의 직분에 걸맞는 우아한 자태로 늙은 궁신들조차 존경을 표하지 않을 수 없게 했다.

그녀는 이곳저곳을 돌아다니며 사람들에게 위안의 말을 던졌다. 이제까지와는 다르게 확신과 사랑에 가득 찬 눈빛과 어조였다. 이집트는 히타이트에 대해 겁낼 것이 아무것도 없다, 이집트는 람세스 대왕의 힘으로 시련을 극복할 것이라고 말하는 그녀의 온몸에서 향기처럼 뿜어져나오는 확신에 지방관들과 궁신들은 곧 감응되었다.

도시를 내려다보는 테라스에 람세스와 이제트 단둘이 남게 되자, 람세스는 그녀를 부드럽게 감싸안았다.

—당신은 참 잘해냈소, 이제트.

—제가 자랑스러우신가요? 처음 듣는 말씀이에요.

—나는 당신을 왕비로 선택한 사람이오. 나는 틀리지 않았소.

—히타이트와의 협상은 완전히 결렬된 것인가요?

—우리는 전투준비를 마쳤소.

아름다운 이제트는 람세스의 어깨 위에 머리를 얹었다.

—어떤 일이 생기더라도…… 결국 당신이 이길 거예요, 람세스.

20

카는 자신의 불안을 감추지 않았다.

―전쟁이라니요…… 어쩔 수 없나요?

람세스가 대답했다.

―이집트를 구하고, 네게 더 넓은 세상을 알려주기 위해서다.

―히타이트와의 합의가 진정 불가능한가요?

―그들의 군대가 우리의 보호령 가까이까지 접근했다. 이제는 우리가 군대를 배치해야 한다. 나는 메렌프타와 함께 원정 나갈 것이니, 네가 이집트를 책임져야 한다.

―아버님! 제게는 아주 짧은 기간이라 하더라도 아버님을 대신할 능력이 없습니다.

―틀렸다, 아들아. 아메니의 도움으로, 너는 내가 맡긴 이 일을

잘 해낼 거다.

—그렇지만…… 제가 잘못이라도 저지른다면?

—백성의 행복만을 생각하여라, 그러면 오류를 피할 수 있을 거다.

람세스가 전차에 올랐다. 그가 직접 부대들의 선두에 섰다. 그는 그들을 지휘해 델타 지역 및 북동쪽 국경의 전략적 요충지들에 배치할 것이었다. 그의 뒤로 메렌프타와 네 개 사단의 장군들이 따랐다.

람세스가 막 출발신호를 보내려 하는 순간, 기병 하나가 병영 안으로 급히 달려들어왔다. 세라마나였다.

말에서 뛰어내린 그는, 람세스의 전차로 달려왔다.

—폐하, 드릴 말씀이 있습니다!

파라오는 세라마나에게 궁정의 안전을 지키라고 명령했었다. 그는 그것이 히타이트 족을 몰살시키고자 열망하는 이 거인을 실망시킨 명령이라는 걸 짐작하고 있었다. 하지만 그 아닌 누구에게 카와 이제트를 보호하는 일을 맡길 수 있겠는가?

—나는 한번 내린 결정은 바꾸지 않는다, 세라마나. 그대는 피-람세스에 남는다.

—제 문제가 아닙니다, 폐하. 제발, 저를 따라오십시오!

사르디니아인은 몹시 당황한 듯했다.

—무슨 일인가?

—서두르십시오, 폐하. 어서…….

람세스는 메렌프타에게 출발이 잠시 지연될 거라는 명령을 장군들에게 전하라고 지시했다.

파라오를 태운 전차가 궁전으로 향하는 세라마나의 말을 뒤쫓았다.

방 청소와 세탁을 맡은 시녀와 하녀들이 바닥에 엎드려 흐느끼고 있었다.

세라마나는 이제트의 방 문턱에 선 채 움직이지 않았다. 사르디니아인의 눈 속엔 경악과 낭패감이 담겨 있었다.

람세스가 들어섰다.

어지러울 만큼 진한 백합 향기가 정오의 빛으로 환한 방안을 가득 채우고 있었다. 화려한 흰 옷을 입고 터키석 왕관을 쓴 아름다운 이제트가 두 팔을 가지런히 몸에 붙이고 두 눈을 뜬 채 침대에 길게 누워 있었다.

단풍나무 탁자에는 영양가죽 외투가 놓여 있었다. 그녀가 세타우의 실험실에서 훔쳐온 옷이었다.

—이제트…….

아름다운 이제트, 람세스의 첫사랑, 카와 메렌프타의 어머니, 위대한 왕실의 여주인, 그녀를 위해 전장으로 떠날 준비를 하고 있는, 그녀가 죽도록 사랑한 람세스를 두고…… 아름다운 이제트는 다른 세계를 응시하고 있었다.

세라마나가 비통하게 말했다.

—왕비는 전쟁을 막고자 죽음을 선택하셨습니다. 평화를 가로막는 걸림돌이 되지 않으려 세타우의 옷에 있던 독약을 드시고 죽음을 택하신 겁니다.

아메니가 끼어들었다.

—그만 됐네, 세라마나! 왕비께서 편지를 남기셨습니다. 그걸 읽고 세라마나를 시켜 폐하를 부른 겁니다.

람세스는 고인의 눈을 감기지 않았다. 전통에 따른 것이다. 숨김없는 시선과 얼굴로 저 세상을 만나야 했던 것이다.

왕비들의 계곡, 네페르타리의 묘지보다는 다소 소박한 묘지에 아름다운 이제트는 잠이 들었다. 람세스가 직접 그녀의 미라에 부활의 의식을 거행했다. 왕비의 카를 숭배하는 일은, 그녀를 추념하는 일을 맡게 된 사제들과 여사제들에 의해 이루어질 것이었다.

이윽고 부활의 의식을 마친 람세스는 단풍나무 가지를 들고 왕비의 석관 앞에 섰다. 그의 나이 열일곱 되던 해, 멤피스에 있는 이제트의 저택 정원에 그가 심었던 나무였다. 그때 이제트는 연꽃을 따서 머리를 장식하며, 단풍나무 묘목을 심는 그에게 물었었다.

"포도 한 송이 먹을래?"

"20년 후면 당당한 단풍나무 한 그루가 이 정원을 더욱 기분좋은 곳으로 만들어줄 거야."

"20년 후면 난 늙을걸 뭐."

"솜씨 있게 화장을 하고, 또 연고를 계속 바르면 당신은 더욱 매력적인 여자가 될 거야."

"난 내가 사랑하는 사람과 결혼하게 될까?"

어제 일처럼 잡히는 그날이 40여 년 세월 저편에 있었다. 람세스는 잠시 눈을 감았다. 처음 그에게 다가오듯이 헝겊조각을 내밀며 그에게 다가올 이제트를 기다리기라도 하는 듯이…… "바람이 차요. 이걸로 몸을 닦으세요." "제 이름은 이제트예요. 오늘 저녁에 친구들이랑 연회를 하거든요. 와주시겠어요?" "생각이 바뀌거든 오세요. 환영할게요."

람세스는 그녀의 석관 위에 단풍나무 가지를 얹었다. 젊은 날들의 기억이 이제트의 영혼을 젊은 시절로 되돌려줄 것이다.

장례식이 끝나자, 아메니와 세타우가 람세스에게 면담을 요청했다. 그들에게 아무 대답도 주지 않은 채 람세스는 언덕을 올랐다. 세타우가 그를 뒤쫓아 뛰어왔고, 아메니는 허약한 몸으로 힘겹게 언덕을 올라왔다.

모래와 자갈투성이의 언덕을 성큼성큼 올라온 람세스는 가슴이 불타는 것 같았다. 아메니는 거친 길에 대해 내내 불평했지만, 마침내 정상에 이를 수 있었다. 그 위에서 람세스는 '왕비들의 계곡'을, 이제트와 네페르타리가 잠들어 있는 묘지들을 오래 응시하고 있었다.

세타우는 눈앞에 펼쳐진 장관을 말없이 감상했다. 아메니는 바위에 걸터앉아 손등으로 땀을 닦으며 가쁜 숨을 다스렸다.

그가 왕의 명상을 중단시켰다.

—폐하, 빨리 결정을 내리셔야 할 일들이 남아 있습니다.

—신들이 사랑하는 땅을 명상하는 일보다 더 급한 일이 있는가? 그들이 말을 하네. 그들의 목소리는 하늘과 산, 물, 땅에 머물러 있네. 세트의 붉은 땅에 우리는 영원의 집을 마련했네. 그 안에 있는 부활의 방들은 근원의 바다에 감싸여 있지. 세계를 둘러싼 그 대양 속에 말야. 의식을 치름으로써, 우리는 태초의 아침의 기운을 보존하고, 우리의 조국은 나날이 부활한다네. 그 외의 일들은 모두 하찮은 것들이지.

—부활하기 위해선 우선 생존해야 합니다! 파라오가 백성을 잊는다면, 신들은 영원히 보이지 않는 곳으로 사라질 것입니다.

세타우는 비난조의 아메니의 말에 람세스가 가혹하게 대답할 거라 생각했다. 그러나 왕은 문명과 사막, 일상과 영원의 영역을 확연히 가르는 경계를 응시하고만 있었다.

이윽고 오랜 침묵을 깨며 람세스가 담담히 물었다.

—무엇을 생각하고 있나, 아메니?

—히타이트 대왕 하투실에게 이제트 왕비 폐하의 운명을 알리는 서신을 보냈습니다. 고인을 추모하는 동안, 전쟁이 일어난다는 건 생각할 수 없는 일입니다.

세타우가 말했다.

—누구도 이제트 폐하를 구할 수 없었을 거야. 왕비 폐하께서는 너무 많은 양의 독을 들이키셨네. 치명적이었어. 난 그 저주받을 옷을 불태워버렸네, 람세스.

—자네에게 책임이 있다고 생각지 않네. 이제트는 이집트의 이익을 위해 왕비로서 판단하고 행동했던 것일세.

아메니가 일어서며 말했다.

—왕비 폐하가 옳았습니다.

대왕이 격노해서 돌아보았다.

—어떻게 감히 그런 말을 할 수 있는가, 아메니?

—폐하의 노여움이 두렵긴 하지만, 제 의견을 말씀드려야 하겠습니다. 이제트 폐하께서는 평화를 구하기 위해 세상을 떠나신 겁니다.

—자네도 그렇게 생각하나, 세타우?

아메니처럼 세타우 역시 불꽃이 이글거리는 람세스의 시선에 어쩔 줄 몰랐다. 하지만 진실을 말해야 했다.

—왕비께서 남기신 말을 파라오께서 거부하신다면, 왕비를 두 번 죽이는 일이 될 걸세. 왕비 폐하의 희생이 헛되지 않도록 하세나, 람세스.

—내게 무엇을 말하고자 하는가?

아메니가 심각한 표정으로 말했다.

—히타이트 공주와 결혼하십시오.

세타우가 덧붙였다.

—현재로선 그에 반하는 일이 남아 있지 않네. 돌아가신 왕비 폐하의 뜻도 그러실 걸세.

람세스가 주먹을 꽉 쥐었다.

—자네들의 심장은 화강암보다 더 딱딱하단 말인가? 조금 전 이제트를 석관에 잠재운 마당에 내게 어떻게 결혼을 말할 수 있는가!

세타우가 격한 어조로 대꾸했다.

—파라오는 부인의 죽음에 눈물이나 흘리는 홀아비가 아니시잖은가, 람세스는 이집트의 파라오란 말일세. 파라오는 평화를 유지하고 백성을 구해야 하는 의무가 있네. 백성들은 왕의 심정, 기쁨이나 슬픔에 개의치 않네. 그들이 원하는 건 태평성대를 누리며 잘사는 것뿐이야.

—히타이트 여인과 결합한 파라오…… 끔찍하지 않나?

아메니가 말했다.

—그 반대입니다. 더이상 어떤 방법으로 두 나라의 확고한 친화를 이룰 수 있겠습니까? 폐하께서 이 혼인을 승낙하신다면, 오랜 세월 동안 전쟁의 위협이 고개를 들지 못할 겁니다. 폐하의 아버님 세티와 어머님 투야가 별들 사이에서 행한 축제를 생각해보셨습니까? 항구적인 평화를 이루기 위해 생명을 바친 아샤의 기억은 상기시켜드리지 않겠습니다.

—자네, 아주 위협적인 웅변가가 됐군, 아메니.

—저는 허약하고 그저 그런 머리를 가진 한낱 서기관에 불과합니다. 하지만 두 땅의 주인의 신발을 들고 다니는 걸 영광으로 생각하고 있지요. 그 신발이 피로 얼룩지는 건 바라지 않습니다.

세타우가 상기시켰다.

—마아트의 규범이 새로운 왕비를 맞이하여 함께 통치하라고 파라오께 명령한 것일세. 이 이방인을 맞음으로써 파라오께서는 그 어떤 전투의 승리보다 아름다운 승리를 거두시게 될 걸세.

—난 벌써 그녀가 싫어지네!

—파라오의 삶은 그의 것이 아닐세, 람세스. 이집트가 왕의 희생을 요구하네.

—그리고 내 친구들, 자네들 역시 원하고 있지!

아메니와 세타우가 말없이 고개를 끄덕였다. 람세스는 그들에게

서 고개를 돌리며 말했다.

—나를 혼자 내버려두게, 생각해야겠네.

람세스는 언덕에 혼자 앉아 밤을 맞았다. 붉은 해가 지고, 먼 곳에서 몰려온 땅거미가 내리고, 어둠이 올올이 내리는 하늘을 바라보았다. 별이 빛나고, 바람이 그 별들을 스치며 노래했다.

꼬박 밤을 지샌 그는 떠오르는 아침 해를 맞으며 언덕을 내려왔다. '왕비들의 계곡'에서 잠시 머물며 이제트와 네페르타리의 묘지를 돌아본 그는 수행원을 찾았다. 말없이 마차에 올라 자신의 영원의 신전이 있는 라메세움까지 달렸다. 거기서 새벽 제의를 치른 그는 네페르타리의 사당에서 명상에 들었다.

한낮이 되어서야 명상에서 깨어난 파라오는 궁전으로 돌아와 오래 우유목욕을 하고 무화과와 갓 구운 빵을 먹었다.

여러 시간을 자고 난 듯 평온한 표정의 파라오가 아메니의 사무실 문을 열었다. 아메니는 심각한 얼굴로 행정서류들을 작성하고 있었다.

—깨끗한 최고급 파피루스를 골라보게, 아메니. 나의 형제 히타이트 대왕에게 서신을 띄울 걸세.

아메니는 긴장한 목소리로 물었다.

—그러지요…… 서신 내용은?

—그에게 전하게. 그의 딸을 정비로 맞겠다고.

21

우리테슈프는 독한 오아시스 산 포도주를 석 잔째 비웠다. 단맛과 향이 풍부한 이 액체는 미라 기술자들에겐 시체의 내장을 보존하는 데 이용됐고, 의사들에겐 소독제로 쓰였다.

라이아가 말을 꺼냈다.

—지나치게 마시셨습니다.

—이집트의 쾌락을 즐길 줄 알아야지…… 이 포도주는 굉장하구만! 뒤쫓는 자는 없었겠지?

—안심하십시오.

라이아는 밤이 깊어지기를 기다려 페니키아 여인의 별장으로 숨어들었다. 이곳까지 오는 동안 어떤 수상한 그림자도 없었다.

—그런데 웬 때아닌 방문인가?

—중요한 소식이 있습니다, 장군님.

—마침내, 전쟁인가?

—아닙니다, 그게 아닙니다…… 이집트와 히타이트간의 분쟁은 사라지게 되었습니다.

우리테슈프는 갑자기 마시던 잔을 내던지고, 라이아의 멱살을 움켜쥐었다.

—무슨 소리야? 내가 파놓은 덫은 완벽한데!

—이제트가 죽었습니다. 람세스는 하투실 대왕의 딸과 혼인할 준비를 하고 있습니다.

우리테슈프는 잡고 있던 라이아를 놓아주었다.

—이집트의 히타이트인 왕비라…… 생각할 수 없는 일이야! 자네가 잘못된 정보를 들은 걸세, 라이아!

—아닙니다, 장군님. 정확한 소식입니다. 이제 곧 비밀도 아니게 될 겁니다. 아샤를 죽인 게 아무 효과도 없게 되었습니다.

—그 첩자놈을 죽인 건 잘한 일이야. 이제 우리는 거칠 게 없다구. 람세스에게 아샤만큼 머리 좋은 참모는 없어.

—우리가 진 겁니다, 장군님. 이제 평화입니다…… 누구도 무너뜨릴 수 없는 평화!

—어리석기는! 자네는 파라오의 위대한 부인이 될 여자가 누군지 아나? 히타이트 여인이야, 라이아. 진짜 히타이트 여자, 자신만만하고, 약삭빠르고, 길들여지지 않는!

—그녀는 장군님의 적, 하투실의 딸입니다.

—하지만 무엇보다 히타이트 여자지! 그게 중요해. 그녀는 절대로 이집트인에게 굴복하지 않을 거야, 설령 그가 파라오라고 하더라도 말야! 우리에게 기회가 생긴 걸세.

라이아는 한숨을 내쉬었다. 오아시스의 독한 숙성 포도주가 히타이트 옛 총사령관의 머리를 어떻게 한 모양이었다. 모든 희망이 사라지고 나니, 저런 망상을 꿈꾸는가.

그가 우리테슈프에게 권했다.

—이집트를 떠나셔야 합니다.

—아니야, 그게 아냐. 히타이트 공주가 우리 편에 선다고 가정해 보게, 라이아. 우리는 굉장한 동지를 왕궁 한복판에 두게 될 거야.

—환상입니다, 장군님.

—아니야, 운명이 우리에게 보내는 신호일세. 잘만 하면 우리 편에 유리하게 할 수 있는 기회!

—틀림없이 실망하실 겁니다.

우리테슈프는 넉 잔째의 포도주를 비웠다.

—지금 자세히 말해줄 순 없지만, 아직 우리에겐 기회가 있네, 라이아. 자네는 리비아인들을 이용하게.

커튼이 조금 흔들렸다. 라이아가 손가락으로 그곳을 가리켰다.

우리테슈프가 살쾡이처럼 살금살금 커튼으로 다가가 거칠게 커튼을 젖히자, 그 안에서 타니트가 떨고 있었다.

—우리 얘기를 들었나?

—아뇨, 지금 막 당신을 찾으러…….

—우리는 당신한테 감추는 게 없어, 여보. 당신은 우리를 배반할 수 없기 때문이야.

—당신께 맹세해요!

—가서 자, 곧 따라갈 테니.

타니트는 사랑을 담은 눈길로 히타이트인에게 긴 밤을 약속했다. 우리테슈프는 라이아에게 간단한 몇 가지 지시를 하고, 옷을 벗으며 침실로 향했다.

피-람세스의 무기 제조공장은 줄기찬 리듬으로 장검과 창과 방패들을 만들어냈다. 히타이트 공주와의 결혼만 아니었으면 전쟁준비는 좀더 가속되었으리라.

대장간들 가까이에 있는 공방에는 히타이트인들에게서 노획한 무기들이 보관되어 있었다. 적의 무기의 제작비결과 장단점을 알아내기 위해 이집트 장인들이 그것들을 자세히 연구하고 있었다. 젊고 창조적인 야금 기술자 하나가 왕궁에서 보내온 철제 단검을 흥미롭게 살펴보고 있었다.

금속의 질, 무게, 칼날의 폭, 칼자루…… 모든 게 주목할 만했다.

이런 걸 만들어내기가 쉽지 않을 것 같았다. 히타이트인들이 쇠를 다루는 기술은 상당해 보였다. 몇 차례 실패를 각오하고 실험해보면 가능할까? 젊은 기술자는 홀린 듯이 단검을 음미하며 생각에 잠겼다.

연락병이 알렸다.

—누가 당신을 찾소.

방문객은 거친 인상을 지닌 용병이었다.

—날 찾았소?

—왕궁에서 단검을 찾아오라는 명령을 받고 왔소.

—명령서를 갖고 있소?

—물론이오.

—보여주시오.

용병은 허리춤에 맨 가죽주머니에서 나무 서판을 끄집어내어 기술자 앞에 내밀었다.

—그런데…… 이건 이집트 글씨가 아니잖아!

라이아가 보낸 리비아인은, 서판을 향해 고개 숙인 기술자의 관자놀이에 거칠게 주먹을 날렸다. 이집트인은 그대로 뻗어버렸다. 리비아인은 서판과 떨어진 단검을 주워가지고 공방을 뛰어나갔다.

오랜 심문 끝에, 세라마나는 기술자가 단검 도둑과 공범이 아니라는 걸 확인했다. 단검 도둑은 아마도 이집트 군 내에 상당수 있을, 이익에 눈먼 용병들 중 하나일 것이다.

—분명히 우리테슈프에게 매수되어 놀아나는 형편없는 병사일 걸세.

세라마나가 아메니에게 말했다. 서기관은 쓰기를 멈추지 않았다.

—증거가 있나?

—내 직감으로 충분하네.

—자네, 너무 쓸데없는 데 집착하는 건 아닌가? 우리테슈프는 재산과 향락을 얻었네. 뭣 하러 그가 하투실의 단검을 훔치라고 시켰겠나?

—왜냐하면 그가 람세스 폐하를 해칠 어떤 수작을 꾸미고 있기 때문이지.

—지금으로선 히타이트 족들과의 어떤 분쟁도 불가능하네. 중요한 건 아샤의 암살범을 찾는 일이야. 무슨 진전이 있나?

—아직.

—람세스 폐하께서 서둘러 암살자의 정체를 밝혀내라고 하셨네.

—아샤의 죽음과 이 단검 절도…… 연관이 있어. 아메니, 내게 불행한 일이 닥치거든 즉각 우리테슈프에 대한 수사를 단행해주게.

—자네에게 불행한 일이 생기다니…… 무슨 생각을 하는 건가?

—아무래도 아샤 사건의 수사 진전을 위해 리비아인들 진영으로 침투해야겠네. 심각한 위험이 따르겠지. 내가 진실에 접근하게 되면, 그들은 날 제거하려 할 걸세.

—자네는 람세스 폐하의 친위대장이야! 누구도 자네 역할을 대신하지 못해.

—그들은 파라오의 외무대신이자 절친한 친구를 서슴없이 죽였네.

—좀 덜 위험한 방법은 없을까?

—안됐지만 없어, 아메니.

오아시스에서 멀리 떨어진 리비아 사막 한가운데, 사람들이 살고 있을 것 같지 않은 곳에 천막들이 산재해 있었다. 말피가 이끄는 리비아 전사 부족의 막사였다. 부족의 대장은 우유와 대추야자 즙을 마실 뿐, 맥주나 과실주는 전혀 마시지 않았다. 그는 생각을 어지럽히는 이 음료들을 악마의 것이라 여겼다.

말피의 전사들은 모두 그의 고향 출신들이었다. 가난한 농부로 늙었을 그들은 새로운 생을 열어준 말피를 숭배했다. 굶주림을 채우고 제대로 입으며 창과 칼, 석궁으로 무장하고 마음에 드는 여자는 맘껏 취할 수 있는 생을 누리는 그들은, 사막의 신이 말피에게 구현되었다고 여겼다. 그에게는 표범의 민첩함과 칼날같이 예리한 손가락들이 있으며, 목덜미에도 눈이 달려 있다지 않는가?

그의 물 운반자가 알렸다.

—대장님, 싸움이 벌어졌습니다!

말피는 천천히 일어났다. 각진 얼굴에 넓은 이마의 반을 흰 터번으로 감싼 그는 자신의 천막을 나섰다.

훈련장에는 수십여 명의 정예전사들이 있었다. 그들은 정오 한낮에 땡볕에서 날을 세우지 않은 무기나 맨주먹으로 훈련하고 있었다. 말피는 사막의 열기와 극한조건을 좋아했다. 진정한 전사의 기질을 가진 자만이 사신의 임무를 성공시킬 수 있는 것이다.

사막에서 양성되고 있는 리비아 전사들의 임무는 람세스의 군대를 짓밟아버리는 것이었다. 말피는 여러 세대에 거쳐 파라오들에게 굴욕당했던 리비아 족장들을 잊지 않았다. 적개심은 세기를 거쳐 이어져왔으며, 사막의 부족들이 이집트 군대에 짓밟힐 때마다, 그 적개심은 뚜렷한 핏빛으로 각인되었다. 사막의 부족들은 용감했으나 조직적이지 못했다.

말피의 큰형인 오피르는 자신이 결정적이라 믿었던 무기를 사용했다. 그가 이끌었던 히타이트 첩자조직을 위해 악마의 주술을 무기로 사용했던 것이다. 그는 실패했다. 그 대가는 목숨이었다. 말피는 사막의 신 앞에서, 오피르의 복수를 다짐했다. 그는 끈질기게 리비아 부족들을 연합해나갔다. 조만간 리비아 부족연맹이 결성될 것이고, 그가 총대장이 될 것이 확실했다.

오피르의 수하였던 라이아를 통해 우리테슈프와 만나게 된 것은 그에게 또다른 성공의 기회를 제공했다. 비중 있는 이 인물과의 연합으로, 승리는 더이상 꿈에 그치지 않을 것이다. 말피는 여러 세기에 걸쳐 리비아인들에게 각인되어온 치욕과 패배감을 지울 터였다.

건장하고 지나치게 호전적인 전사 하나가 훈련중이라는 사실을 잊고 상대자 둘을 주먹으로 때려눕혔다. 그 둘은 그보다 키도 컸으며 창을 지니고 있었다. 말피가 그에게 다가가자, 전사는 으스대며 쓰러져 있던 자들 중 하나의 머리를 발로 짓뭉갰다.

말피는 옷 속에 숨기고 있던 단도를 꺼내 전사의 몸에 박았다. 즉시 격투훈련이 중단되고 전사들의 얼굴이 말피를 향했다. 말피는 단도에 묻은 피를 닦아내며 전사들에게 명령했다.

―스스로를 통제하며 훈련을 계속하라. 적은 어디에나 있다는 걸 명심해.

22

피-람세스의 대접견실은 경이 그 자체였다. 웅장한 계단을 늘상 오르던 고관들도 마아트의 이름으로 무찔러진 적들이 파라오 앞에 엎드린 광경을 묘사한 계단장식을 보면, 깊은 곳에서 우러나오는 감동으로 상승의 느낌을 경험했다. 접견실의 문 주위엔 람세스가 즉위할 때 받은 이름들이 알 모양의 흰 바탕에 푸른색 글씨로 새겨져 있었다. 알 모양은 두 땅의 주인이 지배하는 우주의 둘레를 상징했다.

지방관들과 궁정 인사 모두가 초대되는 전체 접견은 흔히 있는 일이 아니었다. 이집트의 미래가 걸려 있는 예외적인 사건들이 있을 때에만, 람세스는 전체 고위관료들을 불렀다. 불안이 좌중을 지배하고 있었다. 히타이트 대왕이 노여움을 가라앉히지 않은 게 아닐까? 파라오의 때늦은 대답이, 그가 받았다고 여긴 모욕을 씻어주지 못했을지도 모른다.

람세스가 금빛 왕좌로 이르는 층계참을 오르자 주위가 조용해졌다. 마지막 층계참에는, 암흑에서 솟아오른 적, 끊임없이 마아트의 조화를 깨뜨리고자 기도하는 혼돈을 한 입에 물고 있는 사자의 모습이 새겨져 있었다.

람세스는 하 이집트의 붉은 왕관 안에 상 이집트의 흰 왕관을 넣은 이중관, 마술이 담긴 '두 힘'을 머리에 이고 있었다. 그의 이마에는 황금 우라에우스의 코브라가 불을 내뿜어 암흑을 헤치고 있었다. 대왕의 오른손에 쥐어진 '마술'의 왕홀은 목동의 지팡이와 비슷했다. 목동이 짐승을 모으고 길 잃은 것들을 제자리에 돌려놓듯이 파라오는 사방에 흩어져 있는 생명과 우주의 기운을 불러모았다. 금으로 된 왕홀의 머리 부분에서는 빛줄기가 쏟아져나오는 것 같았다.

몇 초 동안 왕의 시선이 숭고한 그림 앞에 멈추었다. 장미꽃 앞에서 명상에 잠긴 젊은 여인의 얼굴. 여인은 저 너머의 세계에서 그 아름다움으로 위대한 람세스를 비추는 네페르타리를 닮지 않았는가?

람세스는 향수에 빠질 여유가 없었다. 나라의 항해는 이 순간에도 계속되고 있고, 그는 키를 잡아야 한다.

—그대들을 모이게 한 이유는 그대들의 입을 통해 중대한 사실이 나라 전체에 알려져야 하기 때문이오. 시중에 떠도는 황당한 소문들을 불식시키고 진실을 확립할 때가 되었소. 그대들이 메아리가 되어주기 바라오.

아메니는 다른 서기관들과 함께 마지막 줄에 자리잡았다. 마치 그의 역할이 막후에 있는 것처럼, 이 자리에 앉음으로써 그는 참석자들의 동태를 관찰할 수 있었다. 반대로 세라마나는 첫번째 줄을 관찰할 수 있는 자리에 위치했다. 조금이라도 수상한 동태가 보이면 친위대장인 그가 나설 것이다. 세타우는 자기 직위에 맞는 자리를 선택했다. 여러 고관들과 나란히 앉은 누비아 총독의 왼쪽 자리였다. 그의 곁엔 로투스가 가는 가죽끈이 달린 분홍색 옷을 걸치고 가슴을 드러낸 채 고혹적인 자태로 앉아, 사람들의 곁눈질을 사고 있었다.

하 이집트에 있는 도핀 지방 대표가 앞으로 나서서 대왕에게 허리를 굽혔다.

—폐하, 제게 발언권을 주시겠습니까?

—말하라.

—외무대신 아샤가 실은 하투사에 포로로 잡혀 있고, 히타이트와의 평화조약이 깨졌다는 것이 사실입니까?

—나의 친구 아샤는 피-람세스로 귀환중에 암살되었다. 그는 이집트 땅에서 영원히 잠들어 있다. 조사는 진행중에 있으며, 머지않아 암살자가 밝혀져 벌을 받게 될 것이다. 히타이트와의 평화조약은 아샤의 업적이다. 우리는 그의 뜻을 좇을 것이다. 히타이트와의 평화조약은 여전히 유효하며, 앞으로도 오래 그럴 것이다.

소식을 모르던 대부분의 지방관리들은 놀라움으로 술렁거렸다.

—폐하…… 하오면, 어느 분이 이제트 왕비의 뒤를 이어 위대한 왕실의 부인이 되시는지 알려주시겠습니까?

—히타이트 대왕, 하투실의 딸이다.

참석자들 사이에 웅성거림이 일었다. 한 장군이 발언을 요청했다.

—폐하, 어제의 적에게 너무 많이 양보하시는 게 아닙니까?

—이제트가 살아 있었다면, 하투실의 제안을 거절했을 것이다. 지금으로선 이 결혼이 이집트 백성이 염원하는 평화를 굳건히 할 수 있는 유일한 방편이다.

—우리 땅에 히타이트 군대가 주둔하는 굴욕을 참아야만 합니까?

—아니다, 장군. 단지 한 여인이다.

—저의 당돌함을 용서해주십시오, 폐하. 하지만 두 개의 땅의 왕좌에 앉은 히타이트 여인…… 아나톨리아인들과 전투를 치른 우리 전사들의 눈에는 일종의 도발이 아니겠습니까? 폐하의 아드님이신 메렌프타 총사령관의 지휘 하에 우리의 군대는 완벽하게 무장되어 있습니다. 히타이트인들과의 전쟁에 우리 군은 두려울 게 없습니다. 견디기 힘든 강요에 양보하느니, 그들과 맞서는 게 낫지 않겠습니까.

그는 오만한 발언으로 자리를 뺏길 수도 있었다. 람세스가 말했다.

—생각 없는 발언은 아니다, 장군. 하지만 장군의 시각은 옳지 못하다. 그들의 평화적 제안을 이유 없이 거부하고 전쟁을 일으킨다면, 우리는 평화조약을 깨뜨리는 게 되고 내뱉은 말을 지키지 못하는 게 된다. 장군은 파라오가 그 같은 행동을 하리라 생각하는가?

장군은 절하고 뒤로 물러나 자리로 돌아갔다. 운하의 감독자가 발언을 요청했다.

—히타이트 대왕이 결정을 번복하여 자신의 딸을 이집트로 보내지 않는다면 어찌하시겠습니까? 그런 일이 일어난다면, 그건 지나치게 무례하다고 생각지 않으십니까, 폐하?

표범가죽 옷을 걸친 멤피스의 대사제 카가 앞으로 나섰다.

—제가 대신 대답하는 걸 파라오께서는 허락해주시겠습니까?

람세스가 승낙했다. 대왕의 장남이 말했다.

—저는 이집트의 운명이 걸린 결정을 정치나 외교에만 기대어 내릴 수는 없다고 생각합니다. 약속을 준수하고 마아트의 규범을 지키는 일이 그 무엇보다 중요합니다. 또한 우리의 선조들이 우리에

게 가르쳐준 나라의 마법을 실천에 옮기는 일도 필요합니다. 통치 30년 되던 해에 람세스 대왕께서는 첫번째 재생 제의를 치르셨습니다. 이제, 파라오께서는 통치를 위해 필요한, 보이지 않는 힘을 자주 재생하셔야 합니다. 통치 33년째를 맞는 지금, 무엇보다 시급한 일은 대왕 폐하의 두번째 재생 제의를 준비하는 일입니다. 그로부터 지평이 열릴 것이고, 지금 우리가 갖고 있는 여러 의문들은 저절로 답을 구할 수 있을 겁니다.

'금은양고(金銀兩庫)'의 책임자가 말했다.

—그건 길고도 비용이 많이 드는 행사입니다. 그 제의를 좀 미루실 수는 없겠습니까?

대사제가 대답했다.

—불가능합니다. 천문학 서적들을 연구해본 결과, 이 같은 결론에 이르렀습니다. 적어도 두 달 안에는 람세스 대왕 폐하의 재생 제의가 거행돼야 합니다. 우리의 노력이 모아져 신들과 여신들이 왕림하고, 우리의 생각들이 파라오를 보호하는 데 바쳐질 겁니다.

북동 국경에 있는 요새 사령관이 발언하겠다고 나섰다. 오랜 경력과 경륜을 쌓은 그는 많은 저명인사들의 신임을 얻고 있었다.

—대사제의 의견은 인정합니다만, 그 사이 히타이트인들이 쳐들어오면 어떻게 합니까? 이집트인들이 결혼은 신경 쓰지 않고 제의를 준비하는 걸 하투실 대왕이 알면, 그는 또 한 번 굴욕감을 느끼고 공격을 감행할 겁니다. 파라오께서 제의를 치르시는 동안 명령은 누가 내립니까?

카가 낮고 가락 있는 아름다운 목소리로 말했다.

—우리가 드리는 제의가 우리를 보호할 겁니다. 늘 그래왔듯이 말입니다.

—그건 신전의 비밀에 묻혀 사는 신비입문자들의 생각입니다. 경험 있는 전사들의 생각은 다릅니다. 하투실이 우리를 공격하기를

주저하는 것은, 카데슈 전투의 기억 때문입니다. 람세스 대왕을 두려워하는 것입니다. 그는 파라오께서 초월적인 힘을 행사할 수 있다고 믿고 있습니다. 람세스 대왕께서 군대의 선두에 서지 않는다면, 하투실은 온 힘을 다해 공격해올 겁니다.

카가 말했다.

—이집트를 보호하는 최고의 힘은 마법의 질서입니다. 히타이트건 아니건 파괴자들은 암흑의 힘의 도구에 불과합니다. 어떤 군대도 그 암흑의 힘을 중단시킬 수 없습니다. 그걸 중단시킬 수 있는 힘은, 카데슈 전투에서 보였듯이 수만의 공격자들보다 훨씬 강한 팔을 파라오께 부여하신 아몬 신이 아니겠습니까?

그의 말이 사람들을 강타했다. 어떤 장군도 이의를 제기하지 않았다.

메렌프타가 말했다.

—저는 진정 파라오의 재생 제의에 참여하고 싶습니다만, 파라오께서는 제게 국경을 지키라 명하시겠지요?

람세스의 결정이 좌중을 안심시켰다.

—열 명의 '왕의 아들들'과 함께 제의기간 동안 나라의 안전을 지켜라.

그때 겉으로 보기에도 화가 난 듯한 수석 제관이 사람들을 제치고 앞으로 나왔다. 빡빡 깎은 머리에 길고 섬세한 얼굴, 그는 고행하는 사람 특유의 자태를 지니고 있었다.

—폐하께서 허락해주신다면, 카 대사제에게 던질 몇 가지 질문이 있습니다.

대왕은 어떤 반대의 표시도 하지 않았다. 카는 이 시험을 거치리라 예상하고 있었으나, 그 장소가 궁 밖이기를 바랐었다.

—프타 대사제께서는 어디에서 이 제의를 치르려 생각하고 계십니까?

—이 제의를 위해 건설된 피-람세스의 신전에서입니다.

—대왕께서는 진정 신들의 언약서를 가지고 계십니까?

—가지고 계십니다.

—누가 제의의 규칙을 관장하게 됩니까?

—세티의 불멸의 영혼입니다.

—파라오께 천상의 기운을 부여할 빛은 어디에서부터 오게 됩니까?

—그 빛은 스스로 생겨납니다. 그리고 매번 파라오의 심장 안에서 다시 태어나지요.

수석 제관은 다른 질문을 포기했다. 카에게서 어떤 허점도 발견하지 못하리라는 걸 깨달았던 것이다. 진중한 얼굴의 고관이 람세스를 향해 나섰다.

—폐하, 대사제는 제의를 주재할 충분한 자격을 갖추고 있으나 저는 이 제의를 거행하는 게 불가능하다고 생각합니다.

카가 놀라서 물었다.

—왜입니까?

—재생 제의에는 위대한 왕실의 부인이 중요한 역할을 해야 하는데, 파라오께서는 부인이 계시지 않은 상태이고, 설령 히타이트 공주와 혼인하신다 하더라도 이방인은 재생의 신비에 접근할 수 없기 때문입니다.

람세스가 일어섰다.

—그대는 파라오가 그 생각을 하고 있지 않다고 생각하는가?

23

테총은 어렸을 때부터 가죽세공 일을 했다. 그의 아버지는 리비아 사람인데, 양을 훔친 죄로 이집트 병사에게 잡혀 몇 년 동안 부역을 치렀다. 그런 아버지가 그에게 파라오에 맞서 폭력투쟁을 주장했을 때, 그는 아버지의 말을 따르지 않았다. 부바스티스에서, 후에는 피-람세스에서 일자리를 찾은 그는 세월이 흐를수록 가죽세공사로서의 명성이 높아졌다.

그런데 나이가 오십에 접어들면서 그에게 회한이 일기 시작했다. 기름진 배와 활짝 핀 얼굴을 위해, 그는 조국을 배반했던 것은 아닐까? 그의 형제인 리비아 군대의 처참한 패주와, 이집트인으로부터 받은 크고 작은 모멸들을 너무 쉽게 잊었던 것은 아닐까?

생활도 이젠 넉넉해지고, 30명의 고용인을 거느린 장인이 된 그는 어려움에 처한 리비아인들에게 자기 집 대문을 열어주기 시작했다. 그렇게 여러 해가 지나자, 그는 유배당한 동포들에게 마치 하늘이 내려준 사람으로 여겨졌다. 리비아인들 가운데는 이집트 사회에 이내 적응한 사람들도 있었고, 여전히 이집트에 복수심을 버리지 못한 사람들도 있었다. 그런 가운데 최근 들어 또다른 움직임이 태동하고 있었다. 두 개의 땅이 무너져내리는 것을 그다지 원치 않는 테총으로서는 두렵기만 한 움직임이었다. 만에 하나 리비아가 결국 승리를 거두고, 리비아인이 이집트의 왕좌에 오른다면? 하지만 그러자면 우선 람세스부터 처치해야만 했다.

망상이었다. 그 망상을 쫓아버리기 위해 테총은 일에 몰두했다. 그는 염소나 양, 영양, 혹은 사막의 다른 동물들의 가죽의 질을 확인하고 그것들을 말린 후, 소금을 뿌려 불에 그슬렸다. 그러고 나면 그의 고용인들이 가죽을 황토로 문지르고 오줌, 새똥, 말똥 등을 이용해 부드럽게 만들었다. 이 과정이 가장 악취를 내는 공정이어서, 정기적으로 위생국의 점검을 받아야 했다.

기름과 백반으로 임시 무두질을 한 가죽은 나일 강가의 아카시아에서 얻은, 타닌산이 풍부한 추출물로 본격적인 무두질을 했다. 필요한 경우엔 가죽을 좀더 부드럽게 하기 위해 다시 한번 기름에 적셔 망치로 두들기고, 잡아늘였다. 테총을 이 분야 최고의 장인으로 인정하게 하는 것은 이후의 과정이었다. 그는 기름을 이용한 평범한 무두질에 그치지 않았다. 게다가 그는 가죽을 선반에 올려놓고 찧는 데, 그리고 가죽을 마름질하는 데 능숙한 솜씨를 발휘했다.

그에게는 손님이 끊이지 않았고, 그 층도 다양했다. 테총의 공방은 가방, 목걸이, 개 끈, 밧줄, 샌들, 가죽함뿐 아니라 단검과 장검을 싸는 칼집, 투구, 화살통, 방패, 가죽 서판까지 만들어냈다.

테총은 최고급 영양가죽을 앞에 놓고, 반원 모양의 날을 가진 칼을 능숙하게 다루며 가느다란 끈을 마름질하고 있었다.

그때 수염을 기른 거인이 공방으로 들어왔다.

세라마나, 파라오의 친위대장…… 칼이 가죽 위를 미끄러지며 빗나가 장인의 왼손 가운뎃손가락을 스쳤다. 장인이 고통을 참지 못하고 신음소리를 냈다. 피가 솟았다. 테총은 조수들에게 가죽에 떨어진 피를 닦으라고 지시하고, 자신은 상처를 닦은 뒤 그 위에 꿀을 발랐다.

거인은 꼼짝도 않고 그 광경을 지켜보았다. 태총이 그에게 허리를 굽혔다.

―기다리시게 한 걸 용서해주십쇼. 바보 같은 실수를 했습니다.

―놀라운 일이군…… 사람들이 이르길 자네의 마름질 솜씨는 확실하다던데.

테총이 공포로 몸을 떨었다. 리비아의 후손인 그는 눈길만으로도 적을 제압할 수 있어야 했다. 그러나 세라마나는 이름난 용장이었다. 사르디니아인이며 그 몸은 거대했다.

―제게 시키실 일이 있으십니까?

―양질의 가죽으로 만든 손목대가 필요하네. 요즘 들어 손목을 쓸 때마다 좀 약해진 걸 느끼거든.

―여러 개를 보여드릴 터이니, 고르시지요.

―가장 견고한 것들은 공방 안쪽에 숨겨져 있을 것 같은데.

―아닙니다요…….

―아니긴 뭐가 아냐. 내가 말하지 않았나. 그럴 것 같다고.

―아, 예. 이제 기억 났습니다!

―그럼, 그쪽으로 가보세.

테총이 굵은 땀을 흘렸다. 세라마나가 뭔가를 발견한 건 아니겠지? 아무 일도 아닐 거다. 그가 뭘 알 리가 없다. 리비아인은 정신을 가다듬었다. 밑도 끝도 없이 공포에 떨지는 말아야 한다. 이집트는 법치국가다. 이 사르디니아인은 위중한 형벌이 무서워, 무턱대고 폭력을 행사하진 않을 것이다.

테총은 걸작들만을 모아놓은 작은 골방으로 세라마나를 데려갔다. 이곳에 있는 물건들은 팔 생각이 없는 것들이었다. 그는 빨간 가죽으로 만든 최고급 손목대를 집어들어 보였다.

—자네, 나를 썩은 인간으로 취급하려 하나?

—결단코 아닙니다!

—이 정도 가치의 물건은…… 파라오만이 소유할 수 있다.

—제게 큰 영광을 안겨주시는군요!

—자네는 뛰어난 장인일세, 테총. 자네의 경력은 빛나고, 손님들도 유명인사들이니, 자네의 앞날은 약속돼 있지…… 그런데 정말 안됐어!

리비아인의 얼굴이 창백해졌다.

—무슨 말씀이신지…….

—이렇듯 앞날의 생이 자네를 향해 열려 있는데, 어찌하여 잘못된 길로 들어섰나?

—잘못된 길이라니요…….

세라마나는 갈색 가죽으로 만든 훌륭한 방패를 만지작거렸다. 대장에게 어울릴 만한 것이었다.

—유감이지만, 자네에게 심각한 문제가 생긴 것 같네.

—제게요…… 도대체 무슨?

—이 물건을 알아보겠나?

세라마나가 장인에게 가죽 두루마리를 내보였다. 파피루스를 담는 가죽함을 만들 용도로 마름질된 것이었다.

—이게 분명히 자네 공방에서 나온 거지?

—예, 그런데…….

—그렇다는 거야, 아니야?

—예, 그렇습니다.

—이 가죽은 어디로 갈 거였나?

—신전의 신비의식을 맡고 있는 제관에겝니다.

세라마나가 미소지었다.

—자네는 법을 준수하는 진실한 인간이야. 난 그렇게 믿고 있다.

—저는 아무것도 숨기는 게 없습니다, 나리!

—그러나 자네는 심각한 실수를 저질렀네.

—어떤 실수를?

—자네, 이 가죽함을 이용해 국가 전복을 기도하는 내용을 살포했지.

리비아인은 숨이 막히고, 혀가 부풀어올랐다. 관자놀이는 심하게 뛰기 시작했다.

—그건…… 그건…….

—왜? 공작이 발각되어 너무 놀랐나?

세라마나가 말을 이었다.

—제관도 주문한 가죽함 안에서 나온 전문을 보고 놀랐다네. 이집트 내의 리비아인들에게 호소하는 내용이었는데, 람세스에 반대해 봉기하는 반란군을 모집하는 거였지.

—아닙니다, 아니에요…… 절대 있을 수 없는 일입니다!

—그 가죽함은 자네 공방에서 제작된 거였네. 그리고 그 전문을 작성한 건 다름 아닌 자네였지.

—아닙니다, 나리. 나리께 맹세컨대, 제가 아닙니다.

—난 자네가 만든 제품들을 좋아했네, 테춍. 자네는 자신의 범위를 넘어서서, 국가 전복을 기도한 공작에 연루되는 실수를 저질렀어. 자네 나이에, 그것도 탄탄히 자리를 잡은 상황에서 이건 도저히 돌이킬 수 없는 실수야. 자네는 더이상 얻을 것도, 잃을 것도 없었을 텐데 말야. 도대체 어떤 광기가 자네를 사로잡았나?

—나리, 저는…….

—거짓 맹세는 하지 말게, 저 세상의 심판까지 받게 될 테니. 자네는 그른 길을 택했어. 그런데 난 자네가 이용당했을 거라고 믿네. 누구나 자칫 이성을 잃어버리는 순간이 있지.
—그건 오햅니다, 저는…….
—거짓말하느라 시간을 낭비하지 말게. 내 부하들이 오래 전부터 자네를 염탐했었네. 자네가 리비아 반란군들의 후견인이라는 걸 이미 알고 있어.
—반란군들이 아닙니다, 나리! 단지 곤경에 처한 사람들입니다. 동포로서 할 일을 한 것뿐이었습니다…… 그게 당연한 것 아닙니까?
—자네 역할을 축소하지 말게. 자네가 없었으면 어떤 조직도 만들어지지 못했을 걸세.
—저는 정직한 장사꾼입니다. 저는…….
—확실하게 하자구, 친구. 나는 자네를 사형에 처할, 아니 좀 봐준다면 종신형에 처할 증거를 가지고 있네. 자네를 구속하고자 하면, 이 증거를 총리대신에게 갖다 주는 걸로 충분하지. 본보기 삼아 공개재판이 열릴 테고, 죄과에 걸맞는 엄중한 처벌이 따를 걸세. 눈에 훤히 보이는구만.
—하지만…… 전 결백합니다!
—이봐, 테총. 자넬 재판하는 건 내가 아니야! 이 증거를 보고 판관들은 망설이지 않을 걸세. 자네는 절대 빠져나올 수가 없어. 내가 개입한다면 모를까?
테총이 걸작품들만을 모아놓은 구석방에 잠시 침묵이 흘렀다.
—무슨 개입을 말씀하시는 겁니까, 나리?
세라마나가 가죽방패를 만지작거렸다.
—자신의 위치가 무엇이든 간에 모든 인간은 충족시키지 못한 욕망들을 가지고 있지. 나 역시 다른 이들과 같네. 나는 보수를 잘 받

고 있고, 쾌적한 공관에 살면서 마음에 드는 여자는 모두 데리고 있지만 말야. 더 부유하고 싶고, 늙어간다는 걱정을 잊어버리고 싶네. 물론, 내가 입을 다물고 이 증거를 잊어버릴 수도 있지…… 그러나 모든 것에는 그 대가가 있는 법일세.

—대가라면……?

—내가 제관의 입도 막아야 한다는 걸 잊지 말게. 자네가 얻을 이익을 고려해서 제대로만 분배한다면, 난 만족할 걸세.

—우리의 의견이 일치한다면, 나리는 저를 놓아주시는 겁니까?

—내 몫을 챙긴다면 그렇지, 친구.

—제게 뭘 요구하시는 겁니까?

—아샤를 살해한 리비아인의 이름.

테총은 금방 울상이 되었다. 그는 손을 맞잡고 말했다.

—나리…… 저는 모릅니다!

—자네가 사실을 대든가, 아니면 곧 알게 되든가 하겠지. 내 비밀 정보원이 돼주게, 테총. 자네에게 불편한 일은 없을 걸세.

—만약 나리를 만족시켜드릴 만한 정보를 얻지 못하면 어떻게 하죠?

—자네에겐 어쩔 수 없는 일이지, 친구…… 하지만 내 확신컨대 그런 일은 없을 걸세. 공식적으로 자네에게 일을 맡기겠네. 내 부하들을 위한 백여 개의 방패와 장검집을 주문하지. 일을 위해 궁정에 들르게 되면, 나를 찾게나.

세라마나가 공방을 나왔다. 낙담한 테총을 뒤에 남겨둔 채.

그것은 아메니의 생각이었다. 테총으로 하여금, 세라마나가 돈을 위해서라면 왕을 배반하는 일도 서슴지 않는 인물이라고 믿도록 하는 전술이었다. 만일 테총이 미끼를 문다면, 그자는 경계를 늦추게 될 것이고 세라마나에게 귀한 정보를 흘리게 될 것이다.

24

람세스 통치 33년째를 맞는 해, 테베의 겨울은 따사로웠다. 때로 삭풍을 안겨다주기도 하던 겨울 날씨가, 올해는 구름 한 점 없이 끝없이 펼쳐져 있는 푸른 하늘 아래 나일 강은 평온했고, 그 유역의 경작지들은 초록빛을 띠고 있었다. 올해 나일 강의 범람도 적당했던 것이다. 사료를 등에 진 나귀들은 이 마을 저 마을로 종종걸음쳤고, 젖통이 부풀어오른 젖소들이 개들에 쫓겨 목동에게 돌아갔다. 하얀 집들의 문턱에 걸터앉은 계집아이들은 인형을 가지고 놀고, 사내아이들은 헝겊으로 엮은 공을 쫓아 달렸다…… 그 어떤 변화도 일어나지 않을 것같이, 이집트는 자연의 영원한 리듬을 살고 있었다.

람세스는 일상 속에 깃든 이 불변의 순간을 음미했다. 나일 강의 서안을 선택해 영원의 신전들을 건설한 선조들은 얼마나 지혜로웠던 것인가! 아침이면 그곳 생명의 처소에서 왕과 왕비들의 몸은 떠오르는 태양에 의해 부활하였던 것이다. 이곳에서는 이승과 저승의 경계가 사라진다. 신비를 거쳐 저 너머로 빨려드는 것이다.

구르나에 있는, 세티의 '카'가 봉헌된 신전에서 새벽 제의를 거행한 람세스는 사당 안에서 명상에 잠겼다. 그 안에서 그의 아버지 세티는 벽에 새겨진 신성문자를 통해 말하고 있었다. 침묵하는 가슴으로, 그는 별이 된 파라오의 목소리를 들었다.

사당에서 나온 람세스가 부드러운 빛으로 감싸인 홀로 들어선 순간, 기둥의 홀로부터 일군의 가수들과 악사들이 일렬로 나오고 있었다. 메리타몬은 아버지를 보고 행렬에서 빠져나와, 가슴 위에 양 팔을 포개고 허리를 굽혀 인사했다.

그녀는 날이 갈수록 네페르타리를 닮아갔다. 봄날의 아침처럼 밝은 그녀의 아름다움은 신전의 지혜로 무르익고 있었다. 람세스는 딸의 팔을 잡고 스핑크스의 오솔길을 천천히 걸었다. 길가의 양 옆에는 아카시아와 타마리스가 늘어서 있었다.

—바깥 소식은 좀 듣고 있느냐?

—아니오, 아버님. 마아트가 세상을 지배하시도록 하기 위해, 아버님께서 혼돈과 암흑의 무리와 싸우고 계시는데요. 그게 가장 중요한 거지요! 세속의 소란은 성소의 벽을 넘지 못해요, 그리고 그래야 하죠.

—네 어머니도 이런 삶을 원했단다. 그런데 운명이 그녀에게 다른 삶을 강요했지.

—아버님은 운명의 주인이신가요?

—파라오는, 생각은 신전의 비밀에 머문다 하더라도, 세상 안에서 행동해야 할 의무가 있다. 지금은 평화를 보존해야 하는 의무가 내게 있다, 메리타몬. 그래서 히타이트 공주와 혼인하려고 한다.

—그녀가 위대한 왕실의 부인이 되는 건가요?

—그렇다. 그런데 그 전에 내 두번째 재생 제의를 거행해야 한다. 그 일에 대해 네 동의를 구해야 할 결정이 남아 있다.

—아버님도 아시다시피 저는 국정에 관한 어떤 일도 할 생각이 없어요.

—의식을 완성하기 위해, 이집트 왕비의 참여가 반드시 필요하다. 네가 이 상징적 역할을 해줄 수는 없겠느냐?

—그 말씀은…… 테베를 떠나 피-람세스로 가란 것이지요, 그리고 나선?

—위대한 부인으로 의식에 참가한 너는 이집트의 상징적 왕비이기는 하지만, 다시 여기 돌아와 네가 선택한 삶을 살아갈 수 있다.

—제게 계속해서 세속의 일들을 맡기지는 않으시겠죠?

—내 재생 제의들 때에는 너를 부를 것이다. 카가 말하길, 나의 생명이 다할 때까지 삼사 년마다 제의를 거행해야 한단다. 선택은 네 자유다, 메리타몬.

—왜 저를 선택하셨지요?

—너는 여러 해에 걸친 명상으로 마법의 영적 능력을 얻었을 것이고, 그 능력이 이 역할을 감당하는 데 필요하기 때문이다.

메리타몬은 발걸음을 멈추고 움직이지 않았다. 이윽고 구르나 신전을 향해 돌아서며 말했다.

—제게 힘든 일을 부탁하시는군요, 아버님. 하지만 아버님은 파라오시니…….

세타우는 투덜거렸다. 뱀의 천국, 사랑하는 땅 누비아를 멀리 떠나 있으니 마치 유배당한 느낌이었다. 할 일이라도 찾아야 했다. 로투스가 매일 밤 들판에 나가 쓸 만한 크기의 뱀들을 잡아왔다. 그는 연구에 매달리며 새로운 활기를 찾아갔다. 그리고 아메니의 충고에 따라, 피-람세스에 머무는 기간을 이용하여 관리들과의 관계도 돈독히 했다. 그의 천성에는 맞지 않는 일이었지만, 그가 사랑하는 땅을 개발하는 데 필요한 예산과 자원을 타내기 위해서는 어쩔 수 없는 일이었다. 세타우도 나이가 들어가는 것이다. 혈기와 열정만으로는 고위관리들을 설득하는 데 한계가 있다는 것을 인정하기 시작했다. 아첨하지 않고도 신청서를 잘 제출하는 방법을 터득했는데, 결과는 놀랄 만큼 긍정적이었다.

세타우는 조선소에 들러 누비아에 가져갈 짐배 세 척의 건조를 부탁하고 나오는 길에 카를 만났다. 프타 대사제는 안색이 좋지 않아 보였다.

—무슨 근심거리라도 있습니까?

—이번 제의 준비는 한순간도 마음을 편하게 하지 않는군요…… 방금 안 좋은 소식을 들었습니다. 델타의 신물(神物)창고 지배인은, 제가 부탁했던 많은 양의 샌들과 아마포, 백대리석들을 거의 준비하지 못하겠다는 겁니다. 일이 복잡해지는군요.

—왜 준비할 수 없다는 것인지, 해명은 들으셨습니까?

—그는 여행중입니다. 그의 처가 전하는 말만 들을 수 있었지요.

—아주 무례하군요! 마음에 들지 않는 처사요. 하지만 난 하급관리이니, 아메니를 만나보기로 합시다. 길이 있을 겁니다.

아메니는 적포도주로 만든 소스에 적신 오리구이를 맛보며, 빠른 속도로 델타의 신물창고 책임자가 작성한 내역을 읽어내려갔다.

아메니가 고개를 갸웃거리며 입을 열었다.

—뭔가 잘못돼 있어요. 제의에 필요한 물건을 공급하는 데 아무 문제가 없는 것 같은데. 이 일은 정말 맘에 안 드는군요…… 정말로!

—행정서류에 착오가 있는 건 아닐까요?

카가 추측해보았다.

—가능하지요. 하지만 내 서류들에는 그런 일이 있을 수 없습니다.

대사제가 걱정스레 말했다.

—제의에 차질이 생길 수도 있어요. 신들과 여신들을 영접하는 데는 가장 아름다운 샌들이 필요합니다. 그리고 가장 아름다운 아마포와…….

—해당 부서에 조사를 지시하겠습니다.

아메니의 말에 세타우가 한심하다는 듯이 나섰다.

—과연 서기관의 생각답구만! 그런 조사란 게 길고도 복잡할 텐데, 카 대사제에겐 시간이 없어. 좀더 교묘하게 움직여야 하네. 나를 특별감사관으로 임명하게. 내 빠른 시일 내에 진실을 밝혀오지.

아메니가 뿌루퉁해졌다.

—그건 합법성을 넘어설 수도 있어…… 게다가 위험이 따르는 일이면 어쩌려고?

—확실하고 능력 있는 보좌관들을 주위에 배치하겠네. 쓸데없는 장광설로 시간 낭비하지 말고 어서 내게 발령장이나 써주게.

신물창고는 멤피스 북부에 있었다. 창고 한가운데에서 세리 부인이 능숙한 솜씨로 일꾼들을 지휘하고 있었다. 갈색 머리에 작고 예쁘장하지만 권위적인 그녀는 인부들에게 각자 할 일을 분담시키고, 물건을 실어나르는 나귀를 끄는 마부들에게 방향을 지시하고, 물품명세서들을 확인했다. 반항하는 듯한 인부들에게는 서슴지 않고 그들의 코앞에 몽둥이를 내밀었다.

세타우가 좋아할 만한, 성깔 있는 여인이었다.

텁수룩한 머리에 며칠째 깎지 않은 수염, 예전에 입던 것보다 더 빛이 바랜 영양가죽 옷을 걸친 세타우는 쉽게 눈에 띄었다.

—거기, 어슬렁거리는 너 뭐 하는 거냐?

—당신에게 할 말이 있소.

—여기서 수다는 금지다, 일이나 해.

—내가 말하고 싶은 게, 당신이 말하는 그 '일'이오.

셰리 부인이 고약한 미소를 지었다.

—내가 일 시키는 방식이 맘에 안 드는 모양이지, 아마도…….

—나를 걱정시키는 것이, 바로 당신의 그 일하는 능력이오.

갈색 머리 작은 여인은 놀랐다. 부랑자들은 이런 말투는 쓰지 않는다.

—당신 누구예요?

—궁정에서 임명한 특별감사관이오.

—용서해주세요…… 하지만 그런 행색으로…….

—내 상관들도 이 옷차림을 나무라지만, 나의 뛰어난 일솜씨 때문에 이 독창적인 행색을 참아주고 있소.

—의례상 부탁드립니다. 제게 발령장을 보여주시겠습니까?

—여기 있소.

파피루스에는 필요한 모든 인장이 찍혀 있었다. 아메니의 계획을 승인한 총리대신의 인장도 포함돼 있었다.

감사관에게 창고를 수색할 수 있는 권한을 부여한 발령장을, 셰리 부인은 읽고 또 읽었다.

—이 문서를 봐야 할 사람은 당신이 아니고, 당신 남편일 텐데.

—그는 여행중이에요.

—자기 자리를 지켜야 하는 게 아니오?

—어머니가 나이가 많으셔서, 곁에 그가 있어야 해요.

—그러니까 당신이 그의 자리를 지키고 있단 말이군요.

—저는 이 일을 잘 알고, 별 문제 없이 잘해내고 있어요.

—별 문제가 없다? 아니오, 심각한 문제가 있소, 셰리 부인. 람세

스 폐하의 재생 제의에 필요한 품목들을 대기 힘든 모양이던데.

—저…… 주문이 갑작스러웠던 데다가…… 안됐지만, 현재로선 사실입니다.

—내게 해명하시오.

—저는 몰라요. 제가 아는 것은 상당량의 물품이 다른 지역으로 이동됐다는 정도예요.

—어떤 지역이오?

—저는 몰라요.

—누구의 명령으로 이동됐소?

—모릅니다. 남편이 돌아오는 대로 감사관님께 설명할 거예요. 다 정리가 되겠죠. 확신해요.

—내일 아침 당신의 품목표와 창고의 내역물들을 조사하겠소.

—내일은 창고를 정리하기로 되어 있는데요, 그리고…….

—난 시간이 없소, 셰리 부인. 내 상관들이 빠른 시간 안에 결과를 보고하라고 독촉하고 있소. 당신이 가진 서류를 준비해두시오.

—엄청날 텐데요!

—그건 내가 알아서 할 거요. 그럼 내일 봅시다, 부인.

25

셰리 부인은 낭비할 시간이 없었다. 남편이 멍청하게 처신했다. 당국의 물품재고 조사서에 생각 없이 답신을 보내버린 것이다. 그가 자신이 보낸 답신의 사본을 보여주었을 때, 셰리 부인은 끓어오르는 화를 참을 수 없었다. 조사서에 대한 답신을 되돌리기에는 너무 늦은 상태였다…… 셰리는 그 즉시 남편을 테베 남쪽에 있는 시골 마을로 쫓아보냈다. 그리고는 이 말썽이 모래 속에 파묻혀버리길, 궁전에서 다른 신물창고에 물품을 주문하기를 빌었다.

그러나 당국의 조치는 기대와는 반대되는 것이었다. 물품준비 지시가 나라 안의 많은 신물창고 중에 하필 남편이 관리하는 창고에 떨어졌고, 제의를 주관할 프타 대사제의 방문도 따돌렸다 싶었는데, 이번에는 특별감사관까지 보내왔다. 외모는 괴상했지만 감사관은 만만치 않아 보였다. 셰리 부인은 그를 매수할까도 생각했지만, 너무 위험부담이 컸다. 방법이 없었다. 이런 상황에 대비한 긴급조치를 취할 수밖에.

창고들이 문을 닫는 시간이 되자, 셰리 부인은 건장한 인부 네 사람을 불렀다. 다소의 손해가 따르긴 하겠지만, 법정을 피할 수 있는 유일한 방법이었다. 오랜 시간을 두고 조금씩 빼돌려왔던 상당한 양의 재산을 내놓는다는 건, 정말 가슴 아픈 일이었다.

셰리가 인부들에게 지시했다.

―한밤중이 되면, 중앙창고 왼쪽에 있는 건물로 들어오게.

인부 하나가 물었다.

―거기는 늘 잠겨 있는뎁쇼.

―내가 열어줄 거야.

―근데 밤중에 무슨 일입니까?

―그 안에 있는 물건들을 중앙창고로 옮겨놓는 일이야. 가능한 한 빨리, 그리고 조용하게 해야 하는 일이네.

―근무시간이 아닌뎁쇼, 주인님.

―이 일의 대가로 일 주일치의 봉급을 주지. 일을 내 맘에 쏙 들게 한다면 덤으로 보너스까지 주겠네.

네 사내의 얼굴에 환한 미소가 번졌다.

―또하나, 오늘 일은 모두 잊어버려야 하네. 알겠나?

셰리의 날카로운 목소리에는 어떤 위협이 알게 모르게 실려 있었다.

―알겠습니다, 주인님.

창고들이 들어선 구역은 인가가 없는 지역이었다. 사냥개를 동반한 순찰대원들이 규칙적인 간격을 두고 돌아다닐 뿐이었다.

네 사내는 무거운 물건들을 끄는 나무썰매를 세워놓는 커다란 건물 안에 몸을 숨기고 있었다. 맥주를 마시고 빵으로 요기를 한 뒤, 그들은 번갈아서 눈을 붙였다.

밤의 한가운데서, 셰리 부인의 명령조의 목소리가 울렸다.

—이제 시작하세.

그녀는 나무빗장을 열고, 출입을 막기 위해 진흙을 말려 붙인 봉인을 걷어냈다. 이 건물은 공식적으로는, 신전의 공방으로 보낼 주괴(鑄塊)를 보관하는 곳이었다. 인부들은 입을 다문 채 물건들을 나르기 시작했다. 최상급 포도주 100여 항아리, 450폭의 섬세한 아마포, 600켤레의 고급 가죽샌들, 전차 부속품, 1300개의 주석판, 양모 300두루마리와 100여 개의 백대리석들이 옮겨졌다.

인부들이 마지막 남은 백대리석을 나르고 있을 때, 창고 구석에서 세타우가 나타났다. 그는 어느 틈에 숨어들어, 이 장면들을 줄곧 지켜보고 있었던 것이다.

—잘했소, 셰리 부인. 내 조사를 도와주려고 훔친 물건들을 모두 제자리에 갖다놓았군. 잘했소, 너무 늦긴 했지만.

갈색머리의 작은 여인은 냉정을 잃지 않았다.

—당신 입을 다물게 하려면 뭘 드리면 되지요?

—당신 공범들 이름이오. 이 훔친 물건들을 누구에게 팔았소?

—별 사람들 아니에요.

—대답하게 될 거요, 셰리 부인.

—협상을 거부하는 건가요?

—협상은 내 기질에 맞지 않소.

—당신에겐 좋지 않은 일이군요. 할 수 없죠…… 당신은 혼자 오는 게 아니었는데 말예요!

—걱정 마시오, 동료를 대동했으니.

창고의 문가에 로투스가 나타났다. 날씬하고 어여쁜 누비아 여인이 가죽뚜껑이 덮인 버들 광주리를 들고 있었다. 파피루스로 된 짧은 로인클로스를 걸치고 가슴은 드러낸 그녀의 모습은 밤의 열기 속에서 고혹적으로 보였다.

셰리 부인은 웃음을 참지 못했다. 그녀가 비웃으며 말했다.

—아하, 대단한 동료군요.

세타우가 인부들을 바라보며 나직한 목소리로 말했다.

—자네들은 더이상 죄짓지 말고 물러들 가게나.

셰리 부인이 인부들을 향해 날카롭게 외쳤다.

—저 둘을 잡아!

인부들이 팔을 걷어붙이며 다가오자, 로투스가 광주리를 땅에 내려놓고 뚜껑을 열었다. 목 부분에 파르스름한 초록빛이 나는 세 줄의 무늬를 가진 독사 네 마리가 쉭쉭 소리를 내며 기어나왔다. 그것들이 내뿜는 소리는 다가오던 인부들을 전율케 하기에 충분했다.

인부들은 쌓아놓은 직물들 위로 뛰어올라, 걸음아 날 살려라 도망쳤다. 독사들은 벽 끝으로 몰린 셰리 부인을 둘러쌌다. 세타우가 충고했다.

—말하는 게 좋을 거요. 이 뱀들의 독은 좀 특이하지. 당신은 바로 죽지도 않소. 그러나 상처를 입은 당신 몸 속의 기관들은 영영 치료가 불가능할 거요.

파랗게 질린 셰리 부인이 약속했다.

—모두 말하겠어요.

—신전에 바쳐질 물건들을 빼돌리려는 생각은 누가 한 거요?

—그건…… 제 남편이에요.

—확실한가?

—남편과…… 저의 생각이에요.

—언제부터 이 암거래를 시작했소?

—2년이 조금 넘었어요.

—문제가 되리라는 생각은 안 해봤소?

―파라오의 재생 제의만 아니었으면, 우리에게 이런 대량 주문이 없었을 테고, 별 문제가 없게 할 수 있었지요…….

―서기관들만 매수하면 되었겠구만.

―아니에요! 남편이 물품내역서를 조금씩 위조했죠. 호기가 생기면 다소 중요해 보이는 물건들을 조금씩 내다 팔았습니다. 이번에 팔려고 한 것들은 제법 구색이 갖추어진 거죠. 구매자에게 약속한 물량을 준비하느라 궁전의 주문을 따돌릴 수밖에 없었어요.

―구매자가 누구요?

―배의 선장이에요.

―그의 이름은?

―이름은 몰라요.

―어떻게 생긴 자요?

―덩치가 크고 수염이 텁수룩하고, 왼팔 안쪽에 흉터가 있어요. 눈은 갈색이구요.

―그에게 넘기기로 한 물품의 대금은 받았소?

―예, 우선 일부만 받았죠. 보석과 약간의 금으로요.

―물품 인도 날짜는 언제요?

―내일 모레예요.

세타우가 끝을 맺었다.

―좋소, 그를 만나게 된다니 기쁘군.

한 척의 거룻배가 항해를 무사히 마치고 선착했다. 그 배는 흙을 구워 만든 커다란 항아리들을 싣고 있었다. 중부 이집트의 도공들이 만든 이 항아리들은 물을 신선한 상태로 1년 동안이나 보관할 수 있었다. 이 배의 항아리들은 대부분 비어 있었다. 셰리 부인에게 받은 장물을 담는 데 사용될 것이기 때문이었다.

선장은 뛰어난 상인으로 인정받고 있었다. 큰 사고도 없었고, 선원들은 그의 말을 잘 따랐으며, 운반에 있어 지체하는 일도 없었다…… 그에게 문제가 있다면, 여러 첩들을 거느리느라 지출이 그의 수입을 훨씬 넘어서는 것이었다. 약간의 망설임은 있었으나, 그는 자신에게 들어온 제안을 받아들이지 않을 수 없었다. 장물 운반책. 좋은 보수였다. 그는 꿈꾸던 삶을 살아갈 수 있었다.

셰리 부인은 언제나 확실했다. 이번에도 평소처럼 하물이 깔끔하게 준비되어 있을 테고, 선상으로 옮기는 데는 많은 시간이 필요치 않을 것이다. 배에 물건 싣는 일이야 흔한 일이니, 누구의 주목도 끌지 않을 것이다. 게다가 나무상자들과 광주리에는 식료품이라는 표시가 돼 있을 것이다.

그 전에 선장은 마지막 협상을 치러야 할 것이다. 셰리 부인은 점점 더 비싼 값을 요구했고, 선장 쪽의 물주는 거꾸로 점점 더 싼 값에 장물을 사들이려 했기 때문이었다. 흥정이 힘들어질 수도 있겠지만, 어쨌거나 피차 필요한 일이니 합의점을 찾게 될 것이다.

선장은 셰리 부인의 집으로 향했다. 약속대로 그녀가 테라스에 나와 손으로 간단한 신호를 보냈다. 선장은 작은 뜰을 지나, 푸른색으로 칠해진 두 개의 기둥이 있는 응접실로 들어갔다. 벽을 따라 푹신한 긴 의자가 놓여 있었다.

셰리 부인이 가벼운 걸음걸이로 계단을 내려왔다. 그녀 뒤에 날씬한 몸매의 누비아 여인이 있었다.

—아니…… 이 여자는 누구요?

등뒤에서 사내의 낮은 목소리가 들렸다.

—뒤돌아보지 마라, 선장. 네 뒤에 코브라가 웅크리고 있다.

셰리 부인이 곤혹스런 표정으로 말했다.

—사실이에요.

몸이 뻣뻣이 굳은 선장이 물었다.

—당신은 누구요?

—파라오가 보낸 사람이다. 너희의 횡령과 절도에 종지부를 찍는 게 내 임무지. 그러나 우선 네 주인이 누구인지 알아야겠다.

선장은 자신이 악몽을 꾸고 있다고 생각했다. 세상이 그의 머리 위로 무너져내렸다.

세타우가 다시 물었다.

—네 주인의 이름이 뭐냐?

선장은 자신에게 내려질 처벌이 무거우리란 걸 알고 있었다. 의리를 지킬 사이도 아니고, 주범을 순순히 밝히는 게 죄를 줄이는 길이었다.

—그를 딱 한 번 보았습죠.

—이름은?

—예…… 이름은 아메니라고 했습니다.

그의 답변에 세타우는 경악했다. 그가 걸음을 옮겨, 선장 앞에 심각한 표정으로 섰다.

—어떻게 생긴 자인가? 모습을 묘사해봐라.

선장은 자신을 심문하던 자의 얼굴을 바라보았다. 코브라는 그였다! 그를 겁주기 위해 코브라를 꾸며댔다고 믿은 그가 도망치려 뒤돌아섰다. 순간, 그의 등뒤에 있던 코브라가 긴 몸을 일으키며 그의 목을 물었다. 고통과 회한으로 얼굴이 일그러진 선장은 의식을 잃고 쓰러졌다.

그 틈에 도망갈 길이 생겼다고 생각한 셰리 부인이 뜰을 향해 뛰었다.

—안 돼!

당황한 로투스가 외쳤지만, 이미 때가 늦었다.

그녀가 현관문을 나서는 순간, 또다른 코브라가 그녀의 허리를 물었다. 갑자기 숨이 막히더니 심장이 조여들었다. 그녀는 이를 악물고 손톱을 세워 바닥을 긁으며 바지락거리다가 이내 굳어버렸다.

뱀들은 아무 일도 없었다는 듯이 스르르 움직여 제자리로 돌아갔다.

로투스가 탄식했다.

—그들을 구할 틈이 없었어요.

세타우가 상기시켰다.

—그들은 조국을 팔아먹었어, 죽음 저 너머의 판결은 관대하지 않을 거야.

세타우는 주저앉았다. 혼동스러웠다. 하늘을 바라보았다.

—아메니…… 아메니, 변절자!

26

얼마 전에 보내온 하투실 대왕의 편지는 외교문서로는 걸작이었다. 람세스는 그 편지를 수차례에 걸쳐 주의해서 읽어보았지만, 그 의도를 간파할 수가 없었다. 하투실, 그는 평화를 원하는 것인가, 아니면 전쟁인가?

여전히 자신의 공주를 람세스와 혼인시키기를 원하는 것인가, 아니면 훼손된 위엄을 세우고자 하는가?

—어떻게 생각하나, 아메니?

개인비서는 온종일 적지 않은 양의 음식을 먹어대는데도, 몸은 점점 야위는 듯했다. 궁전 수석의 네페레트는 정밀진찰 후, 심각한 병을 앓고 있지는 않지만 과로를 피해야 한다고 진단했다.

—아샤가 아쉽군요. 그라면 이 서신의 행간을 잘 읽어낼 수 있었

을 텐데 말이죠.

—자네 의견은?

—비교적 회의적인 제 눈에도, 하투실이 폐하께 어느 정도 양보하는 듯합니다. 내일 파라오의 신성을 재생하는 제의가 있지 않습니까? 신비한 힘인 '카'가 폐하께 대답해줄 겁니다.

—여러 신들과 여신들을 만날 생각을 하니 행복하네.

—프타 대사제가 놀라운 솜씨로 일했더군요. 부족한 점이 없을 겁니다. 세타우는 조직적인 절도사건을 해결했습니다. 되찾은 신물들을 벌써 피-람세스에 보내왔습니다.

—절도범들은 어떻게 했나?

—그들은 사고로 목숨을 잃었습니다. 신물창고의 책임자는 곧 체포되어 벌을 받을 겁니다. 총리대신은 이번 사건을 조사하고, 아마도 그들의 이름을 제명시키겠지요.

—나는 이제 들어가겠네. 새벽까지는 쉴 수 있겠지.

—'카'가 폐하께 충만하기를, 그리고 폐하께서 오래 이집트를 영광스럽게 하시기를 빕니다.

끝물의 여름 밤은 덥고 밝았다. 이렇게 더운 여름 밤이면 대부분의 이집트인들이 별빛 아래 잠들듯이, 람세스는 궁전 테라스의 별빛 아래 잠자리를 잡았다. 단순한 모양의 돗자리에 드러누워 그는 하늘을 관조했다. 하늘에는 별이 된 파라오들이 빛나고 있었다. 우주의 축이 북극성을 관통하고, 그 주위로 불멸의 별들이 시간과 공간을 초월하여 펼쳐져 있었다. 피라미드 시대 이래 현자들의 사유는 하늘에 각인되어 있었다.

쉰다섯의 나이, 람세스는 잠시 시간의 흐름을 중지시키고, 지난 33년의 통치를 자문해보았다. 그는 끊임없이 전진하며 역경을 뛰어넘고, 불가능해 보이는 극한의 지평을 확장해왔다. 아직 그의 힘은 줄어들지 않았으나, 뿔을 내밀고 뒤돌아보지 않는 숫양의 모습으로는 세상을 바라볼 수 없었다.

이집트를 다스린다는 것은, 인간의 법을 부여하고 따르게 하는데 있지 않았다. 그것은 이집트가 마아트의 숨결을 호흡할 수 있게 하는 것이었으며, 파라오는 마아트를 구현하는 최고 사제였다. 젊은 시절의 람세스 대왕은 국민성 자체를 바꾸기를 염원했었다. 모든 백성이 파라오의 발자취를 따르기를, 쩨쩨함과 비굴함으로부터 자유로워지길, 커다란 가슴을 소유하기를 염원했었다. 현실은 준엄하고 꿈들은 흩어져갔다. 인간이란, 늘 거짓과 악에 쉽게 유혹되는 존재인 것이다. 어떤 가르침도, 종교도, 정치도, 인간을 바꾸지 못한다. 오로지 정의의 실현과 마아트 규범의 영원한 구체화만이 혼돈을 피할 수 있었다.

그의 아버지 세티가 그에게 가르쳐주었던 것, 람세스는 그것을 지키고자 애써왔다. 위대한 파라오가 되고자 했던, 두 땅의 운명을 자신의 운명으로 삼았던 그의 염원은 더이상 중요하지 않았다. 온갖 행복과 권력의 절정을 맛본 그에게는 단 하나의 소망만이 남아 있었다. 헌신(獻身), 그것이었다.

세타우는 이미 취해 있었지만 술잔을 놓지 않았다. 오아시스 산 포도주를 항아리째 마시며 뻣뻣해진 다리로 방안을 성큼성큼 거닐었다.

—잠들지 마, 로투스! 지금은 휴식을 취할 때가 아니야…… 어서 숙고해서 결정을 내려야 해.

—보세요, 당신은 몇 시간을 같은 말만 반복하고 있어요.

—내 말을 잘 들어야 해. 가볍게 하는 말이 아니야…… 당신과 나는 알고 있어. 우리는 아메니가 돈에 매수된 변절자라는 걸 알고 있단 말이야. 난 그 조그만 서기관 녀석을 혐오한다구, 녀석을 저주

해. 영혼의 학살자의 냄비 속에서 끓고 있는 녀석의 모습을 보았으면 좋겠어…… 하지만 그는 내 친구이고, 람세스의 친구야. 우리가 침묵을 지키면, 그는 절도죄로 재판받지는 않을 거야.

—이 절도사건이 람세스에 반대하는 어떤 음모와 관계 있는 것은 아닐까요?

—숙고하고 또 숙고해서 결정을 내려야 해…… 람세스를 만나보러 간다면…… 아니야, 불가능해. 그는 자신의 신성을 재생하기 위한 제의를 준비하고 있어. 그 순간을 망쳐버리는 일이 있어선 안 되겠지. 재판관을 만나러 간다면…… 그는 아메니를 즉각 체포할 거야! 그런데, 당신, 당신은 어째서 아무 말도 않는 거지!

—좀 자도록 해요, 그러고 나면 더 좋은 생각이 날 거예요.

—생각하는 것만으론 안 돼, 결정을 내려야 해! 잠이 들면 안 돼. 아메니…… 도대체 무슨 짓을 한 건가, 아메니!

로투스가 지적했다.

—아, 좋은 질문이에요.

떨리는 손에도 불구하고 마치 석상처럼 뻣뻣해진 모습으로 세타우가 누비아 여자를 응시했다.

—무슨 말을 하려는 거지?

—당신의 영혼을 그만 괴롭히고, 진정으로 아메니가 한 짓이 무엇인가를 생각해봐요.

—그건 이미 명백하잖아, 그 거룻배 선장이 이미 불었잖아. 어떤 암거래가 있고, 그 거래의 수뇌는 아메니라고. 내 친구 아메니 말야.

세라마나는 홀로 잠들어 있었다. 고달픈 하루였다. 하루 종일 그는 제의가 거행되는 신전 주위의 친위대 배치를 점검했다. 그리고 는 최근에 맞아들인, 갈대같이 나긋나긋한 젊은 시리아 여인의 달콤한 몸을 맛볼 생각도 못 하고 그대로 침대 위로 쓰러져버린 것이다.

어떤 고함소리가 그를 깨웠다.

깊은 잠의 수렁을 힘겹게 헤쳐나온 사르디니아인은 거대한 몸을 요란스럽게 흔들며 기지개를 펴고 복도로 달려나갔다. 자신의 집사가 세타우에게 잡혀 있는 모습이 보였다. 세타우는 얼핏 보기에도 꽤 취해 있었다.

—조사해야 해, 즉시!

세라마나는 집사를 제치고, 세타우의 몸을 잡아들고 자신의 침실로 데려왔다. 그리고는 그의 머리에 냉수 한 항아리를 쏟아부었다.

—어어…… 어푸, 이게 뭔가?

—물일세. 자넨 이걸 마시는 걸 꽤 오랫동안 잊은 것 같군.

세타우가 침대 위로 쓰러지며 중얼거렸다.

—자네가 필요하네.

—이번엔 누가 자네 뱀들의 저주를 받은 희생잔가?

—조사해야 하네.

—뭘?

세타우는 잠시 멈칫했으나, 곧 가슴 가득 채우고 있던 말을 신음처럼 토해냈다.

—아메니의 재산.

—뭐라고?

—아메니가 은닉해둔 재산이 있네.

—뭘 마셨나, 세타우? 뱀의 독보다 더한 걸 마신 것 같구만.

—아메니가 비합법적인 재산을 소유하고 있네…… 문제가 더 심각할 수도 있단 말일세! 만일 람세스가 위험하다면…….

—설명해보게.

세타우는 두서없이, 그러나 어떤 세부사항도 빼놓지 않고, 자신과 로투스가 셰리 부부의 암거래 사건을 조사하면서 알게 된 전말을 얘기했다.

—그 깡패 같은 거룻배 선장놈의 말을 어떻게 믿을 수 있나? 아마 그는 아무 이름이나 불었을 게야.

세타우가 부정했다.

—아니야. 그는 진심인 것 같았네.

세라마나는 아연실색했다.

—아메니…… 내가 죽었다 깨어나도 반역죄의 혐의를 두지 않을 유일한 사람인 그가?

—그럼, 나는 의심할 수 있단 말인가?

—쓸데없이 말꼬리 잡고 나를 피곤하게 하지 말게! 지금 문제가 되는 건 아메니란 말일세.

—조사해야 하네.

—조사, 조사! 말하기는 쉽지. 제의기간 동안 나는 람세스 폐하의 안전에 전념해야 하네. 게다가 아메니는 모든 것을 통제하고 있어! 만약 그가 부정한 짓을 저질렀다면, 그가 눈치채고 모든 증거를 인멸하는 일이 없도록 해야 하네. 자네는 우리가 가볍게 그를 고발할 수 있다고 생각하나?

세타우는 두 손으로 자신의 머리를 감쌌다.

—로투스와 내가 증인일세. 그 거룻배 선장이 아메니라고 폭로했네.

세라마나는 구역질이 났다. 아메니, 진실하기 그지없어 보이는 그런 인간이 부정한 부귀영화를 꿈꾸었다니, 자신의 심장을 도려내는 것만 같았다. 결국 타인을 구원할 수 있는 인간이란 존재하지 않는단 말인가. 최악의 상황은, 아메니가 반란 음모와 연계되어 있을 가능성이었다. 그의 숨겨진 재산이 람세스에 반기를 든 적들의 손에 무기를 안겨주는 데 이용될지도 모르는 일이 아닌가?

세타우가 말했다.

—난 취했네, 세라마나. 하지만 난 자네에게 모든 걸 말했네. 이제 이 사실을 아는 자가 셋이 되었어.

—다른 종류의 속내얘기들이었으면 좋겠구만.

—자, 이제 어떻게 할 생각인가?

—궁전에 아메니를 위한 관사가 있네. 그러나 그는 거의 사무실에서만 지내지. 잠도 사무실에서 잘 정도니까. 무언가 숨기는 게 있다면 사무실에 있을 거야. 우선 그를 밖으로 유인하고, 사무실을 신중하게 수색해야겠지…… 그가 금이나 보석 종류를 숨기고 있다면 발견할 수 있을 걸세. 그가 외출하면 미행할 것이고, 그가 만나는 모든 자들의 신원을 확인해볼 걸세. 틀림없이 그는 자신의 연계조직 내의 인물들과 접촉하겠지. 내 부하들이 실수를 저지르는 일이 없도록 기도나 하자구. 총리대신 휘하의 경찰들이 이 조사에 대해 약간이라도 눈치를 챈다면, 내게 아주 곤란한 문제가 생길 테니까.

—람세스를 염두에 두어야 하네, 세라마나.

—자네는 내가 누굴 염려하고 있다고 생각하나?

27

그날 떠오르는 해를 맞으며, 이집트 전역이 람세스를 위해 기도했다. 그 오랜 통치 후, 그는 과연 신들과 여신들이 분출하는 위대한 기운을 받아들일 수 있을 것인가? 그의 육신이 신성한 힘 '카(ka)'를 받아들일 만한 상태가 아니라면, 그는 목숨을 잃을지도 모른다. 카의 수용처인 그의 육신이 약하다면, 람세스의 지배의 불은 천상의 불로 돌아갈 것이며, 지상에는 그의 미라가 남을 것이다. 하지만 대왕이 다시 카를 받아 그 원기를 부활시킬 수 있다면, 새로운 피가 나라의 정맥을 타고 흐르게 될 것이다.

남북의 각 지방에서 날라온 신성의 초상(肖像)들이 피-람세스의 세례의 신전에 속속 도착했다. 프타 대사제 카(Kha)가 신성의 초상들을 맞이했다. 이로써 성스러운 공간은 속세와 구별되며, 제의

기간 동안 파라오는 그곳의 주인으로서 초월적 세계의 한가운데에서 머물게 될 터이다.

새벽이 되자, 의관을 갖추면서 람세스는 아메니를 떠올렸다. 개인비서는 틀림없이 저물지 않는 여러 날을 지내겠지! 제의가 진행되는 동안 왕에게 자문을 구할 수 없는 그는, 스스로가 보기에 화급한 많은 서류들을 대기상태로 처리해놓으며 긴장의 나날들을 보내게 될 것이다. 완벽주의자 아메니의 눈에, 이집트는 그다지 잘 운영되고 있지 못하며 어떤 관리들도 자신의 직무를 진지하게 수행하지 못하는 것일 테니.

두 개의 땅을 상징하는 이중관을 머리에 얹고, 주름잡힌 아마 옷에 금빛 로인클로스를 두르고, 황금 샌들을 신은 람세스는 궁전의 입구에 모습을 드러냈다.

제의의 기수역을 맡은 '왕의 아들들' 가운데 두 사람이 왕 앞에 허리를 굽혔다. 길게 늘어진 가발, 주름잡힌 넓은 소매의 윗옷에 긴 치마를 걸친 그들은 손에 긴 장대를 들고 있었다. 그 장대의 끝에는, 숨은 신 아몬의 화현(化現) 중 하나인 숫양이 조각되어 있었다.

두 기수는 파라오를 인도하며 천천히 신전의 정문 앞에 이르렀다. 12미터에 달하는 그 화강암 문 앞에는 왕실의 '카'를 상징하는 기둥들이 있었다. 애초에 모세와 더불어 자신의 수도를 설계할 무렵부터, 람세스는 이 신전의 터를 염두에 두고 있었다. 마치 30년 이상을 통치할 수 있으리라고 자신의 운명을 믿었던 것처럼.

자칼의 가면을 쓴 두 사제가 파라오를 맞았다. 한 사제는 남으로 난 길의 안내자였으며, 다른 사제는 북쪽 길의 안내자였다. 그들은 람세스를 인도하여, 10미터 높이의 기둥들이 늘어서 있는 홀을 지나 피륙들의 홀로 들어갔다. 대왕은 그곳에서 걸치고 있던 옷들을 벗고 아마포로 된 옷을 걸쳤다. 길이가 무릎까지 내려오는, 마치 수의 같았다. 그는 왼손에 목자의 홀장(笏杖)을 잡고, 오른손에는 세 줄의 가는 가죽끈으로 된 왕홀을 쥐었다. 세 줄의 가느다란 끈, 이는 파라오의 세 가지 탄생을 환기하는 것이었다. 지하, 지상, 천상에서의 탄생.

람세스는 야생 황소와의 대면 이래, 혼전 속에서 끊임없이 밀려오는 수만의 히타이트 병사들에 홀로 맞서야 했던 카데슈 전투에 이르기까지, 이미 숱한 육체적 시련들을 겪은 터였다. 그러나 재생 제의는 그를 또다른 격전장으로 인도했다.

이곳에서는, 눈에 보이지 않는 기운들을 맞아 싸워야 했다. 그 스스로 죽음으로써, 그가 나왔던 창조 이전의 세계로 돌아갈 수 있으며, 그럼으로써 람세스는 여러 신들의 사랑으로 다시 태어나고, 그 자신을 이어갈 수 있게 될 것이다. 이러한 연금술적 행위를 통해 자신의 상징적 존재와 백성들, 그리고 백성들과 창조적 권능들과의 관계를 엮을 수 있게 된다.

자칼의 가면을 쓴 두 사제가 커다란 홀로 왕을 인도했다. 하늘이 활짝 열린 이곳은 파라오 드제제르의 홀을 연상시켰다. 이것은 프타 대사제 카의 작품이었다. 옛 건축양식에 매료된 대사제는, 람세스의 재생의 신전 깊숙한 내부에 그 양식을 재현해놓은 것이었다.

그녀가 그를 만나러 왔다.

그녀, 네페르타리의 딸 메리타몬, 혹은 람세스를 부활시키고자 나타난 네페르타리 자신일 수도 있는.

하얀 긴 옷에 검소한 목걸이를 두르고, 머리에는 삶과 규범을 상징하는 두 개의 긴 깃털을 꽂고 있었다. 눈부신 모습으로, 위대한 왕실의 부인은 왕의 뒤에 자리잡았다. 제의의 모든 단계가 진행되는 동안, 그녀는 시구와 노래의 마법으로 그를 보호하게 될 것이다.

프타 대사제가 불을 붙였다. 그 불이 신성의 조상(彫像)들과 그것들이 놓여 있는 홀의 내부, 그리고 왕좌를 비추었다. 람세스가 시험을 이겨낸다면 이 왕좌에 앉게 될 것이다. 엄격하게 선정된 상하 이집트의 유명인사들과 대사제가 제의에 참여하였다. 이 유명인사들에는 세타우, 아메니, 카르낙 대사제 네부, 총리대신, 왕실 수석의 네페레트, '왕의 아들들'과 '왕의 딸들'이 끼여 있었다. 취기에서 깨어난 세타우는 더이상 아메니의 죄를 떠올리려 하지 않았다. 이 순간, 가장 중요한 것은 제의를 완벽하게 거행하여 람세스의 '카'를 재생하는 데 있었다.

상하 이집트의 유명인사들이 파라오 앞에 엎드렸다. 그리고 '왕의 유일한 친구'라고 평가받는 세타우와 아메니가 대왕의 발을 씻겼다. 친구들에 의해 씻겨진 두 발은 물, 땅, 불의 공간을 가리지 않고 어디든지 그를 데려다줄 것이다. 물을 담았던 항아리는, 물을 뿜어내는 단지 모양의 신성문자 '세마(sema)'를 본뜬 것이었는데, 이는 심장과 그것에 연결된 대동맥·대정맥을 상징하는 것으로 '재결합'의 의미를 지니고 있었다. 이 신성한 물로, 파라오는 자신의 백성을 응집시키는 통일자의 존재로 다시 태어나게 될 것이다.

프타 대사제의 훌륭한 진행으로, 제의의 여러 날들이 마치 한식경을 넘지 않은 듯 순조롭게 흘러갔다.

람세스는 몸에 감기는 긴 옷 때문에 천천히 움직일 수밖에 없었다. 그로 인해 신의 제단에 제물을 봉헌하는 그의 자세는 더욱 신중하고 장중하게 이루어질 수 있었다. 바라봄〔凝視〕과 '파라오가 바친 제물'이라는 형식에 힘입어, 그는 음식물들에서 비물질적인 카를 끌어낼 수 있었다. 왕비 역을 맡은 메리타몬, 천상의 암소로 화한 그녀는 왕으로 하여금 별들의 우유를 마시게 하였다. 별들의 우유는 대왕의 몸에서 질병을 쫓아내고 약한 부분을 보완해줄 것이다.

람세스는 각각의 신성의 힘들에 숭배의 예를 올렸다. 이 다양한 창조들은 그의 일체를 이루는 양식이 되었다. 그는 그렇게 각각의 형태에 숨겨져 있는 변치 않는 일체를 정확하게 끌어낼 수 있었으며, 각 조상(彫像)들과 마법의 삶을 교환할 수 있었다.

제의가 시작된 후 3일 동안, 모든 신들이 현존하는 거대한 홀로 행렬들과 기도들과 제물들이 이어졌다. 좁은 계단을 밟아야 이를 수 있는 사당 깊숙이 자리잡은 이곳에서, 신성들은 그 제한된 공간에 자신의 기운이 흘러넘치도록 했다. 의식을 진행하는 제관이 낭송하는 파피루스에 기록된 이야기들에 장단을 맞추듯 북들과 하프, 류트, 피리의 가락이 때로는 경쾌하게, 때로는 고요하게 울려퍼졌다.

때로는 신성의 영혼에 동화하면서, 또는 황소 아피스와 악어 소베크와 대화하면서, 때론 작살을 다루어 하마로 하여금 해코지를 못하게 함으로써, 파라오는 저 너머의 세상과 이집트 백성과의 관계를 엮어나갔다. 대왕의 움직임으로, 눈에 보이지 않는 것들이 눈앞에 현현했으며, 자연과 인간의 어우러짐이 이루어졌다.

곁에 딸린 홀에는 또다른 연단이 세워져 있었는데, 그 위에 나란히 두 개의 왕좌가 마련되어 있었다. 그 위에 이르기 위해, 람세스는 몇 참의 계단을 올라야 했다. 그는 상 이집트의 왕좌에서는 흰색 왕관을, 하 이집트의 왕좌에서는 붉은색 왕관을 썼다. 각 의식의 단계는 이러한 대왕의 양 국면으로 완성되었다. 그것은 동요하는 이원성, 분명히 어느 하나로 환원될 수 없어 보임에도 파라오의 존재 안에서 그 동요가 가라앉는 이원성이었다. 이처럼 두 개의 땅은 서로 섞이지 않은 채 하나가 될 수 있었다. 번갈아 두 왕좌에 앉은 람세스는 때로는 꿰뚫는 시선을 지닌 호루스가 되었고, 때로는 능가할 수 없는 힘의 소유자인 세트가 되었다. 하지만 결국에는 그 두 형제신(호루스는 세트의 형인 오시리스의 아들이자 그의 화신이기 때문에, 두 신을 형제신이라 부른다—역주)을 조화시킨 제삼자로 남왔다.

여러 밤과 여러 낮에 걸친 제의가 막바지에 이르자, 대왕은 긴 아마 옷을 벗고 피라미드 시대의 파라오들이 걸쳤던 전통적인 로인 클로스로 갈아입었다. 허리에는 황소 꼬리가 매달려 있었다.

확인의 시간이 다가온 것이다. 파라오가 과연 신성의 기운들을 스스로에 동화시켰는가, 그가 과연 천상과 대지를 소유할 만한 능력이 있는가를 확인하는 순간이었다.

람세스는 적대적인 두 형제신 호루스와 세트의 비밀을 체험함으로써, 이집트의 계승자를 계시한 신탁을 받을 자격을 갖추게 되었다. 람세스의 손이 귀중하기 이를 데 없는 문서를 담은 가죽주머니 안으로 들어가자, 모두 긴장으로 가슴을 조였다. 두 개의 땅의 주인이기는 하나, 단지 한 인간일 뿐인 그의 손이 과연 초월적인 물건을 잡을 수 있을 것인가?

신들의 언약서를 굳게 쥠으로써, 람세스는 배의 방향을 조종하는 키를 손에 넣었다. 이는 올바른 방향으로 이집트라는 배를 이끌라는 그의 임무를 의미하는 것이었다. 그는 커다란 홀을 성큼성큼 거닐기 시작했다. 그 홀은, 지상에 하늘이 반영되듯이 이집트 전 국토를 닮아 있었다. 네 귀퉁이를 밟으며 네 번의 의식적인 이동이 행해졌다. 하 이집트의 왕으로서, 또 상 이집트의 왕으로서. 그렇게 두 개의 땅이 파라오의 발자취로 인해 변모되었다. 그곳에서의 신들의 지배와 천상적 위계질서의 존재를 확인시킨 것이다. 그를 매개로 하여 이미 사라진 파라오들은 삶을 되찾게 되고, 이집트는 신들의 옥토가 되었다.

람세스가 선언했다.

—달렸노라, 신들의 언약서를 손에 얻었느니라. 지상의 모든 땅을 달렸으며 그 사방의 끝을 느꼈노라. 나의 가슴으로 달렸노라. 대해를 가로질러 달렸으며 하늘의 사방 끝을 만졌느니, 나는 빛이 닿

는 영역 너머에까지 가보았노라. 최고의 비옥한 땅과 삶의 규범을 내리노라.

재생 제의의 마지막 날에는 온 도시와 마을이 환희에 가득 찼다. 람세스가 시험을 이겨냈으며, 통치의 기운을 다시 얻었음이 명백했다. 그러나 새로운 '카'를 얻은 왕이 백성들에게 신들의 언약서를 보여주기 전까지 환호성은 보류되었다.

새벽이 되자, 람세스는 팔걸이가 있는 의자에 자리잡았다. 상하 이집트의 인사들이 그 의자를 들어올렸다. 아메니는 등에 통증을 느꼈지만 자신이 짊어진 부분만큼은 해내었다. 파라오는 사방으로 옮겨져, 각 귀퉁이에서 활시위를 당겼다. 파라오가 계속 통치할 것임을 저 우주에 선포하기 위함이었다.

그리고 왕은 아래 부분이 열두 마리의 사자 머리로 조각되어 있는 왕좌에 올라, 허공을 향해 마아트의 규범으로 모든 악의 기운들을 침묵시킬 것임을 알렸다.

람세스는 선조들에게 예를 올렸다. 보이지 않는 길을 연 그들이 바로 이 왕국의 초석을 세운 것이다. 새로이 신성한 힘을 얻은 람세스를 바라보며 세타우는 기쁨의 눈물을 억제할 수 없었다. 이처럼 위대한 파라오의 영광, 이처럼 위대한 이집트의 영광은 누구도 구현하지 못했었다.

대왕은 시간이 소멸했었던 그 커다란 홀을 떠났다. 그는 기둥들의 홀을 지나 계단을 타고 탑문의 정상에 이르렀다. 두 개의 높은 탑 사이에 그가 모습을 드러냈다. 정오의 태양 아래, 그는 자신의 백성에게 신들의 언약서를 보여주었다.

거대한 함성이 군중들 사이에서 터져나왔다. 그 함성은 그에게 이집트를 통치할 자격이 충분히 있음을 입증해주었다. 그의 말은 생명이며, 그의 행동들은 하늘과 지상을 연결시켜줄 것이다. 나일강은 풍요로울 것이다. 강은 언덕 아래에까지 범람할 것이며, 비옥한 진흙을 가져다줄 것이고, 맑은 물과 많은 물고기들을 선사해줄 것이다. 마치 신성들의 축제이기나 하듯, 행복이 모든 이의 가슴속에 퍼져나갔다. 대왕의 힘으로 먹을 것이 나일 강 유역의 모래알만큼이나 풍성할 것이다. 두 손으로 번영을 빚어내는 람세스를 어찌 위대하다 하지 않을 수 있겠는가?

28

두 달하고 하루.

두 달 동안의 신중하고 세밀한 조사 후의 폭풍의 하루. 세라마나는 경비를 들이는 데 인색하지 않았다. 그의 가장 뛰어난 부하들과 노련한 용병들이 아메니를 미행하고, 그의 거처를 수색하는 데 투입되었다. 세라마나는 그들에게 예고해두었다. 만약 그들이 발각된다면 그는 그들을 부인할 것이다. 만약 그들이 그의 이름을 입 밖에 낸다면, 그는 자신의 두 손으로 그들을 목졸라 죽일 것이다. 물론, 성공할 경우에는 포상휴가와 최고급 포도주를 주겠다는 약속도 덧붙였다.

아메니를 사무실에서 끌어내기란 무척 어려웠다. 그런데 파윰에서의 열병식이 생각지도 않던 기회를 안겨주었다. 그러나 철저한 수색에도 불구하고 얻은 것은 아무것도 없었다. 거의 빈집이나 다름없는 그의 관사에서도, 사무실의 서류함들 속에서도, 책꽂이들, 선반의 뒤켠, 그 어디에도 람세스 대왕의 개인비서는 부정한 어떤 물건도 숨기고 있지 않았다.

아메니는 놀라운 열정으로 밤낮을 가리지 않고 지독하게 일만 했다. 먹기는 많이 먹었지만, 잠은 아주 조금만 잤다. 그를 방문하는 사람들은 고위관료에 속하는 사람들뿐이었다. 서기관이 그들과 나누는 대화도 고작해야 그들의 재산 정도를 물어보거나, 나라에 봉사하고자 하는 그들의 열정을 격려하는 정도였다.

세라마나로부터 조사 결과를 들으면서, 세타우는 자신이 꿈꾼 것이 아닌가 자문해보았다. 하지만 로투스도 분명히 그 거룻배 선장의 입에서 아메니란 이름이 발음되는 것을 듣지 않았던가. 기억 속에서 이 더러운 사실을 지우기란 불가능한 노릇이었다.

세라마나는 수사팀을 해체할 생각이었다. 부하들의 신경이 곤두서 있어서 머지않아 무슨 실수를 저지를 것 같았다.

그런데 폭풍의 그날, 사건이 터지고 말았다. 오후가 시작되자마자 아메니는 자신의 사무실에서 전혀 뜻밖의 방문객을 맞이하고 있었다. 그는 이발도 제대로 하지 않은 상태였으며 애꾸눈에다 무례했고, 얼굴은 그가 얼마나 많은 시련을 겪은 인간인가를 보여주고 있었다.

세라마나의 용병대원 하나가 그를 피-람세스의 항구까지 미행했다. 그의 신원을 확인하기는 어려운 일이 아니었다. 그 역시 거룻배 선장이었다.

세타우가 놀란 표정으로 세라마나에게 물었다.

—자네, 확실한가?

—그 녀석, 항아리들을 싣고 남쪽으로 떠났네. 어쩔 수 없는 결론일세.

도적들의 우두머리, 아메니. 그 누구보다도 행정체계를 잘 알고 있는 그가 자신의 사욕을 위해 지위를 이용했단 말인가…… 아니, 그것만이 아니다. 그 이상의 무언가가 있을 수 있다.

세라마나가 설명했다.

―아메니는 한동안 기다렸네. 그러나 공범들과의 접촉이 불가피했던 거지.

―믿기 힘드네.

―미안하네, 세타우. 하지만 나로서는 이 사실을 람세스 폐하께 알려야만 하네.

람세스는 서판을 읽고 또 읽었다.

> 그대의 발톱을 잊어주시오. 팔을 거두시고 우리에게 삶의 숨을 쉴 수 있도록 약속해주시오. 그대는 세트 신의 아들이지 않소! 세트는 그대에게 히타이트의 땅들을 약속했고, 그 땅들은 그대가 원하는 모든 것을 조공으로 바치고 있지 않소. 그들이 그대의 발 아래 있지 않습니까?

하투실 대왕이 이집트의 파라오에게 보낸 서신이었다.

람세스는 서판을 아메니에게 보여주었다.

―자네가 한번 읽어보게…… 어조가 놀라울 정도로 변하지 않았나?

―평화의 일꾼들이 일궈낸 결과입니다. 푸투헤파 왕비의 영향력이 놀랍군요. 폐하, 이제 공식적으로 그들을 초청하여 히타이트 공주를 이집트 왕비로 청하는 일만 남았습니다.

―내가 인장을 찍을 훌륭한 공식서류를 준비해오게. 아샤의 죽음이 헛되지 않았네. 이건 영광을 받아 마땅한 그의 삶의 업적일세.

—사무실로 달려가 곧 서신을 준비하겠습니다.

—아메니, 아니네. 여기서 하게나. 내 자리에 앉아 저물어가는 마지막 햇살을 느껴보게.

왕의 개인비서는 몸이 경직되었다.

—제가…… 파라오의 자리에…… 절대로 있을 수 없는 일입니다.

—왜, 두려운가?

—당연히 두렵지요! 감히 이 자리에 앉고자 하는 광기에 벼락을 맞은 이들이 있지 않습니까.

—테라스로 올라가세.

—허나, 서신은…….

—서신은 기다려주겠지.

매혹적인 장관이었다. 화려하면서도 고요한, 터키석의 도시가 석양에 스스로를 내맡기며 붉게 타고 있었다.

—그토록 우리가 염원해왔던 평화가 바로 여기, 우리 눈앞에 있지 않은가? 진귀한 과일과도 같은 이 평화를 매순간 음미할 줄 알아야 하네, 그 진정한 가치를 보아야 하지. 그런데 인간이란 언제나 조화를 거스를 생각만 하네. 마치 그 완전함을 참을 수 없다는 듯이 말야. 어째서라고 생각하나, 아메니?

—글쎄…… 저는 잘 모르겠군요, 폐하.

—자네는 한번도 그런 질문을 던져본 일이 없나?

—제게는 그럴 시간적 여유가 없었습니다. 그런 질문들에 답하기 위해 파라오가 존재하고 있지 않습니까.

—세라마나가 내게 말했네.

—말하다니…… 뭘 말씀입니까?

—놀랄 만한 자가 자네 사무실을 방문한 데 대해.

아메니는 전혀 당황한 것 같지 않았다.

—누굴 말씀하시는 거죠?

—자네가 내게 말해줄 수 없나?

서기관은 잠시 생각에 잠겼다.

—그러고 보니 사전약속 없이 찾아와 다짜고짜 통행증을 내달라고 억지 부리던 거룻배 선장이 생각나는군요. 저는 그런 종류의 인간을 맞는 데 영 익숙지 못합니다. 그자는 무슨 말을 횡설수설했는데, 시간에 대지 못한 선부들과 짐들에 대해 얘기했던 것 같습니다…… 보초병들을 불러서야 그자를 밖으로 쫓아낼 수 있었지요.

—그자를 본 것이 그때가 처음이었나?

—처음이자 마지막이지요! 또 볼 일이 있겠습니까? 그런데…… 왜 이런 질문들을?

람세스의 눈길은 세트의 눈처럼 심연을 꿰뚫는 듯했다. 왕의 두 눈이 황혼을 관통하며 활활 타올랐다.

—자네, 내게 거짓말한 적이 있나?

—없습니다, 폐하. 앞으로도 없을 겁니다. 감히 저의 말이 파라오께 서약의 가치를 가지는 것이기를 바라고 있지요.

몇 초 동안 아메니는 숨을 쉴 수 없었다. 그는 람세스가 자신의 진위를 판단하고 있다는 걸 알아차렸으며, 곧 그 결론이 내려지리라는 걸 느꼈다. 그가 모시는 파라오이기 이전에 어린 시절부터의 오랜 친구, 자신의 운명을 가탁해버린 존재, 그런 람세스에게 불신받는다면 그것만으로도 그에게는 충분한 형벌일 터였다. 자신의 생이 지워져버리는 그 순간, 어떤 형벌이 그걸 능가할 수 있겠는가.

파라오는 오른손을 서기관의 어깨 위에 얹었다. 자석과도 같은 은총의 힘이 어깨에 느껴졌다. 서기관은 신에게 감사했다.

—난 자네를 믿네, 아메니.

—사람들이 저에 대해 뭐라고 했길래 그러십니까?

—신전들에 소속된 재물들을 조직적으로 횡령하여 스스로의 욕

심을 채웠다는 혐의일세.

아메니는 까무러칠 뻔했다.

–제가? 부귀영화를 기도했다고요?

–우리에게 할 일이 생겼네. 평화가 가까이에 있네만, 어쨌든 당장은 전략회의를 소집해야겠군.

세타우는 아메니의 품에 몸을 던졌고, 세라마나는 알아듣기 힘든 말로 중얼거리며 변명을 늘어놓았다.

–폐하께서 자네의 혐의를 풀어주신다면야…….

그들의 모습에 아메니가 경악했다.

–자네들…… 날 죄인이라고 믿을 수 있었단 말인가?

세타우가 인정했다.

–우리의 우정을 배반했었네. 하지만 내게는 파라오의 신변을 보호한다는 생각밖에 없었다네.

아메니가 고개를 끄덕였다.

–그렇다면 잘한 행동일세. 만약 자네에게 또다른 의혹이 생긴다면, 주저하지 말게나. 파라오를 보호하는 것은 거역할 수 없는 우리의 의무일세.

–누군가가 아메니로 하여금 대왕의 신임을 잃게 하려 한 수작일세. 아마 세타우가 일망타진한 암거래범들의 주모자겠지.

아메니가 요구했다.

–모든 세부사항을 알고 싶네.

세타우와 세라마나가 지금까지의 수사진행 상황을 얘기했다.

–조직의 우두머리가 내 이름을 팔았단 말이지. 그는 세타우의 코브라가 이미 도적들의 지옥으로 보내버린 거룻배 선장을 이용해서 거짓정보를 퍼뜨려, 나의 인격과 직위에 의혹의 눈길이 쏠리도록 한 걸세. 자네들이 나를 죄인으로 여기게 하는 데는 또다른 선

장의 방문으로 충분했지. 일단 내가 제거된다면 이집트의 행정체계는 상당부분 마비되었을 테고 말야.

람세스가 침묵을 깨고 입을 열었다.

—나의 측근들에게 오명을 씌운다는 건 내가 책임지고 있는 조정을 더럽히는 것이네. 히타이트와의 담판이 걸려 있는 이때, 누군가가 이집트를 약화시키려 음모했던 거야. 이번 사건은 단순한 절도사건이 아니네, 그 이상이야. 가능한 빨리 이 병폐를 막아야 하네.

아메니가 제안했다.

—저를 방문했던 그 선장을 잡는 게 순서일 것 같습니다.

세라마나가 나섰다.

—제가 맡겠습니다. 녀석은 우리를 제 두목에게로 인도해줄 겁니다.

세타우가 말했다.

—나는 세라마나의 지휘 하에 있겠네. 아메니에게 진 빚을 갚아야지.

람세스가 강조했다.

—절대로 실수를 저지르지 말게. 반드시 생각하고 행동하게.

세라마나가 말했다.

—우리테슈프가 관여된 건 아닐까요? 확언컨대 그는 한 가지 생각만 하고 있을 겁니다, 복수 말입니다.

아메니가 반박했다.

—불가능해. 그는 이렇게 조직적인 횡령사건을 도모할 만큼 이집트 행정에 대해 알고 있지 못하네.

람세스 대왕은 친위대장의 추측을 흘려 듣지 않았다. 우리테슈프, 그가 자신을 권력으로부터 물러나게 했던 장본인인 하투실의 딸과 람세스의 혼인을 막기로 작정했다…… 있을 수 있는 얘기였다.

세라마나는 아메니를 바라보며 자기 주장을 굽히지 않았다.

—우리테슈프의 지시에 따라 행동대원들이 움직인 것일 수도 있어.

람세스가 결론을 내렸다.

—자, 토론은 그만하기로 하고, 조속하게 단계를 밟아나가도록 하세. 그리고 아메니는 궁정에 딸린 홀에서 업무를 보도록 하게.

—왜…… 그러시지요?

—자네는 횡령 혐의를 받고 있기 때문이지, 그것도 비밀리에 말야. 적들로 하여금 자신들의 계획이 성공했다고 믿도록 해야 하네.

29

차갑고 거친 바람이 히타이트 제국 철벽의 수도 하투사의 성곽 위를 휩쓸고 지나갔다. 아나톨리아 고원의 가을은 어느 순간 겨울로 변해 있었다. 폭우로 인해 길은 진흙구덩이가 되어버렸고, 상인들은 이동을 포기해야 했다. 하투실 대왕은 추위를 피해 불 옆에서 포도주를 마시며 칩거해 있었다.

조금 전에 도착한 람세스의 서신은 그를 크게 기쁘게 했다. 이제 이집트와의 전쟁은 없을 것이다. 설령 폭력행사가 불가피한 사건이 생기더라도 하투실은 외교적 절차를 우선으로 할 것이다. 히타이트는 수많은 전쟁으로 지쳐버린, 노쇠한 제국이었다. 람세스와의 평화조약이 체결된 뒤 백성들은 평화에 익숙해 있었다.

마침 푸투헤파가 돌아왔다. 왕비는 신탁을 구하기 위해 여러 시간 신전에 머물러 있었다. 아름답고 위엄 있는 위대한 여사제는 자비로운 왕비로 백성들의 존경을 받고 있었다.

하투실이 근심스러이 물어보았다.

—새로운 소식이 있소?

—안 좋아요, 악천후가 더 심해지고 기온은 더 낮아질 거예요.

—나는 당신에게 알릴 좋은 소식이 있소!

대왕은 피-람세스로부터 온 파피루스를 펼쳤다.

—람세스가 결국 동의했군요?

—그는 재생 제의를 성공적으로 마쳤다더군. 메리타몬과의 결혼은 의식을 위한 상징적인 것이었다오. 우리의 존경하는 형제, 파라오가 우리 공주와 혼인키로 동의한 거요. 두 개의 땅의 여주인 이집트의 왕비라…… 나는 결코 이 꿈이 실현되리라고는 생각지 않았소.

푸투헤파가 미소지었다.

—당신, 람세스 앞에서 겸손해졌군요.

—당신의 의견을 따른 것이오…… 당신의 현명한 판단을 말이지. 말이란 중요한 것이 아니오. 근본적인 사실은 우리들이 목표에 도달한다는 것이오.

—그런데 불행하게도 하늘은 우리의 뜻과는 다른 방향으로 가고 있어요.

—날씨 말인가? 날씨는 좋아질 거요.

—신성들은 비관적이랍니다.

—우리가 공주를 보내는 데 지체한다면, 람세스는 우리가 무슨 수작을 부리는 거라고 의심할 거요.

—어쩌시려구요?

—그에게 진실을 말하고 도움을 청하는 거요. 이집트의 마법사들은 굉장하오. 그들이 장애들을 제거하고 길이 열리게 해줄 거요. 우

리의 존경하는 형제에게 당장 편지를 씁시다.

준엄해 보이는 각진 얼굴, 바짝 밀어버린 머리, 관절염으로 인해 걸음이 불편한 카 대사제는 사카라의 공동묘지를 거닐고 있었다. 그는 살아 있는 인간들의 세상에서보다, 죽은 이들의 세상인 이곳에서 더 안정감을 느꼈다. 프타 대사제이자 람세스의 장남인 그는 옛 수도 멤피스를 거의 떠나지 않았다. 그는 피라미드 시대에 매혹돼 있었다. 그는 기자 언덕의 세 석상과 케오프스, 케프렌, 미케리노스가 건설한 피라미드들을 오랫동안 바라보곤 했다. 태양이 그 절정에 이르면, 흰 석회로 뒤덮인 석상의 얼굴에 반사된 햇빛이 묘지와 정원과 사막을 비추어주었다. 세상의 아침, 시원의 대양으로부터 솟아오른 태초의 돌을 상징하고 있는 피라미드들은 또한 태양의 빛이 뭉친 것이기도 했으며, 그 안에는 소멸하지 않는 기운이 간직돼 있었다.

카는 한 가지 진리를 깨달았다. 각각의 피라미드는 그가 고문헌들 속에서 찾고 있었던 위대한 지혜의 경전을 이루는 하나하나의 글자들이었던 것이다.

그러나 대사제는 걱정거리가 있었다. 드제제르의 계단식 피라미드 가까이에 있는 우나스 왕의 피라미드, 제5왕조 말기에 지어져 천 년이 넘는 세월을 버텨온 그 유적은 지금 심한 몸살을 앓고 있었다. 피라미드 외벽의 돌 몇 개를 교체하는 보수작업이 불가피해 보였다.

이곳, 사카라에서 카는 조상들의 영혼과 대화했다. 그는 영원이 깃들인 사당들 안에 머물면서, 기둥들에 새겨진 신성문자들을 읽었다. 그 문자들은 저 세상에서의 아름다운 길들을 얘기하고, '올바른 목소리'를 지닌 자들, 마아트의 규범에 일치하는 삶을 사는 이들의 행복한 운명을 전하고 있었다. 이 기록들을 읽음으로써, 카는 묘지의 주인들, 침묵의 땅에 거주하는 이들에게 다시금 생명을 주었다.

프타 대사제는 우나스의 피라미드를 한 바퀴 둘러보았다. 그때 그는 그의 아버지가 다가오는 것을 보았다. 람세스, 그는 예언자들에게 가끔씩 나타나는, 바로 이 빛의 영혼들과 닮아 있지 않은가?

—어떤 계획들을 갖고 있느냐, 카?

—우선 긴급한 보수를 요하는 고대 피라미드들의 복구를 서둘러야 합니다.

—토트의 서(書)는 찾았느냐?

—단편들뿐입니다만…… 끈질기게 찾아볼 생각입니다. 사카라에는 너무나 많은 보물들이 있어서, 제가 아주 오래 살아야 할 정도입니다.

—너는 이제 겨우 서른여덟 살이다. 프타 호텝은 자신의 잠언집을 완성하기 위해 백십 세까지 기다리지 않았더냐?

—이곳에서는, 아버님, 영원은 인간들의 세월을 양식으로 삼는답니다. 인간들의 세월을 생명이 깃든 바위들로 바꾸지요. 이 사당들, 신성문자들, 위인들 모두 생명의 비밀을 숭배하여 그것에 스스로를 바치고 있습니다. 그 모든 것이 우리의 가장 뛰어난 문명으로 남아 있지요.

—아들아, 너는 종종 나라의 일을 생각하느냐?

—아버님이 잘 통치하고 계시잖습니까?

—세월은 흐르는 거란다, 카야. 나 역시 침묵의 나라로 떠나게 될 거다.

—대왕 폐하께서는 이제 새로 태어나셨습니다. 3년 후에 제가 다시 재생 제의를 준비하지요.

—너는 행정이나 경제, 군대에 대해서는 모르겠지…….

—그런 종류의 일에는 아무런 흥미도 없습니다. 의식의 엄격한 행사가 바로 우리 사회의 근본이 아닙니까? 백성의 행복은 거기에

달려 있습니다. 날이 갈수록 그 일이 제가 몸 바쳐야 할 일이라 느낍니다. 아버님은 제가 원치 않는 길로 들어서기를 바라지 않으시겠죠?

람세스는 시선을 들어 우나스 피라미드의 정상을 올려다보았다.

—가장 높은 것, 가장 근본적인 것을 추구하는 것이 바로 올바른 길을 가는 것이지. 허나 파라오는 때로 저 아래로 내려가 나일 강을 말라붙게 하고, 거룻배들을 파괴하려는 괴물들과 싸워야 한다. 파라오가 이처럼 끊임없는 전투에 몸을 내맡기지 않는다면, 사람들이 무슨 의식을 거행하겠느냐?

카는 천 년이 넘은 바위를 만져보았다. 마치 바위가 자신에게 영감을 불어넣어주기라도 하는 것처럼.

—파라오를 위해 제가 할 수 있는 일이 무엇입니까?

—히타이트 대왕이 자신의 공주를 나와 혼인시키기 위해 이집트로 보내려 한다. 그런데 지금 아나톨리아의 날씨가 험악해서 호위대의 출발이 불가능하다는구나. 하투실은 우리의 마법사들이 뭔가를 해주길 요구해왔다. 신들에게 좋은 날씨를 부탁드려달라는 게다. 그를 만족시킬 기원문을 찾아오렴. 되도록 빨리.

거룻배 선장 레렉은 어디에서도 자신을 재워줄 사람을 찾지 못했다. 그는 대장이 시키는 대로, 창백한 안색의 서기관을 찾아가 두서없는 말을 떠들어대고, 아시아인 구역에서 숙식을 해결할 수 있었다. 상당한 보수도 받았다. 나일 강에서 석 달 동안 노질을 해서 번 것보다 훨씬 나았다. 레렉은 다시 대장을 찾았다. 대장은 레렉이 한 일에 꽤나 만족한 듯했다. 뭔지는 모르지만, 기대했던 결과를 본 모양이었다. 그런데 대장은 레렉에게 외모를 바꾸라고 요구해왔다. 수염과 수북한 털에 감싸인 피부를 자랑으로 여겨왔던 레렉은 거부하고 싶었으나, 그의 밥줄이 걸려 있는 문제였다. 대장은 레렉이 말끔하게 면도하고 오면 남쪽 지방에 새로운 일거리를 주겠다고 약속했다. 경찰들은 그의 종적을 찾지 못할 것이다.

레렉은 작은 집에서 잠으로 하루를 보냈다. 물지게꾼이 지날 때, 주인여자가 마늘과 양파를 넣은 과자를 들고 와서 그를 깨웠다. 그가 좋아하는 음식이었다.

―이발사가 저기 작은 광장에 왔수.

선장은 늘어지게 기지개를 켰다. 면도하고 나면 계집들을 꼬시기가 좀 힘들어질 거다. 사나이다운 풍모를 유지하고 싶었지만, 하는 수 없었다.

레렉은 과자를 씹으며 창문 밖을 내다보았다.

작은 광장에 이발사가 네 기둥을 박고, 그 위에 햇빛을 막기 위한 차양을 치고 있었다. 그 아래 두 개의 간이의자가 있었는데, 낮은 것은 손님용이고 좀 높은 것은 이발사용이었다.

열댓 명이 기다리고 있었다. 셋은 주사위놀이를 하고 있고, 나머지는 담벼락에 등을 기대고 앉아 있었다. 저 사람들의 이발이 끝나려면 한참은 걸릴 것 같았다. 레렉은 다시 누워 잠이 들었다.

주인여자가 그를 흔들었다.

―어서 내려가보우! 댁이 마지막이오.

반쯤 감긴 눈으로 선장이 계단을 내려갔다. 그는 초라한 집을 빠져나와 차양 아래의 간이의자에 앉았다. 의자가 그의 무게로 삐걱거렸다.

이발사가 물었다.

―어떻게 해드릴까?

―턱과 뺨의 수염을 모조리 면도해주시우.

―이 보기 좋은 수염을 말이오?

―내 맘이오.

—요금은 어떻게 지불하겠소?

—파피루스로 만든 샌들.

—이건 좀 힘든 일인데…….

—맘에 안 들면 그만두구려, 딴 데 가보지.

—아뇨, 아뇨…….

이발사가 비누거품을 낸 물로 얼굴을 적시자, 레렉은 눈을 감았다. 솜씨 자랑이라도 하듯 왼쪽 뺨을 따라 유연하게 미끄러지던 면도날이 갑작스럽고도 정확한 손놀림으로 레렉의 목에서 멈추었다. 레렉은 놀라 눈을 떴다. 이발사의 얼굴이 바뀌었다. 이발사는 한쪽에서 떨고 있고, 웬 험상궂은 자가 자신을 노려보고 있었다.

—도망치거나 거짓말을 하면 네놈의 목을 따버리겠다, 레렉.

—당신…… 당신 누구요?

세타우가 그의 얼굴에 약간의 상처를 냈다. 피가 선장의 가슴으로 흘러내렸다.

—대답을 거부하면 당장에 네놈을 죽일 사람이다.

—뭘 알고 싶으시오?

—팔 안쪽에 흉터가 있는, 갈색 눈의 거룻배 선장을 알고 있나?

—예…….

—셰리 부인은 알고 있나?

—예, 그 부인을 위해서 일을 했습죠.

세타우는 운이 좋았다. 며칠간의 탐문수사 끝에 레렉의 거처를 알아냈는데, 이렇게 좋은 기회를 만난 것이다.

—도적질 말이지?

—그냥 거래 좀 했습죠.

—네놈들 대장이 누군가?

—이름이…… 아메니라고 했습니다.

—나를 그가 있는 곳으로 안내해라.

30

프타 대사제 카가 람세스 앞에 출두했다. 카의 진지한 얼굴은 가벼운 미소로 빛나고 있었다.

―3일 밤낮을 헬리오폴리스 생명의 집의 도서관을 뒤져, 악천후를 물리칠 비서(秘書)를 찾아냈습니다, 폐하. 히타이트의 하늘을 지배하는 악천후는 세크메트 여신이 보낸 사자들이 원인이었습니다. 그들이 대기 중에 독취를 퍼뜨려, 태양이 구름층을 뚫지 못한 겁니다.

―어떻게 대처해야 하나?

―쉬지 않고 가능한 오래 기도하면서 세크메트 여신을 달래야 합니다. 세크메트 여신이 아시아로 보낸 사자들을 불러들인다면, 하늘이 다시 밝아질 겁니다. 세크메트 신전의 사제와 여사제들이 이

미 기도를 시작했습니다. 그들의 정성스런 찬송과 제의가 하늘에까지 닿으면 곧 좋은 결과가 나타날 겁니다.

카가 물러나려는 순간, 메렌프타가 뛰어들어왔다. 형제는 서로 인사를 나눴다.

대왕은 자신의 아들들을 바라보았다. 그들은 서로의 부족한 부분을 보완하듯이 완전히 다른 품성을 지니고 있었다. 이제트가 낳은 카와 메렌프타, 그들은 람세스를 실망시키지 않았다. 카가 통치에 필요한 사유들의 고양에 힘쓰고 있다면, 메렌프타는 명령을 내리는 힘을 지니고 있었다.

네페르타리가 낳은 메리타몬은 람세스의 재생 제의가 끝난 뒤 테베로 돌아갔다. 그곳에서 그녀는 세티의 사당에 있는 왕가의 조상들과, 람세스의 영원의 신전에 있는 조상들에 생기를 불어넣는 제의를 주재하고 있다.

파라오는 자신에게 이처럼 보기 드문 자식들을 내려준 신들에 감사했다. 이들 셋 모두 각자의 방식으로 이집트 문명의 정신을 창달하고 있었으며, 스스로의 영광보다는 마아트 규범의 가치를 더 중요하게 여기고 있었다. 네페르타리와 이제트는 평화롭게 쉴 수 있으리라.

메렌프타가 왕 앞에 허리를 굽혔다.

—부르셨습니까, 폐하.

—히타이트 공주가 하투사를 떠나 피-람세스로 출발할 준비가 되었다고 한다. 그녀는 이집트의 왕비가 될 것이다. 이 결합은 이집트와 히타이트의 항구적 평화를 약속한다. 이 결합을 시기하여 음모를 획책할 어둠의 무리가 있을지도 모른다. 메렌프타, 네 임무는 공주의 신변을 보호하는 데 있다. 공주가 히타이트 땅을 벗어나 우리의 보호령 내로 들어오는 즉시, 그녀의 안전을 책임지도록 하라.

—저를 믿어주십시오, 폐하. 제게 병력을 얼마나 배치해주시겠습

니까?

—필요한 만큼.

—군대는 동원하지 않겠습니다. 이동이 너무 느리기 때문입니다. 그곳 지역의 정보에 밝고 전투경험이 풍부한 전사 백여 명만 무장시키겠습니다. 잘 달리는 말과 유능한 전령 몇 명도 준비하겠습니다. 공격이 있을 경우 적절히 대응할 터이지만, 폐하께 즉시 전령을 보내드리겠습니다. 전령이 지체될 경우에는 가장 가까운 요새에 구원을 요청할 수 있을 겁니다.

—이 일은 매우 중요하다, 메렌프타. 평화를 지키는 일이다.

—아버님을 실망시키지 않겠습니다.

아침부터, 홍수가 하투사를 강타했다. 도시의 낮은 부분은 침수의 위협을 겪고 있었다. 공포가 깔리기 시작했다.

왕비 푸투헤파가 나섰다. 히타이트의 사제들이 폭우의 신에 자비를 구하고 있으며, 이집트의 마법사들에게도 도움을 요청했다는 푸투헤파의 연설이 백성들을 안심시켰다. 몇 시간이 지나자 비가 그쳤다. 두터운 구름은 가시지 않았으나 남쪽으로부터 가는 빛살이 나타났다. 이제 공주의 출발을 서둘러야 했다. 왕비는 딸의 처소로 향했다.

스물다섯의 그녀는 아나톨리아인 특유의 야성적인 아름다움을 지니고 있었다. 탐스러운 금발에 아몬드 같은 검은 눈동자, 끝이 뾰족한 섬세한 코, 진줏빛 피부에 비교적 큰 키, 머리를 쳐든 꼿꼿한 자태는 높은 가문의 딸다웠다. 그녀의 섬세한 몸짓에서는 금방 품에 안길 듯한, 달아나려는 듯한 느낌이 동시에 읽혀졌다. 그녀를 본 사내 중에 그녀를 꿈꾸지 않은 사람이 없었다.

푸투헤파가 말했다.

—날씨가 나아지고 있단다.

공주는 손수 긴 머리를 손질하고 향수를 뿌렸다.

—그럼 이제 떠날 준비를 해야 하나요?

—두려우니?

—반대예요! 파라오와 결혼하는 최초의 히타이트 여인이 된다는 것, 게다가 히타이트에 타오르던 전쟁의 불꽃을 꺼뜨린 위대한 람세스…… 제가 아무리 황당한 꿈을 꾼다 해도, 어떻게 이런 굉장한 운명을 상상할 수 있었겠어요?

푸투헤파는 놀랐다.

—우리는 영원히 이별하는 거란다. 너는 네 조국을 다시는 볼 수 없을지도 모른다…… 이런 사실들이 마음 아프지 않니?

—저는 한 여인이에요, 어머니. 람세스와 결혼하고, 신들의 사랑을 받는 땅에서 살게 될 텐데요. 호화로운 궁정을 지배할 거고, 전대미문의 사치를 누리게 될 거예요. 비할 데 없는, 매력적인 풍토를 맛볼 거예요. 그리고 또 뭐가 있을까…… 그래요, 람세스와 결합한다는 것만으로는 만족스럽지 않아요.

—무슨 말을 하고 싶은 거냐?

—그를 유혹하고 싶어요. 파라오는 저를 염두에 두고 있지 않아요. 아마도 외교와 평화만을 생각하고 있겠죠. 제가 평화를 약속하는 조약서의 한 구절에 지나지 않는다는 걸 알아요! 하지만 그로 하여금 생각을 바꾸게 하겠어요.

—너는 낙담할지도 모른다.

—제가 못생기고 어리석은가요?

—람세스는 청년이 아니야. 어쩌면 네게 눈길조차 주지 않을지도 모른다.

—제 운명은 제 것이에요, 누구도 저를 도와줄 수 없어요. 제가 람세스를 정복할 수 없다면, 이 유배가 제게 가져다주는 것이 뭐죠?

—너의 결혼이 두 나라의 평화와 번영을 보장할 거다.

—저는 하녀도 은둔자도 아니에요, 위대한 왕의 부인이죠. 람세스는 제 출신을 잊게 될 거고, 저는 그의 곁에서 지배할 거예요. 모든 이집트인들이 제게 굽실거릴 거예요.

—그렇게 되기를 바라마, 내 딸아.

—그것이 제 의지예요, 어머니. 어머니보다 결코 못하지 않아요.

강렬하지는 않았지만 해가 다시 나타났다. 여전히 바람과 냉기를 동반한 겨울이 군림하고 있었지만, 이집트로 향하는 장정이 시작될 것이다. 푸투헤파는 진정으로 딸과 속내얘기들을 주고받고 싶었다. 그러나 미래의 람세스 부인은 이미 스스로의 세계 안에서 이방인이 되어 있었다.

라이아는 흥분을 가라앉힐 수가 없었다.

우리테슈프와의 의견대립으로 격렬한 언쟁을 벌였지만, 끝내 결론을 보지 못하고 헤어졌다. 우리테슈프는 히타이트 공주의 이집트 입성이 람세스에게 해를 끼치는 데 이용될 수 있을 거라 생각했다. 하지만 라이아는 이 결혼이 람세스에 반대하는 무리들의 마지막 기대마저 질식시켜버릴 거라고 주장했다.

하투실은 람세스의 수에 넘어가 이집트 정복의 꿈을 포기했다는 게 라이아의 생각이었다. 라이아는 오랜 세월 람세스에 대한 적의를 키우며 살아왔다. 람세스에 대한 증오, 그것이 그의 지상의 양식이었다. 람세스의 수염을 뽑고, 그의 옷을 갈가리 찢어 색색의 머리띠를 만들고 싶었다. 도처의 신전을 자신의 석상으로 장식해놓은 이 파라오를 쓰러뜨리는 일이라면, 그 어떤 위험도 무릅쓸 준비가 되어 있었다. 그렇다, 람세스가 신이 아닌 이상, 언제까지나 자신의 계획대로 모든 일을 성사시키지는 못할 것이다!

우리테슈프는 편안함과 쾌락에 빠져 정신이 잠들어버렸다. 하지만 라이아 자신은 전투감각을 잊지 않았다. 람세스도 인간에 불과하다. 강력하고 정확하게 쉬지 않고 가격한다면 그도 쓰러지게 될 것이다. 당장 급한 것은 히타이트 공주가 이집트에 도착하지 못하도록 막는 일이다.

우리테슈프와 히타이트 친구들에게는 알리지 않고 일을 진행해야 했다. 그는 호전적인 리비아 부족을 이끄는 말피의 도움으로 공격을 준비했다. 말피는 람세스의 아들 메렌프타가 이집트의 호위대 대장이라는 사실을 알고 침을 삼킬 것이다. 미래의 람세스 왕비인 히타이트 공주와 람세스의 차남을 동시에 제거한다, 이 얼마나 멋진 타격인가!

호위대원 누구도 살려두지 않을 것이다. 람세스에게는, 자존심이 상한 일부 히타이트 군이 평화에 반대하여 분기한 것으로 믿게 해야 한다. 히타이트의 무기들 몇 개를 현장에 남겨놓아야 하고, 히타이트 군 복장을 한 민간인 시체도 몇 구 방치해야 한다. 틀림없이 치열한 전투가 될 것이다. 리비아인들도 희생자가 생기겠지. 하지만 말피는 포기하지 않을 것이다. 그에게는 얼마나 오랫동안 기다려온 기회인가. 난폭하고 피비린내 나는, 그러나 승리를 약속하는 전투에 대한 상상이 그의 정열을 불태우리라.

하투실은 딸을 잃을 것이고, 람세스는 아들을 잃을 것이다. 그리고 두 대왕은 복수심으로 인해 전보다 더 매서운 갈등 속에 만나게 될 것이다. 긴장을 가라앉힐 아샤도 이제 없다. 우리테슈프는 일이 성사된 후 나타나겠지. 그는 자신의 실수를 인정하고 협조하거나, 아니면 제거될 것이다. 라이아는 이집트를 안에서부터 갉아먹을 생각을 잊지 않았다. 람세스에게 휴식의 날이란 주어지지 않을 것이다.

누군가 창고문을 두드렸다. 이곳은 라이아가 가장 값진 화병들을 놓아둔 창고였다. 이 늦은 시간에 손님이 방문할 리도 없었다.

—누구냐?

—선장 레렉입니다.

—여기서는 너를 보고 싶지 않다!

—조금 곤란한 문제가 있었습니다. 어떻게 빠져나오기는 했지만입쇼…… 대장님께 급히 전할 말이 있어서…….

라이아는 문을 살짝 열었다.

그가 문틈으로 내다보기가 무섭게, 등을 사납게 떠밀린 선장이 그를 덮쳐왔다. 라이아는 바닥으로 나가떨어졌다. 세라마나와 세타우가 창고 안으로 뛰어들었다.

세라마나가 라이아를 가리키며 선장에게 물었다.

—이 자의 이름이 뭐라고?

—아메니예요.

레렉의 손에는 나무로 된 수갑이 채워져 있었고, 발목은 밧줄로 꽁꽁 묶여 있었다. 라이아는 재빨리 창고 바닥의 어둠을 틈타, 도마뱀처럼 살금살금 기어 지붕으로 향하는 계단을 올라갔다. 운이 좋았다. 지붕으로 올라선 그는 안도의 한숨을 내쉬었다.

지붕 끄트머리에 웬 여자가 서 있었다. 예쁘장한 누비아 여인이 그를 매서운 눈초리로 쳐다보고 있었다.

—멀리 못 갈걸.

라이아는 오른쪽 소매 안에서 단도를 끄집어냈다.

—비켜, 아니면 널 죽인다.

그가 팔을 휘두르며 달려드는 순간, 얼룩무늬 독사가 그의 오른쪽 발뒤꿈치를 물었다. 단도가 툭 떨어졌다. 그는 계단 모서리에 심하게 몸을 부딪치며 중심을 잃고 아래로 떨어졌다.

세라마나는 바닥에 떨어진 시리아 상인을 굽어보고는 고개를 저으며 혀를 찼다. 라이아는 목이 부러져 죽어 있었다.

31

애인의 왕성한 정력에 도취된 타니트 부인은 우리테슈프의 억센 가슴 위에 널브러져 있었다.

—한 번만 더 해줘, 응?

히다이트인은 기꺼이 응했을 것이다. 하지만 발자국소리가 그의 주의를 끌었다. 그는 여인을 밀치며 자리에서 일어나 단검을 뽑아 들었다.

누군가 침실문을 두들겼다.

—누구냐?

—집사입니다.

타니트 부인이 벌컥 화를 내었다.

—방해하지 말라고 했잖아!

—주인어른의 친구분께서…… 아주 급하다고 해서…….

여인은 우리테슈프의 팔목을 붙잡았다.

—함정일 거예요.

—내 몸은 내가 방어할 수 있어.

우리테슈프는 정원에서 주위를 두리번거리며 서 있는 히타이트인을 불렀다. 영광스럽게도 전 총사령관의 부하가 된 히타이트인은 낮은 목소리로 우리테슈프에게 무언가를 보고하고 물러갔다.

애인이 침실로 돌아오자, 타니트 부인은 벌거벗은 몸으로 그의 목을 끌어안고 키스를 퍼부어댔다. 하지만 그의 몸이 차갑게 식은 걸 느낀 그녀는 곁으로 물러나 신선한 포도주 한 잔을 내놓았다.

—무슨 일이에요?

—라이아가 죽었어.

—사고인가요?

—세라마나를 피하려다가 지붕에서 떨어졌다는군.

여인의 얼굴이 하얗게 질렸다.

—그 저주받을 사르디니아놈! 아니…… 그자가 당신한테까지 추적해오는 건 아닌가요?

—그럴지도 모르지.

—달아나요! 당장 달아나야 해요!

—그건 안 돼. 세라마나는 우리가 아주 사소한 실수라도 저지르기를 기다리고 있어. 라이아가 입을 뗄 시간조차 없었다면 나는 안전해. 그 시리아놈이 사라진 건 오히려 희소식이야…… 그는 냉정함을 잃기 시작했었어. 이제 나는 더이상 그자가 필요치 않아. 리비아인들과 직접 접촉하고 있으니까.

—우리…… 그냥 행복하게 살면 안 되나요?

우리테슈프는 난폭하게 타니트의 젖가슴을 주물렀다.

—계속 얌전하고 조용한 아내로 남아 있으면 돼. 그러면 내가 행

복하게 해주지.

그가 게걸스레 그녀를 삼키기 시작하자, 이내 몸이 젖어든 타니트는 뜨거운 탄성을 지르며 넋을 잃었다.

사냥꾼들은 테총에게 짐승가죽을 내밀었다. 리비아인 테총은 자기가 직접 재료를 골랐다. 그는 자신의 판단만을 믿었다. 그의 엄격한 기준에 의해 대부분의 물건들은 딱지를 맞았다. 그날 아침에도 그는 질 나쁜 가죽을 가져온 두 명의 사냥꾼에게 면박을 주었다.

갑자기 누군가가 그의 발치에 화려한 줄무늬가 깔린 외투 한 벌을 던졌다. 세라마나였다.

—이걸 알아보겠지?

세라마나를 보자마자 속이 뒤틀린 리비아인은 손으로 그의 둥근 배를 감싸쥐었다.

—이…… 이건 어디에나 흔한 옷입니다.

—자세히 살펴봐.

—확실합니다…… 별다른 점이…….

—내가 도와줄까? 자넨 내게 별로 호의적이지 않지만 말일세. 이 외투는 시리아 상인 라이아의 것이야. 마음이 평온한 적이 없던 말썽 많은 놈이었지. 나한테서 도망치려다 죽고 말았네. 첩자였던 그의 과거가 다시 문세가 되었다, 이런 말씀이야. 나한테는 한 가지 확신이 있네. 자네들은 서로 친구였어. 아니, 공범이라고 해둘까?

—저는 그자를 만난 적이…….

—내 말을 중단시키지 마, 테총. 나는 증거를 갖고 있진 않아. 하지만 나는 죽은 라이아와 자네, 그리고 우리테슈프가 파라오에 대항하는 어떤 조직에 관련되어 있다고 확신해. 라이아의 죽음은 하나의 경고야. 만일 자네의 다른 동료들이 계속 왕을 해치려는 음모를 꾸민다면, 그들은 모두 라이아처럼 끝장날 게야. 이제, 자네에게

서 내 몫을 받아야겠는데…….

—댁으로 가죽방패와 고급 샌들을 보내드리겠습니다.

—시작은 괜찮군…… 그리고 나한테 말해줄 이름이 있을 텐데?

—리비아인들 쪽에서는 모든 게 조용합니다, 나리. 그들은 람세스 대왕의 권위를 인정하고 있어요.

—그들이 계속 그러길 바라겠네. 다음에 보자구, 테촘.

세라마나의 말이 멀어지자마자, 리비아인은 두 손으로 배를 움켜잡고 변소로 달려갔다.

하투실 대왕은 그의 아내 푸투헤파와 의견을 달리했다. 평상시 왕비는 남편의 현명함과 그 통찰력을 높이 평가했다. 하지만 이번엔 격렬한 논쟁이 그들을 갈라놓았다. 푸투헤파가 고집했다.

—람세스에게 공주의 출발을 미리 알려야만 해요.

대왕이 완강하게 반박했다.

—안 돼. 이 상황을 이용해서 반도들이 우리에게 대항할 능력이 있는지 알아볼 필요가 있소.

—우리에게 대항한다고요? 공주와 그 호위대를 말씀하시는 건가요? 당신은 당신 딸을 미끼로 쓸 생각을 하고 있다는 것을 알고나 있어요?

—공주는 전혀 위험하지 않소, 푸투헤파. 공격이 있을 경우 히타이트의 최정예 병사들이 우리 딸을 보호하고 반도들을 전멸시킬 거요. 그렇게 해서 우리는 두 마리의 토끼를 잡게 되는 거지. 우리 정책에 반대하는 세력의 잔당들을 일소하고, 람세스와의 평화를 굳히는 거요.

—내 딸은 어떤 위험도 겪어서는 안 돼요.

—나는 결정을 내렸소. 공주는 내일 떠날 것이오. 람세스는 공주가 히타이트를 떠나 이집트 보호령의 경계에 이르러서야, 그의 미

래의 아내가 오고 있다는 사실을 알게 될 것이오.

육중한 갑옷에 위협적인 투구를 쓴 히타이트 장교들과 병사들에 둘러싸인 공주는 얼마나 연약해 보이는가! 공주를 호위하게 될 정예부대는 새로운 무기로 무장하고 젊고 건강한 말들을 배당받았다. 그 어떤 적도 그들에게 대항할 수 있을 것 같지 않았다.

하투실 대왕도 자기 딸이 위험할지도 모른다는 사실을 알고 있었다. 하지만 이런 기회는 다시 없을 것이다. 일국의 왕은 무릇 자기 가족을 희생시키는 한이 있더라도, 권력을 중시해야 하지 않는가?

전차들에는 공주의 지참금과 금과 은, 동, 포목, 보석 등 람세스 대왕에게 보내는 선물이 실려 있었다. 파라오가 각별한 반응을 보일 선물도 있었다. 열 마리의 훌륭한 말들이었다. 파라오는 직접 그 말들을 돌볼 것이고, 말들은 차례로 돌아가며 그의 전차를 끄는 영광을 누리게 될 것이다.

하늘은 아주 맑았다. 기후도 예년과 달리 더웠다. 겨울 외투를 입은 병사들은 숨이 막혔고 땀을 흘렸다. 2월에 갑작스런 여름철 날씨였다. 그러한 기상이변은 오래 계속되지 않을 것이었다. 필경 몇 시간 내에 비가 내릴 것이고, 저수조들은 가득 차게 될 것이다.

공주는 아버지 앞에 무릎을 꿇었다. 그는 딸에게 약혼의 기름을 발라주었다. 그가 말했다.

—람세스는 자신이 직접 혼례의 도유식(塗油式)을 거행할 것이다. 잘 가거라, 이집트 왕비여.

호위대가 움직이기 시작했다. 공주가 탄 전차 뒤에 똑같은 크기에 편안하게 꾸며진 전차 한 대가 뒤따랐다. 그 전차의, 가벼운 나무로 만든 옥좌 위에는 왕비 푸투헤파가 앉아 있었다.

그녀가 대왕 앞을 지나치며 말했다.

—저도 공주와 함께 가겠어요. 국경까지 동행할 거예요.

적대적인 산들, 가파른 길, 음험해 보이는 협곡들, 적이 숨어 있기 좋은 울창한 숲…… 왕비 푸투헤파는 자신의 나라에 대해 공포감을 느꼈다. 병사들은 경계를 늦추지 않을 것이고, 그들의 숫자에 어떤 적도 함부로 덤벼들지 못할 것이었다. 하지만 히타이트는 오랫동안 피비린내 나는 집안싸움의 무대였다. 우리테슈프나 혹은 그런 부류의 인간이 히타이트와 이집트의 평화의 상징인 공주를 죽이려 시도하진 않을까?

가장 고통스러운 것은 겨울답지 못한 날씨였다. 겨울에 대비한 병사들의 몸은 느닷없는 강렬한 태양과 건조한 공기를 감당해야 했다. 피로가 누적되어가고 점점 더 견디기 힘든 여행이 되었다. 푸투헤파는 호위대의 경계가 느슨해지고 장교들이 힘을 잃어가는 것을 알아차렸다. 과연 저들이 혹여 있을지도 모르는 대규모의 공격에 대항할 수 있을까?

공주는 전혀 두려울 게 없다는 듯 태연자약한 모습이었다. 그녀는 자신의 목적지에 닿겠다는 야성의 본능으로 호기롭게 길을 인도하고 있었다.

소나무 잎이 바스락거리거나 급류의 물소리가 사람들의 발소리처럼 들려올 때마다 푸투헤파는 소스라치게 놀라곤 했다. 반도들이 숨어 있지는 않은가? 그들이 혹 있다면 어떤 전략을 구사할 것인가? 히타이트 왕비는 밤에도 제대로 눈을 붙이지 못하고 수상쩍은 소리가 들리지 않나 귀를 기울였고, 낮에는 숲이나 가파른 비탈, 그리고 강가 등을 살피느라 정신이 없었다.

공주와 왕비는 거의 대화를 나누지 않았다. 푸투헤파의 딸은 침묵에 잠긴 채, 그녀의 지난 삶과의 모든 접촉을 거부하고 있었다. 그녀에게 있어, 이제 히타이트는 죽고 없었다. 그녀의 미래는 오직 람세스였다.

더위와 갈증으로 완전히 녹초가 된 호위대는 카데슈를 지나 시리아 남부의 국경지대 아야에 당도했다. 그곳, 파라오가 통제하는 보호령의 변경에 이집트의 요새가 세워져 있었다.

궁수들이 감시구에 배치되고 커다란 성문이 서둘러 닫혔다. 요새의 수비대는 적의 공격이라고 믿었다. 전차에서 내린 공주는 미처 제지할 틈도 없이, 람세스에게 보내는 말들 중 한 마리에 올라탔다. 그녀의 어머니와 히타이트 호위대장이 놀라서 쳐다보는 가운데, 그녀는 요새를 향해 거침없이 달려가 성벽 아래 멈춰 섰다. 이집트 궁수들도 긴 머리를 휘날리며 단기로 달려오는 그녀에게 활을 당기지 않았다.

그녀가 외쳤다.

—나는 히타이트 대왕의 딸이자 미래의 이집트 왕비다. 람세스 대왕께선 우리의 결혼식을 올리기 위해 나를 기다리고 계시다. 그대들은 예를 갖춰 나를 맞아야 할 것이다. 아니면 파라오의 분노가 불길처럼 일어나 그대들을 태워버리리라.

요새의 사령관이 모습을 나타냈다.

—뒤에 군대가 있지 않습니까!

—군대가 아니오. 내 호위대요.

—저 히타이트 전사들은 위험합니다.

—그렇지 않아요, 사령관. 나는 진실을 말하고 있어요.

—저는 어떤 명령도 받은 바 없습니다.

—당장 람세스 대왕께 내가 왔다고 알리세요.

32

아메니는 숨이 차고 눈이 붉게 충혈되고 가슴이 답답하고 오한이 들었다. 2월의 밤은 얼음처럼 차가웠고, 낮 동안의 창백한 태양은 대기를 충분히 덥혀주지 못했다. 아메니는 많은 양의 땔나무를 주문했지만, 배달이 늦어지고 있었다. 몸 상태가 영 말이 아니었다. 그가 부하 서기관 가운데 하나를 닥달하려 할 때, 전령이 시리아 남부의 아야 요새로부터 당도한 메시지를 갖고 들어왔다.

연이어 재채기를 해대면서 아메니는 암호문을 풀이했다. 그는 입고 있던 두터운 아마 옷 위에 양털외투를 뒤집어쓰고 목도리를 두른 채, 타는 듯한 기관지에도 불구하고 람세스의 집무실까지 뛰어갔다.

―폐하…… 믿기지 않는 소식입니다! 하투실의 딸이 아야에 도

착했답니다. 요새 사령관이 폐하의 명령을 기다리고 있습니다.

그 늦은 시각에 람세스는 그을음이 일지 않는 기름 램프를 켜놓고 일하고 있었다. 무화과나무로 된 높은 받침대에 올려진 램프는 부드럽고 균일한 빛을 퍼뜨리고 있었다.

람세스가 말했다.

—무슨 착오일 거야. 하투실은 자기 딸의 출발을 내게 알렸을 것이네.

—요새 사령관은 뭐…… 혼인 사절을 자처하는 히타이트 군과 대치하고 있답니다.

왕은 화로가 있어 따뜻한 넓은 집무실을 몇 걸음 걸었다.

—계략일세, 아메니. 히타이트의 영토 내에서 자신의 힘이 어디까지 미치는가 알아보려고 대왕이 머릴 쓴 거야. 호위대는 반란군들에게 공격받을 수도 있었을 것이네.

—자기 딸을 미끼로 말입니까!

—이제 하투실은 안심했겠군. 당장 메렌프타를 시리아로 보내게. 호위대를 이끌고 공주를 보호하라 이르게. 아야 요새의 사령관에게는 성문을 열고 히타이트인들을 맞으라는 명령을 보내게.

—그런데 만일…….

—위험을 감수해야겠지.

히타이트 병사들과 이집트 병사들은 친구처럼 어우러졌다. 그들 자신도 놀랄 일이었다. 그들은 축제를 벌였고, 오랜 전우들처럼 함께 먹고 마셨다. 푸투헤파는 이제 모든 근심을 벗고 하투사로 돌아갈 수 있었다. 그의 딸은 히타이트의 고관들과 몇몇 군인들만을 데리고, 메렌프타의 보호 하에 피-람세스로의 길을 계속 갈 것이다.

내일이면 이제 정말로 이별이었다. 두 눈에 눈물을 글썽이며 왕비는 예쁘고 자신만만한 딸을 바라보았다.

푸투헤파가 물었다.

—후회하지 않겠니?

—이처럼 기뻤던 적이 없었는걸요!

—우린 다시는 못 볼 게다.

—그게 삶의 법칙이죠. 각자 자기 운명대로…… 제 운명은 엄청나요, 어머니!

—부디 행복하거라, 얘야.

—벌써 그런걸요!

푸투헤파는 생글생글 미소까지 띠는 딸을 바라보며 마음이 갈라지는 듯했다. 그녀는 마지막으로 딸을 껴안아주지도 못했다. 어머니와 딸, 그들 모녀의 인연은 이제 정말 끊어져버린 것 같았다.

아야 요새의 사령관은 각진 얼굴에 목소리가 거친 노장이었다.

—이건 완전히 비정상입니다, 왕자님. 이런 계절엔 산이 눈으로 뒤덮여 있고, 매일같이 비가 내려야 하지요. 이런 무더위가 계속된다면, 우리 저수조의 물이 곧 바닥날 겁니다.

메렌프타가 말했다.

—우리는 강행군을 했소. 환자도 생겼소. 행군해 오는 도중에 많은 샘과 우물이 메말라버린 걸 봤지요. 나는 공주를 위험한 모험에 끌어들이게 되지 않을까 걱정스럽소.

사령관이 되풀이해 말했다.

—완전히 비정상이에요. 오로지 신만이 이런 기상이변을 일으킬 수 있습니다.

메렌프타는 그런 의견을 듣게 될까 두려웠었다.

—사령관 말이 옳을 수도 있겠지요. 사령관은 이 요새 내에 수호신상을 마련해두었소?

—물론이죠. 하지만 신상은 부근에 있는 악귀들을 쫓아낼 뿐입니

다. 기후를 바꿀 만큼 힘이 있는 건 아니지요. 하늘에 버금가는 힘을 지닌 신에게 기원해야 합니다.

—우리가 수도로 돌아갈 때 필요한 물을 저장해두었소?

—불행하게도 아닙니다. 왕자님은 이곳에 머물면서 비를 기다려야만 합니다.

—만일 이 여름 날씨가 계속된다면, 이집트와 히타이트 병사들을 모두 먹이기엔 물이 부족할 텐데.

—지금은 겨울입니다, 왕자님. 이 가뭄은 곧 끝날 겁니다.

—사령관도 지적했듯이, 이 가뭄은 정상적인 게 아니오. 떠나는 것도 위험하고 그렇다고 머무는 것도 그리 안전한 게 못 되는군.

사령관이 이맛살을 찌푸렸다.

—그러면…… 어떻게 하실 생각입니까?

—람세스 대왕께 알려야 하오. 오로지 그분만이 방법을 알고 있을 것이오.

카는 파라오의 책상 위에, 그가 헬리오폴리스 생명의 집의 고문헌들 중에서 찾아낸 긴 파피루스 두루마리 세 장을 펼쳐놓았다.

—이 글의 내용은 명확합니다, 폐하. 아시아 지방의 기후를 관장하는 신은 오로지 한 분, 세트 신밖에는 없습니다. 하지만 어떤 마법사도 세트와 직접 접촉할 능력을 가지고 있지 못합니다. 오직 아버님만이 세트와 교감하여, 그로 하여금 계절을 제자리에 돌려놓게 하실 수 있습니다. 하지만…….

—말해보아라, 아들아.

—하지만 저는 그 일에 찬성할 수 없습니다. 세트의 힘은 너무 위험하고 통제하기가 어렵습니다.

—너는 나의 약함을 걱정하는 것이냐?

—아버님은 세티의 아들이십니다. 하지만 기후를 변경하자면 번

개와 벼락과 비바람을 다루는 신과 대면해야 합니다…… 세트는 예측 불가능한 존재입니다. 이집트는 아버님이 필요합니다. 너무 위험합니다. 차라리 시리아에 여러 신상과 보급대를 보내시지요.

—세트가 그들을 통과시켜주리라고 믿느냐?

카는 고개를 숙였다.

—아닙니다, 폐하.

—그렇다면 선택의 여지가 없구나. 세트가 내게 제안하는 전투에서 승리를 거두든가, 메렌프타와 히타이트 공주 그리고 아야 요새에 있는 많은 사람들이 갈증으로 죽는 수밖엔 없구나.

카는 아버지에게 어떤 반박도 할 수 없었다. 파라오가 말했다.

—내가 만일 세트 신전에서 돌아오지 못하면, 너는 내 후계자가 되어 네 생명을 이집트에 바치거라.

요새 사령관의 처소에 묵고 있는 히타이트 공주는 메렌프타에게 면담을 요청했다. 메렌프타가 보기에 그녀는 불안정하고 권위적이었지만, 귀부인에 합당한 태도로 그녀를 대했다.

—왜 당장 이집트로 떠나지 않는 건가요?

—불가능하기 때문입니다, 공주.

—날씨도 좋잖아요.

—날씨가 좋은 게 아니라 비가 와야 할 계절에 가뭄이 든 겁니다. 우리는 물이 부족합니다.

—그렇다고 이 끔찍한 요새에 뿌리를 박아버릴 셈이에요?

—하늘이 우리를 돕지 않고 있습니다. 우리가 이곳에 못박힌 것은 신의 뜻입니다.

—당신네 마법사들은 능력이 없나요?

—저는 가장 위대한 마법사에게 도움을 요청했습니다. 람세스 대왕 폐하이십니다.

공주가 미소지었다.

—당신은 똑똑한 사람이군요, 메렌프타. 내가 미래의 남편에게 당신 얘기를 해드리겠어요.

—하늘이 우리의 기원을 들어주기를 바랍시다, 공주.

—걱정 말아요! 나는 이곳에서 목말라 죽으려고 온 게 아니니까요. 하늘과 땅이 모두 파라오의 주먹 안에 들어 있지 않던가요?

세타우도 아메니도 왕의 결정을 번복시키지 못했다. 람세스는 세트의 힘을 상징하는 동물인 소의 넓적다리에서 베어낸 고기 한 조각을 먹고, 세트 신의 보호 하에 있는 오아시스에서 생산된 독한 포도주를 마셨다. 그리고 소금으로 입을 정화시킨 그는, 그 이름을 통해 자신이 우레의 주인을 지상에서 대리하는 자라고 선언한 아버지 세티의 조상 앞에서 명상에 잠겼다.

세티의 도움이 없다면, 람세스는 세트를 극복할 희망이 전혀 없었다. 세트는 기다리지 않는 신이었다. 단 한 번의 실수, 한치라도 제의의 동작에서 벗어나고, 한순간이라도 정신이 흩어지면 세트의 벼락이 내리칠 것이었다. 그러한 거친 힘에 맞서는 람세스의 무기는 한 가지밖에 없었다. 올바름, 세티가 람세스를 파라오의 자리에 입문시키면서 가르쳐주었던 그 올바름이었다.

한밤을 기다려 왕은 힉소스 침략자들의 수도였던 아바리스 터에 세워진 세트의 신전으로 들어갔다. 침묵과 고독에 바쳐진 곳, 파라오만이 죽음을 두려워하지 않고 들어설 수 있는 장소였다.

세트 신과 맞서기 위해선 먼저 두려움을 극복해야 했다. 불의 시선으로 세상 속으로 들어가 세상의 폭력과 격변 한가운데에서 세상을 인식해야 했다. 근원적인 힘, 인간의 지성이 닿을 수 없는 우주의 중심이 되어야 했다.

람세스는 제단에 포도주 한 잔과 아카시아 나무로 만든 큰영양의 형상을 바쳤다. 사막의 극한적인 열기와 적대적인 환경에서 견디고 살아남을 수 있는 큰영양에는 세트의 불꽃이 깃들여 있었다.

왕은 신에게 말했다.

—하늘은 그대의 손 안에 있습니다. 땅은 그대의 발 아래 있습니다. 그대가 명령하는 것은 그대로 이루어지이다. 그대가 일으킨 더위와 가뭄을 거두고, 이제 우리에게 겨울의 비를 되돌려주소서.

세트의 신상은 아무런 반응이 없었다. 그의 두 눈은 여전히 차갑기만 했다.

—나를 보소서. 세티의 아들 람세스가 그대에게 말하고 있습니다. 어떤 신도 세상의 질서와 계절의 흐름을 흩뜨릴 수는 없습니다. 신들은 규범에 따라야만 합니다. 그대도 다른 신들처럼 규범 안에 존재하는 신입니다.

신상의 눈이 붉어지기 시작했다. 느닷없는 열기가 신전을 침범했다.

—그대의 힘을 파라오에게 행사하지 마소서. 파라오 안에 호루스와 세트가 결합해 있습니다. 그대는 내 속에 있으며, 나는 어둠과 싸우고 혼란을 물리치기 위해 그대의 힘을 사용합니다. 내게 복종하소서, 세트여. 북부 지방에 비가 내리게 하소서!

하늘에 번개가 치기 시작했다. 피-람세스의 하늘에 천둥소리가 울렸다.

한밤의 싸움이 시작되었다.

33

공주는 메렌프타에게 짜증을 부렸다.

—기다리기도 지겨워요! 당장 나를 이집트에 데려다줘요.

—저는 공주의 안전을 책임져야 합니다. 지금의 이상가뭄이 계속되는 한, 길을 나선다는 건 무모한 짓입니다.

—파라오는 어째서 손을 쓰지 않는 거죠?

그녀의 말이 채 끝나기 전에, 한 방울 물이 공주의 왼쪽 어깨 위에, 또 한 방울이 그녀의 오른손등에 떨어졌다. 그녀와 메렌프타는 동시에 고개를 들어 하늘을 쳐다보았다. 하늘은 먹구름으로 뒤덮여 까만 어둠을 드리우고 있었다. 먹구름 사이를 한줄기 번개가 가르더니, 곧 이어 우레가 천지를 진동했다. 폭우가 쏟아지기 시작했다. 오래 참았던 분노를 터뜨리듯이 하늘은 앞이 보이지 않는 빗줄기로 세상을 뒤덮었다. 단 몇 분 사이에 기온이 급강하했다.

계절의 법칙에 따라, 습하고 추운 겨울이 제자리에 들어선 것이었다.

메렌프타는 가슴을 펴며 말했다.

—자, 람세스 대왕께서 대답하셨습니다.

히타이트 공주는 고개를 뒤로 젖혔다. 그녀는 입을 크게 벌리고 하늘이 내리는 단물을 탐욕스레 받아마셨다.

—출발해요, 빨리!

아메니는 왕의 침실 앞에서 안절부절못하며 서성거렸다. 세타우는 팔짱을 끼고 찌푸린 얼굴로 앞만 노려보았다. 카는 마법서를 펼쳐들고 속으로 그 구절들을 되뇌고 있었다. 세라마나는 기름 먹인 아마포로 자신의 단검을 닦으며 불안한 마음을 다스리고 있었다.

사르디니아인이 물었다.

—파라오께서 세트 신전에서 나온 게 언제쯤인가?

아메니가 대답했다.

—새벽이었네.

—그분과 대화한 사람은 없나?

카가 아메니 대신 대답했다.

—없었소. 파라오께서는 한마디 말씀도 없으신 채 침실로 들어가셨소. 내가 왕궁 수석의를 불렀는데, 의사의 왕진은 허락하셨지요.

세타우가 말했다.

—의사가 진찰을 시작한 지 이미 한 시간이 넘었습니다!

카 대사제가 말했다.

—겉으로 드러나진 않지만, 세트의 노여움으로 입은 상처는 가볍지 않을 겁니다. 네페레트의 의술을 믿어보기로 하지요.

세타우가 말했다.

—내가 그녀에게 심장치료를 위한 몇 가지 약을 주었지요.

마침내 침실문이 열렸다.

네 남자는 네페레트의 주위를 둘러쌌다. 왕궁 수석의가 땀을 닦으며 말했다.

—람세스 폐하께서는 고비를 넘기셨습니다. 하루 정도 휴식을 취하시면 전처럼 국정을 돌보실 수 있을 겁니다. 여러분들, 외투를 좀 더 걸치시죠. 곧 서늘하고 습한 바람이 불어올 텐데요.

그녀의 말대로 곧 눅눅한 바람이 불어오더니, 피-람세스에 비가 내리기 시작했다.

메렌프타의 지휘 아래, 형제들처럼 뭉친 이집트인들과 히타이트인들이 가나안을 거쳐, 시나이 위쪽의 해안로를 따라 델타로 들어섰다. 휴식을 취하기 위해 간간이 멈출 때마다 작은 보루들에선 잔치가 벌어졌다. 병사들은 긴 여정 내내 들고 있던 무기를 잠시 내려놓고, 나팔이며 피리, 북을 잡았다.

히타이트 공주는 초록의 풍경을 정신 없이 바라보았다. 그녀는 종려나무 숲이며 풍요로운 들판, 수로 시설, 파피루스의 숲을 바라보며 경탄을 금하지 못했다. 눈앞에 펼쳐진 세계는, 그녀가 어린 시절을 보낸 황량한 아나톨리아 고원과는 너무나 다른 세계였다.

피-람세스가 보이기 시작했다. 온 거리가 사람들로 꽉 차 있었다. 어떻게 소문이 퍼져나간 것인지 아무도 몰랐지만, 히타이트 공주가 머지않아 위대한 람세스의 수도에 입성하리란 것은 너나없이 알고 있었다. 부자들과 걸인들이 한데 섞이고, 저명인사들과 잡역부들이 어깨를 나란히 했다. 모든 이들의 가슴에 환희가 가득 차 있었다.

아내와 함께 군중들의 맨 앞줄에 서 있던 우리테슈프가 말했다.

—굉장하군, 이 파라오에게는 불가능이란 없는 것 같아.

타니트 부인이 말했다. 그녀도 역시 흥분해 있었다.

—그는 세트 신을 제압하고 비를 내리게 했어요. 그의 힘은 끝이 없군요.

곁에 서 있던 석공이 말했다.

—람세스 폐하는 백성들의 물이자 공기지요. 우리는 그분이 내리는 사랑을 먹고 입지 않습니까. 그분은 온 나라의 아버지이고 어머니시지요!

하토르 여신을 모시는 여사제가 한술 더 뜨며 말했다.

—그분의 눈길은 영혼을 꿰뚫어 모든 걸 알아낸답니다.

우리테슈프는 속이 뒤틀렸지만, 내색할 순 없었다. 아니, 어쩌면 그들의 말에 설복당하고 있는지도 몰랐다. 초월적 힘이 머무는 이 파라오를 상대로 싸운다는 것이 가능한 일인가? 람세스는 자연을 이루는 요소들을 움직여 아시아에 비를 내리게 했고, 어떤 군대라도 정복할 수 있는 정령들의 무리를 지배했다! 그가 예감했듯이, 대왕의 딸이 이곳까지 오는 동안 그 무엇도 그들의 여정을 가로막을 수는 없었다. 행렬을 공격하려는 모든 시도는 실패하고 말았을 것이다. 아나톨리아의 옛 총사령관은 냉정을 되찾았다. 자신만은 람세스의 마법에 굴복하지 않을 것이다! 그의 목표, 단 한 가지 목표는 자신의 인생을 망쳐놓고 위대한 히타이트를 예속국처럼 만들어 버린 이 인간을 무너뜨리는 것이었다. 그의 능력이 어떻든 간에 파라오는 신이 아니다. 약점을 지닌 완전치 못한 인간인 것이다. 람세스는 자신이 이룬 승리와 백성들의 인기에 도취되어 결국에는 판단의 명석함을 잃게 될 것이다. 시간이 람세스에 불리하게 작용할 것이다.

게다가 그와 결혼할 여인은 히타이트의 공주가 아닌가! 복수에 불타는, 결코 굴복되지 않는 민족의 피가 그녀의 혈관 속에 흐르고 있다. 이 결합으로 영원한 평화가 약속되었다고 믿는다면, 람세스는 큰 오류를 범하는 것이다.

타니트 부인이 소리쳤다.

—나타났어요!

그러나 그 소리는 곧 열광에 찬 군중의 환호성에 묻혀버렸다.

자신을 태운 가마 안에서 공주는 화장을 마무리했다. 그녀는 녹색 분으로 눈꺼풀을 칠하고, 눈 가장자리에는 가늘게 타원형의 검은 테를 그렸다. 그녀는 거울에 비친 자신의 화장한 모습을 들여다보며 만족해했다. 화장하는 동안 그녀의 손은 조금도 떨리지 않았던 것이다.

메렌프타의 도움으로 젊은 히타이트 여인이 가마에서 내려섰다.

그녀의 아름다움이 군중을 사로잡았다. 긴 녹색 옷이 그녀의 진줏빛 피부를 돋보이게 했다. 그녀의 자태는 진정 왕비다웠다.

갑자기 군중들이 도시의 대로 쪽으로 고개를 돌렸다. 그곳으로부터 말발굽과 전차 바퀴 소리가 들려왔다.

위대한 람세스가 미래의 부인을 맞이하러 온 것이었다.

전차를 끄는 젊고 혈기에 넘치는 두 마리 말은, 카데슈 전투에서 파라오와 함께 싸웠던 그 한 쌍의 말의 혈통을 잇고 있었다. 두 마리 군마의 머리에는 끝부분이 푸르고 붉은 깃털장식이 씌워져 있었고, 등에는 빨강 파랑 초록의 화사한 면포가 둘러져 있었다. 왕은 자신의 허리춤에 고삐를 묶고 오른손에 '계시'의 홀을 쥐고 있었다.

황금빛 전차가 전속력으로 거침없이 달려왔다. 그는 파라오 왕조의 기원이 하늘에 있음을 상기시키는 푸른색 왕관을 머리에 쓰고, 몸에는 금빛으로 빛나는 옷을 걸치고 있었다. 그렇다, 그는 주위를 그 빛으로 밝혀주는 태양이었다.

전차는 히타이트 공주를 몇 미터 앞에 두고 멈췄다. 그 순간 잿빛 구름들이 흩어지고 푸르러진 하늘에 절대자 태양이 모습을 드러냈다. 빛의 아들 람세스가 기적을 일으키는 것일까?

젊은 여인은 눈을 내리깔고 있었다. 왕은 그녀가 소박하게 보이는 쪽을 택했음을 알아차렸다. 눈길을 끌지 않는 은목걸이, 작은 은팔찌, 장식이 없는 수수한 옷…… 장식물을 거의 걸치지 않은 그녀의 몸매는 그 아름다움을 더욱 잘 드러내고 있었다.

카가 람세스에게 다가와 푸른색의 항아리를 건넸다.

람세스는 공주의 이마에 향유를 부었다.

—결혼의 도유식을 마쳤소. 이제 당신은 파라오의 정비가 되었소. 악한 기운들이 그대에게서 멀어지기를. 오늘을 기해, 그대는 마아트의 규범 하에 새롭게 태어났소. 그대는 '호루스와 완전한 신성의 빛을 본 자'*라는 새 이름을 얻게 되었소. 나를 보시오, 마트호르.

람세스가 그녀에게 두 팔을 뻗자, 그녀는 아주 천천히 자신의 손을 파라오에게 내주었다. 람세스가 그녀의 손을 잡는 순간, 이제까지 알지 못했던 어떤 두려움이 그녀의 온몸을 휩싸는 것이었다. 이 순간을 그토록 기다렸건만, 그리고 자신의 모든 매력을 발휘하여 람세스를 사로잡으리라 상상했건만, 그녀는 겁에 질린 계집아이처럼 어지러웠다. 람세스로부터 사람을 끌어당기는 힘이 쏟아져나왔다. 그녀는 신을 만지는 듯한 느낌이었고, 그녀가 전혀 알지 못하는 다른 세계로 빠져드는 것만 같았다. 그를 사로잡는다니…… 그녀는 이제서야 자신의 계획이 얼마나 터무니없는 것이었는지를 가늠했다. 그녀는 이 자리에서 도망쳐 람세스로부터 멀리 떨어진 히타이트로 되돌아가고 싶었다. 그러나 물러나기엔 너무 늦어버렸다.

손을 잡힌 그녀가 눈을 들어 그를 쳐다보았다.

쉰여섯의 람세스는 비할 데 없는 위엄을 지닌 멋을 풍기고 있었다. 그의 모습에는 힘과 섬세함이 이상적으로 결합되어 있었다. 마

---

* 이집트어로는 'Mat-Hor-neferou-Ra', 이를 줄여서 마트호르(Mat-Hor)라 부른다.

트호르는 그녀의 피에 흐르는 거친 기질이 이끄는 대로 이내 사랑에 빠졌다.

람세스가 그녀에게 전차에 오르기를 권했다.

파라오가 하늘에까지 울리는 낭랑한 목소리로 선언했다.

—람세스 통치 34년이 되는 올해, 히타이트와의 영원한 평화가 약속되었다. 오늘의 결혼을 알리는 기념비가 카르낙, 피-람세스, 엘레판티네, 아부 심벨과 누비아의 모든 성소에 세워지게 될 것이다. 모든 도시와 마을에서 결혼을 축복하는 축제가 벌어질 것이며, 왕궁이 그대들에게 과실주를 선사할 것이다. 오늘을 기해, 히타이트와 이집트간의 국경이 열리게 되었다. 누구나 할 것 없이 전쟁과 증오가 사라진 광활한 두 영토를 마음대로 왕래할 수 있다.

백성들이 람세스의 선언에 우레와 같은 갈채로 감사를 표시했다. 우리테슈프는 군중들 사이에서 말없이 눈을 빛내고 있었다.

34

이중으로 된 돛대의 꼭대기에서부터 갑판에 이르는 장방형의 돛이 북쪽에서 불어오는 바람을 맞아 한껏 부풀었다. 왕궁의 배가 테베를 향해 빠른 속도로 강줄기를 거슬러올라가고 있었다. 뱃머리에서는 선장이 수시로 긴 장대를 들고 나일 강의 수심을 짚어보고 있었다. 그는 강물의 흐름이며 사구의 위치를 훤하게 알고 있었으므로, 서투른 조종으로 람세스와 마트호르의 뱃길을 망칠 염려는 전혀 없었다. 파라오는 직접 나서서 돛을 올렸고, 그 사이 그의 젊은 부인은 꽃들로 꾸며진 선실에서 휴식을 취했다. 주방장은 저녁식사 준비를 위해 오리의 깃털을 뽑고 있었다. 세 명의 조타수가 키를 붙잡고 있었는데, 그 키에는 배를 올바른 방향으로 인도하는 마법의 두 눈이 새겨져 있었다. 한 선원이 갑판 난간에 매달려 강물을 길어올리고 있었고, 어리고 날쌘 소년 선원 하나가 강 너머를 살피기 위해 원숭이처럼 돛대를 기어올라갔다. 꼭대기에 오른 소년이 선장에게 갑작스런 하마떼의 출현을 알렸다.

선원들은 피-람세스의 광활한 포도밭에서 수확된 기막힌 맛의 포도주를 즐거이 마셨다. 그 포도주는 람세스 통치 21년 되던 해, 즉 이집트와 히타이트가 평화조약을 체결하던 해에 담근 것이었다. 비길 데 없는 맛의 이 포도주는 찰흙과 짚으로 입구를 막은 원추형의 질항아리에 저장되어 있었다. 항아리의 양 옆에는 연꽃 문양과 위대한 신비에의 입문을 관장하는 베스 신의 형상이 새겨져 있었다. 두터운 몸통에 짧은 다리를 가진 땅딸막한 인물로 형상화된 베스는 붉은 혀를 내밀고 있었는데, 이는 말[言語]이 지니고 있는 커다란 힘을 의미하는 것이었다.

람세스는 강물 위를 흐르는 싱싱한 공기를 한껏 음미하고, 중앙 선실로 들어갔다. 마트호르는 깨어 있었다. 자스민향을 뿌린 가슴을 드러내고 짧은 치마만을 걸치고 있는 그녀는 매혹적이었다.

그녀가 달콤한 목소리로 말했다.

—파라오는 빛의 주인이시고, 불꽃을 남기고 떨어지는 유성이시며, 예리한 뿔을 가진 길들여지지 않는 황소이시고, 아무도 근접할 수 없는 깊은 물에 사는 악어이시며, 먹이를 낚아채는 매이시고, 누구도 정복할 수 없는 성스러운 독수리시며, 천지를 뒤흔드는 우레이시고, 두터운 암흑을 파고드는 불꽃이십니다.

—당신은 우리의 오래된 문구들을 잘 알고 있구려, 마트호르.

—제가 공부한 과목들 중 이집트 문학이 있었습니다. 저는 특히 파라오를 묘사한 구절들을 좋아했지요. 파라오는 세상에서 가장 강한 사내예요.

—그러면 당신은 파라오가 아부를 가장 싫어한다는 것도 알고 있겠군.

—저는 진심이에요. 지금 이 순간만큼 행복한 순간은 제게 없을 거예요. 제 아버님이 당신과 싸우는 동안 저는 람세스, 당신을 상상했답니다. 저는 이집트의 태양만이 제게 생기를 불어넣어줄 수 있으리라 확신하고 있었지요. 이제야 저는 제가 옳았다는 걸 알게 되었어요.

젊은 여인은 자신의 몸을 람세스의 오른쪽 다리에 바짝 붙이며 부드럽게 안겨왔다.

—제가 두 땅의 주인을 사랑해선 안 되나요?

여인의 사랑…… 람세스는 오랫동안 그를 잊은 터였다. 네페르타리에게 느꼈던 건 사랑이었고, 이제트에게는 정열을 느꼈었다. 그 모든 행복은 과거에 속한 것이었다. 이 젊은 히타이트 여인은 그가 이미 꺼져버렸으리라 믿고 있던 정열을 일깨우고 있었다. 향수를 알맞게 뿌려 가벼운 여자로 보이지 않게 하면서, 여인은 자신의 고귀함을 간직한 채 욕정의 대상이 되는 방법을 알고 있었다. 람세스는 그녀의 야성적인 아름다움과 가늘고 긴 검은 눈에 마음이 동요되는 것을 느꼈다.

—당신은 너무 젊소, 마트호르.

—저는 폐하의 아내예요. 제가 폐하의 마음을 사로잡아선 안 되나요?

—뱃머리로 나가서 이집트를 바라봅시다. 내 아내는 바로 이 땅이오.

왕은 망토로 마트호르의 어깨를 덮어주며 뱃전으로 데려갔다. 그는 그녀에게 각 도시며 마을의 이름과 그 지방들의 풍요로움을 얘기했고, 관개시설을 자세히 설명했으며, 여러 풍습과 축제들을 알려주었다.

이윽고 배가 테베에 들어섰다.

마트호르는 강의 동쪽 유역에 위치한 거대한 카르낙 신전과 신들의 카를 모신 성소와 빛나는 룩소르를 경탄의 눈길로 바라보았다. 침묵의 여신이 꼭대기에 우뚝 서 있는 강의 서안에는 람세스의 영원의 신전 라메세움과 신의 능력에 비견되는 왕의 '카'를 간직한 거대한 규모의 돌기둥들이 보였다. 그녀는 그 경이로운 모습에 아무 말도 할 수가 없었다.

마트호르는 어째서 파라오의 이름들 중 하나가 '꿀벌을 닮은 자'인지를 알 수 있을 것 같았다. 이집트는 진정 한가함을 찾을 수 없는 꿀벌들의 집단인 것 같았다. 각자 해야 할 일들이 있었고, 그 일들은 체계적으로 분담되어 있었다. 신전들만 하더라도 사람들의 움직임이 끊이지 않았다. 성소 부근에는 여러 부류의 인부들이 분주히 움직였고, 그 내부에서는 신비입문자들이 제의를 드리고 있었다. 밤이 되면 학자와 마법사들이 별들을 관찰하며 천체의 운행을 예측했다.

람세스는 새 왕비에게 적응할 수 있는 시간을 조금도 주지 않았다. 라메세움 궁전에 머물게 된 그녀는, 그녀에게 부과된 대로 따라야 했으며 왕비로서의 처신을 배워야 했다. 그녀는 람세스를 정복하기 위해서는 우선 그에게 복종해야 한다는 것을 알고 있었다.

왕의 전차가 경찰과 군대가 지키고 있는 데이르 엘-메디네 마을 어귀에 멈춰 섰다. 각 분야의 장인들과 달인들이 동업조합을 이루고 살아가고 있는 마을이었다. 왕의 전차 뒤로 여러 대의 전차들이 뒤따랐는데, 그 안에는 왕과 왕비의 계곡에서 땅을 파고 묘지를 장식하는 책임을 맡은 여러 장인들에게 공급할 양식이 들어 있었다. 빵이며 콩깍지들, 싱싱한 야채, 고급 생선, 말려서 소금에 절인 고기조각들이었다. 궁전은 그 외에도 샌들, 여러 폭의 천, 상처에 바르는 연고들을 공급했다.

마트호르는 람세스의 팔에 안겨 수레에서 내려섰다.

—우리는 여기서 뭘 할 건가요?

—당신을 위해 할 일이 있소.

장인들과 그 가족들의 환호를 받으며, 국왕 부처는 조합의 최고 달인의 하얀 이층집으로 걸음을 옮겼다. 오십대 남자인 그는 천재적인 조각기술로 모든 이들의 존경을 받고 있었다.

그가 절하며 말했다.

—폐하의 너그러우신 선물들에 몸둘 바를 모르겠습니다.

—나는 자네 솜씨의 값어치를 알고 있네. 그리고 자네와 자네 형제들이 피로를 잊고 일한다는 것도 알고 있지. 내가 자네의 후견인이 되어 자네가 이끄는 마을에 부족한 게 없도록 해주겠네. 모두 다 자네들의 작품이 영원토록 하기 위해서이지.

—명령을 내려주십시오, 폐하. 바로 시작하겠습니다.

—나를 따라오게. 즉시 착수해야 할 공사가 있네. 그 자리를 가르쳐줌세.

전차가 왕들의 계곡 입구에 접어들자, 마트호르는 공포에 사로잡혔다. 어떤 생명체도 살 수 없을 것 같은, 뜨거운 태양빛을 반사하는 절벽의 모습이 그녀의 심장을 옥죄는 것 같았다. 왕궁의 사치와 안락함에서 멀리 떨어진, 돌투성이의 계곡과 사막의 모습은 충격적이었다.

왕들의 계곡 어귀에는, 밤낮을 가리지 않고 보초를 서는 60여 명의 고관들이 람세스를 기다리고 있었다. 빡빡 깎은 머리를 한, 다양한 연령층의 그들은 가슴을 덮는 넓은 목걸이에 주름이 잡힌 긴 로인클로스를 걸치고 있었다. 모두들 끝에 타조 깃털을 달고 단풍나무로 손잡이를 댄 깃대를 들고 있었다.

람세스가 말했다.

—이들은 이집트의 '왕의 아들들'이오.

고관들이 깃대를 들어 영광의 울타리 모양을 만들며 줄을 지어 왕의 뒤를 따랐다.

람세스가 자신의 묘지 입구에서 멀지 않은 곳에서 멈춰 섰다.

그가 데이르 엘-메디네의 최고 달인에게 말했다.

—여길세. 자네는 여기에 거대한 묘지*를 짓게. 묘실도 기둥들의 홀과 같은 수로 만들도록 하게. 이곳에 '왕의 아들들'이 머물게 될 걸세. 오시리스와 함께 내가 그들을 영원히 보호할 걸세.

람세스는 자신이 직접 파피루스에 그린 도면을 달인에게 건넸다.

—이것은 마트호르 왕비의 영원한 안식처일세. 왕비들의 계곡에 짓되, 이제트의 무덤과는 좀 거리를 두고 네페르타리의 무덤과는 멀리 떨어진 곳에 자리를 잡게나.

젊은 히타이트 여인의 안색이 창백해졌다.

—제 무덤이라니요…….

람세스가 말했다.

—그게 우리의 전통이오. 어떤 막중한 역할을 떠맡은 이는 곧 저 세상을 생각해야 되오. 죽음은 우리의 가장 현명한 조언자요. 죽음을 생각함으로써 우리는 올바르게 행동할 수 있고, 본질적인 것과 부차적인 것을 구별할 수 있게 되오.

—하지만 저는 그런 우울한 생각 속에 빠지기 싫어요!

—당신은 이제 여느 평범한 여자가 아니오, 마트호르. 당신은 자신의 쾌락만을 꿈꾸는 히타이트 공주도 아니오. 당신은 이집트의 왕비요. 중요한 건 당신에게 맡겨진 임무요. 그리고 그것을 잘

---

* 왕들의 계곡에 있는 이 거대한 묘지는 5번에 해당하며, 1820년에 제임스 버튼에 의해 발견되었다. 최근에 그 규모의 웅장함에 호기심을 가진 미국인팀에 의해 발굴이 이루어졌다. 지금까지 알려진 이집트 무덤 중 가장 큰 것이다.

이해하기 위해서는 당신 자신의 죽음을 만나야 하오.

—싫어요!

람세스의 눈빛을 본 순간, 마트호르는 자신이 내뱉은 말을 후회했다. 히타이트 여인이 무릎을 꿇었다.

—용서해주세요, 폐하.

—일어나시오, 마트호르. 당신은 나의 종이 아니오. 이집트를 창조한 우주의 규범인 마아트에 봉사해야 하는 종이오. 자, 이제 당신이 운명지어진 곳으로 갑시다.

마트호르는 너무나 두려우면서도 그 두려움을 잘 참고 있는 스스로를 우쭐해하며, 왕비들의 계곡에 들어섰다. 왕비들의 계곡 역시 황량한 사막의 모습이긴 했으나, 왕들의 계곡보다는 덜 엄격해 보였다. 그곳은 왕들의 계곡에서처럼 계곡 안으로 닫혀 있지 않고, 사람들이 사는 세계를 향해 열려 있었다. 훨씬 친밀감을 느끼게 된 마트호르는 청정한 하늘을 올려다보며 나일 강을 따라 펼쳐졌던 아름다운 강 유역의 풍경들을 머리에 떠올렸다. 그곳에서 그녀는 수많은 시간을 즐거움과 기쁨으로 보내게 될 것이다.

람세스는 네페르타리를 생각했다. 네페르타리, 영원한 안식처의 금빛 홀에 잠들어 있을, 그리고 매순간 그곳에서 불사조로, 빛으로, 바람결로 다시 태어나 세상 끝으로 오르는 그녀를 상상했다. 빛 한가운데 천상의 물결 위로 작은 배를 저어갈 네페르타리.

마트호르는 감히 왕의 명상을 방해할 생각을 못 하고 침묵을 지키고 있었다. 내리누르는 듯한 엄숙한 이 순간, 이곳에서도 그녀는 그의 위엄과 힘에 가슴 깊이 감동을 느꼈다. 뛰어넘어야 할 시련들이 무엇이든 간에, 히타이트 여인은 자신의 목적, 람세스를 사로잡고야 말리라 마음먹었다.

35

세라마나의 인내가 한계에 달했다. 술책도 회유도 쓸모없게 되자, 사르디니아인은 좀더 직접적인 방법을 쓰리라 마음먹었다. 갈비와 붉은콩으로 식사를 마친 그는 테총의 공방으로 가기 위해 말에 올랐다.

이번에야말로 그 리비아인은 알고 있는 것을 모두 불게 되고야 말 것이다. 무엇보다도 아샤를 죽인 범인의 이름을.

세라마나는 말에서 내렸다. 무슨 일인지 무두질 작업장 앞에 사람들이 모여 있었다. 여자, 아이, 노인, 어른 할 것 없이 마을 사람들이 모두 모여 수군대고 있었다.

사르디니아인이 소리쳤다.

―거기 모여 있는 사람들, 길을 비키시오.

거인이 두 번 말할 필요도 없이 좌중이 조용해졌다.

작업장 안은 늘상 그렇듯이 냄새가 코를 찔렀다. 이집트인들처럼 향수를 뿌리는 습관이 몸에 밴 사르디니아인은 안으로 들어서기가 망설여졌다. 그러나 영양가죽들 옆에 우뚝 선 채 움직이지 않는 장인들을 보자, 그는 역겨운 냄새를 참고서라도 들어가봐야겠다는 호기심이 일었다. 그는 줄지어 매달려 있는 아카시아 뿌리들을 헤치고 황토색의 토기항아리들이 늘어선 옆을 지나, 그의 커다란 두 손을 앞에 있는 두 견습공들의 어깨에 얹었다.

—무슨 일인가?

견습공들이 물러났다. 테총이 보였다. 그는 동물의 오줌과 똥을 가득 채운 항아리에 머리를 박고 죽어 있었다.

땅딸막한 작업반장이 말했다.

—사고예요, 끔찍한 사곱니다.

—어쩌다가 이렇게 되었나?

—아무도 모릅니다…… 주인님은 보통 아침 일찍 나오십니다. 여느 때와 같이 일하러 나왔다가 이 지경이 된 주인님을 발견했습니다.

—목격자는 없고?

—없습니다.

—거참, 놀랄 일이군…… 테총은 노련한 기술자인데 말야. 이렇게 어리석게 죽을 사람이 아니야. 그럴 리가 없지. 그는 누군가에게 살해당한 거야. 자네들 중 누가 뭔가를 알고 있을 것 같은데.

작업반장이 기운 없는 목소리로 말했다.

—그럴 리가 있겠습니까.

먹이를 쫓는 육식동물의 눈빛으로 세라마나가 말했다.

—그런가 아닌가는 내가 직접 확인하지. 모두에게 심문하겠다.

그때 가장 나이 어린 견습공이 미꾸라지처럼 작업장 밖으로 빠져나가 있는 힘을 다해 도망쳤다. 오랫동안 편안한 생활에 젖어 있었음에도 불구하고 전혀 감각이 녹슬지 않은 사르디니아인이 즉시 알아차리고 그를 뒤쫓았다.

공방들이 들어선 골목길 어디에서도 숨을 만한 데를 찾을 수 없었다. 람세스의 친위대장은 점점 다가오고 있었다. 막다른 길에 이르게 된 견습공이 담장을 기어오르기 시작했다. 어느새 코앞에 온 세라마나가 그의 로인클로스를 움켜잡았다.

허공에 던져진 도망자가 비명을 지르며, 둔탁한 소리와 함께 땅에 떨어졌다.

—내 허리…… 허리가 부러졌나봐요!

세라마나가 보기에 허리가 부러지지는 않았다.

—진실을 말하면, 네 다친 허리를 치료할 수 있게 해주겠다. 어서 말해라, 이 망할 놈. 아니면 네 손목도 마저 비틀어놓을 테니까.

공포에 질린 견습공이 더듬더듬 말을 이었다.

—주인님을 죽인 건 리비아인입니다…… 네모난 얼굴에 눈은 검고 머리는 곱슬거렸어요…… 그가 주인님에게 반역자라고 했어요…… 주인님이 그에게 아니라고, 나리께는 한마디도 말하지 않았다고 했어요…… 근데 그는 주인님 말을 믿지 않고…… 주인님을 목졸라 죽이고 머리를 오물항아리에 집어넣었어요…… 그리고 나선 우리를 보고 말했어요. "난 리비아인들의 대장 말피다. 네놈들 중 경찰에 알리는 놈이 있다면, 내 손에 살아남지 못할 것이다." 지금 나리께 모든 걸 말했으니, 저는 이미 죽은 목숨입니다요!

—그런 소리 하지 마라. 너는 다시 공방에 출입할 일이 없을 거다. 내가 왕궁에서 일하게 해줄 테니까.

—나리…… 나리는 저를 감옥에 보내지 않으실 겁니까?

—난 용감한 아이를 좋아한다. 어서, 일어나!

견습공은 간신히 일어나 절뚝거리며, 낭패한 얼굴을 한 거인을 쫓아갔다. 그가 기대했던 것과는 달리 테총을 제거한 자는 우리테슈프가 아니었다.

우리테슈프, 히타이트 역적놈. 그가 대대로 내려오는 이집트의 적, 리비아인 살인자들과 연합했다면…… 그렇다, 그런 공작이 있었다! 다시 한번 람세스 대왕을 납득시켜야만 한다.

세타우는 구리그릇들과 호리병 모양의 병들과 다양한 크기의 깔대기들을 씻고 있었고, 로투스는 실험실 내의 선반들을 청소하는 중이었다. 도구 세척이 끝나자 세타우는 영양가죽 옷을 벗어 물에 담그고 비틀었다. 가죽에 배어 있는 약용의 독액을 추출하기 위한 것이었다. 그것에 코브라와 살모사 등 독사들이 선사하는 보물을 채워넣어 다시 이동약국 역할을 하는 외투로 변신시키는 일은 로투스의 몫이었다. 아름다운 누비아 여인이 갈색의 끈적끈적한 액체를 들여다보았다. 이것을 희석시키면 혈액순환과 심장질환에 효과적인 치료약이 될 것이다.

람세스가 실험실 안으로 들어서는 걸 보며, 로투스가 절을 했다. 세타우는 하던 일을 멈추지 않았다.

람세스가 말했다.

—오늘은 자네 기분이 별로 좋아 보이지 않는군.

—그렇네.

—내가 히타이트 공주와 결혼한 것이 못마땅한 모양이군.

—그것도 그렇네.

—이유가 뭔가?

—그녀가 파라오에게 불행을 가져다줄 걸세.

—자네, 과장이 좀 심한 건 아닌가, 세타우?

—로투스와 나는 뱀에 대해선 정통하네. 그들의 독액 한가운데서 생명을 얻어내려면 뱀 전문가가 되어야 하지. 그런데 이 히타이트

독사는 가장 뛰어난 전문가조차도 예측하지 못하는 사이에 공격을 가할 수 있다네.

—자네 덕분에 난 어떤 파충류에 대해서도 면역이 되어 있지 않나?

세타우가 투덜거렸다. 사실이었다. 청년 시절에 그는 람세스에게 미세한 양의 독을 여러 해 동안 섭취하게 했었다. 어떤 뱀에 물리게 되더라도 생명을 잃지 않게 하기 위한 것이었다.

—폐하는 자신의 능력을 과신하고 있네. 람세스 대왕…… 로투스는 대왕을 거의 불멸의 존재로 믿고 있지. 하지만 나는 아닐세. 확신하건대 이 히타이트 여인이 대왕에게 해를 끼칠 걸세.

누비아 여인이 낮은 소리로 말했다.

—그녀가 사랑에 빠졌다고 사람들이 수군대고 있어요.

세타우가 말했다.

—보라구! 사랑이 증오로 변하게 되면 위험해지네. 그 여인은 자기 나라를 위해 복수하려 할 걸세, 이건 분명해! 게다가 그녀는 궁전이라는 다시 없는 싸움터까지 확보하지 않았나? 물론, 람세스 대왕은 내 말을 귀담아듣지 않겠지.

파라오는 로투스 쪽으로 몸을 돌렸다.

—로투스, 당신 생각은?

—마트호르 폐하는 아름답고 영리하며 꾀가 많고 야심에 차 있어요…… 그리고 히타이트 여인이지요.

람세스가 말했다.

—난 그 점을 잊지 않을 거요.

왕은 아메니가 그에게 제출한 보고서를 주의해서 읽었다. 갈수록 숱이 적어지는 머리칼에 창백한 얼굴의 개인비서는 세라마나가 분노에 차서 떠들어댄 말도 빠짐없이 보고서에 반영했다.

—아샤를 암살한 범인이 우리테슈프이고, 리비아인 말피가 그의 공범자라…… 허나 아직은 어떤 증거도 없다…….

아메니가 시인했다.

—어떤 재판으로도 그들을 처벌할 수 없을 겁니다.

—이 말피란 자…… 자네는 들은 적이 있나?

—그러지 않아도 외무대신의 자료들과 아샤가 남긴 기록들을 읽어보고, 리비아 전문가들에게 물어보았지요. 말피는 리비아 전사 부족의 대장인데, 특히 이집트에 대해 앙심을 품고 있다고 하더군요.

—단순히 정신나간 집단에 불과한가, 아니면 진정으로 위험한 존재인가?

아메니는 잠깐 생각하더니 고개를 저었다.

—폐하를 안심시킬 만한 대답을 드리고 싶습니다만, 말피가 이제껏 흩어져 있었던 여러 리비아 부족들을 확실하게 결집시키고 있다고 합니다.

—소문인가, 확실한 사실인가?

—사막경찰들이 아직 그들의 본거지를 찾아내지 못했습니다.

—그럼에도 불구하고 바로 그 말피가 이집트 안에 들어와서 자기 동족을 살해하고 유유히 사라졌단 말인가!

아메니는 람세스에게서 전에 보지 못한 노여움을 감지해냈다.

—아직은 그가 우리에게 얼마의 해를 입힐 수 있을는지, 그 능력을 파악하지 못했습니다.

—우리가 악을 분간해낼 수 없다면, 나라를 어떻게 이끌어가겠는가?

람세스는 일어나 커다란 창문으로 다가갔다. 그는 불타는 태양을 정면으로 쳐다보았다. 그의 수호성인 태양은 그가 아무리 어려운 임무라도 감수해낼 수 있도록 그에게 매일같이 힘을 부여하고 있었다.

왕이 태양을 바라보며 말했다.

—말피를 간과해선 안 되네.

—리비아인들은 우리를 공격할 만한 힘이 없어요!

—악마의 작은 손길에도 불행은 올 수 있네, 아메니. 그 리비아인은 사막에서 살고 있네. 그는 거기에서 파괴의 힘을 끌어모으고 있어. 그 힘으로 우리를 공격할 순간을 기다리고 있네. 히타이트와 치렀던 전쟁과는 질적으로 다르겠지. 좀더 은밀하겠지만 그렇다고 덜 위험하다고는 말할 수 없네. 나는 말피의 증오를 느끼네. 그것은 점점 자라나 내게 다가오겠지.

앞일을 예견하는 능력으로 왕이 나아가야 할 길을 가리켜주었던 네페르타리, 하늘의 빛나는 별이 된 그녀의 영혼은 여전히 그의 안에 살아남아 그가 갈 길을 인도하고 있었다.

—세라마나가 자세히 조사할 겁니다.

—자네에게 또다른 근심거리가 있나, 친구?

—늘 그렇듯이, 자잘한 문제들이 백 가지가 넘지요. 제겐 모두 시급한 일들입니다.

—자네에게 좀 쉬라고 말해도 소용없겠지?

—언젠가, 아무 문제도 없는 날이 오게 되면, 그때 쉴 수 있을 겁니다.

36

왕궁에서 가장 노련한 피부 미용사는 피부를 깨끗이 하기 위해 잿물과 소다를 섞은 용액으로 마트호르의 몸을 문질렀다. 그리고 나서 과육과 사포닌이 풍부한 발라니트 껍질로 만든 비누로 왕비의 몸을 씻고, 따뜻한 타일 위에 눕혔다. 피부를 마사지하기 위해서였다. 향기로운 연고가 통증을 없애고 경직된 부분을 부드럽게 했으며 몸에서 향기가 배어나게 했다.

마트호르는 천국에 있는 느낌이었다. 히타이트 제국의 왕궁에선 이처럼 손끝까지 정성을 담아 그녀를 돌봐주는 사람이 없었다. 피부 미용사만이 아니라 얼굴 화장을 맡은 여인, 손 화장을 맡은 여인, 발을 가꿔주는 여인이 자기 전문분야에 따라 완벽하게 기술을 발휘했다. 이집트의 새 왕비는 날이 갈수록 더욱 아름다워지는 자신을 느낄 수 있었다. 람세스의 마음을 정복하려면 반드시 필요한 조건이 아니겠는가? 젊음과 행복에 빛나는 마트호르는 아무도 자신의 매력에 저항할 수 없으리라 생각했다.

피부 미용사가 말했다.

—이제 주름방지 연고를 바르겠습니다.

히타이트 여인이 놀라 말했다.

—내 나이에? 미쳤어!

—늦으면 소용이 없어요. 지금 폐하 나이 때부터 주름을 예방해야 한답니다.

—하지만…….

—저를 믿으세요, 폐하. 저는 이집트 왕비의 아름다움을 가꾸는 것이 곧 나라의 중대사라고 믿고 있답니다.

설득당한 마트호르가 자신의 얼굴을 미용사의 손에 내맡겼다. 미용사는 꿀과 붉은 천연 소다, 백대리석 가루와 호로파의 열매와 나귀의 젖을 섞은 값진 연고를 바르기 시작했다.

처음 그것이 피부에 닿는 순간의 생소한 느낌이 부드러운 열기로 이어지며, 그 열기는 나이와 추함을 멀리 쫓아보내고 있었다.

마트호르는 자신을 환영하는 숱한 연회에 참석하고, 귀족들과 부자들의 초대에 응했으며, 여인들의 길쌈 공방과 여러 학교들을 방문했다. 그녀는 이집트인들이 사는 방식을 매일 배워나갔다.

아직까지는 모든 것이 그녀가 꿈꾸었던 것보다 아름다웠다! 그녀는 자신이 어린 시절을 보냈던 우울한 회색빛 수도, 군사도시 하투사를 마음에 두지 않았다. 여기, 피-람세스에는 높은 성곽 대신 정원과 연못들이 있었으며, 집집마다 지붕에 유약을 바른 기와들이 얹혀 터키석 빛깔로 빛나고 있었다. 이 도시에서의 삶은 새들의 노랫소리에 실린 기쁨, 그것이었다.

그녀가 꿈꿔온 이집트는 이제 그녀의 것이 되었다! 그녀는 이 나라의 왕비이며 모든 사람들의 존경을 받는 대상이었다.

그러나 그녀가 이집트를 지배한다고 말할 수 있을까? 늘 람세스의 곁에서 국정을 돌보고, 나라 일을 결정하는 데 중요한 역할을 담당했던 네페르타리. 마트호르는 네페르타리가 히타이트와의 평화조약을 주도했던 인물이라는 사실을 알고 있었다.

마트호르는 사치와 쾌락을 누릴 수는 있었지만 람세스의 얼굴을 보기도 힘들었다! 람세스는 욕망과 부드러움으로 그녀와 사랑을 나누었지만, 그녀는 그에게 어떤 힘도 행사할 수 없었고, 국정에 참여한다는 건 꿈도 꿀 수 없었다.

하지만 마트호르는 절망하지 않았다. 이 낭패는 일시적인 것이다. 언젠가는 람세스를 유혹하여 그를 지배할 것이다. 그녀에게는 지혜와 미모와 젊음이라는 무기가 있지 않은가. 워낙 강력한 상대라 힘들고 긴 싸움이 될 테지만, 젊은 히타이트 여인은 자신의 궁극적 승리를 믿어 의심치 않았다. 지금까지 그녀는 자신이 고집스레 갈망하는 것은 늘 차지하고야 말았다. 지금 그녀가 원하는 것은 네페르타리에 대한 기억을 지워버릴 만큼 뛰어난 왕비가 되는 것이었다.

시녀가 말했다.

—폐하, 저기…… 파라오께서 정원에 납신 것 같습니다.

—어서 나가봐라. 폐하이시거든 곧장 와서 알리고!

파라오는 왜 예고도 없이 나타난 것일까? 늦은 아침인 이 시간에 왕이 휴식시간을 갖는 일은 이제까지 없었다. 이 무슨 평소에 없던 일인가?

시녀가 돌아왔다.

—분명히 파라오이십니다, 폐하.

—혼자시더냐?

—예, 혼자셨습니다.

—내게 가장 가볍고 단순한 옷을 찾아다오.

—붉은 술이 달린 얇은 아마 옷을 준비할까요, 폐하?

—서둘러라.

—보석은 어떤 것을 준비할까요?

—보석은 필요없다.

—그러면…… 가발은?

—가발도 필요없어. 어서 서두르라니까, 뭐하는 거냐?

람세스는 둥근 왕관 모양의 단풍나무 아래 앉아 있었다. 단풍나무에는 녹색과 붉은색의 열매들이 달려 있었고, 나뭇잎들은 햇빛에 반짝였다. 왕은 피라미드 시대의 파라오들이 걸쳤던 전통적인 로인클로스를 입고 있었다. 손목에는 두 줄의 금팔찌가 빛났다.

히타이트 여인은 조용히 그를 지켜보았다.

그는 누군가에게 말하고 있었다.

그녀는 맨발로 그에게 다가갔다. 스치는 바람에 단풍나무 잎들이 살랑이며 감미로운 소리를 냈다. 왕의 말상대가 누군지 알게 된 젊은 여인은 깜짝 놀랐다. 파라오의 애견 감시자였다. 그놈은 등을 바닥에 대고 뒹굴고 있었다.

—폐하…….

—이리 오구려, 마트호르.

—제가 와 있는 것을 알고 계셨습니까?

—당신의 향수가 알려주었소.

그녀는 왕 옆에 앉았다. 개는 옆으로 뒹굴더니 일어나 스핑크스의 자세를 하고 앉았다.

—폐하…… 이 짐승과 얘기하고 계셨나요?

—모든 동물들은 말을 한다오. 내 옛 사자나 노란 개의 후손인 이 개와 같이 우리와 가까이 있는 동물들은 더욱 우리에게 할 말이

많지. 우리가 그들의 얘기를 들어주기만 한다면 말이오.

—그럼…… 이 개는 폐하께 무슨 얘기를 했나요?

—이놈은 내게 충성과 신의와 정직함을 들려주었소. 그리고 저 세상으로 가는 아름다운 길을 묘사해주었지. 자기가 그 길로 나를 인도할 거라 하더군.

마트호르는 시무룩해졌다.

—죽음…… 왜 그런 끔찍한 얘기를 하시나요?

—인간들만이 끔찍한 일을 저지르오. 죽음이란 근원적인 물리법칙이오. 우리가 생전에 마아트의 규범을 따르는 정직한 삶을 산다면, 죽음 너머의 저 세상은 충만할 거요.

마트호르는 람세스에게 다가가 길고 아름다운 검은 눈으로 그를 응시했다.

—옷이 더럽혀져도 괜찮소?

—저는 아직 제대로 갖추어 입지 않았어요, 폐하.

—간결한 옷에 보석도 가발도 하지 않고…… 왜 이렇게 간단한 차림을 했소?

—폐하는 저의 차림을 나무라시나요?

—당신은 지체에 맞는 차림과 행동을 해야 하오, 마트호르. 여느 여자처럼 행동해서는 안 될 것이오.

히타이트 여인이 반발했다.

—제가 언제 그런 적이 있었나요? 저는 히타이트 대왕의 딸이었고, 지금은 파라오의 부인이에요! 저는 언제나 제 신분에 걸맞는 예절과 권력에 따라 행동해왔다구요.

—예절, 그 말은 맞소만, 왜 권력을 언급하는 거요? 당신은 히타이트 궁정에서 어떤 책임도 지고 있지 않았잖소?

마트호르는 궁지에 몰린 느낌이었다.

—저는 아직 어렸었고…… 그리고 히타이트는 군사국가라 여자

들을 열등한 존재로 취급하지요. 여기는 모든 게 달라요! 이집트 왕비에게는 나라에 봉사할 의무가 있지 않나요?

젊은 여인은 람세스의 무릎에 자신의 머리채를 내려뜨렸다.

—당신은 정말 스스로를 이집트인이라 생각하오, 마트호르?

—더이상 저와 히타이트를 관련시키는 말은 듣고 싶지 않아요!

—당신의 아버지와 어머니를 부정하는 거요?

—아니요, 그건 아니지만…… 그분들은 너무 멀리 있어요!

—당신은 어려운 시련을 겪고 있소.

—시련이라니요? 아니에요, 지금 제 모습은 제가 오랫동안 꿈꿔왔던 모습이에요! 저는 더이상 과거의 얘기를 듣고 싶지 않답니다.

—과거의 비밀을 파악하지 못하고, 어찌 미래를 준비할 수 있겠소? 당신은 젊소, 마트호르. 그래서 동요되기도 쉽소. 당신 스스로의 균형을 찾으시오. 쉬운 일은 아닐 거요.

—저의 미래는 결정되어 있어요. 바로 이집트의 왕비지요!

—나라를 다스리는 능력은 단숨에 주어지는 것이 아니라, 차츰차츰 쌓여가는 것이오.

히타이트 여인은 분한 생각이 들었다.

—전…… 저는 이해할 수가 없어요.

람세스가 말했다.

—당신은 이집트와 히타이트간의 평화를 보여주는 살아 있는 상징이오. 많은 사람들이 오랜 전쟁의 끝을 보지 못하고 죽어갔소. 마트호르, 당신 덕분에 고통은 기쁨으로 바뀌었다오.

—전…… 단지 하나의 상징일 뿐인가요?

—당신이 이집트의 신비를 파악하려면 오랜 세월이 걸릴 거요. 진리와 정의의 여신인 마아트에 봉사하는 법을 배우시오. 그러면 당신의 삶은 빛날 것이오.

히타이트 여인이 일어나 두 땅의 주인을 똑바로 바라보았다.

—저는 폐하 곁에서 함께 나라를 다스리고 싶어요, 람세스.

—당신은 꼭 어린아이 같구려, 마트호르. 우선 당신 지체에 맞게 처신하시오. 그리고 스스로 성숙해질 때까지 기다리시오. 지금은 나 혼자 있고 싶구려. 이놈이 내게 말할 속내얘기가 많은가보오.

화가 난 히타이트 여인은 자신의 처소로 뛰어갔다. 람세스는 분에 겨워 울먹이는 그녀를 보지 못했다.

37

그 대화 이후 몇 달 동안 마트호르는 눈부시게 변모했다. 화려한 옷을 차려입은 그녀는 아름다움과 매력으로 수많은 연회를 환히 비추며, 사교계에서 왕비의 역할을 완벽하게 해냈다. 왕의 충고에 따라 궁정 예절에 익숙해지려 노력했으며 옛 이집트 문화에 대한 견문을 넓혔다. 그 문화의 심오함은 그녀를 사로잡았다.

마트호르의 노력과 아름다움은 궁정 인사를 비롯한 귀족들의 호감을 사기에 충분했으나, 왕의 가장 가까운 친구라고 모두들 말하는 아메니의 환심을 사는 데는 성공하지 못했다. 세타우는 로투스와 함께 누비아로 돌아가고 없었다. 독사들의 독을 채취하고 누비아 지역 발전에 대한 자신의 생각을 실행에 옮기기 위해서였다.

젊은 히타이트 여인은 모든 것을 가졌지만, 아무것도 소유한 것이 없었다. 권력은 그토록 가까운 곳에 있었지만, 그녀의 손이 닿지 않았다. 쓰라림이 그녀의 가슴을 파고들었다. 람세스의 마음을 사로잡으려는 모든 시도가 허사였다. 난생 처음 그녀는 스스로에 대해 무력감을 느꼈다. 하지만 무기력하게 늘어진 모습을 왕에게 보일 수는 없었다. 그녀는 공허한 가슴을 화려한 차림으로 감추고 자신의 매력을 한껏 발산하며 축제와 향락에 취해 지낼 따름이었다.

소슬바람이 부는 가을 저녁, 마트호르는 지쳐버린 자신을 바라보았다. 어린 시절부터 주위의 부러움과 경탄의 시선을 모으며 살아온 그녀가 꿈꾼 운명은 이런 모습이 아니었다. 그녀는 시녀들을 모두 물러가게 하고, 침대에 누워 천장을 바라보았다. 사로잡히지 않는 완벽한 남자, 람세스를 떠올렸다.

한줄기 바람이 불어오는지, 테라스 쪽으로 난 문 앞의 아마포 커튼이 젖혀졌다. 바람이 아니었다. 당당한 체구에 긴 머리를 늘어뜨린 남자가 불쑥 들어섰다. 마트호르가 벌떡 일어나 팔을 포개 가슴을 감쌌다.

—당신, 누구예요?

—당신의 동족이지.

희미한 달빛이 비쳐와, 왕비는 난데없는 침입자의 모습을 확인할 수 있었다.

—우리테슈프!

—나를 기억하나, 아가씨?

—감히 내 침실에까지 침입하다니!

—쉽지 않은 일이었지. 오래 전부터 너를 지켜보고 있었다. 저 악마 같은 세라마나 녀석이 끊임없이 감시하는 바람에 오늘이 있기까지 오래 기다려야 했지만.

—우리테슈프…… 당신은 무와탈리스 대왕을 죽이고 우리 아버지와 어머니마저 없애려 했지!

—다 지난 일이야…… 지금 우리는 이집트로 쫓겨난 두 히타이트인이 아닌가?

—당신은 내가 누군지 모르나?

—환상 속에서 정신 못 차리고 있는 버림받은 아가씨지.

—나는 람세스 대왕의 부인, 이 나라의 왕비란 말이다!

우리테슈프가 침대 한쪽에 앉았다.

—꿈에서 깨어나, 어린 아가씨.

—친위대를 부를 테다!

—어디, 불러보라구.

우리테슈프와 마트호르는 잠시 눈싸움을 했다. 젊은 여인이 일어나서 그에게 차가운 물을 끼얹었다.

—괴물에다가 짐승 같은 인간! 내가 왜 당신 같은 반역자 말을 들어야 해!

우리테슈프는 태연하게 물을 훔치며 미소지었다.

—왜냐하면 우리는 둘 다 이 저주받을 이집트의 영원한 적, 히타이트인이기 때문이지!

—엉뚱한 소리 마. 평화조약이 체결된 지 오래야.

—쓸데없는 망상에 기대는 짓은 이제 그만 해둬, 마트호르. 람세스에게 너는 머지않아 하렘에 칩거하게 될 이방인일 뿐이야.

—틀렸어!

—그가 너에게 한 조각이라도 권력을 나눠준 적이 있나?

젊은 여인이 입을 다물었다.

—람세스 눈엔 너는 존재치 않아. 네가 아무리 발버둥쳐봐야 너는 히타이트 여자에 불과해. 파라오가 언젠가는 파기시키고야 말 한시적 평화의 인질에 불과하단 말이다. 람세스는 음흉하고 잔인해. 그가 교묘하게 파놓은 함정에 하투실이 빠져버린 거지. 그리고 너는 이 모든 음모에 이용당한 거야! 마음껏 취해 있으라구, 마트호

르. 젊음은 네가 상상한 것 이상으로 금세 지나가버릴 테니까.

마트호르는 우리테슈프로부터 돌아서서 말했다.

—이제 끝났나?

—내가 말한 걸 잘 생각해보라구. 너는 내 말이 맞다는 걸 깨달을 거야. 혹시 나를 만나고 싶거든, 세라마나 모르게 내게 연락해.

—내가 왜 당신을 만나고 싶어해?

—너도 나만큼이나 조국 히타이트를 사랑할 테니까. 그리고 너는 실패도 굴욕도 원하지 않는 히타이트인이니까.

마트호르는 잠시 망설이다가 그를 향해 돌아섰다.

바람이 가볍게 스치며 커튼을 들어올렸다. 우리테슈프는 사라지고 없었다. 마트호르는 희미한 달만 동그마니 떠 있는 하늘을 바라보았다. 달의 여신에게 그녀의 운명을 묻고 싶었다. 바람처럼 왔다 사라진 그건 밤의 악마인가, 아니면 진실을 알리러 온 사자인가?

포도가 가득 찬 양조통 속에서 여섯 사내가 박자에 맞춰 발을 구르며 목청이 터져라 노래를 불렀다. 신바람나게 으깨어진 잘 익은 포도송이들에서 양질의 포도주가 만들어지고 있었다. 양조통에서 올라오는 증기에 반쯤 취한 사내들의 손에는 포도나무 가지들이 들려 있었다. 사내들 중 제일 열성적으로 박자를 맞추며 목청을 돋우는 자는 세라마나였다. 그는 다른 사내들의 발짓에 리듬을 넣기까지 했다.

양조장 주인이 세라마나를 불렀다.

—누가 나리를 찾는데요?

세라마나가 부하들에게 소리쳤다.

—계속해. 기운 빼지 말고.

세라마나를 찾아온 남자는 사막경찰대 분대장이었다. 네모난 얼굴에 강인한 인상을 가진 그는 활과 화살과 짧은 칼을 결코 자신의 몸에서 떼어놓지 않는 철저한 전사의 기질을 지니고 있었다.

—보고드리러 왔습니다. 우리 순찰대는 여러 달 전부터 말피와 그의 전사 부족을 찾아 리비아 사막을 사방으로 뒤졌습니다.

—그래, 찾아냈나?

—유감스럽지만 찾지 못했습니다. 사막이 워낙 광대한 데다, 위험이 따를 것이 확실한 먼 곳까지는 나가보지 못했습니다. 아마도 유랑하는 베두인 족이 말피에게 우리가 접근했음을 알린 것 같았습니다. 그들은 아직 잡히지 않는 그림자입니다.

세라마나는 입맛이 썼다. 사막에서의 활동에 관한 한 타의 추종을 불허하는 이집트 사막경찰이 그들을 찾는 데 실패했다는 건, 말피가 얼마나 두려운 상대인가를 말해주는 것이었다.

—말피가 리비아 부족들을 연합하고 있다는 게 확실한가?

분대장이 말했다.

—저는 그다지 확신하지 않습니다. 한갓 소문에 불과할지도 모릅니다.

—말피가 철제 단검을 얻었다고 자랑하더란 말은 혹시 없던가?

—그런 말은 듣지 못했습니다.

—경계상태로 대기하고 있게. 그리고 약간의 이상이라도 포착되면 즉시 내게 알리게.

—알겠습니다…… 그런데 대장님, 리비아인들을 경계해야 할 필요가 있는 겁니까?

—나는 말피가 어떤 식으로든 이집트에 해를 입힐 거라 확신하고 있네. 게다가 그에게는 살인혐의가 있어.

아메니는 그 어떤 서류들도 버리는 일이 없었다. 해가 갈수록 그의 사무실은 파피루스와 나무서판으로 가득 차게 되었다. 사무실에 딸린 세 개의 방에는 옛 서류들이 보관되어 있었다. 그를 보좌하는 서기관들이 몇 차례 중요하지 않은 서류들은 치워버리자고 건의했지만, 아메니는 최대한의 정보를 수중에 지니고 있기를 원했다. 그러는 편이, 필요한 때에 행정부서에서 정보가 제때 도착하지 않아 애태우는 것보다 나았다.

삶은 고기로 잔뜩 배를 채운 아메니가 기름 램프의 희미한 불빛 아래서 일하고 있는데, 세라마나가 그의 사무실로 들어왔다.

—아직도 일하고 있나?

—누군가는 세부적인 데까지 신경을 써야 하네.

—그러다가 자네 건강을 망칠 걸세, 아메니.

—내 건강은 이미 오래 전부터 좋은 편이 아니네.

—앉아도 되겠나?

—일하는 데 방해하지 않는다면.

사르디니아 거인은 그대로 서 있었다. 그가 한탄했다.

—말피에 대해선 새로운 소식이 없네. 리비아 사막 한가운데에서 꼼짝 않고 있는 모양이야.

—우리테슈프는?

—부자 마누라와 쾌락을 즐기며 살고 있지. 내가 사냥감을 잘 모르는 사냥꾼이라면, 그가 모든 야심을 버리고 괜찮은 마누라를 얻어 편안한 생활에 만족하며 사는 위인이 되었다고 말했을 걸세.

—어쨌든, 아니라고 말할 수도 없지 않을까? 다른 이방인들도 마누라를 얻어 조용히 사는 데 만족하고 있지 않나.

—바로 그렇지…….

사르디니아인의 어투가 아메니를 건드렸다.

—자네, 뭘 말하고 싶은 건가?

—자네는 뛰어난 서기관일세. 하지만 세월은 흐르기 마련이고, 자네는 이제 젊은이가 아니야.

아메니가 붓을 놓고 팔짱을 꼈다. 사르디니아인이 말을 이었다.

—내가 말이지, 눈여겨봐둔 여자가 하나 있는데, 매력적이면서도 아주 수줍음을 타는 여자야. 그 여자, 내게는 전혀 맞지 않지만, 자네 맘에는 들 걸세.

—자네…… 내게 결혼을 권하는 건가?

—나야 여자를 수시로 바꾸느라 결혼하지 않지만…… 자네는 좋은 처를 맞아들여 충실하게 살 사람이야.

아메니가 버럭 화를 내었다.

—내 삶은 바로 이 사무실이고, 백성들 일을 관리하는 것일세! 여기 여자가 있다고 상상할 수 있나? 그녀는 자기 고집만 피워서 모든 걸 뒤죽박죽으로 만들어놓고 말 걸세!

—내가 생각했던 건…….

—쓸데없는 데 신경 쓰지 말고, 아샤를 죽인 자의 정체나 밝혀오게나.

38

테베의 서쪽 강가에 위치한 람세스의 영원의 신전은 5헥타르에 달하는 광활한 땅에 펼쳐져 있었다. 신에 대한 파라오의 맹세를 보여주듯이 입구의 탑문들은 하늘까지 오르는 듯했고, 연못의 맑은 수면 위로는 나무들이 그늘을 드리웠다. 청동으로 만들어 금칠한 문들, 은으로 만든 바닥의 타일들이 장식하는 신전 홀에는 현존하는 '카'에 힘입어 생명을 얻은 조각상들이 머물고 있었다. 성소 주위로는 도서관과 창고가 있었다. 신전의 중심부에는 세티와 투야, 그리고 네페르타리를 기리는 사당들이 마련되어 있었다.

람세스는 신성이 지배하는 이곳을 자주 찾았다. 이곳에는 그의 마음속에 영원히 살아 있는, 소중한 사람들의 기억이 서려 있었다. 그런데 이번에 이곳을 찾은 이유는 다른 데 있었다.

네페르타리의 딸 메리타몬이 파라오의 영원불멸을 위한 의식을 치러야 하기 때문이었다.

람세스는 제 어머니와 완벽히 닮은 그녀의 모습에 눈이 부셨다. 그녀는 문장(文章)의 여신 세샤트의 모습을 하고 있었는데, 가슴 윗부분에 두 개의 장미무늬가 새겨진 옷을 입고 있었다. 원반형의 귀걸이를 한 그녀의 갸름한 얼굴은 곧 부서져내릴 것 같은 완벽함으로 빛나고 있었다.

왕이 그녀를 품에 안았다.

—어떻게 지내고 있니, 사랑하는 딸아?

—아버님 덕분에 신전에서 조용한 명상생활을 하고 있지요. 신들을 위한 음악을 연주하며, 매순간 어머니의 존재를 느끼곤 해요.

—네 부탁으로 테베에 온 것이다. 신전들에선 유일한 이집트 왕비로 인정받는 네가 내게 무슨 신비를 보여주려는 것일까?

메리타몬이 왕 앞에 허리를 굽혀 절을 했다.

—폐하께서는 저를 따라오십시오.

그녀가 구현한 세샤트 여신이 람세스를 사당으로 인도하였다. 그곳에는 토트 신의 따오기 가면을 쓴 사제가 그를 기다리고 있었다. 람세스가 지켜보는 가운데, 토트와 세샤트는 돌 위에 양각으로 새겨진 거대한 나뭇잎들 위에 왕의 다섯 가지 이름을 적어넣었다.

메리타몬이 말했다.

—이로써 그대의 연대는 수백만 번 반복되었고, 앞으로도 영원히 계속되리라.

람세스는 낯선 감동을 느꼈다. 그는 운명에 의해 막중한 임무를 갖게 된 한 인간에 지나지 않았다. 그런데 이 두 신들은 파라오가 지니는 또다른 현존, 즉 그 영혼이 왕조의 시조 이래로 대를 이어 계속될 것이라는 사실을 상기시켜주었다.

두 제관이 물러갔다. 람세스는 방금 자신이 영원히 새겨진 수백만 년 된 나뭇잎을 응시했다.

메리타몬이 신전의 연주자들 자리로 돌아가려는데, 화려하게 치장한 금발 여인이 그녀를 막아섰다. 금발 여인이 공격적인 말투로 말했다.

—난 마트호르에요. 우리는 한번도 만난 적이 없지만, 당신에게 할 말이 있어요.

—당신은 아버님의 부인이시지만, 우리는 서로 말할 게 없는 것 같은데요.

—이집트의 진짜 왕비는 바로 당신이지!

—나의 왕비 역할은 단지 종교적인 데에 그치는 거예요.

—다시 말하자면, 본질적이라는 거죠!

—마음대로 해석하시는군요, 마트호르. 내게는 네페르타리말고는 왕실의 정비란 존재하지 않아요.

—그녀는 이미 죽었고, 난 이렇게 살아 있어요! 당신은 이미 통치를 포기한 마당에 왜 내가 나서는 걸 막는 거죠?

메리타몬이 미소를 띠었다.

—당신의 상상은 정말 무궁무진하군요. 저는 이곳에 칩거해 있어요. 세상 일에는 전혀 관심이 없답니다.

—하지만 당신은 나라의 의식이 있을 때마다 이집트 왕비가 되잖아요.

—그건 파라오의 뜻이랍니다. 당신은 파라오의 뜻을 거역할 수 있나요?

—그에게 말해줘요. 그가 내게 합당한 자리를 주도록 그를 설득해주세요. 당신의 말은 그에게 영향을 줄 수 있을 거예요.

—당신이 진정 원하는 게 뭐죠, 마트호르?

—나에겐 나라를 다스릴 권리가 있어요. 파라오와의 결혼이 바로

그것을 보장하죠.

—이집트는 힘으로 정복되지 않아요. 사랑으로 정복되죠. 이 땅에서 당신이 자신의 의무를 잊고 마아트의 규범을 무시한다면, 당신은 심한 환멸에 빠지게 될 겁니다.

—당신의 연설에는 관심 없어요, 메리타몬. 내가 요청하는 건 당신의 도움이에요. 적어도 나는 당신처럼 세상을 포기하진 않았어요.

—당신은 용감하군요. 행운을 빌어요, 마트호르.

람세스는 오랜 시간 카르낙 신전 대열주의 홀에서 명상에 잠겼다. 이 신전은 세티가 착공하고, 그의 아들이자 후계자인 람세스가 아버지의 뜻에 어긋나지 않게 완성시킨 것이었다. 창문을 통해 들어온 빛이, 조각되고 채색된 여러 장면들을 차례차례 비추었다. 파라오가 신들이 땅에 내려오도록 그들에게 제물을 바치는 광경이었다.

신비에 싸인 아몬, 모든 것들에 숨결을 불어넣어준 이집트의 위대한 영혼, 아몬 신은 보이지 않지만 그의 현존은 어디에서나 느낄 수 있었다. 찬가는 말하고 있다. "그는 바람 속에서 오시느니. 모습을 드러내지 않으신 채로. 밤은 그의 존재로 가득 차 있노라. 높은 것과 낮은 것, 그가 그 모든 것들을 완성하도다."『빛 속으로 나아가는 책』이 말하고 있듯이, 인간의 능력을 뛰어넘는 일인 줄 알면서도 아몬을 알고자 하는 시도 자체가, 악과 암흑을 헤쳐 미래를 꿰뚫어보고 신의 형상대로 나라를 만드는 일이 아닐까?

한 남자가 람세스에게로 다가오고 있었다. 네모난 얼굴에 오랜 신전생활에도 가시지 않는 험한 인상, 왕궁 마구간 감독이었던 바크헨이었다. 그는 아몬 신을 모시러 카르낙에 들어온 이후, 여러 단계를 건너뛰어 지금은 아몬의 제2예언자로 일하고 있었다. 빡빡 깎은 머리에 티 하나 없는 아마 옷을 걸친 그는 왕으로부터 몇 걸음 떨어진 곳에 멈춰 섰다.

—폐하를 다시 뵙게 되어 기쁘기 이를 데 없습니다.

—자네 덕분에 카르낙과 룩소르가 신들을 모시기에 손색 없는 곳이 되었네. 네부 대사제께서는 어떻게 지내고 계신가?

—대사제님은 성스러운 호숫가에 있는 작은 집에만 계십니다. 연세가 많으셔서요. 그래도 계속해서 저희들에게 지시를 내려주고 계십니다.

람세스는 바크헨의 성실성을 알고 있었다. 그는 야망을 벗어버린, 보기 드문 인물이었다. 그에게 있어 가장 중요한 원칙은 올바르게 사는 것이었다. 이집트에서 가장 큰 성역의 관리가 올바른 사람의 손 안에 놓여 있는 것이다.

바크헨은 여느 때 같지 않게 불안해 보였다. 람세스가 물었다.

—무슨 걱정거리라도 있는가?

—지금 막 테베 인근의 작은 성소들로부터 불안한 편지들을 받았습니다. 제의 때 꼭 필요한 유향과 향과 몰약이 떨어질 것 같다는군요. 카르낙에 저장되어 있는 것들을 보내주면 당장 급한 건 해결되겠지만, 저희 보유량도 두세 달 후면 없어질 것입니다.

—신전들은 겨울이 시작되기 전에 물품을 지급받게 되어 있지 않는가?

—그렇습니다만, 폐하, 저희가 지급받는 양이 얼마나 되겠습니까? 게다가 이번 수확량은 아주 적어서 제의에 꼭 필요한 물품들이 부족할 가능성이 큽니다. 제의가 정상적으로 치러지지 않는다면, 나라의 조화를 해치는 일들이 생기지 않을까 두렵습니다.

람세스가 수도로 돌아오자마자, 아메니는 양팔에 행정서류들을 잔뜩 안고 집무실로 왕을 찾아왔다. 사람들은 허약해 보이기만 하는 아메니의 어디에서 그 무거운 서류들을 들고 다닐 수 있는 힘이 나오는지 궁금해했다.

—빨리 손을 써야 합니다, 폐하. 짐배들이 무는 세금이 너무 무거워요. 게다가…….

아메니는 말을 중단했다. 람세스의 심각한 얼굴은 그의 말을 듣고 있지 않았다.

—아메니, 나라 안에 유향과 향과 몰약의 재고량이 어느 정돈가?

—지금 당장 대답하기는 어렵고, 확인해봐야 합니다…… 하지만 위급한 상황은 아닐 겁니다.

—그렇다고 어떻게 확신할 수 있나?

—연락체계를 세워놓았기 때문이지요. 만약 재고량이 심각할 정도로 부족하다 싶으면 제게 이미 연락이 왔을 겁니다.

—테베 지방에서는 곧 바닥날 것 같네.

—피-람세스에 저장되어 있는 걸 사용하도록 하지요. 다음 번 수확량이 풍성하기를 기원해야겠군요.

—다른 일들은 자네 보좌관들에게 위임하고, 즉시 이 문제를 해결하게.

아메니는 자신의 사무실로 '흰 이중의 집'의 저장품 감독과 국고 책임자, 그리고 외국에서 들어오는 물품의 운반책임을 맡고 있는 '소나무의 집'의 책임자를 불렀다. 오십대에 접어든 세 고위관리들은 삶이 활짝 핀 사람들이었다.

국고 책임자가 아메니에게 불평했다.

—귀공 때문에 중요한 회합 도중에 나와야 했습니다. 별것 아닌 일로 부르신 게 아니길 바랍니다.

아메니가 말했다.

—여러분들은 유향과 향과 몰약의 재고를 책임지고 계신 분들이

지요. 여러분들 중 아무도 제게 위급함을 알리지 않았기 때문에, 저는 전혀 걱정하지 않고 있습니다만.

'흰 이중의 집' 저장품 감독이 말했다

—제게는 유향이 거의 남아 있지 않습니다. 하지만 설마 지금 곁에 있는 동료들은 그렇지 않겠지요.

국고 책임자가 말했다.

—저희의 재고량은 평소보다 적긴 합니다만, 위험수위는 아닙니다. 그래서 보고드리지 않아도 될 거라고 생각했습니다.

'소나무의 집' 책임자가 말했다.

—제 경우도 같습니다. 하지만 더이상 재고량이 줄어든다면, 어떻게 손을 써야 할 겁니다.

아메니는 간이 콩알만해졌다. 이 관리들은 철저하게 형식에만 매달려, 전혀 정보를 교환하지 않고 있었던 것이다.

—여러분들의 재고량을 정확하게 보고해주시오.

아메니는 빠르게 계산을 마무리지었다. 올 봄이 오기 전에 몰약은 완전히 동이 날 것이고, 연구소들과 신전들에선 유향과 향이 바닥날 것이었다. 앞날을 내다보지 못했다는 사실로 인해, 백성들은 왕의 능력을 불신하기 시작할 것이다. 나라를 다스리는 데 있어 가장 중요한 신전의 제의가 제대로 이루어지지 못한다면, 그 불신은 걷잡을 수 없이 번져갈 것이다.

39

수석의 네페레트는 늘 봄날의 새벽빛처럼 아름다웠다. 그녀는 피스타치오 나무의 수지와 꿀과 구리조각들과 약간의 몰약을 주성분으로 한 아말감 조제를 끝마쳤다. 그녀를 찾은 저명한 환자의 이를 치료하기 위한 것이었다.

그녀가 람세스에게 말했다.

—곪은 상처는 없는데, 잇몸이 약해졌고 풍치 기운이 좀 있습니다. 입 안 헹구는 것을 잊지 마시고, 버드나무 껍질 달인 탕약을 계속 드십시오.

—강가와 연못 주위에 수천 그루의 버드나무를 심게 했소. 머지않아 의원들에게 많은 양의 진통제와 항생물질이 전달될 거요.

—감사합니다, 폐하. 폐하께 씹을 수 있는 약을 처방해드리겠습

니다. 브리오니아와 노간주나무와 단풍나무 열매와 향을 넣어 만든 것입니다. 제가 폐하께 굳이 약재들을 말씀드리는 까닭은, 뛰어난 진통제인 몰약과 향이 머지않아 떨어질 것 같아서입니다.

—알고 있소, 네페레트.

—언제쯤 의원들이 지급받을 수 있을까요?

—가능한 한 빠른 시일 내에 전달될 거요.

왕이 곤란해하는 것을 눈치챈 네페레트는 더이상 왕을 난처하게 만들 질문을 하지 않았다. 문제가 심각한 것 같았지만, 그녀는 람세스가 이 곤경으로부터 나라를 구할 수 있으리라고 확신했다.

람세스는 오랫동안 세티의 석상을 바라보며 생각에 잠겼다. 흰 벽의 검소한 집무실에 머물러 있는 세티의 존재는, 람세스를 선왕의 생각에 이어주었다. 왕국의 미래가 달려 있는 중요한 결정을 내려야 하는 순간마다, 람세스는 세티의 석상 앞에서 명상에 잠겼다. 람세스를 파라오에 입문시키기 위해 혹독한 시험을 거치게 했던 세티의 영혼에 묻고 또 묻는 것이다.

세티는 옳았다. 람세스가 이 오랜 통치의 무게를 견딜 수 있었던 것은 세티가 강요했던 혹독한 훈련 덕분이었다. 그를 거세게 태우던 젊은 시절의 불길은 사그라들지 않았다. 다만, 다른 형태의 갈망, 선조들이 이루었던 정의와 문명이 꽃피는 이집트의 영광 속에 그의 나라와 백성을 세우는 것으로 변모했을 뿐이다.

자리에서 일어선 그의 눈길이 서남 아시아 대형 지도에 머물렀다. 모세가 떠올랐다.

모세, 약속의 땅을 찾아 열정의 불길을 태웠던 사람, 그 불길의 인도에 따라 동족들을 데리고 사막으로 들어간 사람. 참으로 많은 세월이 흘렀다.

아샤와 군사고문들의 숱한 제안과 충고에도 불구하고, 람세스는 모세와 히브리인들의 길을 막지 않았었다. 과연 그들은 그들 운명의 땅에 도달했을까?

람세스는 아메니와 세라마나를 들어오게 했다.

—몇 가지 결정을 내렸네. 세라마나, 자네를 만족시켜줄 결정도 있네.

왕의 말을 들으며 사르디니아 거인은 크게 기뻐했다.

타니트, 농익은 과일 같은 페니키아 여인은 샘솟는 듯한 욕망으로 우리테슈프의 몸을 탐했다. 그가 아무리 거칠게 대해도 그녀는 그가 강요하는 모든 것에 복종했다. 그 사내로 인해 그녀는 육체의 결합이 가져다주는 쾌락에 눈을 뜬 기분이었다. 그녀는 새로운 젊음을 살고 있었다. 우리테슈프는 그녀에게 신과 같은 존재였다.

거칠게 그녀를 사랑해준 히타이트인이 침대에서 일어나 마치 야수처럼 당당한 알몸을 쭉 펴며 말했다.

—타니트, 당신은 정말 굉장한 암말이야! 당신은 이따금 내게 조국을 완전히 잊게 만든단 말야. 정말 굉장해.

타니트도 침대에서 나와 몸을 웅크려 연인의 장딴지를 껴안았다.

—우리는 너무나 행복해요! 우리 다른 건 생각지 말고, 우리의 사랑만을 생각해요.

—우리는 내일 파윰에 있는 당신의 별장으로 떠날 거야.

—여보, 난 거긴 싫어요. 피-람세스에 있고 싶어요.

—파윰에 도착하는 즉시, 난 일하러 떠나야 해. 당신은 우리가 함께 있는 것처럼 꾸미고 있어.

타니트가 일어나 그에게 자신의 가슴을 붙이며 열정적으로 껴안았다.

—어딜 가시는데요? 그리고 얼마나 계실 건데요?

—알 필요 없어. 후에 세라마나가 뭘 묻거든, 당신은 몇 마디 말

로 간단하게 대답만 하면 돼. 우리는 잠시도 떨어진 적이 없었다고 말야.

—절 믿고 제게 말해줘요, 저는…….

우리테슈프의 커다란 손이 그녀의 뺨을 때렸다. 그녀가 비명을 질렀다.

—넌 암컷이야. 암컷들은 남자들 일에 끼어드는 게 아냐. 내 말대로만 해, 모든 게 잘될 테니까.

우리테슈프는 말피와 접선하기로 되어 있었다. 유향과 향과 몰약을 싣고 이집트로 향하는 수레행렬을 습격하여 다 없애버릴 계획이었다. 그 계획은 람세스에게 재난을 안겨줄 것이다. 이집트는 국가의 주요 물품 부족으로 전역에 문제가 발생할 것이고, 람세스는 민심을 잃게 될 것이다. 동요하는 이집트에 리비아인들의 급습! 그것은 이집트를 붕괴시키거나, 그러지 못한다 해도 상당한 타격을 입힐 것이다. 히타이트에서는 이집트와의 평화를 못마땅하게 여기고 있던 불만세력들이 일어나 하투실을 쫓아내고, 이집트 군대를 쳐부술 수 있는 유일한 사령관인 우리테슈프를 불러들일 것이다.

하녀 하나가 당황해하며 침실 입구에 나타났다.

—주인마님, 경찰이에요! 투구를 쓰고 무기를 든 거인이…….

타니트가 말했다.

—돌려보내.

우리테슈프가 막았다.

—아니다, 우리 친구 세라마나가 우리에게 뭘 요구하나 한번 들어보자. 그에게 기다리라고 해.

—저는 그 우락부락한 인간을 보지 않겠어요!

—아냐, 여보. 당신은 우리가 이 나라에서 가장 금실이 좋은 부부란 사실을 잊었나? 어서 가슴이 보이는 옷을 걸치고 향수를 뿌리라구.

생기 없어 보이는 타니트를 품에 안고 우리테슈프가 물었다.

—술 좀 마시겠나, 세라마나?

—난 공식적인 임무를 띠고 온 것이네.

페니키아 여인이 물었다.

—무슨 일인데요?

—람세스 대왕께서는 곤경에 처해 있던 우리테슈프에게 망명을 허락해주셨었소. 그리고 우리테슈프가 이집트 사회에 완전히 적응한 걸 기쁘게 여기고 계시오. 그런 이유로, 당신이 자랑스럽게 생각할 특권을 내리셨소.

타니트가 놀랐다.

—뭔데요?

—왕비 폐하께서는 이집트에 있는 모든 하렘을 방문할 계획이시오. 각 하렘마다 왕비의 방문을 환영하는 연회가 벌어질 거요. 당신은 그 연회에 초대되었소. 게다가 여행하는 동안 왕비 폐하와 동행하게 될 것이오. 이런 기쁜 소식을 당신에게 전하게 되어 나도 기쁘오.

페니키아 여인이 말했다.

—그거…… 굉장하군요!

사르디니아인이 말했다.

—우리테슈프, 자네는 별로 기쁜 표정이 아닌 것 같은데.

—아니, 물론 나도…… 기쁘네. 히타이트인인 내가…….

—마트호르 폐하께서도 히타이트 출신이 아닌가. 그리고 자네는 페니키아 여인과 결혼했고 말일세. 법만 준수한다면, 이집트는 열려 있는 나라야. 특히 자네의 경우는 특별하기 때문에, 파라오께서 더욱 주목하고 계시네.

—그런데 왜 자네가 이 소식을 전하는 건가?

사르디니아인이 활짝 웃으며 대답했다.

—왜냐하면 왕비 폐하와 나라의 중요한 손님들의 안전을 내가 책임지고 있기 때문이지. 덧붙이자면, 나는 자네한테서 한시도 눈을 뗄 수가 없게 되었다는 말일세.

그들의 수는 백여 명에 지나지 않았지만, 완벽한 훈련을 쌓았으며 강력한 무기를 지니고 있었다. 말피는 최정예 전사들로 특공대를 조직했다. 그들은 경험이 많은 노련한 전사들이었고, 지칠 줄 모르는 힘을 가진 젊은 투사들이었다.

능력이 미치지 못한 십여 명의 전사들을 희생시켰던 마지막 지옥 훈련을 마치고, 특공대는 리비아 사막 한가운데에 구축했던 비밀기지를 떠나 북쪽으로 향했다. 이집트 델타 지방의 서쪽 경계로 이어지는 길이었다. 그곳에서 리비아인들은 때로는 작은 배로, 때로는 진흙투성이의 길을 걸어, 델타 지방을 통과해 동쪽으로 이동하게 될 것이다. 델타 지방을 지나서는 방향을 바꾸어 아라비아 반도로 향할 것이다. 값진 물건들을 실은 수레행렬을 공격하기 위해서였다.

우리테슈프가 이끄는 히타이트인들과는 국경을 넘기 전에 합류할 계획이었다. 우리테슈프는 이집트 정찰대와 감시병들을 피할 수 있는 정보를 가져올 것이다.

이것은 이집트를 향한 최초의 공격이 될 것이다. 이 공격의 성공은, 억압받는 리비아인들의 가슴속에 다시금 희망의 불길을 불러일으킬 것이고, 말피는 복수심에 불타는 리비아 민족의 영웅으로 떠오를 것이다.

말피, 그로 인해 나일 강에는 핏물이 흐르게 될 것이다. 그 첫걸음이 이집트인들의 값진 보물을 없애는 공격이었다. 마아트의 규범에 따라 신을 모시는 의식과 제의에 꼭 필요한 유향과 몰약과 향을 없애버리면, 사제들은 신들과의 약속에 충실하지 못한 람세스, 신들에게 버림받은 람세스를 비난하게 될 것이다.

정찰 나갔던 척후병이 돌아왔다. 그가 말피에게 말했다.

—더이상 전진하지 못할 것 같습니다.

—무슨 정신나간 소리냐?

—직접 보십시오, 대장님.

작은 언덕 위 가시덤불 속에 몸을 납작하게 엎드리고 아래를 내려다본 말피는 자신의 눈을 믿을 수 없었다.

넓은 지역에 걸쳐 이집트 군대가 진을 치고 있었다. 바다와 늪지대 사이에는 궁수들을 태운 작은 배들이 사방에 떠 있었다. 게다가 군데군데 나무로 세워진 감시탑들이 세워져 있었다. 군사들은 줄잡아 수천 명은 되어 보였다. 중앙막사에 세워진 깃발은, 이 이집트 군대의 지휘자가 다름 아닌 람세스의 아들, 메렌프타라는 걸 말해주고 있었다. 이집트 군의 총사령관 메렌프타가 이끄는 군대라면 숫자에 관계없이 최정예 전투부대가 아닌가.

척후병이 말했다.

—지나기가 불가능할 것 같습니다. 저들은 곧 우리를 발견하고 몰살시킬 겁니다.

말피는 자신의 가장 뛰어난 부하들이자 앞으로 리비아의 강력한 무기가 될 이들을 죽음으로 내몰 수 없었다. 대상들을 습격하는 것은 어려운 일이 아니었으나, 이만한 수의 이집트 군대와 맞선다는 것은 자살행위였다.

분노를 이기지 못한 말피가 가시덤불을 움켜쥐고 으스러뜨렸다.

40

이집트로 향하는 대상들의 주인은 아직도 멍한 상태였다. 쉰여덟의 노련한 시리아 상인인 그는 교섭을 위해 서남 아시아 지역을 샅샅이 뒤지고 다녔지만 이런 굉장한 보물은 본 적이 없었다. 그는 생산자들에게 아라비아 반도의 북서쪽 끄트머리, 인적이 없는 메마르고 황량한 지역으로 물건을 가져오라고 주문했다. 그곳은, 뱀이나 전갈의 위험은 차치하더라도, 낮에는 찌는 듯이 덥고 밤에는 얼어죽을 것같이 추운 땅이었다. 이런 장소가 비밀창고를 두기에는 안성맞춤이었다. 그는 3년 전부터 이곳에 이집트에서 훔친 보물들을 쌓아놓고 있었다.

그는 리비아인 말피와 히타이트인 우리테슈프에게는, 그나마 수확량도 적어 귀한 물건들을 비싼 값에 모두 사들였다고 확실하게 장담해놓은 상태였다. 이번에도 우리테슈프는 그에게 자금을 제공하며 유향과 향과 몰약을 모두 거둬들이라고 했다. 그들은 그걸 모두 없애버릴 계획이었다. 시리아 상인이 생산자들에게 주문한 물건을 대상들이 배달하게 되는데, 그 길목을 지키고 있다가 말피가 습격해서 모두 없애버리는 것이다. 괜찮은 계획이었다. 시리아 상인이 모두 주문했으니 생산지에 남아 있는 물품도 없고, 대상의 수송로도 미리 파악할 수 있으며, 시리아 상인은 주문한 물건을 강탈당한 피해자이니 조사받을 일도 없었다.

우리테슈프와 말피, 그들은 전사들이지 장사꾼이 아니었다. 진짜 장사꾼은 절대로 이유 없이 손해보지 않는다는 사실을 그들은 모르고 있었다.

검은 머리카락을 이마에 꽉 붙인 둥그스름한 얼굴에 뚱뚱한 상반신을 짧은 하체에 얹고 있는 이 시리아인은 소년 시절부터 거짓말과 도둑질을 일삼았으며, 당국에 일러바칠 만한 자들에게 뇌물을 먹이는 것에도 능숙했다.

히타이트를 위해 첩자 노릇을 하다가 처참하게 죽어버린 라이아의 친구이기도 한, 이 상인은 여러 해 동안의 도둑질로 꽤 많은 재산을 모았다. 하지만 지금 막 창고에 도착한 이 믿기지 않는 노다지에 비한다면, 그가 쌓아왔던 재산이란 애들 장난이었다.

아라비아 유향나무는 대략 3미터쯤 자라면, 일 년에 세 차례 수확할 수 있었다. 올해는 그 양이 너무 많아 여느 해보다 두 배의 일꾼이 필요했다. 진녹색 잎이나 가운데가 자줏빛인 황금색 꽃은, 갈색 나무 껍질에 딸린 장식물에 지나지 않았다. 그 나무 껍질을 긁으면 작은 물방울 모양의 수지가 샘솟았다. 그것을 작은 방울 모양으로 굳혀서 태우면 독특한 향이 풍겨나는 것이었다.

게다가 유향의 이 엄청난 양이란! 향기로운 우윳빛의 희뿌연 수지가 끝없이 흘러내렸다. 희기도 하고 잿빛이기도 하고 노랗기도

한 배 모양의 작은 방울들을 바라보면서, 그는 기쁨에 겨워 눈물이 날 정도였다. 다양한 용도로 쓸모가 많아, 너나 할 것 없이 모두가 찾는 이 값비싼 물건의 가치를 그는 알고 있었다. 소독하고 염증을 막고 통증을 완화시키는 역할을 하는 유향은 기름이나 고약, 가루, 심지어는 음료수로도 만들어져, 이집트 의원들이 종기나 궤양, 농양, 안질, 귀의 염증을 치료할 때에 쓰여졌다. 또한 유향은 출혈을 막고 상처가 빨리 아물게 하는 역할을 했으며 해독작용도 했다. 이집트 수석의인 네페레트라면 금을 엄청나게 지불하더라도 이것들을 구입할 것이다.

그것만이 아니다. 풍자향의 녹색빛 나는 고무수지와 라다눔의 짙은 수지, 발삼 나무의 농도 짙은 수지기름, 몰약…… 시리아인의 기쁨은 절정에 달해 있었다. 어떤 장사꾼이 단 하루 만에 이 정도의 재산을 모을 수 있겠는가?

시리아인은 말피와 우리테슈프를 속이기 위한 술책도 잊지 않았다. 그들이 기다리기로 한 장소를 경유하는 수송로를 잡은, 즉 그들에게 습격당할 대상의 수레에 허드레 물건을 잔뜩 싣게 한 것이다. 물론 위에는 향과 유향과 몰약을 적당히 덮어놓긴 했다. 그는 자신이 욕심에 눈이 어두워 실수한 것은 아닌가 생각했다. 혹시 그들이 적재물품을 살펴본다면? 유향의 양이 너무 적은 것을 발견하고 의심하지 않을까? 이번 수확량은 엄청나다고들 사람들이 떠들어대는데, 그 소문이 우리테슈프와 말피의 귀에까지 들어갔을 가능성이 있었다.

어떻게 시간을 번다? 이틀 후면 그리스와 키프로스와 레바논에서 상인들이 도착할 것이다. 그는 그들에게 창고에 쌓아놓은 물건들을 팔고 크레타 섬으로 도망가서 남은 여생을 행복하게 지낼 생각이었다. 더디게만 흐를 그 이틀 동안만 무시무시한 공범들을 피하면 된다. 그는 그들을 만나게 될까봐 가슴 졸였다.

하인 하나가 그에게 알렸다.

—히타이트인이 와서 나리를 뵙겠다는뎁쇼?

시리아인은 입 안이 바짝 마르고 눈앞이 캄캄해졌다. 낭패다! 수상하게 생각한 우리테슈프가 그의 해명을 듣고자 나타난 것이다. 그는 창고문을 열라고 할 것이다. 도망가야 할 것인가, 아니면 옛 히타이트 군 총사령관을 설득해야 할 것인가?

그러나 그의 앞에 나타난 자는 우리테슈프가 아니었다.

—당신…… 당신이 히타이트인이오?

—그렇소.

—그럼 당신은 우리테슈프의 친구, 누구……?

—내 이름은 알 필요 없고. 그렇소, 나는 히타이트를 불명예로부터 건져낼 수 있는 유일한 분인 옛 총사령관의 친구요.

—그럼요, 그렇지요…… 그분에게 신들의 은총이 따르길 빌지요! 그런데 전 언제 그분을 만날 수 있나요?

—좀 기다려야 할 거요.

—그분에게 무슨 안 좋은 일이 생긴 건 아닙니까?

—그건 아니니 안심하시오. 단지 공식적인 행사가 있어 이집트에 잡혀 있다고, 당신이 계약한 대로 일을 잘 처리하리라 믿는다고 편지를 보내셨소.

—아무 걱정도 할 필요 없으십니다! 계약대로 일이 진행되었습니다. 그분이 바라던 대로 착착 진행됐습죠.

—그럼 난 돌아가서 총사령관께 안심하시라고 전하겠소.

—그분께 즐겁게 지내시라고, 원하던 대로 다 되었다고 전해주십쇼! 이집트로 돌아가는 즉시 그분을 찾아뵙겠습니다.

히타이트인이 떠나자마자, 대상의 주인은 숨도 쉬지 않고 독한 리큐어 술 석 잔을 연거푸 들이켰다. 바라지도 않았던 행운이 그에게 떨어졌다! 우리테슈프가 이집트에서 꼼짝 못 하고 있다…… 확실히 도둑들을 도와주는 신도 있는 모양이다!

말피가 남아 있었다. 가끔씩 머리가 반짝반짝하는 정신나간 위험인물. 그를 도취시키기 위해서는 그에게 피를 보게 하는 것으로 충분했다. 대상의 상인들을 죽이고 나면, 그는 여자를 안은 것만큼이나 기쁨에 도취될 테고 물건들을 자세히 들여다볼 생각은 하지도 않을 것이다. 하지만 행여 의혹을 느끼게 되면? 그는 미친 놈 같은 모습으로 자신을 찾아올 말피의 모습을 떠올리며 몸을 떨었다.

시리아인은 재주는 많았지만 육체적인 용기는 가지고 있지 않았다. 말피와 대적한다는 것은 그의 능력을 넘어서는 일이었다.

멀리서 먼지구름이 일었다.

시리아 상인에게는 찾아올 사람이 없었다…… 분명히 리비아인 말피와 그의 살인특공대일 것이었다!

완전히 낙담한 시리아인이 거적 위에 털썩 주저앉았다. 그에게 다가오던 행운이 사라져버렸다. 말피는 그의 목을 따면서 쾌감을 느낄 것이다. 서서히 시간을 두고 죽일 것이다.

먼지구름은 천천히 움직였다. 말들인가? 아니다, 말들이라면 더 빨리 다가올 것이다. 나귀…… 그렇다, 그것은 나귀들이었다. 그렇다면 대상들이라는 얘기다! 그런데 어디서 오는 자들일까?

기운을 얻은 상인이 이상한 생각이 들어 일어섰다. 눈을 떼지 않고 다가오는 무리들을 쳐다보았다. 짐을 잔뜩 실은 네 바퀴의 수레들이 행렬을 유지하며 일정한 속도로 다가오고 있었다. 이게 웬일인가? 그들은 자신이 죽음의 장소로 보냈던 자들이었다! 지금쯤 저승으로 가는 길을 재촉하고 있을 저들이 여긴 웬일인가? 말피가 기다리고 있다가 저 대상들을 모두 죽이고 수레들을 불태우게 되어 있지 않은가?

그들이 길을 잃었던 것일까? 그럴 리 없었다. 그와 동족이며 나이가 좀더 든 대상의 우두머리가 다가왔다.

—별일 없었나, 친구?

—아무 문제 없었네.

시리아인은 대경실색했으나, 겉으로 드러낼 수는 없었다.

—예정된 길을 따라왔겠지? 조그만 사고도 없었나?

—전혀. 수송로가 한적해서 좋았네. 그나저나 몹시 목이 마르고 배가 고프네. 빨리 씻고 잤으면 싶어. 자네가 물건 내리는 걸 좀 봐주겠나?

—물론 해주지, 물론…… 가 쉬게나.

조금도 다치지 않은 대상들과 손대지 않은 물품들…… 오직 하나의 설명만이 가능했다. 누군가 말피와 그의 전사들의 길을 가로막은 것이다. 어쩌면 그 미친 자는 이집트 사막경찰에게 죽었을지도 모른다.

행운과 재산…… 시리아인은 행복감으로 가득 찼다. 그가 모험을 각오했던 것은 정말 잘한 일이었다! 그는 약간의 술기운에 들떠, 자기만 소지하고 있는 열쇠를 들고 창고로 달려갔다.

창고의 나무빗장이 부서져 있었다.

얼굴이 납빛이 된 그가 문을 살며시 밀었다. 잔뜩 쌓아놓은 보물들 앞에 머리를 빡빡 깎고 표범가죽 옷을 입은 남자가 그를 노려보고 있었다.

—당신은…… 당신은 누구요?

—멤피스의 프타 대사제이며 람세스 대왕의 장남인 카다. 이집트 물건을 되찾으러 왔다.

시리아인은 단검을 꺼내 쥐었다.

—어리석은 짓 마라. 파라오께서 지켜보고 계시다.

도둑이 뒤를 돌아보았다. 모래언덕 뒤, 사방에서 이집트 궁수들이 나타났다. 그리고 태양 아래 위대한 람세스가 푸른색 왕관을 쓰고 전차 위에 서 있었다.

시리아인은 털썩 주저앉아 무릎을 꿇었다.

—잘못했습니다…… 저는 죄가 없습니다요, 모두 어떤 자가 제게 강제로 시킨 일입지요…….

카가 말했다.

—너는 재판받게 될 거다.

법정에 출두하여 최고의 형벌을 받게 되리란 상상에 그는 눈앞이 캄캄했다. 술기운 탓인지, 그에게 나무수갑을 채우려고 다가오는 궁수가 죽음의 사자처럼 보였다. 그는 단검을 움켜쥐고 일어나 궁수에게 달려들어, 그의 어깨에 단검을 꽂았다. 동료가 위험에 처한 모습을 본 세 사람의 궁수가 바로 그를 향해 화살을 쏘았다. 화살에 몸을 관통당한 도둑은 그의 보물들을 바라보며 거꾸러졌다.

아메니는 반대했지만, 람세스는 직접 원정대를 지휘하기를 고집했었다. 사막경찰의 정보와 자신의 마법지팡이 덕분에, 왕은 물건을 빼돌린 대상들이 숨어 있는 장소를 알아낼 수 있었다. 그런데 바로 그곳에서, 왕은 실체를 알 수 없는 이상한 힘을 느꼈다. 그는 그것의 정체를 알아내고자 했다.

파라오를 태운 전차가 사막을 달렸다. 그 뒤를 일단의 전차들이 따랐다. 람세스의 전차를 끄는 두 말의 속도가 너무 빨라서, 어느새 따르는 무리와 상당한 거리가 생겼다.

지평선까지 광활하게 펼쳐진 사막에, 보이는 건 모래와 돌들과 구릉들뿐이었다. 전차를 모는 장교가 같이 타고 있는 늙은 궁수에게 물었다.

—대왕은 왜 저렇게 혼자 달려가는 거지?

—카데슈 전투에서 그분을 모시고 싸웠다는 것이 제 생애의 자랑인데, 람세스 대왕께서는 절대로 우연히 행동하는 법이 없으십니다. 언제나 신이 그분을 이끄시지요.

왕이 사구를 하나 넘어선 자리에서 멈춰 섰다.

눈 앞에 노란 잿빛의 열매가 달린 부드러운 흰 빛의 웅장한 나무들이 자라고 있었다. 광활한 유향 자생지였다. 이 정도의 유향 군락이라면, 이집트에 몇 년을 두고 그들의 값진 수지를 제공할 수 있을 것이었다.

41

우리테슈프의 신경은 험한 시련을 겪고 있었다. 아름다운 정원도 맛좋은 음식도 감미로운 음악도, 끈질기게 뒤를 따르는 세라마나의 존재와 그의 느글느글한 미소를 잊게 할 수는 없었다. 타니트는 아름다운 왕비와 함께 여행하는 것이 마냥 즐거운 모양이었다. 그녀는 하렘의 엄격한 관리들도 녹아나지 않을 수 없게 만드는 요염한 미소를 흘리고 다녔다.

왕비 마트호르는 환심을 사려는 아첨꾼들에 둘러싸여 마냥 즐거워 보였다.

세라마나가 그녀에게 말했다.

ㅡ기쁜 소식입니다, 폐하. 람세스 대왕께서 새로운 기적을 일으키셨습니다. 파라오께서는 엄청난 유향나무 자생지를 발견하셨답니

다. 그리고 대상들도 무사히 피-람세스에 도착했습니다.

우리테슈프는 주먹을 부르쥐었다. 말피는 왜 습격하지 않았을까? 만일 말피가 붙잡혔거나 살해당했다면, 우리테슈프에게는 이제 이집트를 공격할 어떠한 수단도 남아 있지 않았다.

타니트가 왕비의 초대로 메르-우르 하렘에 온 몇 명의 여자 사업가들과 얘기를 나누는 동안, 혼자서 멀찍이 떨어져나온 우리테슈프는 연못가의 낮은 돌벽 위에 주저앉았다.

—무슨 생각을 하고 있어요?

우리테슈프는 눈을 들어 마트호르를 쳐다보았다. 문득 그가 하투사에서 그녀의 부모와 함께 죽이려 했던, 그 조그맣던 사촌 여동생이 떠올랐다. 그 아이가 이젠 절정의 아름다움을 지닌 여인이 되어 있었다.

—우울할 뿐이야.

—무엇 때문에 그리 슬픈 건가요?

—바로 너 때문이야, 마트호르.

—나 때문이라뇨?

—아직도 람세스의 생각을 파악하지 못했나?

—말해봐요, 우리테슈프.

—환상 속에 사는 날도 얼마 남지 않았어. 람세스는 제 식민지의 백성들을 더욱 부려먹기 위해 군대를 파견했다. 장님이 아니고서야 그가 히타이트를 공격하기 위한 전초기지를 구축하려 한다는 걸 모를 사람이 없지. 그는 공격에 나서기 전에 거추장스런 두 사람, 바로 나하고 너를 치워버리려 할 거야. 나는 전처럼 연금을 당하거나 어떤 사고로 죽게 되겠지. 그리고 너는 네가 그렇게 즐거워하는 이런 하렘들 중 한 곳에 갇히게 될 거다.

—하렘은 감옥이 아니에요!

—그래, 네게 뭔가 일을 맡기겠지만 그건 빛 좋은 개살구지. 너

는 다시는 왕을 보지 못할 거야. 람세스는 전쟁밖에는 생각하지 않기 때문이야.

—어떻게 그렇게 확신해요?

—나는 사방에 친구들이 있어, 마트호르. 그들이, 너는 절대로 접할 수 없는 정확한 정보를 내게 제공하고 있지.

왕비는 혼란에 빠져들었다.

—그럼 나보고 어쩌란 말인가요?

—왕은 미식가야. 그는 자신을 위해 특별히 개발된 '람세스의 진미'란 요리를 좋아하지. 마늘과 양파, 오아시스의 특산 포도주, 소고기, 나일 강에서 잡은 농어 따위를 넣은 고기절임이야. 히타이트 여인이라면 그런 약점을 잘 이용할 수 있을 거야.

—설마 나보고…….

—순진한 척하지 마! 하투사에서 너는 독을 다루는 법을 배웠을 게 분명해.

—정말 괴물이야!

—네가 람세스를 죽이지 않으면, 그가 너를 죽일 거다.

—다시는 내게 접근하지 말아요, 우리테슈프.

우리테슈프는 큰 도박을 하고 있었다. 그녀는 그를 세라마나에게 고발할지도 모른다. 하지만 그가 마트호르의 마음에 불안과 회의를 심는 데 성공한다면, 그는 자신의 목적에 거의 다가간 셈이 될 것이다.

카는 불안했다.

그가 벌이고 있는 사카라 지역의 보수작업은 눈에 띄는 결과를 낳고 있었다. 특히 드제제르의 계단식 피라미드, 왕의 영혼의 부활 방법을 밝힌 최초의 '피라미드의 서(書)'가 내부에 새겨져 있는 우나스의 피라미드, 그리고 페피1세의 기념물 등이 그의 각별한 보살

핌을 받았다.

하지만 프타 대사제 카는 그 정도에 만족하지 않았다. 그는 십장들과 석공들로 구성된 작업반에 명령을 내려, 사카라 북부의 아부시르 지역에 있는 제5왕조 파라오들의 신전과 피라미드들을 보수하게 했다. 멤피스의 프타 신전도 확장하여, 세티를 기념하는 성소를 마련하였다. 가까운 장래에 람세스의 영광을 기리는 지성소도 만들 예정이었다.

몹시 피곤할 때면, 그는 종려나무 숲과 경작지들을 굽어보고 있는 황막한 사카라 고원의 기슭에 위치한 제1왕조 파라오들의 무덤터에 가곤 했다. 드제트 왕의 석관은 그에게 현재와 과거의 관계를 공고히 하는 데 필요한 힘을 전해주었다. 석관 주변에는 진흙을 구워 만든 3백 개의 황소 머리가 실제 황소 뿔을 달고 늘어서 있었다.

카는 아직 토트의 서를 찾지 못했다. 그는 자신의 실패를 당연한 것으로 여겼다. 그의 정성이 부족하고, 황소 아피스에 대한 숭배를 게을리했기 때문이 아니겠는가? 카는 자신의 잘못을 바로잡고 싶었지만, 우선은 보수작업을 마무리지어야 했다.

하지만 과연 그는 보수작업을 마칠 수 있을 것인가? 카는 미케리노스의 피라미드가 있는 곳으로 전차를 몰았다. 올해 들어 세번째 방문이었다. 일단 보수가 끝나면, 그는 피라미드 위에 기념문을 새겨넣을 생각이었다.

그런데, 이번에도 역시 작업장은 텅 비어 있었다. 늙은 석공 하나만이 양지녘에 앉아 마늘 바른 빵을 먹고 있다가, 대사제를 보고 일어섰다.

—자네 동료들은 모두 어디에 있나?

—집에 돌아갔지요.

—또 유령인가?

—맞습니다, 예하. 유령이 또 나타났어요. 몇 사람이 그걸 봤습니다. 손에 뱀을 들고 서서, 누구든 가까이 오는 자는 죽여버리겠다고 위협하는 유령이지요. 그 유령이 사라지지 않는 한 아무도 여기서 일하려 하지 않을 겁니다. 아무리 후한 봉급을 주겠다고 해도 말입니다.

카가 걱정하던 재변이었다. 기자 고원의 기념물들을 제대로 보수하는 일이 불가능해진 것이다. 유령은 돌을 굴러떨어뜨려 사고를 일으키기도 했다. 사람들은, 그것이 살아 있는 사람들에게 불행을 퍼뜨리기 위해 세상에 돌아온 방황하는 영혼이라고 믿었다. 그가 쌓은 많은 지식에도 불구하고, 카는 유령의 출몰을 막아내지 못했다.

카는 람세스에게 도움을 요청했다. 조만간 왕이 이곳에 오리라. 하지만 람세스마저 유령을 없애는 데 실패한다면, 기자 고원의 일부를 금지구역으로 선포하고, 그 위대한 유산이 파손되는 것을 바라보고만 있어야 할 것이었다.

멀리서 먼지구름이 일었다. 람세스 대왕이 가까이 다가오는 걸 보며, 카는 심호흡을 했다. 파라오만이 가진 신비한 힘에 마지막 희망을 걸어보는 것이다.

—상황은 더욱 악화됐습니다, 폐하. 아무도 여기서 일을 하려 하지 않습니다.

—잡귀를 쫓는 의식을 치러보았느냐?

—아무 효과가 없었습니다.

람세스는 거대한 화강암으로 이루어진 미케리노스의 피라미드를 바라보았다. 파라오는, 돌 속에 빛을 구현함으로써 땅을 하늘에 결합시킨 건축가들의 힘을 흡인하기 위해, 매년 기자에 들렀다.

—유령이 어디에 숨어 있는지는 아느냐?

—어떤 직공도 감히 유령을 쫓아가보지 못했습니다.

왕은 빵을 먹고 있는 늙은 석공을 바라보았다. 파라오가 다가오자, 늙은 석공은 깜짝 놀라 빵을 떨어뜨렸다. 그는 손을 앞으로 내밀고 이마를 바닥에 대며 왕에게 절했다.

—너는 왜 다른 이들처럼 도망가지 않았느냐?

—모…… 모르겠습니다, 폐하!

—너는 유령이 숨어 있는 장소를 알고 있구나, 그렇지?

왕에게 거짓말을 한다는 것은 영원한 저주를 자초하는 일이었다.

—우리를 그리로 안내하라.

늙은이는 덜덜 떨면서, 미케리노스의 충직한 신하들이 잠들어 있는 무덤의 거리로 왕을 안내했다. 그들은 저승에서도 왕을 보필하는 일을 이어가고 있었다. 카 대사제의 밝은 눈은 천 년이 더 된 그 무덤들 가운데 상당수가 보수를 필요로 한다는 것을 알아차렸다.

석공은 바닥에 석회조각이 흩어져 있는 작은 안마당으로 들어갔다. 한구석에 작은 돌덩이들이 쌓여 있었다. 석공은 발걸음을 멈추고 더이상 나아가려 하지 않았다.

—저깁니다, 폐하. 더이상은 가지 마십쇼.

카가 물었다.

—그 유령은 누군가?

—옛 조각공입죠. 사람들이 그에게 제사를 지내주지 않자 앙갚음으로 자기 동료들을 해치려는 겁니다.

람세스가 거침없이 다가가, 신성문자로 쓰여진 비문을 읽었다. 무덤 주인은 미케리노스 시대에 건축공들을 이끌던 십장이었다.

람세스가 명령했다.

—저 돌덩이들을 치워라.

—폐하…….

—어서!

늙은이는 두려움에 떨며 돌덩이들을 치우기 시작했다. 네모난 우물의 입구가 나타났다. 카가 우물 속으로 자갈 하나를 던졌다. 자갈은 끝없이 떨어지는 것 같았다. 자갈이 우물 바닥에 부딪치는 소리를 들은 석공이 말했다.

−15미터는 더 될 겁니다. 이 지옥의 아가리 속으로 들어갈 생각일랑 아예 하지도 마십쇼, 폐하.

우물의 안벽을 타고 매듭이 있는 밧줄 하나가 걸려 있었다.

람세스가 말했다.

−내려가야 한다.

석공이 말했다.

−그렇다면 위험을 감수해야 할 사람은 늙은 저올습니다.

카가 말했다.

−유령을 만난다면, 그가 자네를 해치지 못하게 할 주문을 욀 줄 아나?

늙은이는 말없이 고개를 숙였다. 카가 람세스에게 말했다.

−프타 대사제인 제가 그 일을 맡아야만 합니다. 제가 내려가겠습니다, 아버님.

카는 밑으로 내려가기 시작했다. 우물 속은 어둡지 않았다. 석회로 된 벽에서 기이한 빛이 새어나오고 있었다. 이윽고 우물 바닥에 발을 딛고 선 대사제는 좁은 통로를 하나 발견했다. 그 통로를 따라 들어가자, 돌로 된 장식문이 있었다. 문 위에는 신성문자들에 둘러싸인 고인의 형상이 새겨져 있었다.

그걸 본 카는 고개를 끄덕였다.

문이 새겨진 돌에는 수직으로 넓은 금이 가 있었다. 그것이 부활의 글에 의해 보호받아야 할 고인의 형상을 일그러뜨려놓고 있었다. 고인은 이제 살아 있는 형상으로 구현되지 못하게 된 것이다. 그는 사람들이 자신을 제대로 보살펴주지 않는 것을 원망하며, 공격적인 유령으로 변해 지상을 방황하였던 것이다.

카는 간단한 제문을 읊어 고인의 한을 달래주었다. 우물을 기어 올라온 카는 완전히 지쳐 있었다. 몸이 약하고 관절염까지 있는 그에게는 힘든 노역이었을 것이다. 하지만 그의 마음은 희망으로 부풀어 있었다. 장식문을 복구하고 다시 고인의 얼굴을 정성스럽게 조각하고 나면 저주는 사라질 것이었다.

42

피-람세스에 돌아온 우리테슈프는 화가 풀리지 않았다. 지루한 여행 내내 세라마나의 감시를 받은 그는 전혀 활동할 수 없었고, 아무런 정보도 얻을 수 없었다. 그는 람세스부터 시작해서 이집트인 모두를 때려 죽이고 싶었다. 게다가 타니트는 매일같이 일정한 정도의 쾌락을 필요로 했다. 그는 끈끈하게 달라붙는 그녀의 공격을 맞받아 강력히 짓누르며 분노를 삭였다.

타니트가 사방에 향수 냄새를 퍼뜨리며 벌거벗은 몸으로 나타났다.

—여보…… 히타이트 사람들이에요!

—뭐! 히타이트 사람들?

—수백 명은 돼요…… 수백 명쯤 되는 히타이트 사람들이 피-람

세스 중심가를 휩쓸고 다녀요!

우리테슈프는 페니키아 여인의 어깨를 움켜잡았다.

—미쳤어?

—하인들이 봤대요!

—히타이트인들이 공격했구나! 그들이 람세스 왕국의 심장부를 공격했어! 굉장한 일이야, 타니트!

우리테슈프는 아내를 밀쳐버리고 검고 붉은 줄무늬가 있는 짧은 외투를 걸쳐 입었다. 한창 때처럼 흥분한 그는 전투태세를 갖추고 말 잔등에 뛰어올랐다.

하투실이 쫓겨나고, 과격한 주전파(主戰派)들이 승리를 거둔 것이다. 이집트의 방어선은 기습공격에 무너진 것이고, 이로써 서남아시아의 운명이 뒤흔들리게 된 것이다!

프타 신전에서 왕궁에 이르는 대로에는 수많은 사람들이 축제를 벌이고 있었다. 병사들은 한 사람도 보이지 않고, 전투의 흔적도 전혀 없었다.

이상하게 여긴 우리테슈프는 축제에 어울리고 있는 순해 보이는 경관 하나를 붙잡고 물어봤다.

—히타이트인들이 피-람세스를 침공했다던데!

—그런 셈이지.

—그런데…… 그들이 어디 있소?

—궁전에 있소.

—그들이 람세스를 죽였단 말이오?

—뭔 소리를 하는 거야? 그 사람들은 처음으로 이집트를 관광하러 온 히타이트 방문객들이오. 그들은 우리 왕께 선물을 바치려는 것이오.

뭐? 방문객…… 넋이 나간 우리테슈프는 사람들을 밀쳐대며 궁전의 문 앞으로 나아갔다.

세라마나의 우레와 같은 목소리가 들려왔다.

—허허, 우리테슈프도 나타났구만! 자네도 행사를 참관하고 싶은가?

멍청해진 우리테슈프는 세라마나가 이끄는 대로 궁신들이 가득 찬 접견실로 향했다.

맨 앞 열에는 두 팔에 선물을 가득 안은 방문객들의 대표들이 서 있었다. 람세스가 나타나자, 웅성거리던 소리가 그쳤다. 히타이트인 대표들은 한 사람씩 왕 앞에 허리를 숙이고 나아가 청금석, 터키석, 구리, 철, 에메랄드, 자수정, 비취 등을 바쳤다.

왕은 몇 개의 훌륭한 터키석에 눈이 머물렀다. 젊은 시절, 모세와 함께 갔었던 시나이 산의 세라비트 엘-카딤에서 산출된 것이 분명했다. 그는 그 붉고 노란 산들과 위협적인 바위들, 그 신비스런 계곡들을 잊을 수가 없었다. 그 잊혀진 땅으로부터 솟아오르는 어떤 부름을 느낀다고 말하던, 젊은 날의 모세가 떠올랐다.

—내게 이 귀한 물건을 가져온 것이 자네인가? 자네는 혹시 모세나 그가 이끄는 히브리 백성들과 마주친 적이 있는가?

—없습니다, 폐하.

—자네는 그들의 대이동에 대해 들어본 적이 있는가?

—그들은 걸핏하면 싸움을 걸어오기 때문에, 사람들은 그들을 두려워한다고 들었습니다. 하지만 모세는 자기네 땅에 닿을 것이라고 믿고 있다 합니다.

모세는 여전히 자신의 꿈을 좇고 있었다. 왕은 자기 앞에 쌓이는 선물들을 멍하니 바라보며, 그와의 운명이 갈라져버린 지난 날을 생각했다.

마지막으로 대표단의 우두머리가 왕 앞에 나서 절했다.

—폐하, 저희가 이집트에서 자유롭게 돌아다녀도 되겠는지요?

—평화가 이루어졌으니, 마땅히 그래야 하지 않겠나?

—저희가 폐하의 수도 내에서 저희 신들을 경배해도 괜찮겠습니까?

—도시의 동쪽에 시리아의 여신 아스타르테의 신전이 세워져 있네. 세트 신의 동반자이자, 내 전차와 말들의 수호여신이지. 멤피스 항구의 안전을 지켜주는 것도 바로 그 여신이네. 그대들이 하투사에서 섬기는 뇌우의 신과 태양의 여신 또한 이곳 피-람세스에서 반가이 맞이할 것일세.

말을 하면서 람세스는 신들에 대해 모세와 논쟁하던 일이 떠올라 가슴이 쓰라렸다.

히타이트인들이 접견실을 나서자마자, 우리테슈프는 궁전을 빠져나와 기다리다가 그들 중 한 명에게 접근했다.

—내가 누군지 알겠나?

—모르겠소.

—나는 우리테슈프다. 무와탈리스 대왕의 아들이란 말야!

—무와탈리스 대왕은 죽었소. 지금 대왕은 하투실이오.

—이번 방문…… 이건 술책이지? 그렇지 않나?

—뭔 술책이란 말이오? 우리는 이집트를 관광하러 왔소. 앞으로 많은 히타이트 사람들이 우리 뒤를 따를 거요. 전쟁은 끝났소. 진짜로 평화가 시작된 거요.

오랫동안 우리테슈프는 피-람세스의 대로 한가운데에 멍하니 서 있었다.

국고 책임자는 오랜 고심 끝에 람세스 앞에 나설 결심을 했다. 아메니를 앞세워 가면서도 다리가 후들거리는 것을 어쩔 수가 없었다. 이제는 불벼락이 떨어지지 않기만을 바라는 수밖에 없었다.

지금까지 그는 파문이 일지 않기만을 바라며, 언젠가는 제정신을 차리겠지 하는 기대에서 입을 다물고 있었다. 하지만 이번에 히타이트 방문객들이 가져온 선물은, 어떻게 해볼 도리가 없는 상황을 낳고 말았다. 더이상 침묵하고 있을 수 없게 된 것이었다.

람세스 대왕과 마주한다는 것은, 그로서는 힘에 부치는 일이었다. 그는 왕의 개인비서인 아메니를 찾아가 얘기했다. 말없이 그의 얘기를 듣기만 하던 아메니는 그의 설명이 끝나자, 곧 왕에게 접견을 요청했다. 아메니는 왕 앞에서도 여전히 입을 다물고 있었다. 국고 책임자가 땀을 흘리며 전말을 얘기하자, 묵묵히 듣고 있던 왕은 아메니를 바라보며 물었다.

—자네는 덧붙일 말이 없는가, 아메니?

—그럴 필요가 있겠습니까?

—자네는 이 모든 일을 알고 있었나?

—제가 다소 방심했다는 점은 인정하겠습니다. 하지만 그렇다고 전혀 주의를 기울이지 않았던 것은 아니지요.

—이 문제는 해결된 것이네. 그렇게들 알아두게.

안심이 된 국고 책임자는 왕의 엄한 시선을 애써 피했다. 다행히 왕은 그에게 어떤 책망도 하지 않았다. 아메니는 람세스가 자신의 궁전 내에 마아트의 규범을 회복시킬 것이라는 걸 믿어 의심치 않았다.

마트호르가 소리쳤다.

—마침내 오셨군요, 폐하! 얼마나 뵙고 싶었는데요. 히타이트 사람들을 접견하실 때, 왜 저를 곁에 부르지 않으셨나요? 그들이 저를 봤으면 무척 기뻐했을 텐데요.

은꽃장식이 달린 우아한 붉은 옷을 입은 마트호르는 시녀들에게 둘러싸여 있었다. 매일같이 시녀들은 먼지 하나라도 눈에 띄지 않게 쓸고 닦고, 새로운 보석들과 화려한 옷들을 날라와야 했으며, 왕비의 방을 향기롭게 하는 수백 송이의 꽃들을 갈아꽂아야 했다.

람세스가 명령했다.

—시녀들을 모두 내보내시오.

왕비의 몸이 굳어졌다.

—하지만…… 저는 괜찮은데요…….

마트호르의 앞에 서 있는 사람은 사랑에 빠진 남자가 아니었다. 그는 이집트의 파라오였다. 카데슈에서 홀로 수만 명의 히타이트인들을 향해 달려들 때, 바로 저러한 눈빛을 하고 있었으리라.

왕비가 소리질렀다.

—다들 가! 꺼지란 말야!

이런 일을 당한 적이 거의 없던 시녀들은 당황하여 가져왔던 물건들을 바닥에 그대로 내려놓은 채 물러갔다.

마트호르는 애써 웃음을 지으려 했다.

—무슨 일이신가요, 폐하?

—당신은 자신이 이집트의 왕비답게 처신하고 있다고 생각하오?

—저는 폐하께서 요구하시던 대로 제자리를 지키고 있어요!

—아니오, 마트호르. 당신은 마치 변덕 심한 폭군처럼 처신하고 있소.

—사람들이 저에 대해서 뭐라고 비난하던가요?

—당신은 국고 책임자를 괴롭혀 그의 창고에서 신전들에 속하는 재산을 빼내왔소. 게다가 어제 당신네 나라 사람들이 이집트에 바친 귀금속들을 개인적으로 차지하기 위해 감히 명령을 내렸소.

젊은 여인은 반항했다.

—저는 왕비예요. 제가 갖고 싶은 건 다 가질 수 있어요.

—당신은 크게 잘못 생각하고 있소. 이집트를 지배하는 것은 탐욕이나 사리사욕이 아닌 마아트의 규범이오. 이 땅은 신들의 것이오. 신들은 이 땅을 파라오에게 맡겼고, 파라오의 임무는 이 땅이 번영과 행복으로 충만하도록 튼튼하게 유지시키는 것이오. 어떤 상

황에서도 당신이 보여주어야 하는 것은 바로 올바름이오, 마트호르. 나라의 주인이 더이상 모범을 보이지 못한다면, 나라는 쇠퇴하고 결국 망할 수밖에 없소. 당신의 행동은 파라오의 권위와 백성의 안녕을 해치는 것이었소.

람세스는 목소리를 높이지 않았다. 하지만 그의 나지막한 한마디 한마디는 마치 칼날처럼 날카로웠다.

—제…… 제 생각에는…….

—이집트의 왕비는 따로이 생각할 것이 없소. 마아트의 규범에 따른 행동만이 있을 뿐이오. 당신은 잘못 행동했소, 마트호르. 나는 당신의 부당한 명령을 취소시켰고, 당신이 더이상 잘못을 저지르지 못하도록 조치를 취하기로 했소. 당신은 이제부터 메르-우르 하렘에 머물게 될 것이며, 내 명령 없이는 궁전에 들어오지 못하게 될 것이오. 당신에게는 부족한 것이 없을 것이오. 하지만 도를 넘어서는 사치는 이제 끝났소.

—람세스…… 저는 폐하의 아내예요. 폐하는 제 사랑을 거부할 수 없어요!

—내 아내는 이집트요, 마트호르. 당신은 여전히 그 사실을 이해하지 못하는구려.

43

누비아 총독은 세타우의 존재와 그의 활동을 더이상 견딜 수가 없었다.

놀라운 마법사인 로투스로부터 적절한 조언을 받으며, 세타우는 남부 지방의 발전에 참으로 열성적으로 매달렸다. 이제 누비아의 각 부족들은 예전처럼 서로 싸우지 않았고, 이집트에 대한 반감도 잊은 채, 발전이라는 눈에 보이는 목표에 전념하였다. 그것은 총독으로선 상상도 할 수 없었던 업적이었다.

세타우는 석공들로부터도 사랑을 받았다. 그는 누비아 지방을 파라오와 그의 수호신들을 위한 신전과 성소들로 뒤덮어버렸다. 농사가 제대로 이루어지고 있는지 감독하는 것도 그였고, 토지장부를 만들어 세금을 거둬들이는 것도 세타우였다. 세율도 예전에 비해

현격히 낮추어 누비아인들 사이에 인기도 높았다.

총독은 현실을 직시해야만 했다. 대수롭지 않은 괴짜에 불과하다고 여겼던 땅꾼은 엄격한 관리로서 자리를 잡아가고 있었다. 확실히 세타우는 유리한 조건에 있었다. 파라오의 친구인 데다가 로투스라는 현지 출신의 든든한 조력자…… 총독의 입장이 상당히 불편해질 수밖에 없었다. 이미 징세권을 빼앗긴 그로서는 경제적 손실이 이만저만이 아니었다. 조만간 무능하고 게으르다는 비난이 쏟아질 판이었다. 총독 자리를 빼앗기는 것은 시간문제였다.

어떻게든 조치를 취해야 했지만 방법이 없었다. 세타우와의 협상이란 애당초 불가능했다. 여가라든가 사업계획 축소는 전혀 생각지도 않는 그자는 고집스럽게 어떤 타협도 거부하고 있었다. 토착민들과 어울려 소박하게 살고 있는 그들 부부를 매수한다는 것은 불가능했다. 그들은 자신들의 지위를 전혀 모르는 사람들이었다. 이집트 고위관리가 토착민들과 어울려 살다니 말이 되는가 말이다.

한 가지 해결책만이 남아 있었다. 그가 사고로 죽는 것이다. 아주 세심한 주의를 기울여 일을 꾸민다면 아무도 세타우의 사망원인에 대해 의혹을 갖지 않을 것이다. 총독은 최근에 감옥에서 나온 누비아인 용병을 아부 심벨로 불렀다. 도덕성이라고는 찾아볼 수 없는, 어두운 과거를 가진 사나이였다. 상당한 보수만 지급한다면, 그는 지체 없이 행동에 나설 것이었다.

칠흑같이 어두운 밤이었다. 신전의 전면에 람세스의 '카'를 구현하며 버티고 서 있는 네 개의 거대한 좌상들은 시간과 공간을 꿰뚫어 인간의 눈이 미치지 않는 먼 곳을 바라보고 있었다.

누비아인은 그곳에서 기다리고 있었다. 낮은 이마에 불거진 광대뼈, 두터운 입술을 가진 그는 투창으로 무장하고 있었다. 그는 총독을 알아보고도 예를 갖추지 않고 뻣뻣이 서 있었다.

—나는 총독이다.

—알고 있소. 내가 갇혀 있던 요새에서 당신을 본 적이 있소.

—나를 위해 일을 좀 해줘야겠다.

—나는 마을을 위해서 사냥일을 하고 있소…… 이제 나는 손씻었소.

—거짓말 마라. 사람들은 네가 도적질을 했다고 고발했어. 증거도 있어.

화가 난 누비아인은 투창을 땅에다 내리꽂았다.

—나를 고발한 놈이 누구요?

—만일 내게 협조하지 않는다면, 너는 감옥으로 되돌아가 다시는 나오지 못할 것이다. 하지만 내 말에 복종한다면 너는 부자가 될 것이다.

—나보고 뭘 어쩌란 말이오?

—내 길을 방해하는 자가 하나 있다. 네가 그자를 처리해줘야겠다.

—누비아 사람이오?

—아니다. 이집트인이야.

—그렇다면 값이 꽤 비쌀 거요.

총독이 차갑게 말했다.

—너는 흥정을 할 위치가 아냐.

—내가 처치해야 할 자가 누구요?

—세타우.

누비아인은 자신의 투창을 다시 뽑아들고 하늘을 향해 치켜올렸다.

—그건 너무 큰 일이오!

—두둑한 보상을 받게 될 거다. 단, 사고처럼 보여야 해.

—알았소.

그 순간, 총독은 마치 술에 취한 것처럼 비틀거리다 엉덩방아를 찧고 말았다. 누비아인이 웃음을 터뜨릴 여유도 없었다. 그 역시 똑같은 꼴을 당하고 만 것이다. 몸을 일으키려 했지만, 그들은 다시 균형을 잃고 넘어졌다.

누비아인이 외쳤다.

—지진이다! 땅의 신이 노하셨어!

언덕이 포효하고 거상들이 움찔거렸다. 총독과 누비아인은 공포로 얼어붙은 채, 거상들 가운데 하나의 거대한 머리가 떨어져내리는 것을 바라보고 있었다.

람세스의 머리가 죄인들을 향해 떨어졌다. 그들은 넋을 잃고 그 엄청난 무게에 짓눌려버렸다.

타니트 부인은 절망에 빠졌다. 벌써 일 주일째 우리테슈프는 그녀를 거들떠보지도 않았다. 아침 일찍 집을 나가 온종일 벌판을 돌아다니고는, 기운이 쭉 빠져 돌아와 밥만 먹고 그대로 나자빠졌다. 예전의 우리테슈프가 아니었다.

타니트는 그에게 어찌된 영문인지 물었다가 죽도록 얻어맞았다. 이제는 자신의 작은 얼룩 고양이에게서 위안을 찾을 뿐이었다. 그녀는 아무 생각이 없었다. 재산을 관리할 생각도 들지 않았다.

공허하고 따분한 하루가 또 저물고 있었다. 고양이는 타니트의 무릎 위에서 가르랑거리고 있었다.

말발굽소리…… 우리테슈프가 돌아왔다!

히타이트인은 흥분에 휩싸여 나타났다.

—이리 와, 여보!

타니트는 애인의 품안으로 달려갔다. 그는 그녀의 옷을 거칠게 벗기고 방석 위에 눕혔다.

—여보…… 드디어 당신의 모습으로 돌아오셨군요!

애인의 격렬함이 그녀를 희열에 휩싸이게 했다. 우리테슈프는 단숨에 그녀를 삼켜버렸다.

—무슨 근심이 있으셨던 거예요?

—나는 혼자가 됐다고 생각했지…… 아무 희망이 없다고 생각했어. 그런데 말피가 멀쩡히 살아 있고, 계속해서 리비아의 부족들을 연합시키고 있어. 내게 신념을 잃지 말라고, 밀사도 보내왔어. 싸움은 계속될 거야, 타니트. 람세스는 불사신이 아냐.

—이런 말 하는 걸 용서하세요, 여보…… 하지만 저는 그 말피란 자가 두려워요.

—히타이트인들은 겁쟁이들이 돼버렸어. 오로지 리비아인들만이 히타이트를 무기력 상태에서 끄집어낼 수 있어. 말피야말로 지금 상황에 딱 맞는 인물이야. 우리에게는 폭력과 전투 외에는 선택의 여지가 없어. 내가 승리하고야 말 테니 두고 보라구…….

타니트는 만족한 모습으로 잠들어 있었다. 우리테슈프는 정원의 짚의자에 앉아 피비린내 나는 상상으로 자신을 가득 채우고, 떠오르는 달을 바라보며 도움을 구하고 있었다. 우리테슈프는 하찮게 살고 싶지 않았다. 달의 여신, 그녀에게 목숨을 잃는 한이 있더라도 그는 뜻을 이루고 싶었다. 자신의 뜻만 이룰 수 있다면, 목숨을 바쳐도 좋았다.

등뒤에서 여자의 목소리가 들려왔다.

—내가 저 달보다는 더 쓸모가 있을 텐데요…….

히타이트인은 뒤를 돌아봤다.

—마트호르! 이곳에 오면 위험하잖나!

마트호르의 목소리가 분노로 떨려나왔다.

—왕비에게는 자기가 원하는 곳에 갈 수 있는 권리는 있어야 해

요.

—이제 좀 제정신을 차린 것 같아 보이는군…… 그래, 람세스에게 쫓겨나기라도 했나?

—아니에요!

—그렇다면 무엇 때문에 여기 몰래 나타난 거지?

히타이트 여인은 별빛 가득한 하늘을 향해 시선을 들었다.

—당신이 옳았어, 우리테슈프. 나는 히타이트 여자고 영원히 그럴 거야…… 람세스는 나를 결코 자기의 왕비로 인정하지 않을 거야. 나는 결코 네페르타리와 동등해질 수 없을 거라구.

하늘에 시선을 못박은 마트호르는 눈물을 감출 수 없었다. 우리테슈프는 그녀를 안아주려 했다. 하지만 그녀는 몸을 피했다.

—눈물을 보이다니…… 바보 같은 일이에요. 이건 약자들이나 보이는 태도야. 히타이트 공주는 자기 운명에 슬퍼할 권리가 없어.

—너와 나는 승리만을 위해서 태어난 사람들이다.

마트호르가 말했다.

—람세스는 나를 모욕했어. 그는 나를 마치 하녀처럼 대했어. 나는 그를 사랑했는데…… 훌륭한 왕비가 되고 싶었어. 그래서, 그가 시키는 대로 따랐어. 하지만 그는 나를 멸시하듯 함부로 대했어.

—그에게 복수하기로 결심했나?

—모르겠어…….

—정신 차려, 마트호르! 그런 모욕을 받아들인다는 건 너답지 않아. 네가 이곳에 온 것은 이미 어떤 결정을 내렸기 때문이야. 그 결정이 옳아, 마트호르.

—닥쳐, 우리테슈프!

—천만에! 나는 닥치지 않겠다! 히타이트는 패배하지 않아. 히타이트는 아직 머리를 쳐들 수 있어. 나에게는 강한 동지들이 있다,

마트호르. 우리에게는 람세스라는 공동의 적이 있어.

—람세스는 내 남편이야.

—아냐. 그는 너를 멸시하고, 이미 너의 존재 따위는 잊어버린 폭군일 따름이다. 해치워, 마트호르. 내가 제안했던 것처럼 그를 해치워버려. 독약은 이미 준비돼 있다.

죽인다…… 자신의 꿈을…… 마트호르는 자신이 그토록 꿈꾸었던 미래를 스스로 파괴할 수 있을지 자문해보았다. 그녀가 미칠 듯한 사랑을 느꼈던 남자, 이집트의 파라오를 자신의 손으로 죽일 수 있을까?

우리테슈프가 말했다.

—결정을 내려야 한다.

왕비는 어둠 속으로 사라졌다.

우리테슈프는 입가에 미소를 띠고, 달에게 좀더 가까이 다가가 감사드리기 위해 테라스로 올라갔다. 누군가의 그림자가 움직였다.

—누구냐?

—저예요, 타니트예요.

히타이트인은 페니키아 여인의 목을 움켜쥐었다.

—우리 얘기를 엿들었지?

—아녜요, 저는…….

—다 들었지, 그렇지?

—예, 하지만 저는 당신의 아내예요. 아무 말도 안 할 거예요. 맹세해요!

—아무렴! 당신이 그런 바보 같은 실수를 저지르지는 않겠지. 이걸 봐, 여보. 이걸 보라구!

우리테슈프는 자신의 외투에서 철제 단검을 꺼냈다. 그는 투명하게 빛나는 단검을 달을 향해 겨누었다. 단검에 부서진 달빛이 섬뜩

하게 흩어졌다.

—이 무기를 잘 봐. 람세스의 친구 아샤를 죽인 단검이야. 파라오를 죽이게 될 단검이라구. 그리고 만일 당신이 나를 배반한다면, 당신의 목을 딸 놈이란 말야.

44

람세스는 자신의 생일잔치에 두 아들과 아메니만을 불렀다. 궁전 주방장은 아메니의 지시에 따라 '람세스의 진미'와 세티 3년에 담근 포도주를 준비했다.

파라오의 두 아들 카와 메렌프타 사이에 어떤 불화도 없다는 건, 이집트의 미래를 위해 참으로 다행스런 일이었다. 신학자이며 대사제인 카는 오래 된 문헌이나 과거의 기념물들을 연구하면서 깨달음을 추구하고 있었다. 메렌프타는 총사령관 직을 맡아 왕국의 보위에만 전념했다. 수많은 '왕의 아들들' 가운데 누구도 그들과 같은 성숙함과 엄격함, 그리고 국가관을 갖고 있진 못했다. 때가 되었다고 판단되면 람세스는 차분하게 자신의 후계자를 지목할 수 있을 것이었다.

하지만 과연 누가 저 람세스 대왕의 뒤를 잇겠다고 나서겠는가? 그는 60대가 되어서도 여전히 궁전의 미녀들의 시선을 끌고 있었다. 오래 전부터 왕의 명성은 이집트 국경 너머에까지 퍼져나갔고, 그의 전설은 남부 누비아에서 크레타 섬에 이르기까지 이야기꾼들의 입을 바쁘게 했다. 그는 세상에서 가장 강한 왕이요, 빛의 아들이며, 지칠 줄 모르는 건축가가 아니던가? 일찍이 신들이 단 한 사람을 선택해 그렇게 많은 자질을 부여해준 적은 없었다.

아메니가 제안했다.

―람세스 대왕의 영광을 위해 건배하십시다.

왕이 만류했다.

―아닐세. 하늘을 그대로 비추고 있는 우리의 땅, 우리의 어머니 이집트를 위해 건배하세.

네 사람은 그들에게 참으로 많은 경이로움을 베풀어준 땅, 그들이 자신들의 삶을 바친 땅, 이 나라와 문화에 대한 사랑으로 한마음이 되었다.

카가 물었다.

―메리타몬은 왜 참석하지 않았지요?

―그애는 지금 신들을 위해 음악을 연주하고 있을 게다. 그것이 그애의 뜻이야. 나는 그 뜻을 존중한다.

메렌프타가 말했다.

―마트호르 폐하는 초대하지 않으셨나요?

―그녀는 이제 메르-우르 하렘에서 머물 것이다.

아메니가 놀란 표정으로 말했다.

―주방에서 그녀와 마주쳤었는데…….

―지금은 이미 궁전을 떠났을 것이네. 내일부터는 아메니 자네가 내 결정이 제대로 지켜지고 있는지 확인해주게. 그런데, 리비아에 관해서는 어떤 정보가 있느냐, 메렌프타?

—새로운 것이 없습니다, 폐하. 말피란 자는 아마도 미치광이인 것 같고, 그가 가진 정복의 꿈이란 것도 단지 그의 병든 머릿속에서만 맴도는 생각인 것 같습니다.

카가 말했다.

—기자의 유령은 사라졌습니다. 이제 석공들은 평화롭게 일하고 있습니다.

궁전 집사장이 편지 한 장을 왕에게 가져왔다. 세타우의 봉인이 찍힌 그 편지에는 '긴급'이란 딱지가 붙어 있었다. 람세스는 봉인을 뜯고 파피루스를 펼쳐 친구의 짤막한 메시지를 읽었다. 그가 심각한 표정으로 자리에서 일어섰다.

—당장 아부 심벨로 떠나야겠네. 내가 없더라도 식사들을 하게.

카와 메렌프타, 그리고 아메니는 '람세스의 진미'를 먹고 싶은 생각이 없어졌다. 손도 대지 않은 채 그대로 나온 요리를 바라보며, 주방장은 잠시 망설였다. 조수들과 함께 음식을 맛보고 싶은 유혹을 느꼈다. 하지만 그것은 왕의 식사였다. 왕의 음식을 건드린다는 것은 불경이며 독직에 속했다.

몹시 유감이었지만, 주방장은 '람세스의 진미'를 쓰레기통에 쓸어넣었다. 마트호르가 음식에 넣은 독은 아무도 해칠 수 없었다. 급보를 전한 세타우는 자신도 모르는 새, 왕과 왕자들과 친구의 목숨을 구한 것이었다.

누비아는 언제나 람세스를 사로잡았다. 맑은 공기, 너무 푸르른 하늘, 녹푸른 종려나무 숲, 나일 강의 물을 끌어올려 사막과 싸우며 건설한 경작지들, 날아오르는 펠리컨 · 두루미 · 홍학의 무리들, 미모사 향기, 이 모든 것들이 그의 영혼으로 하여금 자연의 숨어 있는 힘과 교감하게 해주었다.

람세스는 아부 심벨로 가는 동안 내내 뱃머리를 떠나지 않았다.

그는 경호원들을 최소한으로 줄이고, 자신이 직접 선원들을 골랐다. 지칠 줄 모르는 일급 선원들은 위험스런 나일 강에서의 항해에 익숙해져 있었다.

목적지가 가까워오자, 왕은 선실에 들어 다리가 오리머리 모양의 상아로 장식된 의자에 앉아 휴식을 취했다. 갑자기 배의 속도가 늦추어졌다.

람세스가 선장에게 물었다.

—무슨 일인가?

—강둑에 악어떼가 있습니다. 길이가 적어도 7미터는 될 겁니다. 게다가 강물 속에는 하마떼가 있습니다. 지금 상황에서는 전진하기가 어렵습니다. 저는 폐하께 하선하시라고 말씀드리고 싶습니다. 짐승들은 신경이 곤두서 있는 것처럼 보입니다. 우리를 공격할 수도 있습니다.

—걱정하지 말고 앞으로 가게나, 선장.

—폐하! 저것들은…….

—누비아는 기적의 땅일세.

선원들은 목이 바짝 말라버렸지만 다시 배를 움직였다.

하마떼가 동요하기 시작했다. 강둑에서는 거대한 악어들이 꼬리를 좌우로 흔들고 있었다. 악어떼는 번개처럼 몇 미터 전진했다가 그대로 그 자리에 멈추었다.

람세스는 보지 않아도 그곳에 자신의 친구가 있다는 것을 알아차릴 수 있었다. 아카시아 나무의 낮은 가지를 젖히며 거대한 수코끼리가 포효했다. 그 소리에 수백 마리의 새들이 하늘로 날아올랐다. 선원들은 새로운 짐승의 출현에 몸이 굳어버렸다.

몇 마리의 악어들은 반쯤 물에 잠긴 수풀지대로 숨어버렸다. 다른 놈들은 하마들이 있는 쪽으로 달려들었고 하마들은 사납게 악어들에 대항했다. 싸움은 격렬했지만 순식간에 끝이 났다. 나일 강은 이내 평화를 되찾았다.

코끼리가 다시 포효했다. 람세스를 향한 것이었다. 왕은 손을 흔들어 코끼리에게 인사했다. 커다란 귀와 코를 가진 이 뛰어난 동물은 람세스가 곤경에 처할 때마다 왕을 위해 나타나곤 했다.

선장이 제안했다.

—저 괴물을 잡아다가 이집트로 데려가는 게 좋지 않을까요?

—모든 생명의 자유를 존중해야 하네. 코끼리를 방해해선 안 돼.

불쑥 튀어나온 두 개의 구릉, 포구, 황금빛 모래, 산의 커다란 두 바위 사이를 가르는 계곡, 가벼운 대기 속에 낭자한 아카시아 향기, 누비아 사암의 매혹적인 아름다움…… 아부 심벨의 모습은 람세스의 가슴을 저미게 했다. 자신과 네페르타리의 영원한 결합을 상징하는 두 개의 신전은 여전히 그 장엄한 위용을 자랑하고 있었다. 하지만 지금 그의 곁에는 부드럽게 안겨올 그녀가 없었다.

왕이 염려했던 대로 세타우의 편지는 과장된 것이 아니었다. 지진의 피해는 심각했다. 신전 정면의 네 좌상들 가운데 하나의 얼굴과 상체가 무너져내렸다.

세타우와 로투스가 왕을 맞이했다.

—다친 사람은 없었나?

—두 사람이 죽었네. 누비아 총독과 전과자 한 사람일세.

—그들이 여기에서 무슨 일을 하고 있었나?

—그걸 누가 알겠나?

—신전 내부의 피해는?

—파라오께서 직접 확인해보시게나.

람세스는 신전 안으로 들어갔다. 거대한 홀에서 석공들이 일을 하고 있었다. 그들은 손상된 기둥들을 다시 치장했고, 무너질 위험이 있는 것은 다시 세웠다.

—네페르타리의 신전도 같은 피해를 당했는가?

—아닐세, 람세스.

—신들께 감사드릴 일이군.

—복구작업은 신속하게 이루어질 것이네. 이번 재난의 흔적은 말끔히 사라질 것이야. 하지만 좌상의 복구는 일이 좀 힘들 것 같네. 폐하께 몇 가지 제안이 있는데…….

—저것을 복구하려 애쓰지 말게, 세타우.

—저…… 상태로 그냥 놔두잔 말씀은 아니시겠지?

—이번 지진은 땅의 신이 보내는 메시지일세. 저 무너진 좌상도 그가 해놓은 일이니, 그의 뜻을 거스르지 마세나.

파라오의 결정은 충격적이었다. 하지만 람세스의 고집을 꺾을 순 없었다. 이제 세 개의 거상들만이 왕의 '카'를 영속화할 것이다. 파손된 거상은 모든 인간사에 내재한 불완전과 훼손을 증언할 것이다. 부서진 거대한 좌상은 전체의 장엄함을 해치기는커녕, 그의 세 동료들의 힘을 더욱 돋보이게 하고 있었다.

왕과 세타우 부부는 종려나무 아래에서 함께 식사했다. 땅꾼은 왕에게 역한 냄새로 뱀들을 쫓아주는 '아사 포에티다'(페르시아 산 미나릿과 풀의 고무수지)를 몸에 바르라고 하지 않았다. 대신 그는 뱀독에 대해 해독성분을 갖고 있는 나무의 붉은색 과일을 왕에게 주었다.

람세스가 세타우에게 말했다.

—자네는 신들에게 바치는 공물의 양을 늘렸고, 수확한 곡식으로 왕의 곳간을 가득 채웠으며, 이 소란스러웠던 지방에 평화를 정착시켰네. 뿐인가, 누비아 전역에 성소를 지었으며, 예나 다름없이 거짓이 아닌 진실을 택하고 있지. 자네는 여기서 도대체 무엇이 되려고 하는가? 마아트 규범의 대변자?

—무슨 말씀을…… 그것은 총독의 특권이 아닌가!

—나도 알고 있네, 친구. 자네는 내 재위 38년에 내려지는 칙령에 의해, 누비아의 새로운 총독으로 임명되었다네.

세타우는 깜짝 놀라 뭔가 항변할 말을 찾았다. 하지만 람세스는 그에게 그럴 시간을 주지 않았다.

—자네는 거절할 수 없네, 세타우. 이번 지진은 자네에게도 하나의 징조일세. 자네의 삶은 이제 다른 차원에 속하게 됐네. 내가 이 땅을 얼마나 사랑하는지 자네도 잘 알 거야. 잘 보살피게나, 친구.

땅꾼은 말없이 일어서서 향기로운 밤의 어둠 속으로 사라져갔다. 그에게는 시간이 필요했다. 왕의 느닷없는 선언은 갑자기 그를 국가의 최고위층 인사로 만들었다. 왕의 뜻을 헤아리고 자신의 길을 묻기 위해서, 그는 자기 자신과 대면해야 했다.

로투스가 물었다.

—폐하께 좀 무례한 질문을 드려도 되겠는지요?

—오늘 같은 밤에는 무엇을 물어도 예의에 어긋남이 없지 않겠소?

—폐하께서는 세타우를 누비아 총독에 임명하시기 위해 그토록 오랜 세월이 필요하셨었나요?

—그가 자신도 모르는 사이에 누비아를 관리하는 법을 배워야 했기 때문이오. 그는 자신의 천직을 살아가고 있소. 아주 조금씩 자신을 필요로 하는 부름에 대답해왔던 것이오. 아무도 그를 부패케 하거나 타락시키는 데 성공하지 못했소. 그것은 이 땅을 위해 봉사하겠다는 의지가 그의 행동을 이끌어왔기 때문이오. 그리고 그가 그러한 사실을 자각하기 위해서는 시간이 필요했던 것이오.

45

람세스는 새벽 제의를 올리기 위해 아부 심벨 대신전 안에 혼자 들어갔다. 왕은 빛을 따라 걸었다. 성상안치소까지 뻗은 빛은 차례로 아몬과 왕의 '카'의 좌상을, 그리고 왕의 '카'와 라의 좌상을 비추고 있었다. 파라오는 단지 그들의 일을 땅위에서 완수하도록 직분을 부여받은 존재가 아니었다. 그는 아몬-라의 이름 아래 하나로 합쳐져 완전한 존재를 이루고 있는 두 위대한 창조신, 숨어 있는 신 아몬과 신성한 빛 라에 연결되어 있었다.

네번째 신상인 프타 신의 조상은 희미한 어둠 속에 머물러 있었다. 프타의 아들로서 람세스는 그의 왕국과 백성의 건설자였고, 모든 사물을 현실로 구현하는 말씀의 전달자이기도 했다. 왕은 이 신비의 길을 선택한 프타 대사제인 자신의 아들 카를 생각했다.

왕이 대신전에서 나오자, 햇빛이 신전 앞 광장의 무성한 나무들 사이에 부드럽게 퍼지고 있었고, 신들의 살을 연상시키는 누비아 사암을 뜨겁게 불태우고 있었다. 람세스는 그 빛을 온몸에 받으며, 태양을 떠오르게 하는 여인 네페르타리에게 바쳐진 신전으로 향했다.

태양은, 두 땅을 자신의 아름다움과 지혜로 빛나게 했던 왕비를 위해 세상이 끝날 때까지 매일 떠오를 것이었다.

조각가와 화가들에 의해 불멸의 모습으로 남은 왕비 네페르타리, 그녀 앞에 선 람세스는 격렬히 뛰는 가슴을 느꼈다. 저 세상으로 건너가, 마침내 그녀와 재회하고픈 욕구를 억제하기 힘들었다. 그는 세상을 푸르게 하고 나일 강을 빛나게 하던 그녀에게 자기 손을 잡아달라고, 그녀의 형제인 신들과 자매인 여신들과 함께 영원히 젊고 아름다운 모습으로 살아가고 있는 그 벽 속에서 나오라고 간청했다. 하지만 네페르타리는 태양의 배를 타고 항해하면서 람세스에게 미소짓고 있을 뿐이었다. 왕의 임무는 끝나지 않았다. 파라오는 인간으로서 그가 느끼는 고통이 어떠하든 간에, 하늘의 힘들과 그의 백성들에게 헌신해야 했다. 불멸의 별로 부활한 네페르타리는 이집트가 마아트의 길에서 벗어나지 않도록 부드러운 얼굴과 올바른 말로써 람세스의 발걸음을 인도할 것이었다. 마아트가 람세스에게 휴식을 허락하는 그 순간까지.

네페르타리의 마법이 왕에게 바깥 세상으로, 그가 약해질 권리가 없는 그 세상으로 돌아갈 것을 권유했을 때는 이미 하루 해가 저물 무렵이었다.

광장에는 화려한 옷을 입은 수백 명의 누비아인들이 모여 있었다. 붉은색으로 물들인 가발과 황금 귀걸이, 발목까지 내려오는 하얀 옷에 꽃모양이 그려진 로인클로스를 걸친 족장들과 고관들은 표범가죽, 금고리, 상아, 깃털, 타조알, 보석으로 가득 찬 부대, 부채

등의 선물을 두 팔 가득 안고 있었다.

족장들 중 최연장자가 세타우와 함께 람세스에게 다가왔다.

—빛의 아들께 경의를 표합니다.

람세스가 말했다.

—나 역시 평화를 선택한 누비아의 아들들에게 경의를 표하오. 내게는 참으로 소중한 아부 심벨의 저 두 신전이 누비아와 이집트의 영원한 결합의 상징이기를 바라오.

—폐하, 온 누비아인들은 폐하께서 세타우를 총독으로 임명하신 것을 이미 알고 있습니다.

사람들 사이에 깊은 침묵이 흘렀다. 만일 족장들이 그 결정에 동의하지 않는다면 무질서가 다시 고개를 들 것이다. 하지만 람세스는 세타우의 임명을 취소하지 않을 것이었다. 그는 친구가 이 땅을 관리하기 위해 태어났다는 것을, 그가 이땅을 누구보다 행복하게 하리라는 것을 알고 있었다.

노인은 영양가죽 옷을 입고 있는 세타우에게로 돌아섰다.

—우리는 생명을 구할 줄 알고, 마음으로 말할 줄 알며, 우리의 마음을 사로잡은 사람을 내려주신 람세스 대왕께 감사드립니다.

세타우는 눈물이 날 정도로 감동하여 람세스 앞에 몸을 굽혔다.

순간 그는 깜짝 놀랐다. 살모사 한 마리가 모래 속을 물결치며 왕의 발치로 다가가고 있었던 것이다.

세타우는 소리를 질러 왕에게 위험을 알리려 했다. 하지만 그의 경고는 사람들이 왕과 그를 향해 올리는 환호성에 묻혀버리고 말았다. 몸을 날리기에도 늦었다. 세타우는 눈을 감았다.

살모사가 몸을 쳐들어 왕을 물려는 순간, 창공으로부터 내려온 하얀 따오기가 뱀의 대가리를 낚아채고는 하늘 높이 날아갔다.

그 장면을 목격한 누비아인들은 탄성을 내질렀다. 의심의 여지가 없었다. 왕의 목숨을 구한 것은 따오기의 모습을 한 토트 신이었다.

그리고 토트가 모습을 보였다는 것은, 세타우 총독의 통치가 올바르고 현명하리라는 것을 알리는 것이었다.

세타우는 자신을 연호하는 군중들 틈에서 빠져나와 간신히 왕에게 다가갔다.

—저 살모사가 하마터면…….

—뭘 두려워하는 건가, 세타우? 자네는 나를 면역시켜주지 않았는가? 자신감을 가져야지, 이 친구야.

참으로 고약한 나날이었다. 상상 외로 상황이 좋지 않았다. 그렇다! 세타우는 이렇게 나쁘리라곤 생각도 하지 못했었다. 총독에 임명된 바로 그날부터, 그는 일에 짓눌리게 되었다. 서로 자신이 더 급하다고 덤벼드는 무수한 청원자들에게 접견을 허락해야 했다. 며칠이 못 가서, 그는 인간이란 자신의 이익을 지키기 위해서라면 다른 사람들의 이익을 짓밟아도 좋다고 생각하는, 참으로 뻔뻔한 존재라는 것을 확인했다.

세타우는 포기하고 싶었다. 위험한 뱀들을 잡는 것이, 서로 다투는 무리들 사이의 분쟁을 해결하는 것보다 훨씬 쉬웠다.

만약 두 응원군의 도움이 없었더라면 누비아의 신임 총독은 벌써 그렇게 했을 것이다. 로투스와 람세스가 그들이었다. 특히, 로투스의 변신은 놀랄 만한 것이었다. 애인의 몸에서 황홀한 기쁨을 끌어낼 줄 아는 누비아의 리아나(열대 아메리카 산의 칡의 일종—역주), 뱀들의 언어를 말할 줄 아는 마법사였던 그녀는 이제 권력가와 같은 냉정함으로 그를 보좌했다. 세월의 힘도 어쩌지 못하는 그녀의 아름다움은 부족의 고관들과 논쟁이 벌어질 때 특히 소중한 장점이었다. 그들은 자신들의 주장을 잊고 멀건히 총독의 아내를 바라보곤 했다. 요컨대, 그녀는 이제 특별한 뱀들을 사로잡게 된 것이다.

람세스는 더욱 강력하게 그를 도왔다. 세타우가 이집트 요새의 고위장교들과 최초로 상면하면서 의견이 엇갈렸을 때, 람세스의 존재는 결정적이었다. 용렬한 장교들이었지만, 그들은 이내 세타우가 꼭두각시가 아니며 왕의 강력한 지지를 받고 있다는 사실을 깨달았다. 람세스는 한마디의 말도 하지 않았다. 그는 친구로 하여금 스스로의 생각을 표현하고 자신의 가치를 입증하게 가만히 바라만 보고 있었다.

부헨 요새에서 총독 즉위식이 끝난 뒤, 세타우와 람세스는 성벽 위를 거닐었다.

세타우가 말했다.

—나는 누구에게 고맙다는 말을 해본 적이 없네. 하지만…….

—아무도 자네에게 반대하지 못했을 것이네. 나는 그저 약간의 시간을 벌어줬을 뿐이야.

—파라오는 내게 그의 마법을 나눠주셨네. 이 세상에 둘도 없는 그런 놀라운 힘을 말일세.

—이 땅에 대한 사랑이 자네의 삶을 사로잡은 것이네. 자네는 진정한 전사일세. 이 땅과 마찬가지로 진지하고 열렬한 전사이기 때문에 현실을 받아들인 것일세.

—전사에게 왕은 평화를 공고히 하라고 요구하시는 건가!

—평화란 가장 달콤한 양식이 아니던가?

—곧 떠나실 테지?

—자네는 총독이네. 그리고 훌륭한 아내가 있어. 자네 부부가 누비아를 번영케 하게나.

—돌아오지 않으실 텐가?

—모르겠네.

—하지만 왕도 이 땅을 사랑하시지 않는가?

—이곳에서 살 수만 있다면, 나는 사막과 마주한 나일 강가의 종려나무 아래 앉아, 나라 일들을 모두 잊고 네페르타리를 생각하며

하늘의 태양을 바라보겠네.

—오늘에서야 비로소 파라오의 어깨를 짓누르는 무게를 조금은 알 것 같으이.

—자네는 더이상 자네 자신의 것이 아니기 때문일세, 세타우.

—나는 왕과 같은 힘을 갖고 있지 못하네. 이 짐이 내게 너무 무거운 것은 아닐까?

—뱀들 덕분에, 자네는 두려움을 이겨냈네. 이제 누비아 덕분에, 자네는 권력의 노예가 되지 않고 권력을 행사할 수 있을 것이야.

세라마나는 주먹질을 해대고, 활을 쏘고, 달리고, 헤엄쳤다. 그렇게 몸을 혹사시켜도 우리테슈프에 대한 언짢은 기분은 가시지 않았다. 히타이트인은 전혀 냉정함을 잃지 않았고, 어떤 실수도 저지르지 않았다. 게다가 우리테슈프와 타니트의 우스꽝스러운 결합은 존중할 만한 결혼의 형태를 띠게 되었고, 피-람세스의 귀족들도 그것에 익숙해져갔다.

세라마나는 요염한 누비아 무희의 매혹적인 관능으로 기분을 가라앉히고 밥상을 대했다. 그의 부하 하나가 들이닥쳤다.

—식사했나?

—식사중이신 줄…….

—나일 강 농어, 소스를 친 콩팥, 다진 비둘기고기, 신선한 야채…… 어때, 이 정도면?

—훌륭합죠, 대장님.

—나는 배가 고프면 귀가 막혀버려. 먹자구. 얘기는 그 다음에 하구.

식사가 끝나자, 세라마나는 방석 위에 드러누웠다.

—그래, 뭘 가져왔나?

—대장님께서 명령하신 대로, 타니트 부인이 없는 동안 그녀의

별장 앞에 잠복해 있었습죠. 그런데 머리를 묶고 알록달록한 옷을 입은 한 남자가 세 번이나 찾아왔었습니다.

—그자를 뒤따라가봤나?

—그런 명령은 없었기 때문에…….

—자네를 탓할 수는 없지.

—근데…… 그자가 세번째로 나타났을 때, 저는 그자 뒤를 쫓아가봤습니다. 제가 큰 실수를 한 것은 아니겠지요, 대장님…….

세라마나는 자리에서 벌떡 일어났다. 그의 거대한 손이 용병의 어깨를 두드렸다.

—잘했어! 이따금은 명령을 거역할 줄도 알아야지. 그래, 미행한 결과는?

—그가 어디 사는지 알아냈습니다.

46

세라마나는 망설였다. 즉시 그 혐의자를 잡아다 입을 열게 할까, 아니면 먼저 아메니와 상의할까? 옛날 같았으면 그는 전혀 주저하지 않았을 것이다. 하지만 왕년의 해적은 이제 이집트인이 되었다. 법을 준수하는 것이, 인간들로 하여금 불경을 저지르지 않게 하고 커다란 충돌 없이 함께 살 수 있도록 해주는 하나의 가치라는 것을 믿게 되었다. 세라마나는 기름 램프 아래 홀로 일하고 있을 아메니를 찾아갔다.

아메니는 눈으로는 서판을 읽으면서, 손으로는 잠두죽과 갓 구운 빵, 꿀과자 등을 집어 입에 나르고 있었다. 기적은 계속되고 있었다. 그 많은 음식물들도 아메니를 살찌우지는 못했던 것이다.

그가 눈도 돌리지 않고 세라마나에게 말했다.

—자네가 이렇게 늦게 찾아온 것은 전혀 좋은 징조가 아닌데.

—틀렸네. 나는 흥미로운 단서를 하나 찾아냈어. 하지만 아직 아무 일도 시작하지 않았네.

아메니가 그제야 놀란 눈으로 세라마나를 바라보았다.

—토트 신이 자네를 당신의 따오기 날개 아래 품어 지혜를 나눠주기라도 하신 건가? 아주 잘한 일일세, 세라마나. 총리대신은 타인을 존중해야 한다는 철칙에 있어서는, 농담이 통하지 않는 사람일세.

—나리슈라는 부유한 페니키아인이 문제의 인물일세. 큰 별장에 살고 있는데, 여러 차례 타니트 부인의 집을 방문했었네.

—동향인들끼리의 사교적인 방문이겠지.

—타니트와 우리테슈프가 왕비와 함께 공식적인 여행을 떠났다는 걸, 나리슈는 모르고 있었던 거야. 그는 그들이 돌아온 뒤로는 딱 한 번, 한밤중에 그 집을 찾아왔었네.

—자네는 허가 없이 타니트의 집을 감시하고 있었던 모양이지?

—천만에, 아메니. 거리의 순찰대원한테서 들은 정보일세.

—자네는 나를 바보 취급할 뿐만 아니라, 술책까지 부리는군. 이건 전혀 낯선 세라마나인데!

서기관은 음식 그릇을 옆으로 밀어놓았다.

—자네 때문에 식욕이 달아났어.

세라마나가 인상을 쓰며 물었다.

—내가 뭐 큰 잘못이라도 했나?

—아닐세. 그게 아냐. 자네의 설명은 재치 있고 적절했어…… 나를 불안하게 하는 것은 바로 그 나리슈란 이름이야.

—그자는 부자인 데다가 꽤 영향력이 있는 자일 거야. 하지만 그렇다고 그가 법망을 피할 순 없잖은가?

—그는 자네가 생각하는 것보다 훨씬 더 큰 영향력을 가진 자일

세. 나리슈는 티루스 시의 상인이야. 우리 외무대신과 함께 왕의 페니키아 방문을 준비하는 자일세.

아메니의 말에 세라마나의 얼굴이 붉게 달아올랐다.

—함정이야! 나리슈는 우리테슈프와 선이 닿아 있어.

—그는 동향인이며 부유한 상인인 타니트 부인과 거래하는 걸세. 그가 우리테슈프와 음모를 꾸미고 있다는 증거는 아무것도 없어.

—눈이 멀었나, 아메니?

—곤란한 상황일세. 신임 총독 세타우의 권위를 세워주기 위해 몇 달을 누비아에서 보내신 람세스 폐하께서, 이제는 우리의 북부 보호령들과 무역 상대국들에 관한 서류를 손에 잡으셨다네. 페니키아와의 관계가 좀 느슨해져 있어서, 이번 공식 방문을 통해 그것을 바로잡기로 결정하셨어. 자네도 폐하를 알잖나. 공격의 위험이 있다고 해서 물러서실 분이신가?

—그렇다면 조사를 서둘러서, 나리슈라는 인물이 우리테슈프와 공범임을 증명해야만 해!

—그럼, 우리가 팔짱만 끼고 있을 거라고 생각했나?

나일 강은 황금빛 석양을 반사하고 있었다. 잘사는 사람이건 못사는 사람이건 모두 그들 나름대로 저녁을 준비하고 있었다. 낮의 천체와 함께 항해하며 그 빛의 힘으로 충만한 죽은 자들의 영혼은 또다른 형태의 힘, 침묵으로 다시 태어나기 위하여 그들의 영원의 집으로 돌아가고 있었다.

하지만 그날 밤, 사카라의 거대한 묘지를 지키던 개들은 쉴 참이 없었다. 두 저명한 방문객이 그곳을 찾았기 때문이었다. 람세스 대왕과 그의 아들 카였다. 카는 평소와 달리 흥분해 있었다.

—아버님께서 사카라를 찾아주시다니, 정말 기쁩니다!

—그래, 일은 잘되고 있느냐? 토트의 서는?

—대부분의 고대 유적들은 복원되었습니다. 지금 마무리 작업중이에요. 토트의 서는 아직 한 장씩 재구성하는 단계입니다. 바로 그것들 가운데 하나를 아버님께 보여드리고 싶습니다. 아버님이 누비아에 머무시는 동안, 프타 신전의 달인들과 직공들은 쉬지 않고 일했습니다.

아들이 기뻐하는 모습을 보며 람세스도 미소지었다. 언제나 차분한 그가 그토록 기뻐하는 걸 왕은 본 적이 없었다.

드넓은 사카라 지역에는 드제제르와 임호텝이 건설한 최초의 피라미드가 군림하고 있었다. 돌을 깎아 건설한 것으로, 그 층층은 하늘로 향하는 계단을 이루고 있었다. 하지만 카가 람세스를 데려간 곳은 그 비범한 유적이 아니었다. 그는 피라미드의 북서쪽으로 꾸불꾸불 이어진 금지된 길을 따라갔다.

높은 기둥이 세워진 신전이 한 채 서 있었다. 기둥의 아래쪽은, 위대한 인물들이 신들에게 바친 석비들로 장식되어 있었다. 신전은 횃불을 든 사제들이 지키고 서 있는 지하로 통해 있었다.

카가 말했다.

—파라오의 강력한 힘을 상징하며 의전복에 달려 있는 황소의 꼬리는, 두 땅의 주인으로 하여금 모든 장애를 극복하게 해주는 그 힘이 황소 아피스로부터 나온다는 걸 나타냅니다. 오시리스의 미라를 등에 싣고 하늘을 달려 부활시킨 것도 바로 아피스입니다. 저는 아피스 황소들에게 그들 왕조의 위대함에 걸맞는 신전을 지어주겠다고 맹세한 바 있습니다. 그 일이 이제 완성되었습니다.

횃불을 든 사제들을 따라 왕과 카는 아피스 황소들의 지하 신전으로 들어갔다. 신의 영혼은, 아피스 황소의 세대를 이어서 그의 초자연적인 힘을 그들에게 전달했다. 인간들처럼 미라가 된 아피스 황소들은 보석과 귀한 화병 등의 보물과 함께, 신전에 마련된 거대한 석관 안에서 쉬고 있었다. 거기에는 황소 머리를 조각한 작은 상들도 있었다. 그것들은 마법의 힘으로 다시 살아나 저 세상에서 황소들의 피로를 달래줄 것이었다. 건축가들은, 미라가 된 황소들이 평화로이 잠들어 있는 신전들 사이에 엄청난 규모의 회랑을 건설해 서로 연결되도록 해놓았다.

카가 말했다.

—파라오께서 필요로 하는 힘을 아피스의 위대한 영혼이 전해줄 수 있도록, 수석 제관들이 각 신전에 공양을 봉헌케 될 겁니다. 요양소도 하나 짓게 했습니다. 환자들은 그곳에 마련된, 벽에 흰 석고를 바른 방에 묵으며 수면치료를 받게 될 겁니다. 수석의 네페레트가 좋아하지 않겠습니까?

—굉장한 일을 해냈구나, 아들아. 네 업적은 먼 훗날까지 남을 것이다.

—아피스가 아버님께 다가옵니다.

어둠 속에서 거대한 황소가 천천히 걸어나와 파라오에게 다가왔다. 아피스는 고요하고 근엄한 왕의 태도를 지니고 있었다. 람세스는 그의 아버지 세티가 그를 야생 황소와 대결시켰던 무시무시한 순간을 생각했다. 빛의 아들의 운명을 결정지었던 그 사건 이후 참으로 많은 세월이 흘렀다.

황소가 다가왔다. 람세스는 손을 내밀며 말했다.

—이리 오너라, 내 형제여.

람세스는 황소의 뿔을 어루만졌다. 황소는 그 까칠까칠한 혀로 왕의 손을 핥았다.

외무성의 고위관리들은 람세스의 계획을 열광적으로 지지했다. 그들은 이집트와 히타이트의 보호 하에 있는 모든 공국들로부터 환영받은 파라오의 탁월한 결정에 찬사를 보냈다. 사람들은 비판은커녕 어떤 사소한 의구심도 제기하지 않았다. 람세스 대왕의 생각은 그 자체로 신성한 것이 아니던가?

아메니는 왕의 집무실에 들어서자마자, 왕이 불만에 가득 차 있다는 걸 즉시 알아차렸다.

—수석의 네페레트를 부를까요, 폐하?

—내가 지금 앓는 병은 그녀가 고칠 수 없는 것일세.

—제가 한번 맞혀볼까요? 폐하께서는 아첨을 견딜 수 없는 게 아닙니까.

—얼마 안 있으면 재위 39년일세…… 무기력하고 위선적인 궁신들, 자기들 스스로 생각하는 대신 내 결정이 옳다고만 떠들어대는 고관들, 말이 좋아 책임자들이지 실상은 내 결정만 따르는 관리들…… 이런 자들과 함께 내가 무엇을 이룰 수 있으며, 어떻게 즐거울 수 있겠나?

—궁신들의 본성이 어떤 것인지 알기 위해서, 폐하께서는 60여 년의 세월이 필요했단 말씀입니까? 그런 약한 모습은 전혀 폐하답지가 않습니다. 그리고 저는…… 폐하 생각에 저는 뭐란 말입니까? 신들은 폐하와 같은 신분, 폐하와 같은 넓은 시야를 제게 베풀어주지 않았습니다. 그래도 저는 제 생각을 표현하고 있지 않습니까?

람세스가 미소지었다.

—그래, 자네는 내 페니키아 공식 방문이 내키지 않는단 말이지?

—세라마나의 말에 따르면, 폐하께서는 공격받을 위험이 있습니다.

—그 지역에서 이동하자면, 그런 정도의 위험은 항상 있기 마련일세. 나의 '카'가 여전히 건재하다면, 내가 무엇을 겁내겠는가?

—폐하께서 계획을 단념하시지 않을 것이 확실한 이상, 저는 최선을 다해 안전장치를 강화하는 수밖엔 다른 도리가 없겠군요. 하지만 티루스에 가시는 것이 정말 필요한 일입니까? 우리 무역일꾼들에게도 문제를 해결할 만한 능력이 있지 않겠습니까?

—자네는 내 개입의 중요성을 평가절하하려는 것인가?
—폐하께선 뭔가 다른 의도가 있으시군요?
—자네의 그 지혜야말로 내게는 마음 든든한 미덕일세, 아메니.

47

느지막이 일어난 우리테슈프는 햇살을 받으며 정원에서 식사했다.

그가 집사에게 물었다.

—아내는 어디에 있나?

—타니트 부인께서는 시내에 볼일이 있어 나가셨는데요.

우리테슈프는 마음에 들지 않았다. 타니트는 왜 말도 없이 나갔단 말인가? 그는 그녀가 돌아오자마자 그녀를 불러 세웠다.

—어디 갔다 오는 거야?

—가끔은 제 재산을 돌봐야 해요. 일 때문에 사람도 만나야 하고.

—누굴 만났어?

—부유한 고향 사람이에요.

—이름은?

—질투하시는 건가요, 당신?

우리테슈프는 타니트를 한 대 올려붙였다.

—대꾸하지 말고 묻는 말에나 대답해!

—아…… 아프단 말예요!

—이름!

—나리슈라는 상인이에요. 그는 이집트와의 무역량을 늘리려 애쓰는 사람이에요. 람세스의 이번 페니키아 방문에도 중간다리를 놓은 큰 상인이라구요.

우리테슈프는 갑자기 여인에게 달려들어 거칠게 껴안으며 말했다.

—여보, 굉장한 소식이야. 이런, 뺨에 손자국 났잖아. 멍청하게 화를 돋우지 말고 진작에 대답했어야지. 그래, 언제 그 나리슈와 다시 만날 거야?

—우리는 계약을 한 건 맺었어요. 그래서…….

—그자하고 같이 지속적으로 일하는 방법을 찾아내. 그래서 그에게서 람세스의 이번 여행에 대해 최대한의 정보를 짜내라구. 당신의 매력을 이용하면 별 어려움 없이 성공할 수 있을 거야.

타니트는 항의하려 했지만 우리테슈프의 거대한 몸이 해일처럼 덮쳐왔다. 아름다운 페니키아 여인은 홀린 듯이 그의 품을 파고들며 아무 생각도 하지 않았다. 그의 사랑에 저항한다는 것은 그녀에겐 불가능한 일이었다.

외출에서 돌아온 타니트는, 하녀에게 손톱을 다듬게 하고 있는 우리테슈프에게 말했다.

—모든 연회가 취소됐어요.

—뭣 때문에?
—아피스 황소가 좀 전에 죽었대요. 상을 치르는 동안은 모든 축제가 금지됐어요.
—웃기는 관습이군!
—이집트인들에게는 안 그래요.
타니트는 하녀를 내보내고 말을 이었다.
—파라오의 힘 자체가 걸려 있어요. 그 몸 속에 아피스가 현현하게 될 황소를 그가 새로 찾아내야 하거든요. 그렇지 않으면 그의 명성이 기울 거예요.
—황소 한 마리 찾는 게 무슨 대수겠어. 람세스는 아무 문제 없을 텐데.
—그리 쉬운 일이 아니에요. 왜냐하면 아피스 황소는 몇 가지 정확한 특징을 지니고 있어야 하거든요.
—뭔 특징?
—아피스 숭배에 전문 지식을 가진 사제에게 물어봐야 알 수 있어요.
타니트의 말에 우리테슈프는 잠시 생각에 잠겨 있다가 말했다.
—우리가 그 황소의 장례식에 초대될 수 있게 손을 써봐.

멤피스 신전의 우리에서 죽은 늙은 황소 아피스의 시체는 '신성한 방'에 안치되어 있었다. 그곳에서 황소는 마치 오시리스처럼 람세스와 카가 참석한 밤샘의 영광을 받았다. 황소를 위해 부활의 제문이 낭송되었다. 건축가들의 신 프타의 마술적 힘인 아피스는 그 신분에 걸맞게 대우받아야 했다.
미라 작업이 끝나자, 단단한 나무썰매에 실려 왕의 배가 있는 곳까지 운반된 황소는 배를 타고 나일 강을 건넜다. 이어서 사카라 묘지에 있는 황소의 지하 신전을 향한 장례행렬이 이어졌다.

람세스는 '황금의 방'에서 부활한 황소의 입과 눈과 귀를 열어주었다. 우리테슈프와 타니트는 그런 신비로운 의식을 관람할 수 있는 허가를 받지는 못했지만, 수다스런 사제 하나를 꼬드겨 그가 자신의 지식을 늘어놓게 하는 데는 성공했다.

—아피스가 되자면 황소는 흰 점이 박힌 검은 털을 갖고 있어야 하지요. 이마에는 하얀 세모꼴이 있어야 하고, 가슴팍과 옆구리에 초승달 무늬가 있어야 하고, 꼬리털에는 검은색과 흰색이 섞여 있어야 합니다.

우리테슈프가 물었다.

—그런 기준에 맞는 황소들이 많소?

—아니지요. 신들에 의해 그렇게 만들어진 짐승은 한 세대에 딱 하나밖에 없지요.

—만일 파라오가 그런 황소를 찾아내지 못하면 어찌 되오?

—파라오는 그의 모든 기력을 잃게 되고, 많은 재난이 나라에 퍼지게 될 겁니다. 하지만 람세스 대왕께서 그 일을 못 해낼 리는 없지요.

—우리도 그렇게 믿고 있소.

우리테슈프와 타니트는 사제 곁을 떠나 한참을 걸었다.

히타이트인이 말했다.

—만일 그런 동물이 정말 있다면, 우리가 람세스보다 먼저 그놈을 찾아내서 죽여버려야 해.

아메니의 얼굴은 불안하고 피곤해 보였다. 어떻게 피곤하지 않을 수 있겠는가? 람세스조차도 온갖 잡병에 시달리는 친구의 일하는 속도를 늦추게 하지는 못했다.

—좋은 소식이 많습니다, 폐하. 예컨대…….

—나쁜 소식부터 말해보게나, 아메니.

—벌써 누가 말씀드렸습니까?

—자네 표정에 다 드러나 있네.

아메니의 어조가 무거워졌다.

—그런가요…… 하투실 대왕이 폐하께 편지를 보내왔습니다.

—우리는 정기적으로 편지를 주고받는데…… 이상할 게 뭐가 있나?

—그가 편지를 보내온 이유는, 마트호르 왕비께서 자신의 신세를 불평했기 때문입니다. 하투실은 무척 놀라고 있고, 설명을 요구하고 있습니다.

람세스의 시선이 불타올랐다. 그 여자는 필경 자기 아버지의 화를 돋우고 이집트와 히타이트 양국간의 불화에 불을 당기기 위해 중상모략을 했을 것이다.

—내 형제 하투실에게 적절한 답장을 해주세나.

—아샤가 생전에 작성했던 글들을 좀 베껴보았습니다. 여기 초안이 있는데, 이 정도면 히타이트 대왕을 조금은 가라앉힐 수 있지 않을까요?

아메니는 서판 하나를 왕에게 내밀었다. 얼마나 지우고 긁어댔는지 표면이 닳아 있었다. 서판을 읽은 람세스가 말했다.

—썩 좋은 외교적 문장인데…… 자네는 계속 발전하고 있구먼.

—손놀림이 완벽한 서기관에게 최종판을 맡길까요?

—아냐, 아메니.

—하지만, 왜?

—내가 직접 답장을 쓰겠네.

—용서하십시오, 폐하. 하지만 저는 두려움이…….

—자네는 진실을 두려워하는가? 나는 하투실에게 그의 딸이 왕비의 임무를 수행할 능력이 없고, 따라서 그녀는 이후 은퇴하여 화려하고 평온한 나날을 보내게 될 것이며, 공식행사가 있을 때는 메리

타몬이 내 곁을 지킬 것이라고 쓰는 정도로 만족할 것이네.

아메니는 창백해졌다.

—하투실은 폐하와 형제의 예를 맺은 사이지만…… 그는 무척 민감한 왕입니다…… 그 같은 거친 답장은 그 못지않게 거친 반응을 불러올 위험이 있습니다.

—그 누구도 진실을 감출 수는 없네.

—한 번 더 생각해보십시오, 폐하…….

—자네 볼일이나 보게, 아메니. 내 편지는 내일 당장 히타이트로 보내질 것이네.

우리테슈프는 아내를 잘 골랐다는 걸 실감했다. 예쁘고 관능적인데다가 사랑스럽고 상류사회에 속하며, 무엇보다도 부자였다. 우리테슈프가 하는 일에 타니트의 재산은 유용하게 쓰였다. 이번에도 우리테슈프는 상당한 수의 정보원들을 고용해, 어느 마을에 흰 점이 박힌 검은 털의 수소가 살고 있는지 조사하게 할 수 있었다. 람세스가 그 황소를 찾기 전에 우리테슈프는 한 발 앞서 나가야 했다.

대외적으로는, 페니키아 여상인인 타니트가 목축업을 시작하려고 우선 품종이 좋은 종우들을 구입하려는 것으로 해두었다. 우리테슈프는 피-람세스 인근에서부터 시작해서, 수도와 멤피스 사이의 모든 지방으로 수색을 확대해나갔다.

우리테슈프는 궁전에서 돌아온 타니트를 붙잡고 물었다. 그녀는 왕의 경제정책을 시행하는 일을 맡고 있는 '흰 이중의 집'의 관리들과 만나 얘기하고 돌아오는 길이었다.

—람세스는 뭘 하고 있어?

—그는 대부분의 시간을 프타 대사제 카와 함께 보내고 있대요. 부자가 함께 새로운 아피스의 즉위에 관련된 아주 오래 된 제의를

복원시키고 있다나요.

—그 빌어먹을 황소는 찾았대?

—그 황소를 찾아내는 일은 오로지 파라오만이 할 수 있는 일이래요.

—그렇다면 왜 람세스는 황소를 찾지 않고 가만히 앉아 있는 거야?

—아직 상중이라 찾을 수 없대요. 상이 끝나야 찾는대요.

—만일 우리가 지하 신전의 입구에 새로운 아피스의 시체를 갖다 놓을 수만 있다면…… 람세스의 명성은 땅에 떨어지겠구만!

—참, 제 집사가 당신에게 편지를 하나 가져왔어요.

—내놔봐, 어서!

우리테슈프는 타니트의 손에서 석회암 조각을 빼앗듯이 받아들었다. 그가 고용한 정보원들 중 한 사람이 보낸 소식이었다. 요구되는 기준에 들어맞는 황소가 멤피스 북부의 작은 마을에서 발견되었는데, 황소 주인은 놀랄 만큼 비싼 값을 요구하고 있었다.

우리테슈프가 온몸을 팽팽히 긴장시키며 말했다.

—당장 가봐야겠어.

48

햇살 가득한 오후, 한적한 시골 마을은 졸고 있었다. 우물가 종려나무 아래서 두 소녀가 인형놀이를 하고 있었고, 몇 발짝 떨어지지 않은 곳에서 아이들의 어머니가 한가로이 버들광주리를 고치고 있었다.

우리테슈프의 말이 그 평화로운 세상에 불쑥 나타나자, 겁먹은 두 소녀는 엄마에게로 달아났다. 여인 역시 긴 머리칼의 말 탄 사내가 풍기는 잔인함에 두려움을 느꼈다.

—이봐, 기운 센 검은 황소의 주인은 어디에 사나?

여인은 두 아이를 꼭 껴안은 채 뒷걸음질쳤다.

—빨리 대답해! 주먹맛 좀 볼 거야?

—저기 마을 남쪽 어귀에 작은 농장이 있어요. 거기 외양간도 있

구요…….

여인이 가리킨 방향으로 말은 쏜살같이 달려갔다. 몇 분쯤 달렸을까, 외양간이 우리테슈프의 눈에 들어왔다. 흰 점이 간간이 박힌 검은 황소가 햇살을 받으며 우두커니 서서 새김질을 하고 있었다.

우리테슈프는 소에서 눈을 떼지 못하고 땅에 뛰어내렸다. 그는 사제에게서 들은 말을 생각하며, 가까이 다가가 황소를 살펴보았다. 황소는 아피스의 특징을 모두 갖추고 있었다.

우리테슈프는 농장에서 가장 큰 건물로 달려갔다. 농부들이 꼴을 베어 그 안으로 나르고 있었다.

—주인은 어디 있나?

—정자 아래에 있습니다.

우리테슈프는 가슴이 뛰었다. 목적을 달성한 것이다. 그는 군소리 없이 값을 치를 작정이었다. 그는 정자를 향해 뛰듯이 다가갔다.

정자에 돗자리를 펴고 누워 있던 주인이 눈을 뜨고 그를 바라보았다.

—여행 재미있었나?

우리테슈프는 그 자리에 얼어붙어버렸다.

—자네…….

세라마나는 그 엄청난 체구를 펴며 천천히 몸을 일으켰다.

—목축에 관심이 생겼나, 우리테슈프? 좋은 생각이야. 이집트에서 괜찮은 사업들 가운데 하나지.

—그런데 자네가 설마…….

—이 농장 주인이냐구? 물론이지! 람세스 폐하의 후한 배려 덕분에 이렇게 썩 괜찮은 농장을 마련할 수 있었네. 나는 여기서 한가한 노후를 보낼 생각이야. 자네는 내 황소를 사려던 게 아니었나?

—아냐. 잘못 생각한 걸세. 나는 단지…….

낭패한 표정으로 당황해하는 우리테슈프를 보며 세라마나는 웃음을 터뜨렸다.

—자네가 분주히 돌아다니고 있다는 얘길 듣고, 아메니와 나는 자넬 좀 돕기로 했지. 왕의 개인비서는 재미있는 일을 하나 생각해낸 걸세. 저 까만 녀석의 털에 아피스의 상징들을 그려넣자는 것이었어. 어때, 재미있지 않나? 이번 일은 그저 우리끼리의 농담으로 해두자구, 우리테슈프. 그게 좋겠지?

아피스의 상이 거의 끝나가고 있었다. 제관들은 불안해하기 시작했다. 왕은 왜 새로운 아피스를 찾아 나서지 않는 것인가? 람세스는 새로운 아피스를 찾는 일은 안중에도 없는 듯했다. 람세스는 미라가 된 황소들의 지하 신전을 여러 차례 방문하고, 아피스를 부활시키는 최초 왕조의 의식에 대해 연구하는 프타 대사제의 말에 귀를 기울였다. 카는 하늘의 공간과 깊은 산 속, 혹은 벌통 같은 속세간에서도 부단히 활동하고 일하는 건축가들의 신 프타에 대해 이야기했다. 프타의 창조의 말씀은, 가슴에서 그 기운을 드러내어 언어로 표현되는 것이다. 모든 살아 있는 생각은, 올바르고 아름다운 형태로 구현되어야 하기 때문이었다.

운명의 날을 한 주일 앞두고, 카 역시 자신의 불안을 감추지 못했다.

—폐하, 상은…….

—알고 있다, 아들아. 죽은 아피스의 후계자는 존재한다. 걱정하지 마라.

—만일 그가 먼 곳에 있다면, 여행이 오래 걸릴 텐데요.

—오늘 밤, 나는 지하 신전에서 자겠다. 신들과 네페르타리에게 나의 길을 인도해달라고 부탁하마.

날이 저물자, 왕은 아피스의 왕조에 혼자 남았다. 그는 그들 각각의 이름을 알고 있었다. 그는 그들을 서로 연결시키는 단 하나의 영혼을 불러일으켰다. 사제의 독방에 있는 간이침대에 누운 람세스는 그의 영혼을 잠에 맡겼다. 몸과 감각의 단순한 휴식이 아니라, 지치지 않는 새처럼 여행할 수 있는 그런 꿈이었다. 그의 몸에 갑자기 날개가 돋친 듯, 왕은 땅을 떠나 하늘로 날아올랐다. 그리고 내려다보았다.

그는 상하 이집트를 보았고, 작은 신전들과 나일 강과 관개수로들을 보았고, 불타는 사막과 녹푸른 경작지를 보았다.

거센 바람이 두 개의 흰 돛을 단 배를 아비도스 방향으로 밀어주었다. 뱃머리에서 람세스는 강물을 따라 그의 나라를 음미하고 있었다. 그것은 언제 느껴도 새로운 즐거움이었다.

카는 제관들과 궁신들에게, 파라오와 함께 아피스를 찾아 사카라에 데려오겠다고 말하고 떠나왔다. 일이 실패로 돌아갈 경우의 비극적인 결과를 잘 알고 있는 대사제는, 굳이 실패를 생각지 않으려 애썼다.

—곧 도착합니다, 아버님.

—이번 여행은 참으로 짧게 느껴지는구나. 이토록 아름다움에 취해 있으면 시간은 존재하지 않는단다.

아비도스의 사제단이 모두 선창에 나와 왕을 환영했다. 대사제는 카에게 인사했다.

—폐하께서는 오시리스의 신비 제의를 준비하러 오신 겁니까?

카가 대답했다.

—아닙니다. 람세스 폐하께서는 아피스 황소의 새로운 화신이 이곳에 존재한다고 확신하고 계십니다.

—만일 그게 사실이라면, 저희가 먼저 폐하께 알렸을 텐데요. 폐하께선 어떤 정보에 근거하고 계십니까?

—그분만이 알고 계십니다.

아비도스의 대사제는 놀랐다.

—아버님을 설득해보시긴 하셨습니까?

—그분은 위대한 람세스가 아닙니까?

사람들은 왕이 주변의 벌판을 탐사하리라고 기대하고 있었다. 하지만 그는 아무 주저 없이 곧장 최초 왕조의 파라오들의 무덤이 있는 사막으로 걸어갔다. 그들의 미라는 사카라에 안치되어 있지만, 그 영원한 빛의 존재들이 머물고 있는 곳은 아비도스였다. 묘소는 타마리스로 뒤덮여 있었다.

타마리스의 무성한 잎들 사이에서 람세스는 그를 발견했다.

잘생긴 검은 소가 고개를 쳐들고, 자기를 향해 다가오는 사람을 바라보았다. 아피스의 왕조가 선사한 꿈속에서 파라오가 보았던, 바로 그런 장면이었다.

네발짐승은 어떤 공격성도 나타내지 않았다. 마치 오랜 이별 후에 옛 친구를 만난 것 같은 모습이었다. 소의 이마에는 하얀 세모꼴이 선명히 있었다. 가슴팍과 옆구리에는 초승달이 있었다. 그의 꼬리에는 검은색과 흰색의 털이 뒤섞여 있었다.

—이리 오너라, 아피스. 내가 너의 집에 데려다주겠다.

왕의 배가 멤피스의 부두에 닿았을 때, 도시 전체는 이미 축제 분위기였다. 앞으로 오랜 세월을 람세스에게 통치의 힘을 전해줄 새로운 아피스를 보기 위해 사람들이 몰려들었다. 피-람세스의 고관들도 수도를 떠나왔다. 아메니도 이동했다. 축제에 참가하려는 의도는 아니었다. 그는 나쁜 소식을 가지고 왔다.

황소와 왕은 나란히 배에서 내려, 사람들의 환영 속에 프타 신전을 향해 걸어갔다. 이제 아피스의 화신은 그곳 신전 가까이에 마련된 넓은 우리에서 매력적인 암소들에 둘러싸여 살게 될 것이다.

신전의 입구에서 전통적인 의식이 벌어졌다. 여인 하나가 황소와 마주했다. 천한 여자가 아니었다. 평판이 높고 사람들로부터 존경받는 지체 높은 여인이었다. 그녀는 배 위로 옷을 끌어올려 성기를 드러냈다. 그렇게 하토르의 여사제는 군중들이 폭소를 터뜨리는 가운데, 여신의 신성한 동물인 암소들에게 새끼를 배게 하고 아피스의 후손을 약속할 개조(開祖)를 자신의 몸에 받아들이는 것이다.

구경꾼들의 맨 앞에 서 있던 우리테슈프는 구경거리가 하도 많아 어디에 시선을 둬야 할지 알 수 없었다. 저 괴이한 광경, 자신도 웃음을 터뜨리고 있는 저 헤퍼 보이는 여인, 저 태연자약한 황소, 람세스를 숭배하는 저 백성들…… 절대로 무너지지 않을 것처럼 보이는 저 람세스!

다른 사람이라면 포기하고 말았을 것이다. 하지만 우리테슈프는 히타이트인이었고 장군이었다. 그리고 람세스는 그에게서 왕좌를 앗아가버린 자였다. 얼마 전까지만 해도 정복자요 승리자였던 히타이트를 어제의 적 앞에 머리를 숙인 겁쟁이들의 무리로 전락시켜버린 저 자를 그는 결코 용서할 수 없었다.

신전의 거대한 이중문이 닫혔다. 사람들이 춤추고 노래하고 파라오가 베푸는 음식과 술을 먹고 마시는 동안, 람세스와 카 그리고 한 무리의 제관들은 새로운 아피스의 즉위식을 거행했다. 즉위식의 절정은 오시리스의 미라, 즉 죽음을 정복하고 다시 살아난 신의 몸을 황소가 등에 싣고 달려나가는 장면이었다.

아메니가 불평했다.

—어쩌면 여행을 그리도 좋아할 수 있으십니까? 폐하께서 여행하시는 동안 제 책상 위에는 까다로운 긴급 서류들이 자꾸만 쌓여간단 말입니다.

람세스가 말했다.

—자네가 이렇게 직접 몸을 움직였다면, 무슨 중요한 이유가 있

었을 텐데.

—폐하께서는 제게 또 축제를 방해한다고 비난하실 셈이로군요.

—내가 그런 비난을 한 적이 있었던가?

아메니는 알아듣지 못할 말로 뭐라고 웅얼거리다가, 마침내 말했다.

—하투실 대왕은 놀랍게도 신속하게 답장을 보내왔습니다. 행간을 잘 읽어보면 그의 분노를 짐작할 수 있습니다. 그는 폐하의 처분을 못마땅하게 여기고 있습니다. 거의 위협적인 내용입니다.

오랫동안 람세스는 침묵을 지켰다.

—내 말이 그를 납득시키지 못했다면, 다른 말을 해야겠군. 새 파피루스와 가장 좋은 붓을 가져오게, 아메니. 내 제안은 틀림없이 내 형제 하투실을 놀라게 할 걸세.

49

타니트가 우리테슈프에게 말했다.

—흥정은 끝났어요. 나리슈는 티루스로 돌아갔어요. 그는 그곳에서 티루스 행정관과 지역인사들과 함께 람세스를 환영한다나봐요.

우리테슈프는 그의 몸에서 떼어놓은 적이 없는 철제 단검의 손잡이를 움켜쥐었다.

—좀더 자세한 정보는 얻지 못했어?

—람세스의 여행경로는 비밀이 아니에요. 이집트 군 총사령관인 그의 아들 메렌프타가 두 정예사단을 이끌고 람세스를 수행할 거래요. 그들을 공격한다면 실패할 게 뻔해요.

우리테슈프는 분노를 터뜨렸다. 그렇게 대규모 전투를 벌이기에는 말피에게 아직 병력이 부족했다.

페니키아 여인이 덧붙였다.

—그런데 이상한 일은 '흰 이중의 집'의 고위관리들이 페니키아에 어떤 특별한 요구도 제기하지 않았다는 점이에요. 마치 파라오의 이번 방문이 경제문제와는 전혀 관련 없는 것처럼 말예요. 이집트가 그냥 넘어가주는 법이 없는 경제적 협상들이 분명히 있거든요.

—그래서 당신 결론은 뭐야?

—글쎄요. 람세스는 이번 여행의 진짜 목적을 감추고 있는 게 아닐까요.

우리테슈프는 뭐가 뭔지 알 수 없었다.

—아마도 당신 말이 맞을 거야…… 그럼 그 목적을 알아봐.

—어떻게요?

—궁전에 가보든지, 궁신들하고 얘기해보든지, 서류를 훔치든지, 내가 알 게 뭐야? 알아서 해봐, 타니트!

—하지만 여보…….

—입 닥쳐. 나는 알아야만 해.

카르멜 산 기슭을 따라 나 있는 길은 넓고 안전했다. 이윽고 그 길은 바다를 향한 부드러운 비탈길로 이어졌다. 바다…… 대부분의 이집트 병사들에게 그것은 기이한 광경이었다. 그것은 끝없이 펼쳐진 물이었다. 고참병들은 젊은 신병들에게 주의를 주었다. 파도의 거품에 발을 적시는 것이야 아무 문제 없지만, 멀리까지 헤엄치는 것은 위험하다. 악령이 바다 속으로 잡아갈지 모른다.

람세스는 선두에 서서 행군하는 메렌프타와 척후병들을 바로 뒤따르고 있었다. 메렌프타는 여행 내내 줄곧 안전장치를 확인했다. 왕은 어떤 불안감도 나타내지 않았다.

그가 메렌프타에게 말했다.

—만일 네가 왕이 되면 우리 보호령들을 정기적으로 방문하는 것을 잊지 말아라. 그리고 만약 네 형이 왕이 된다면, 내 말을 그에게 환기시켜라. 파라오가 너무 멀리에 있고, 또한 자리를 자주 비우면 반란이 일어나 조화가 깨질 위험이 있다. 그가 가까이 있으면 사람들의 마음이 진정된다.

고참병들의 믿음직한 말에도 불구하고 젊은 신병들은 안심되지 않았다. 연달아 밀려들어 해안에 불쑥 튀어나온 바위들에 부딪치는 격렬한 파도는 그들에게 나일 강 연안을 그리워하게 했다.

이집트만은 못했지만, 그래도 전원풍경은 덜 험상궂었다. 경작지와 과수원과 올리브 밭은 그 지방 농경의 풍요로움을 보여주고 있었다. 티루스의 구시가지는 바다를 향하고 있었는데, 해협이 가로놓여 있어 적 선단의 공격으로부터 도시를 보호해주었다. 티루스의 신시가지는 별로 깊지 않은 운하들에 의해 분리된 세 곳의 작은 섬들 위에 건설되어 있었다. 운하를 따라 삭막한 화물창고들이 줄지어 있었다.

감시탑 꼭대기에서 티루스인들은 파라오와 그의 병사들을 지켜보고 있었다. 나리슈가 이끄는 대표단이 이집트의 주인을 마중 나왔다. 열렬한 환영의 예를 갖춘 뒤, 나리슈는 람세스 일행을 도시의 이곳저곳으로 정열적으로 안내하였다. 메렌프타는 언제 위험이 돌출할지 모르는 지붕들에 시선을 고정시키고 있었다.

티루스는 무역도시였다. 사람들은 그곳에서 유리제품, 금이나 은으로 된 화병, 자주색 물감으로 물들인 옷감, 그리고 항구를 통해 들여온 온갖 물건들을 사고 팔았다. 도시에는 4,5층 높이의 집들이 빽빽이 늘어서 있었다.

나리슈의 친구인 행정관은 자신의 화려한 별장을 람세스의 숙소로 제공했다. 도시에서 가장 높은 장소에 세워진 별장은 바다를 굽어보고 있었다. 꽃이 만발한 테라스는 하나의 경이였고, 저택의 소유주는 파라오가 향수를 느끼지 않도록 그의 넓은 집을 이집트풍으로 장식하는 극도의 섬세함까지 보였다.

나리슈가 말했다.

—마음에 드시기를 바랍니다, 폐하. 폐하의 방문은 저희에게 커다란 영광입니다. 오늘 밤 당장 폐하께서는 우리 도시의 역사에 기록될 연회를 주재하시게 될 겁니다. 이집트와의 무역관계가 발전하게 되리라고 기대할 수 있겠는지요?

—나는 굳이 반대하지 않소. 단, 한 가지 조건이 있소.

—저희 쪽 이윤을 줄이란 말씀이시라면…… 예상했던 일입니다. 저희도 반대하지 않습니다. 거래량에서 벌충할 수만 있다면 말입니다.

—내가 말하는 조건은 그게 아니오.

부드러운 어조였지만, 페니키아 상인은 피가 그의 혈관 속에서 얼어붙는 것 같았다. 평화조약에 따라 이집트는 이 지역이 히타이트의 통제 하에 들어가는 것을 받아들였었다. 하지만 사실상 이 지역은 이집트와 히타이트의 완충지역으로서 자유를 누리고 있었다. 혹시 람세스에게 고약한 권력의지가 생겨나 전쟁의 위험도 아랑곳없이 조약을 파기하고 페니키아에 손을 대려는 것은 아닐까?

—폐하의 요구는 무엇입니까?

—항구로 갑시다. 메렌프타가 우리를 따를 것이오.

왕의 명령에 따라 메렌프타는 제한된 인원으로 경호에 임해야 했다.

항구의 서쪽 끝에는 나이와 출신이 서로 다른 백여 명의 사나이들이 벌거벗은 채 사슬에 묶여 있었다. 어떤 자들은 짐짓 위엄을 잃지 않으려 애썼고, 어떤 자들은 멍한 시선을 하고 있었다.

머리를 묶은 티루스인들이 개인별로 혹은 단체로 노예들의 가격을 흥정하고 있었다. 그들은 건강상태가 좋은 노예들을 팔아 막대한 이익을 남기려 하고 있었다. 흥정은 점점 더 불이 붙었다.

람세스가 그들을 바라보며 말했다.

—저 사람들을 풀어주시오.

나리슈는 드디어 람세스의 요구를 알 것 같았다.

—저들은 값이 비쌉니다…… 티루스가 폐하께 저들을 바칠 수 있게 허락해주십시오…….

—이번 방문의 목적이 바로 이것이오. 이집트와 거래를 원하는 티루스인은 그 누구도 노예를 사고 팔아서는 아니 되오.

충격적인 요구였다. 상상도 할 수 없었던 요구에 페니키아인은 하마터면 격하게 항의할 뻔했다. 그는 온 힘을 다해 냉정을 유지해야 했다.

—폐, 폐하…… 노예제도는 하나의 자연법입니다. 상인 사회에서는 오래 전부터 이 일을 행해오고 있습니다!

람세스가 말했다.

—이집트에는 노예제도가 없소. 인간은 신의 소유물이오. 어떤 인간도 다른 인간을 넋이 없는 물건이나 상품처럼 다룰 권리는 없소.

페니키아인은 그런 헛소리를 한번도 들은 적이 없었다. 만일 그의 상대가 이집트의 파라오만 아니었다면, 그는 상대방을 미치광이로 생각했을 것이다.

—폐하의 전쟁포로들, 그들은 노예가 아닙니까?

—그들이 범한 잘못의 경중에 따라 그들은 일정한 기간 동안 강제노역을 하게 되오. 하지만 다시 자유를 찾게 되면, 그들은 자기들이 원하는 대로 살아갈 수 있소. 대부분은 이집트에 그대로 남아 가족을 이루고 산다오.

—노예제도는 많은 일들을 해나가는 데 필요불가결합니다.

—마아트의 규범은 일을 시키는 자와 일을 맡은 자 사이의 계약을 요구하오. 그렇지 않은 경우엔 가장 숭고한 일이건 가장 비천한 일이건 기쁨이 따르지 않을 것이오. 그리고 그 계약은 쌍방이 주고받는 말에 근거하오. 그대는 피라미드들과 신전들이 노예의 무리에 의해 지어질 수 있었으리라고 생각하오?

—폐하, 이토록 오래 된 관습을 하루아침에 변화시킬 수는 없는 노릇입니다.

—나도 그렇게 순진한 사람은 아니오. 나는 대부분의 나라들이 여전히 노예제도를 시행하리라는 걸 잘 알고 있소. 하지만 이제 그대는 내 요구가 무엇인지 알았을 것이오.

—이집트는 막대한 시장을 잃을 위험이 있습니다.

—중요한 것은 이집트가 자신의 영혼을 보전하는 일이오. 파라오는 상인들의 수호자가 아니라, 지상에서 마아트를 대변하는 자이고 그의 백성에 봉사하는 자요.

람세스의 말은 메렌프타의 가슴에 각인되었다. 그에게, 이번 티루스 여행은 그가 거쳐야 했던 하나의 중요한 단계로 기억될 것이었다.

우리테슈프는 신경이 너무 곤두서 있었다. 그는 마음을 진정시키기 위해 오리들이 즐겨 노는 연못에 그늘을 드리우던 백 년 묵은 무화과나무를 도끼로 찍어버렸다. 깜짝 놀란 타니트 부인의 정원사는 도구를 보관하는 오두막 안으로 도망가버렸다.

그의 아내가 대문에 들어서자, 우리테슈프가 소리쳤다.

—드디어 나타났군!

타니트는 그 어이없는 광경을 바라보았다.

—이…… 이거 당신이…….

—여긴 내 집이야. 난 내가 하고 싶은 대로 뭐든지 할 수 있어!

궁전에선 뭘 알아냈어?

—좀 앉아야겠어요. 피곤해요.

작은 고양이가 여주인의 무릎 위로 뛰어올랐다. 그녀는 고양이의 머리를 기계적으로 쓰다듬어주었다. 고양이가 가르랑거렸다.

—말해, 타니트!

—실망할 거예요. 람세스의 진짜 여행 목적은 티루스와 그 인근 지역에서 계속 성행하고 있는 노예제도와 싸우기 위해서였대요.

우리테슈프는 타니트를 거세게 때렸다.

—나한테 장난치지 말랬지!

주인의 몸에 무수히 쏟아지는 주먹질에 정신이 없던 작은 고양이가 히타이트인을 할퀴었다. 우리테슈프는 고양이의 목덜미를 움켜잡고는 철제 단검으로 그 목을 베어버렸다. 핏방울이 타니트에게로 튀었다.

공포에 질린 타니트는 자기 침실로 달려갔다.

50

아메니는 안도했다. 하지만 세라마나의 표정은 우울해 보였다.

—람세스 폐하가 페니키아에서 무사히 돌아왔네. 이제야 한숨 돌렸어. 그런데 자네는 왜 그렇게 시무룩한 표정인가, 세라마나?

—나리슈의 단서가 허탕이 돼버렸기 때문일세.

—무엇을 기대하고 있었나?

—나리슈가 타니트 부인과 수상쩍은 거래를 하고 있다는 증거를 포착하는 것이었지. 우리테슈프에 관해 사실대로 얘기하지 않으면, 붙잡아 넣겠다고 그녀를 위협할 수 있었을 텐데.

—그 히타이트인이 자네 머릿속에서 떠나지를 않는구먼. 그자가 마침내는 자네 머리를 돌게 만들겠네.

—그가 아샤를 살해한 범인이란 걸 잊었나?

—증거가 없어.

—불행하게도 자네 말이 맞아, 아메니.

세라마나는 새삼 자신이 나이가 들었다는 것을 느꼈다. 그가 법을 준수하다니! 그는 단념하고 자신의 실패를 받아들여야 했다. 우리테슈프는 너무나 간교해서 이집트의 법망에 걸려들지 않을 것이다.

—집에 돌아가야겠네.

—이번엔 어떤 여자앤가?

—천만에, 아메니. 피곤해서 자야겠어.

세라마나의 집사가 알렸다.

—어느 여자분께서 기다리고 계십니다.

—어떤 계집애도 부른 적이 없는데!

—'계집애'가 아니라 귀부인이십니다. 제가 응접실로 모셨습니다.

이상하게 여긴 세라마나는 성큼성큼 응접실로 향했다.

—타니트!

아름다운 페니키아 여인이 자리에서 일어났다. 그녀는 울음을 터뜨리며 거인의 품에 달려들었다. 모자도 쓰지 않았고 뺨에는 얻어맞은 흔적이 있었다.

—나를 보호해줘요, 부탁이에요!

—물론…… 하지만 어떤 것…… 아니, 어떤 자가 문제요?

—나를 노예로 만든 그 괴물 말이에요!

세라마나는 기쁨으로 벌어지는 입을 다물기 위해 이를 악물어야 했다.

—만일 제가 공식적으로 나서기를 원하신다면 고발하셔야 합니다, 타니트 부인.

—우리테슈프는 내 고양이를 죽였어요. 내 정원에 있는 무화과나무를 베어버렸고, 나를 때린 적도 한두 번이 아니에요.

—그건 범죄입니다. 그는 벌금형 아니면 부역형을 받게 될 겁니다. 하지만 그 정도로는 그가 다시는 부인 곁에 접근하지 못하도록 하기에는 부족합니다.

—당신 부하들이 나를 지켜줄 건가요?

—내 용병들은 왕의 친위대원들입니다. 개인적인 일에는 개입할 수 없지요…… 물론 국가적인 문제라면 사정이 다르겠지만…….

타니트는 눈물을 닦으며 거인의 품에서 벗어났다. 그녀는 차가운 표정으로 세라마나의 눈을 똑바로 쳐다보았다.

—우리테슈프는 파라오를 죽이려 해요. 그에게는 말피라는 리비아인 친구가 있고, 그들은 바로 내 집에서 동맹을 맺었어요. 우리테슈프는 지금도 항상 갖고 다니는 철제 단검으로 아샤를 죽였어요. 그리고 바로 그 단검으로, 그는 왕을 죽이려 해요. 이젠 국가적인 문제가 됐나요?

백여 명의 용병들이 타니트 부인의 별장 둘레에 쫙 깔렸다. 궁수들은 페니키아 여인의 정원이 내려다보이는 나무들 위에 자리잡았고, 몇몇 병사들은 인근 주택의 지붕 위에 포진했다.

우리테슈프는 혼자인가, 아니면 리비아인들과 함께 있는가? 포위당한 것을 눈치채면 그가 하인들을 인질로 붙잡지는 않을 것인가? 세라마나는 부하들에게 아주 조용히 접근하라고 명령했다. 아주 작은 소리에도 우리테슈프는 위험을 눈치챌 것이었다.

아니나다를까, 우려했던 일이 터지고 말았다. 벽을 기어오르던 용병 하나가 작은 숲에 떨어져버린 것이다. 올빼미 한 마리가 큰 소리로 울어댔다.

세라마나의 부하들은 그 자리에 얼어붙었다. 몇 분이 그렇게 흘렸을까, 세라마나는 다시 전진하라는 명령을 내렸다.

우리테슈프에게는 이제 도망칠 기회가 전혀 없었다. 하지만 그는 얌전히 항복하지는 않을 것이다. 세라마나는 그를 생포해서 총리대신의 법정에 세울 수 있기를 원했다.

타니트의 침실에 불빛이 비쳤다.

세라마나와 십여 명의 용병들은 이슬에 축축이 젖은 땅을 기어, 집 둘레의 포석에까지 접근했다. 세라마나의 명령이 떨어지자, 그들은 집안으로 달려들었다.

하녀가 공포의 비명을 질렀다. 그녀가 들고 있던 기름 램프가 바닥에 떨어졌다. 그것이 산산조각나자 집안은 혼란의 도가니로 변했다. 용병들은 눈에 보이지 않는 적들과 싸웠고, 칼로 가구들을 마구 부숴버렸다.

세라마나가 소리쳤다.

—조용히 해! 불을 켜! 빨리!

다른 램프에 불이 켜졌다. 두 명의 용병이 덜덜 떨고 있는 하녀를 칼로 위협하고 있었다.

세라마나가 물었다.

—우리테슈프는 어디에 있나?

—타니트 마님께서 사라지신 것을 알고는, 곧장 말에 뛰어올라 그대로 떠나버렸어요.

세라마나는 분을 참지 못하고 크레타 산 도기 하나를 주먹으로 부숴버렸다. 히타이트인은 전사로서의 본능대로 행동한 것이다. 그는 자신이 위험에 빠진 것을 알아차리고 그대로 달아나버렸다.

람세스의 근엄한 집무실에 들어간다는 것은, 세라마나에게는 나라 안에서 가장 비밀스러운 성역에 들어가는 것에 해당했다.

아메니와 메렌프타가 파라오와 함께 있었다. 세라마나가 말했다.

—타니트 부인은 총리대신 앞에서 증언한 이후에 페니키아로 되돌아갔습니다. 여러 사람들의 증언에 따르면, 우리테슈프는 리비아로 간 것 같습니다. 그의 동지인 말피와 합류했을 겁니다.

아메니가 말했다.

—추측일 따름이지.

—아니야! 확실해! 우리테슈프에게는 달리 은신할 만한 곳이 없어. 그는 결코 이집트와 싸우는 것을 단념하지 않을 거야.

메렌프타가 말했다.

—불행하게도 우리는 그 리비아인의 진영을 찾아내지 못했습니다. 그는 끊임없이 옮겨다닙니다. 하지만 잘 생각해보면 그것은 오히려 다행스러운 일일 수도 있습니다. 그러한 사실은 말피가 아직 제대로 된 군대를 끌어모으는 데에는 이르지 못했다는 것을 입증하는 것이니까요.

람세스가 말했다.

—우리의 경계를 늦춰서는 안 될 것이다. 잔인하고 해로운 두 존재의 결합은 결코 소홀히 할 수 없는 위협이 될 것이야.

세라마나가 정색하고 말했다.

—폐하, 부탁드릴 게 하나 있습니다.

—말해보게나.

—저는 우리가 다시 그 우리테슈프란 괴물과 맞닥뜨리게 되리라는 걸 확신합니다. 그자와 싸우게 되었을 때, 제 손으로 그자를 죽일 수 있는 특권을 허락해주십시오.

—허락하네.

—감사합니다, 폐하. 제 앞날이 어찌 되더라도, 제 인생은 폐하 덕분에 썩 훌륭한 삶이었다고 말씀드릴 수 있습니다.

세라마나가 물러갔다. 람세스가 메렌프타에게 말했다.

—뭐 곤란한 일이라도 있느냐?

—모세와 히브리인들은 적대적인 지방을 거쳐 끝없이 여행한 끝에, 그들이 약속의 땅이라고 믿는 가나안에 다가가고 있습니다.

—모세는 참으로 행복해하겠구나…….

—그 지역의 부족들은 그렇지 못합니다. 그들은 그 호전적인 민족의 존재를 두려워하고 있습니다. 저는 폐하께 위험을 초기에 진압할 수 있도록 군사적 개입을 허락해주실 것을 청원합니다.

—모세는 자기가 찾는 것을 끝까지 추구할 것이다. 그는 자신의 백성들이 편히 살아갈 수 있는 나라를 건설하고야 말 거야. 놔두어라, 아들아. 우리는 개입하지 않을 것이다. 장래에 우리는 그 새로운 국가와 대화할 것이고, 동맹을 맺게 될지도 모른다.

—하지만 서로 적이 된다면요?

—모세는 자기가 태어난 땅을 적대시하지는 않을 것이다. 리비아인들에게나 전념하거라, 메렌프타. 히브리인들은 놔두고…….

메렌프타는 더이상 고집하지 않았다. 비록 납득되지 않는 처사라 하더라도 왕에게 복종하는 것이 그의 의무였다.

아메니가 말했다.

—폐하의 형제 하투실에게서 편지가 왔습니다.

—좋은 소식인가, 아닌가?

—히타이트 대왕은 생각해보겠답니다.

햇볕이 내리쬐도 하투실은 추웠다. 두터운 돌벽에 둘러싸인 성채 안에서도 그의 몸은 전혀 따뜻해지지 않았다. 장작불이 탁탁 튀고 있는 커다란 벽난로를 등진 그는 아내 푸투헤파에게 이집트 파라오의 제안을 다시 읽어주었다.

—람세스는 정말 대담하기 짝이 없군! 나는 그에게 질책의 편지를 보냈는데, 감히 내게 이런 답장을 보내왔소! 나보고 또다른 공주를 보내라는군. 새로운 정략결혼을 올려 평화를 공고히 하자는 게

야. 그뿐만이 아니오. 나보고 직접 이집트에 오라는 거요!

왕비 푸투헤파가 말했다.

―훌륭한 생각이에요. 당신의 이집트 공식 방문은 우리 두 백성들간에 맺어진 평화가 이제는 확고히 굳어졌다는 것을 보여줄 거예요.

―꿈도 꾸지 마시오! 나 히타이트 대왕이 파라오의 신하처럼 보이란 말이오!

―아무도 당신을 모욕하겠단 사람은 없어요. 우리는 우리의 신분에 걸맞는 대우를 받게 될 테니 안심하세요. 승낙한다는 답장이 이미 작성돼 있어요. 당신은 거기에 당신의 봉인만 붙이시면 돼요.

―좀더 생각해봐야 하오. 협상을 벌여야 해.

―협상할 때는 이미 지났어요. 이집트로 떠날 준비나 합시다.

―당신이 히타이트 외교의 책임자가 되었나?

―제 자매인 네페르타리와 저 자신이 평화를 건설했어요. 히타이트 대왕께서 이제 그것을 튼튼히 다져주시길 바래요.

푸투헤파는 그녀와 네페르타리, 그리고 차마 그의 이름을 입에 올려 말하진 않았지만, 그녀가 알았던 남자들 가운데 가장 매혹적이었던 한 사람을 떠올렸다. 지금은 정의로운 자들의 천국에 살고 있는 람세스의 친구 아샤가 바로 그 사람이었다. 그들이 이집트에 가는 날, 아샤도 하늘에서 기뻐할 것이다.

51

마트호르는 희망에 부풀었다. 히타이트의 대왕 부처가 이집트를 공식 방문할 것이라는 사실은 이집트 전체를 떠들썩하게 하였다. 그녀는 자신이 다시 제자리를 찾게 되리라고 믿었다.

지금 그녀는 메르-우르 하렘에서 여유 있는 인생을 누리며 그녀의 신분에 걸맞는 즐거움을 향유하고 있었다. 하지만 그녀가 꿈꾼 것은 이런 따위의 편안한 삶이 아니었다. 그녀는 아무 힘도 없는, 명분상의 왕비일 따름이었다.

마트호르는 왕의 개인비서인 아메니에게 긴 편지를 썼다. 그녀는 독기 서린 말투로, 히타이트 대왕 부처를 맞이하기 위해 자신이 이집트 왕비의 역할을 해야겠다며, 자신을 피-람세스 궁까지 모셔갈 호위대의 파견을 요청했다.

람세스의 서명이 들어 있는 답신은 냉정했다. 마트호르는 행사에 참석할 수 없으며, 메르-우르 하렘에 머물러 있게 될 것이라는 거였다.

분에 못 이겨 날뛰던 마트호르는 생각에 잠겼다. 어떻게 이 파라오를 골탕먹일 수 있을 것인가? 하투실의 방문을 방해하는 것이야말로 가장 좋은 방법이 아니겠는가? 자신의 계획에 사로잡힌 그녀는, 제관으로서 확고한 명성을 얻고 있는 악어신 소베크의 사제를 붙잡고 늘어졌다.

—히타이트에서는 흔히 앞날을 알기 위해 점술사들에게 물어보지요. 점술사는 동물들의 뱃속을 읽어내는 것으로 앞날을 점친답니다.

—좀…… 거칠지 않습니까?

—당신들은 다른 방법을 사용하나요?

—파라오만이 앞날을 분간할 줄 아시지요.

—하지만 당신들 사제들은 몇 가지 비밀스런 기술을 간직하고 있잖아요.

—나라에 소속된 마법사들이 있기는 하지요, 폐하. 하지만 그들은 강도 높은 교육을 오랫동안 받아야 합니다.

—당신들은 신들에게 물어보진 않나요?

—어떤 경우엔 아몬 대사제가 왕의 허가를 받아 창조의 힘에 질문합니다. 신은 그의 신탁을 통해 대답하시지요.

—그리고 모두들 그 결정에 따르겠지요, 아마도?

—누가 감히 아몬의 뜻을 거역할 수 있겠습니까?

사제가 말을 조심하고 있다는 것을 눈치챈 마트호르는 그 이상 그를 귀찮게 하지 않았다.

바로 그날, 그녀는 하인들에게 자신의 부재를 아무에게도 알리지 말라고 명령하고 테베로 떠났다.

부드러운 미소를 띤 죽음은 마침내 아몬 대사제 네부의 진정한 나이를 새삼스레 일깨우며 다가왔다. 그는 모든 생명의 근원인 숨은 신 아몬과 지상에서의 그의 대리자인 파라오 람세스에게 잘 봉사했다는 확신이 들었다. 네부는 조용히 죽음의 미소에 답하며 지상에서의 그의 마지막 숨을 내쉬었다. 카르낙의 성스런 호숫가에 있는 그의 작은 집에서였다.

아몬의 제2예언자인 바크헨이 왕에게 알렸다. 왕은 자신의 청렴한 사람들 중 하나인 네부에게 마지막 경의를 표하기 위해 몸소 달려왔다. 악의 힘이 어떤 공격을 가해오더라도 바로 그들 덕분에 이집트의 전통은 영원할 것이었다.

장례의 침묵이 거대한 카르낙 신전을 무겁게 짓누르고 있었다. 새벽 제의를 집전한 람세스는 성스런 호수의 북서쪽 모퉁이, 어둠을 무찌른 태양의 부활을 상징하는 거대한 풍뎅이가 있는 곳에서 바크헨을 만났다.

—때가 됐네, 바크헨. 먼 옛날 우리가 서로 맞섰던 이후, 자네는 자신을 돌보지 않는 기나긴 길을 걸어왔네. 테베의 신전들이 빛으로 가득하다면, 그 일부분은 자네의 공일세. 자네의 관리는 흠잡을 데 없네. 그리고 모두들 자네를 존경하고 있네. 이제, 자네를 카르낙의 대사제요 아몬의 제1예언자로 임명할 때가 되었네.

옛 마구간 감독의 장중하고 쉰 목소리가 감동으로 떨려나왔다.

—폐하…… 저는 감히…… 네부, 그분처럼…….

—네부는 오래 전부터 자네를 후임자로 추천했었네. 그는 사람을 볼 줄 알아. 나는 자네의 새로운 직위의 징표인 지팡이와 황금반지를 넘겨주네. 이 성스런 마을을 다스리고, 이곳이 본연의 임무에서 벗어나지 않게 지켜주게나.

벌써 바크헨은 카르낙 대사제의 임무를 생각하고 있었다. 람세스는 그가 남들이 다 부러워하는 직함의 명예에 집착하지 않고, 셀 수도 없이 많은 일들에 당장 달려들 것이라는 걸 알고 있었다.

—솔직히 말씀드리는 걸 용서해주십시오, 폐하. 이곳 남부에서는 몇몇 고관들이 폐하의 결정에 충격을 받았습니다.

—히타이트 대왕 부처의 공식 방문을 말하는 것인가?

—그렇습니다.

—북부의 고관들 가운데도 그런 의견을 가진 자가 꽤 되지. 하지만 대왕 부처는 이집트를 방문할 것이네. 그것이 평화를 강화시켜 줄 것이기 때문일세.

—많은 사제들이 신탁을 바라고 있습니다. 만일 아몬 신이 폐하께 동의한다면 모든 불만은 사라질 것입니다.

—행사를 준비하게나, 바크헨.

메르-우르의 한 관리인에게 조언을 구한 마트호르는 번지수를 제대로 찾았다. 그것은 테베에서 벌어지는 일은 모조리 다 알고 있는 어느 부유한 시리아 상인의 집이었다. 그는 카르낙 신전으로부터 멀지 않은 곳에 위치한 자신의 화려한 저택, 물총새와 따오기를 그린 그림으로 장식된 두 개의 기둥이 늘어선 홀에서 왕비를 맞아들였다.

—저 같은 보잘것없는 상인을 찾아주시다니 정말 영광이옵니다, 폐하!

—나는 당신을 찾아온 적이 없어요. 우리는 한번도 만난 적이 없단 말이지요. 알아듣겠어요?

히타이트 여인은 시리아인에게 황금 목걸이 하나를 내주었다. 그는 미소지으며 몸을 굽혔다.

—만일 당신이 내가 필요로 하는 도움을 준다면, 나는 아주 관대한 포상을 내릴 거예요.

—무엇을 원하십니까, 폐하?

—나는 아몬의 신탁에 관심이 있어요.

—소문이 확인되었습니다. 람세스 폐하께서는 아몬 신께 묻게 되실 겁니다.

—무슨 이유로?

—그분은 신께 왕비 폐하의 부모님이 이집트에 오시는 것에 동의해달라고 요구하실 겁니다.

운이 따랐다. 운명이 큰일을 이미 해놓았으니, 그녀에게는 이제 마무리하는 일만 남았다. 그녀가 물었다.

—만일 아몬이 거절한다면?

—람세스 폐하께서도 신의 결정을 받아들이지 않을 수 없으실 겁니다…… 히타이트의 대왕이 어떤 반응을 보일지는 감히 상상할 수도 없군요! 하지만 파라오는 신들의 형제가 아닙니까? 신의 대답은 부정적일 수 없을 겁니다.

마트호르가 단호한 어투로 말했다.

—부정적이어야 해요.

—예?

—다시 말하지만 신이 거부해야만 해요. 나를 도와줘요. 그러면 당신은 큰 부자가 될 거예요. 신은 어떤 방법으로 대답하지요?

—사제들이 아몬의 배를 어깨에 짊어집니다. 제1예언자가 신에게 묻습니다. 배가 앞으로 전진하면, 그의 대답은 '좋다'입니다. 배가 후퇴하면, 그것은 '나쁘다'입지요.

—배를 운반하는 자들을 매수해요. 아몬이 람세스의 제안을 거부하도록 만들어요.

—불가능한 일입니다.

—당신 재주껏 해봐요. 많은 돈을 줘서 사람들이 매수되지 않고는 못 배기게 만들란 말예요. 그래도 망설이는 자들이 있으면, 믿을

만한 자들로 교체시켜버려요. 성공만 한다면 당신 몸을 금으로 뒤덮어주겠어요.

―위험이…….

마트호르가 눈을 홉뜨며 날카로운 목소리로 말했다.

―이봐요, 상인. 당신에겐 더이상 선택의 여지가 없어요. 이제 당신은 나와 같은 편이에요. 내 말에 거역할 수도, 나를 배반할 수도 없어요. 만일 그랬다간 내가 용서하지 않을 거예요.

금덩어리와 보석들이 담긴 자루들을 앞에 놓고, 홀로 남은 시리아인은 오랫동안 생각에 잠겼다. 앞으로 생기게 될 막대한 재산의 일부로 히타이트 여인이 두고 간 것이었다. 사람들 말로는, 마트호르는 다시는 왕의 신임을 얻지 못할 것이라 했다. 하지만 그 반대라고 믿는 사람들도 꽤 있었다. 게다가 바크헨의 출세를 시기하는 카르낙의 몇몇 사제들은 그를 골탕먹일 기회만을 노리고 있었다.

신성한 배를 나르는 사제들을 모조리 매수한다는 것은 실현가능성이 없었다. 하지만 가장 억센 팔을 가진 몇 사람만 산다면, 그건 가능할 것 같았다. 신은 앞으로 나설까 뒤로 물러설까 망설이게 될 것이고, 이윽고 자신의 거부의사를 명백하게 표시하게 될 것이었다.

해볼 만한 일이었다…… 엄청난 재산이 걸려 있지 않은가!

테베는 흥분에 들떠 있었다.

시골에서나 도시에서나 사람들은, 아몬과 람세스가 다시 한번 그들의 일치를 증명해 보일 '신과의 만남의 축제'가 벌어진다는 것을 알고 있었다.

의식이 진행될 신전의 안마당에는 남부 대도시의 주요 인사들이 한 사람도 빠짐없이 다 모여 있었다. 시장, 관리들, 지방 유지들은 어떤 대가를 치르더라도 그 이례적인 사건을 놓치려 하지 않았다.

아몬의 배가 신전에서 나와 환한 빛 속에 모습을 드러내자, 사람들은 숨을 죽였다. 금박을 입힌 나무배의 중심부에는 신상을 담은 성상안치소가 있었다. 인간들의 눈에는 보이지 않았지만, 바로 그 살아 있는 성상이 결정을 내리게 될 것이었다.

배를 운반하는 사제들이 은빛 바닥 위로 서서히 나아갔다. 신임 아몬 대사제 바크헨은 몇몇 새로운 얼굴들을 발견했다. 하지만 그는 몇몇 사제들이 몸이 불편해서 행사에 참석하지 못하게 되었다는 말을 이미 들은 바 있었다.

배는 파라오 앞에서 멈춰 섰다. 바크헨이 말했다.

—나, 아몬 신의 종은 빛의 아들 람세스의 이름으로 묻나이다. 이집트의 파라오가 히타이트의 왕과 왕비를 이 땅에 부르는 것이 옳은 일이니까?

푸른 하늘을 날던 제비들도 그 자리에 멈춰 섰다. 모두들 숨을 멈췄다. 신이 긍정적인 대답을 하는 순간, 사람들의 가슴은 긴장으로부터 해방되어 람세스를 환호할 것이다.

시리아 상인에게 매수당한 힘센 사제들은 서로의 눈치를 살피다가 한 발짝 뒤로 물러서려 시도했다.

소용없었다.

그들은 앞으로 나아가기로 결정한 그들의 동료들이 제법 저항하는 것이라고 생각했다. 이윽고 그들은 충분하다 싶은 힘을 다시 쏟았다. 역시 배는 앞으로만 나아가려 했다. 그들은 있는 힘껏 뒤로 물러서려 이를 악물었다.

하지만 알 수 없는 힘이 그들을 휘감아돌며 앞으로 나아가지 않을 수 없게 강제했다. 성상안치소로부터 흘러나오는 빛에 사로잡힌 그들은 더이상 버티지 못하고 앞으로 걸음을 떼어놓고 말았다.

아몬 신은 그의 아들 람세스의 결정을 승인해주었다. 사람들의 환호성이 하늘 높이 솟아올랐다.

52

그가 분명했다.

약간 굽은 등에 희끗희끗한 머리, 하지만 눈빛은 여전히 날카로운 그는 언뜻 보면 별로 경계하지 않아도 될 평범한 사람으로 보였다. 하투실, 여름이건 겨울이건 그를 떠나지 않는 오한과 싸우기 위해 두터운 양털 외투를 걸치고 있는 히타이트의 대왕이었다.

호전적인 정복국가의 우두머리요, 카데슈에서 히타이트 군을 지휘했던 총사령관, 또한 평화협정 체결의 주역 가운데 하나인 사람, 모든 반대세력을 제거하고 명실상부한 히타이트의 주인이 된 하투실.

그 하투실이 두 여인, 그의 아내인 푸투헤파와 겁먹은 표정의 어린 공주를 데리고 이집트 땅에 발을 디딘 것이다.

히타이트 대왕이 중얼거렸다.

—이럴 리가…… 이럴 리가 없어. 아냐, 이건 이집트가 아냐.

하지만 그는 꿈을 꾸는 것이 아니었다. 옛날의 적을 포옹하기 위해 지금 자기 앞에 다가오고 있는 사람은 분명히 람세스 대왕이었다.

—내 형제인 하투실께선 어떻게 지내셨소?

—나는 많이 늙었소, 람세스.

이집트와 히타이트의 공동의 적이며 현재 살인죄로 수배중인 우리테슈프의 도주는, 하투실의 공식 방문을 가로막는 모든 장애를 제거해버렸다.

붉은 긴 옷을 입고 파라오가 선사한 이집트 산 황금 패물로 장식한 우아한 푸투헤파에게 람세스가 말했다.

—네페르타리가 있었다면, 이 특별한 순간을 무척 기뻐했을 겁니다.

왕비가 말했다.

—여행하는 동안 저는 내내 그녀를 생각했답니다. 폐하가 왕위에 계시는 한, 그녀는 이집트의 유일한 왕비로 남을 겁니다.

푸투헤파의 말은 모든 외교적인 불편함을 제거해주었다. 뜨거운 여름 빛 속에서, 축제에 휩싸인 터키석의 도시는 그 모든 빛을 발하고 있었다. 히타이트 대왕 부처의 도착을 구경하기 위해, 그리고 그들을 위해 마련된 수많은 행사들에 참석하기 위해 이집트의 모든 도시들로부터 수천의 고관들이 몰려들었다.

이집트 수도의 아름다움과 풍요로움은 대왕 부처를 매료시켰다. 아몬 신이 람세스의 뜻에 동의했다는 것을 알고 있는 시민들은 이 저명한 방문객들을 열광적으로 환영하였다. 깃털 장식을 한 두 마리의 말이 끄는 전차 위에서, 파라오의 곁에 선 하투실은 놀람의 연속이었다.

—내 형제께서는 아무런 보호조치도 취하지 않으시오?
람세스가 대답했다.
—내 친위대가 지키고 있지요.
—하지만 저 사람들…… 우리와 너무 가깝지 않소…… 우리의 안전이 보장돼 있질 않잖소!
—내 백성들의 시선을 살펴보시오, 하투실. 그들의 시선에는 증오나 공격성이 담겨 있지 않소. 지금 그들은 평화를 건설해준 우리 두 사람에게 감사하고 있어요. 우리 또한 그들과 기쁨을 함께 나누고 있지요.
—공포에 의해 지배되지 않는 백성들이라…… 참으로 기이하오! 그런데 어떻게 이러한 백성들로부터 히타이트 군에 맞설 만한 군대를 길러낼 수 있었단 말이오?
—신들이 이집트를 사랑하듯이, 이집트인들은 모두 그들의 나라를 사랑합니다.
—내가 승리를 거두지 못했던 것은 바로 그대 때문이오, 람세스. 다른 누구도 아닌 바로 그대 한 사람 때문이란 말이오. 언제부터인가 나는 카데슈 전투 패배의 고통에서 벗어나게 되었소. 그 일이 더이상 나를 괴롭히지 않더란 말이오.
히타이트 대왕은 자신의 양털 외투를 벗었다. 그는 이제 춥지 않았다.
—이곳 기후가 내게 알맞구만. 유감이오…… 여기서 살 수 있었다면 좋았을 것을.
피-람세스 궁에서 열린 최초의 환영 연회는 엄청났다. 맛있는 요리들이 너무나 많이 나와서, 하투실과 푸투헤파는 최고급 포도주에 입술을 추겨가며 아주 조금씩밖에는 맛볼 수가 없었다. 가슴을 드러낸 매혹적인 연주자들이 그들의 눈과 귀를 즐겁게 해주었고, 이집트 귀부인들이 입고 있는 우아한 옷들도 왕비의 시선을 끌었다.

푸투헤파가 말했다.

—저는 이 축제를 아샤에게 바쳤으면 해요. 그는 평화를 위해 자신의 생명을 희생했지요. 지금 우리 두 나라 백성들이 누리고 있는 이 행복을 위해서 말입니다.

하투실은 동의했다. 하지만 그는 조금 언짢아 보였다.

—우리 딸이 참석하지 않았구먼.

람세스가 말했다.

—내 결정은 번복되지 않을 것이오. 하지만 마트호르는 평화의 상징으로 남을 것이고, 그에 합당한 존경을 받게 될 거요. 비록 그녀의 잘못이 크긴 하지만 말이오. 더 자세한 설명이 필요하시오?

—괜찮소, 형제 람세스. 때로는 사소한 일은 모르는 게 낫지요.

람세스는 시리아 상인의 체포를 언급하지 않아도 되었다. 붙잡힌 상인은 자신의 행위를 정당화하기 위해 마트호르를 고발하였고, 그녀에 대한 중상을 늘어놓았다.

—파라오께선 미래의 아내와 얘기해보지 않으시려오?

—천천히 하지요, 하투실. 우리는 히타이트와의 두번째 결혼을 성대하게 치를 겁니다. 두 나라 백성들도 우리에게 고마워하겠지요. 하지만 나는 이제 감정이나 욕망을 느낄 나이는 지났습니다.

—네페르타리가 정말 잊혀지지 않소…… 하지만 어쩌겠소…… 내가 고른 공주가 비록 예쁘긴 하지만 머리가 그리 총명한 편은 아닌지라, 람세스 대왕과 대화를 나눌 만한 상대가 되리라고는 생각지 않아요. 공주는 이집트의 삶의 부드러움을 발견하게 될 게고, 언제까지고 그것에 기뻐할 게요. 마트호르, 그애는 애당초 히타이트를 좋아하지 않았으니까, 자기가 그렇게 살고 싶어했던 이집트를 나날이 더욱 좋게 평가하게 될 게요. 그애도 나이가 들면 철이 들겠지요.

하투실은 그렇게 이집트에 시집 온 두 명의 히타이트 공주의 운명을 결정지었다. 람세스 재위 40년이 되는 이 해, 히타이트와 이집트 사이에는 이제 어떤 분쟁의 원인도 존재하지 않았다. 왕비 푸투헤파의 밤색 눈은 밝게 빛나며 강렬한 기쁨을 드러내고 있었다.

신전의 거대한 기둥들, 하늘을 찌를 듯한 오벨리스크들, 보는 이를 압도하는 거상들, 넓은 안마당들, 주랑들, 공물을 바치는 장면, 은으로 덮인 바닥…… 하투실은 이 모든 것에 매료되었고, 고문헌들이 가득한 생명의 집, 그리고 창고와 마구간, 주방들, 서기관들이 일하는 사무실들에도 흥미를 보였다.

총리대신 및 각 대신들과의 대화도 히타이트 대왕에게는 무척 인상적이었다. 이집트 사회의 구성은 그 신전들만큼이나 웅대했던 것이다.

람세스는 하투실로 하여금 향을 피우도록 권유하였다. 그것은 신들의 후각을 자극하여, 인간들이 봉헌한 처소에 신들을 이끌어들일 것이었다. 푸투헤파 왕비는, 예나 다름없는 엄격함으로 카가 집전하고 있는, 위험스런 힘들을 가라앉히는 제의에 함께 하였다. 히타이트 대왕 부처는 피-람세스의 신전들, 특히 이국의 신들에게 바쳐진 성소들을 방문하기도 하였고, 왕궁의 정원에서 스스럼없이 휴식의 한때를 즐기기도 했다.

—람세스, 히타이트 군이 이렇게 아름다운 도시를 파괴했더라면 참으로 유감일 뻔했소. 왕비는 이번 체류를 아주 기뻐하고 있어요. 우리는 평화로운 관계이니, 내가 형제에게 한 가지 부탁해도 되겠소?

하투실의 조심스러운 요구에 람세스는 긴장하였다. 뭔가가 그의 말투에서 배어나오고 있었다. 그는 이집트의 매력과 싸우면서 다시 전략가의 본성을 드러내고 있었던 것이다.

하투실이 말을 이었다.

—왕비와 나는 참으로 많은 경이와 기적에 푹 빠져버렸소. 하지만 이따금은 즐겁지 못한 현실도 생각해야 하오. 우리는 어느 한 나라가 공격당할 경우 상호 협력하기로 조약을 맺었소. 나는 이집트 군의 상태를 봤으면 하오. 내 형제께서는 내게 피-람세스 제1병영의 방문을 허락하시겠소?

만일 람세스가 '군사기밀'이라는 대답으로 제안을 회피하거나, 혹은 자신을 제2병영으로 데려간다면 하투실은 진실을 알 수 있을 터였다. 그것은 람세스가 여전히 히타이트에 대해 적대적이며, 뭔가를 은밀히 계획하는 중이라는 것을 뜻했다. 바로 이 순간을 위해, 그는 이번 여행을 수락한 것이었다.

—이집트 군의 총사령관은 내 차남 메렌프타요. 그가 히타이트 대왕을 피-람세스의 제1병영으로 안내할 겁니다.

왕비 푸투헤파를 위해 열린 연회가 끝난 후, 람세스와 하투실은 푸르고 흰 연꽃들로 뒤덮인 연못을 따라 걸었다.

하투실이 말했다.

—나는 이제까지 전혀 느껴보지 못한 감정을 느끼게 됐소. 바로 믿음이지요. 그대와 같은 인물은 이집트만이 낳을 수 있소, 람세스…… 서로를 파괴하려 들던 두 왕국 사이에 진정한 우정을 일구어낼 수 있었다는 것은 기적에 속하오. 하지만 그대와 나는 늙어가고 있고, 이제는 우리의 후계를 생각해야 하오…… 그대는 셀 수도 없이 많은 왕자와 '왕의 아들들' 가운데 누구를 선택했소?

—학자인 카는 생각이 깊고 침착하오. 어떤 상황에서건 사람들을 진정시킬 수 있고 충돌 없이 설득시킬 수 있을 게요. 왕국의 단결을 유지할 수 있을 게고, 어떤 결정을 내려야 할 때 심사숙고해서 신중하게 처리할 인물이지요. 그에 반해 메렌프타는 용감하오. 그는 지휘하고 관리할 줄 아오. 군인계급에게는 존경받고 고위관리들

에게는 두려움의 대상이외다. 그들은 나라를 다스릴 만한 재목들이지요.

—달리 말하면, 그대는 아직 결정하지 못했다는 말씀이구려. 운명이 가르쳐줄 게요. 그런 지도자들과 함께라면, 이집트는 미래를 걱정하지 않아도 되겠구려. 그들은 위대한 람세스의 업적을 이어나갈 수 있을 게요.

—대왕의 후계는 어떻게 되오?

—평범한 자들 가운데서도 평범하기 그지없는 자가 내 뒤를 이을 게요. 히타이트는 기울고 있어요. 마치 평화가 우리를 거세하고 모든 힘을 앗아간 것처럼 말이오. 하지만 나는 후회하지 않소. 다른 선택의 길이 없었으니까. 적어도 몇 년간은 조용하게 살아갈 수 있을 것이오. 나는 우리 백성이 한번도 경험해보지 못한 행복을 그들에게 베풀 것이오. 불행하게도 우리나라는 발전할 수 없을 게고 결국 사라지게 될 게요. 아, 한 가지 부탁할 게 있는데…… 나는 이번처럼 많이 걸어본 적이 없소. 그래서인지 발이 아프오. 사람들 말을 들으니, 이집트 왕국의 수석의가 아주 유능하고 게다가 대단한 미인이라고 하던데…….

푸투헤파와 함께 대화를 나누던 네페레트는 히타이트 대왕의 발가락을 살펴보기 위해 왕궁의 대연회실을 떠났다.

진찰을 마친 그녀가 말했다.

—다행히 제가 아는 병입니다. 치료할 수 있을 겁니다. 우선 적토와 꿀, 대마 등으로 조제한 연고를 바르겠습니다. 내일 아침엔 아카시아와 대추나무 잎, 공작석 가루, 섭조갯살 등을 한데 찧어 가루로 만든 약을 사용할 겁니다. 그 두번째 연고는 폐하께 쾌적하고 신선한 느낌을 드릴 것입니다. 하지만 그래도 폐하께서는 발목에 붕대를 감으신 채 걸으셔야 합니다.

—만일 내가 당신에게 큰 재산을 내린다면 어떻겠소. 나와 함께

히타이트에 가서 내 주치의가 돼주시겠나, 네페레트?

—제 대답을 이미 알고 계시잖습니까, 폐하.

—이러니, 나는 결코 이집트를 정복할 수 없겠구만.

입술에 가벼운 미소를 띠며 하투실이 말했다.

53

벨큐스는 람세스의 영광을 기리는 노래를 흥얼거리며, 도기를 가득 실은 당나귀를 이끌고 델타의 북서쪽 국경으로 향하고 있었다. 지중해의 파도에 침식당하는 해안 부근에서, 벨큐스는 구불구불한 오솔길에 접어들었다. 물건이 잘 팔림직한 어느 조그마한 어부들의 마을에 가기 위해서였다.

벨큐스는 자신의 이름을 자랑스럽게 여겼다. 해변가의 축축한 모래밭에서 벌어졌던 달리기 경주에서, 구경 나온 처녀애들이 붙여준 이름이었다. 지난 2년 동안 그는 한번도 져본 적이 없었다. 처녀애들은, 벌거벗은 운동선수들이 힘을 과시하는 모습을 보기 좋아했다. 그는 강한 허벅다리 덕분에 델타 서부지역에서 가장 빠른 달리기 선수로 통했고, 여자들에게도 인기가 좋았다.

그런 성공이 좋기만 한 것은 아니었다. 그의 아가씨들은 장신구들을 좋아했기 때문이다. 벨큐스는 훌륭하고 관대한 챔피언이라는 자신의 명성을 유지하기 위해서 더욱더 열심히 일해야 했다. 오늘도 그는 자신의 장사로부터 최대한의 이익을 끌어내기 위하여 쉬지 않고 길을 재촉하고 있었다.

두루미들이 그의 머리 위를 지나갔다. 그 뒤로 바람에 쫓긴 낮은 구름들이 흘러갔다. 고개를 들어 태양의 위치를 살펴보던 벨큐스는 밤이 되기 전에 목적지에 닿을 수 없다는 것을 깨달았다. 아무래도 늦기 전에 잠자리를 봐두어야 했다. 길가에 여기저기 흩어져 있는 갈대 오두막들 가운데 한 곳에서 쉬어가는 것이 신중한 처사였다. 어둠이 해변지역을 덮으면 들짐승들이 소굴에서 기어나와 조심성 없는 사람들을 공격할 것이다.

벨큐스는 짐을 내리고 당나귀들에게 먹이를 주었다. 그리고 콧노래를 흥얼거리며 부싯돌과 막대기를 이용해 불을 피웠다. 생선 두 마리를 불에 구워 먹고 항아리에 담긴 신선한 물을 마셨다. 어느새 사위는 어둠에 싸여 있었다. 그는 불가에 돗자리를 펴고 누워 잠을 청했다.

휘황한 달을 바라보며 다음 번 경주와 새로운 승리를 꿈꾸던 그가 설핏 잠이 들었는데, 웬 이상한 소리가 그를 깨웠다. 당나귀가 앞발굽으로 땅바닥을 긁어대고 있었다. 그것은 그와 당나귀 사이에 통하는 위험의 신호였다.

벨큐스는 몸을 일으켰다. 그는 황급히 불을 끄고 가시덤불 뒤에 몸을 숨겼다. 곧이어 발자국소리가 들려왔다. 그의 이마에서 진땀이 솟았다. 투구와 갑옷을 입은 무장한 30여 명의 사내들이 어둠 속에서 나타났다. 밤을 환히 밝히는 보름달 덕분에 그는 그들을 지휘하는 자를 똑똑히 볼 수 있었다. 투구를 쓰지 않은 그자는 긴 머리에 가슴에는 갈색 털이 뒤덮여 있었다.

우리테슈프가 돗자리에 창을 꽂으며 외쳤다.

—분명히 여기에 첩자가 한 놈 있었다. 도망쳐버렸군!

리비아인이 반박했다.

—나는 그렇게 생각지 않아. 저 도기들하고 당나귀를 보라구. 이건 여기서 쉬어갈 작정이었던 어떤 행상이라구.

—장사치로 위장한 첩자일 거야. 이 지역 서편의 모든 마을은 우리 통제 하에 있어. 그 첩자를 찾아서 죽여버려야 한다. 흩어져서 찾아보자.

하투실 대왕과 푸투헤파 왕비의 방문 이후 4년의 세월이 흘렀다. 전쟁의 망령은 사라지고, 이집트와 히타이트는 신뢰 관계를 유지하고 있었다. 정기적으로 히타이트 방문객들이 몰려와 델타의 도시들과 풍경을 감상하곤 했다.

람세스의 두 히타이트 아내들은 사이좋게 지냈다. 마트호르의 야망은 화려한 삶이 가져다주는 만족감에 묻혀 사라져버렸고, 그녀의 동생은 이집트의 나날을 아낌없이 향유했다. 그녀들은 66살의 람세스 대왕이, 그녀들의 손이 미치지 않는, 살아 있는 전설이 되어가는 것을 아무런 회한 없이 받아들였다. 파라오는 파괴의 불이 이제 두 왕비의 영혼에서 꺼져버렸다는 것을 깨닫고, 이따금 공식행사가 있을 때 그녀들의 참석을 허락했다.

재위 43년째 되던 해, 람세스는 카의 요구에 견디다 못해 그의 다섯번째 재생 제의를 가졌다. 이때에는 신들과 여신들이 '카'에 의해 생기를 부여받은 신상들의 형태로 수도에 와서 람세스의 재생을 지켜보았다. 이후로 파라오는 점점 더 무거워져가는 나이의 무게를 견디기 위하여, 자주 이러한 의식에 기대어야 할 것이었다.

람세스는 정기적으로 수석의 네페레트의 검진을 받았다. 이따금 자신이 늙어간다는 사실을 잘 받아들이지 못하는 고명한 환자의 심술에도 불구하고, 그녀는 왕의 아픈 이를 치료해주었고 관절염이 악화되는 것을 막아주었다. 그녀의 치료 덕분에 왕은 기력이 여전했으며 일하는 리듬도 늦추지 않았다.

람세스는 그의 신전에서 성스런 힘을 불러일으키며 새벽 제의를 거행한 후에, 총리대신과 아메니, 메렌프타 등과 대화를 나누었다. 그는 그 세 사람으로 하여금 자신의 명령을 실행에 옮기게 하고 있었다. 오후에는 카와 함께 국가의 큰 의식들에 대해 연구했고, 그것들에 새로운 형식을 부여했다.

왕은 나라를 다스리는 일에서 차츰 거리를 두어가고 있었다. 국정을 다른 이들의 훌륭한 손에 맡긴 채, 그는 딸 메리타몬을 보기 위해 자주 테베에 들렀고, 그의 영원의 신전에서 명상에 잠기기도 했다.

카르낙 대사제 바크헨이 만족스러울 만큼 일을 잘 처리하고 있는 걸 확인하고 왕은 흡족한 마음으로 수도로의 귀환길에 올랐다. 피-람세스 항에는, 근심스런 표정의 메렌프타가 마중 나와 있었다.

—불안한 보고입니다, 폐하.

이집트 군 총사령관은 자신이 직접 왕의 전차를 몰아 왕궁을 향해 출발했다.

—만일 보고가 사실이라면, 제 경솔함은 비난받아 마땅합니다, 폐하.

—설명해보아라, 메렌프타.

—리비아 국경 근처의 시우아 오아시스가 말피가 지휘하는 무장 집단에 의해 공격받았다는 보고입니다.

—언제 그런 일이 발생했는가?

—십여 일쯤 전입니다. 하지만 저는 이제 막 보고를 받았습니다.

—왜 그것의 진위를 의심하는 것이냐?

—왜냐하면 오아시스의 안전을 책임진 장교의 신분이 사실과 다

르기 때문입니다. 하지만 너무 화급한 상황이라 그런 실수가 생겼는지도 모르지요. 만일 오아시스가 정말 공격받았다면 군대를 출동시켜야 합니다. 그리고 그것이 정말 말피의 소행이라면, 이것은 단순한 약탈이 아닙니다. 우리는 반란을 초기에 진압해야 합니다.

—왜 너는 자신에게 책임이 있다고 생각하느냐, 아들아?

—저는 제대로 주의를 기울이지 못했습니다, 폐하. 히타이트와의 평화가 저로 하여금 전쟁이 터질 수도 있다는 사실을 잊게 했습니다. 그 저주받을 우리테슈프도 여전히 자유의 몸인데…… 폐하, 일개 사단을 데리고 시우아로 가서 그 반도들을 제거하게 허락해주십시오.

—네 나이 서른여덟이거늘 너는 여전히 혈기를 지니고 있구나, 메렌프타! 그 일은 경험 많은 장교 한 사람이면 충분히 해낼 수 있을 게다. 네가 할 일은 따로 있다. 전 군에 비상을 걸어라.

벨큐스는 아직 졸음이 덜 깬 국경 초소의 장교에게 되풀이해 말했다.

—맹세하지만 그건 리비아 도적들이었어요!

—말도 안 되는 소리 그만 해, 이 친구야. 이쪽엔 리비아인이 없어.

—나는 죽어라고 달렸어요. 그들이 나를 죽이려 했단 말입니다! 내가 달리기 선수가 아니었다면, 놈들이 나를 따라잡았을 겁니다. 투구, 갑옷, 검, 창…… 진짜 군대였어요!

장교는 연신 하품을 해대며 험상궂은 눈빛으로 젊은이를 바라보았다.

—독한 맥주에 머리가 돌았구먼…… 술 좀 그만 마셔! 주정뱅이들은 최후가 안 좋아.

벨큐스는 물러서지 않았다.

—보름달이 환해서, 나는 그들의 대장을 봤단 말입니다! 머리가 길고 가슴팍에 갈색 털이 무성한 거인이었어요.

그 말에 장교는 잠에서 깨었다. 군대와 경찰과 세관의 모든 관리들이 그렇듯이, 그 역시 범법자 우리테슈프의 모습을 그린 그림을 받았었다. 아울러 히타이트인을 붙잡는 데 공헌하는 자는 상당한 액수의 상여금을 받게 된다는 것도 알고 있었다.

국경 초소의 장교는 벨큐스의 눈앞에 초상화를 들이밀었다.

—이 자가 맞아?

—맞아요. 바로 그놈들 대장이에요!

델타 서부 사막지대를 따라, 이집트 영토와 바다 사이에 군 당국은 보루들을 건설하였다. 그 둘레에 작은 부락들이 들어섰다. 보루와 보루 사이는 전차로는 한나절, 그리고 빠른 걸음으로는 이틀이 걸리는 거리였다. 그곳에 주둔하는 수비대는 리비아인들에게서 조금이라도 수상쩍은 움직임이 있을 경우, 피-람세스와 멤피스의 장군들에게 즉각 보고하라는 명령을 받고 있었다. 최고 사령부가 엄격하게 감시해야 한다고 판단한 지역이 있다면 바로 그곳이었다.

국경지대의 군 사령관은, 어느 행상의 신고에 근거한 보고서를 받았다. 그는 웃음거리가 될까 두려워 그것을 상부에 전달하지는 않았다. 그래도 혹시 우리테슈프를 붙잡을지도 모른다는 희망에, 그는 히타이트인이 발견되었다는 지역에 일개 순찰대를 내보냈다.

순찰대장 나크티와 그의 대원들은 군 사령관의 느닷없는 출동명령을 받고, 모기떼가 극성을 부리는 기분 나쁜 지역을 강행군해야 했다. 그들의 머릿속엔 어서 이 지긋지긋한 임무를 끝내버리자는 한 가지 생각밖에 없었다.

나크티는 한 걸음씩 나아갈 때마다 욕설이 터져나왔다. 도대체 언제쯤 돼야 피-람세스로 전출되어, 있지도 않은 적을 뒤쫓는 이런 생활을 마감하고 편안한 병영에 머물 수 있을 것인가?

—보루가 보입니다, 대장님.

나크티는 고개도 들지 않고 생각했다. '국경 수비대 병사들은 우리를 멍청이로 여길 거야. 하지만 적어도 먹고 마실 건 제공하겠지. 내일 아침, 당장 돌아가는 거다.'

—조심하세요, 대장님!

한 병사가 나크티를 뒤로 잡아끌었다. 길 위에 커다란 검은 전갈 한 마리가 공격자세로 버티고 있었다. 만일 그가 생각에 빠져 그대로 나아갔다면, 그는 전갈에 쏘였을 것이었다.

화가 치민 나크티가 자신을 구해준 병사에게 명령했다.

—죽여버려.

병사는 활을 당길 여유가 없었다. 보루의 감시구에서 발사된 화살들이 이집트인들의 몸에 꽂혔다. 우리테슈프가 지휘하는 리비아인 궁수들은 잘 훈련된 솜씨로 나크티 순찰대의 모든 병사들을 땅바닥에 쓰러뜨렸다.

철제 단검을 손에 든 히타이트인은 자신이 직접 부상자들의 목을 베었다.

54

여느 아침과 다름없이, 리비아와 접한 국경지대 군 사령관은 보루들에서 보내오는 보고서를 살펴보기 위해 자신의 사무실로 향했다. 보통 그 지루한 일과는 금방 끝이 났다. 왜냐하면 서판들에는 '이상무'라는 딱 한 줄의 보고밖엔 씌어 있지 않았기 때문이다.

그런데 그날 아침은 보고서가 한 장도 없었다.

어떤 놈의 잘못인지 멀리 찾을 필요도 없었다. 우편물을 날라오는 일을 맡고 있는 병사가 아직 잠에서 깨어나지 않은 것이다. 화가 난 사령관은 병사를 불명예 제대시켜 세탁부로 만들겠다고 다짐했다.

보루의 안마당에는 병사 하나가 열의 없이 비질을 하고 있었고, 두 명의 젊은 보병들이 짧은 검을 다루는 법을 익히고 있었다. 사령관은 빠른 걸음으로 배달병들과 척후병들이 기거하는 곳으로 걸어갔다.

돗자리 위엔 아무도 없었다.

당황한 사령관은 이런 비정상적인 상황에 대해 자문해보았다. 보고서도 없고 그것을 전달해야 할 병사도 없다…… 이런 믿기지 않는 무질서의 원인이 도대체 무엇인가?

사령관은 멀건히 입을 벌린 채 그 자리에 서 있었다. 그 순간 갑자기 여러 사람이 한꺼번에 달려오는 소리가 들렸다. 사령관은 배달병과 척후병들이 이제야 달려온다고 생각하며 성문을 바라보았다.

순식간에 성문이 부서지며, 머리에 깃털을 꽂은 리비아인들이 미친 듯이 달려들었다. 성난 사자의 무리와 같았다.

그들은 도끼를 휘둘러 청소하던 병사와 두 명의 보병을 죽이고, 이어서 도망칠 생각도 못 하고 그 자리에 얼어붙어 있던 사령관의 두개골을 박살내버렸다. 우리테슈프가 시체 위에 침을 뱉었다.

고위장교가 메렌프타에게 보고했다.

—시우아 오아시스는 공격받지 않았습니다. 우리는 허위정보에 속은 겁니다.

—희생자는?

—희생자도 없고 반도도 없었습니다. 우리는 쓸데없이 그곳까지 갔던 것입니다.

홀로 남은 메렌프타는 불안에 휩싸였다. 만일 누군가가 그의 주의를 딴 데로 돌리려 한 것이라면, 뭔가 목적이 있었을 게 아닌가? 혹시 다른 쪽에 공격이 있었다면?

파라오에게 보고해야 한다는 생각이 들었다. 파라오는 위험의 정도를 가늠할 수 있을 것이다. 메렌프타가 전차에 오르려는 순간, 그의 부관이 달려왔다.

—장군님! 리비아 국경지대 수비대에서 보고가…… 우리 보루들이 대규모 공격을 받고 있답니다! 대부분의 보루가 이미 적에게 넘어갔고, 지역 사령관은 살해당했을 거랍니다!

메렌프타의 말들이 그렇게 빠른 속도로 내달린 일이 없었다. 달리고 있는 전차에서 그대로 뛰어내린 메렌프타는 궁전 계단을 뛰어올라갔다. 세라마나의 도움으로, 그는 파라오가 지방관들에게 허락한 접견을 중단시킬 수 있었다.

메렌프타의 일그러진 얼굴은 람세스로 하여금 심각한 사건이 발생했다는 것을 짐작하게 하는 데 충분했다. 왕은 다음 번 만남을 약속하며 손님들을 돌려보냈다.

총사령관이 보고했다.

—폐하! 리비아인들이 델타 북서 지방에 쳐들어온 것 같습니다. 피해가 어느 정도인지는 저도 아직 모릅니다.

세라마나가 외쳤다.

—우리테슈프와 말피!

—그 히타이트인의 이름은 제가 받은 보고서에 실제로 언급되어 있습니다. 말피가 저희들끼리 싸우던 리비아 부족들을 한데 결합시키는 데 성공한 겁니다! 우리는 강하고 신속하게 반격해야 합니다. 물론 시우아의 경우처럼 이번 역시 새로운 함정이 아니라면 말입니다…….

만일 이집트 군의 주력이 델타 북서 지방에 투입되고, 그리고 이것이 정말 함정이라면, 말피는 어떤 저항도 만나지 않고 테베를 공격해올 수 있을 것이다. 그는 아몬 신의 성스런 도시를 피와 불바다로 만들 것이다.

람세스의 결정에 이집트의 미래가 걸려 있었다.

세라마나가 조심스럽게 말했다.

—폐하…… 제게 약속하셨지요…….

—잊지 않았네. 나와 함께 가세나.

각진 얼굴에 잔인한 검은 눈의 말피, 그는 등뒤에도 눈이 달렸고 칼날처럼 날카로운 손가락으로 그 어떤 적이라도 찢어발길 수 있는 사막의 마신의 화현으로 여겨졌다. 대부분의 리비아 부족들이 그의 휘하에 모여들었다. 그는 오랜 회담 끝에, 이집트에 대한 그들의 해묵은 증오심을 다시금 불러일으킬 수 있었다. 오랫동안의 평화에 길들어 있는 이집트인들은 잔인한 리비아 전사들 앞에서 그대로 도망쳐버릴 것이라는 말피의 말은 리비아인들의 가슴에 불꽃을 피워냈다. 게다가 용맹하기로 명성이 드높은 우리테슈프의 존재는 리비아인들을 더욱 흥분시키고 있었다.

우리테슈프가 오른팔을 뻗으며 말했다.

—저기, 걸어서 두 시간도 안 되는 거리에 델타의 첫번째 마을이 있네. 우리는 이제 곧 저 마을을 점령할 것이고, 이어서 방어병력이 최소한으로 줄어들었을 피-람세스를 파괴해버릴 것이야. 자네가 파라오가 되는 걸세, 말피. 이집트 군에서 살아남은 병력은 자네의 휘하에 놓이게 되는 게지.

—자네의 작전은 확실한가, 우리테슈프?

—그럼. 나는 람세스란 놈을 잘 알고 있네. 시우아의 연막작전으로 그자는 혼란에 빠졌을 거고, 우리가 여러 군데에서 동시에 공격하리라고 믿고 있을 거야. 그는 테베와 그 신전들을 보호하는 데 최우선을 둘 것이네. 그는 분명 메렌프타의 지휘 하에 두 개 사단을 남쪽으로 파견할 것일세. 세번째 사단은 멤피스의 방어를 맡을 것이고, 허영심이 많고 자신을 무적이라 믿고 있는 람세스가 네번째 사단을 직접 지휘해 우리를 무찌르겠다고 달려올 것이네. 우리는 기껏해야 몇천 명의 병사들만 상대하면 되는 것일세, 말피. 우리

는 놈들을 손쉽게 무찌를 수 있을 거야. 나는 자네한테 딱 한 가지만 부탁하겠네. 내가 직접 이 단검으로 람세스를 죽일 수 있게 해주게.

리비아인은 고개를 끄덕였다. 그로서는 좀더 시간을 갖고, 자신의 휘하에 들어온 리비아 부족들을 조직적으로 훈련시키고 싶었지만, 행상의 신고로 공격을 앞당길 수밖에 없게 되었다.

일개 사단 정도라면 말피는 두려울 게 없었다. 게다가 많은 리비아인들은 싸우기를 원했다. 마약으로 더욱 사나워진 그들은 얌전한 이집트인들에 비해 강점을 지니고 있었다.

말피의 명령은 단 한마디였다. "포로는 없다, 몰살시켜라."

그 명령에 따라 리비아인들은 국경지대 이집트 수비대들을 몰살시켰다.

우리테슈프가 말했다.

—저기 온다!

말피의 두 눈이 살기로 번뜩였다. 드디어 그는 수세기 동안 파라오들에 의해 짓밟혀온 리비아의 명예를 위해 싸울 수 있게 되었다. 그는 부유한 마을들을 휩쓸고 곡식을 불태울 것이며, 살아남은 자들을 노예로 부릴 것이다. 누대에 걸쳐 리비아인들이 당한 짓밟힘을 철저히 되돌려주는 것이다.

흥분한 히타이트인이 말했다.

—보게, 람세스가 자기 군대의 맨 앞에 있네.

—그 오른쪽에 있는 자는 누구인가?

우리테슈프의 얼굴이 어두워졌다.

—그의 아들 메렌프타인데…….

—람세스가 그를 테베에 파견할 거라고 하지 않았나?

—애비와 자식새낄 함께 없애버리세나.

—왕 왼편에 있는 자는 또 누군가?

—세라마나…… 그의 친위대장이네…… 우리에게 운이 따르고 있네, 말피! 나는 저놈의 가죽을 산 채로 벗겨버릴 것이야!

보병들과 궁수들, 전차들이 질서정연하게 지평선 위에 전개되고 있었다. 이집트 군의 행렬은 끝이 없어 보였다.

말피가 중얼거리듯이 말했다.

—이건 일개 사단이 아닌데…….

당황한 우리테슈프는 대답할 말을 찾지 못했다. 드넓은 평원이 차츰 이집트 병사들로 온통 뒤덮여갔다.

말피와 우리테슈프는 상황을 깨닫게 되었다. 람세스는 아몬, 라, 프타, 세트 신의 4개 사단을 모두 이끌고 리비아인들을 토벌하러 나선 것이었다. 이집트의 주력군을 모두 이끌고 나설 줄이야 누가 상상이나 했겠는가. 이건 미친 짓이었다. 적어도 우리테슈프의 상식으로는 그랬다.

지금 이집트 군의 모든 공격력이 리비아 군을 향해 달려들 태세에 있는 것이다.

말피는 주먹을 부르쥐었다.

—자네는 람세스를 잘 안다고 했잖나, 우리테슈프!

—그는 미쳤네. 이건 전략도 아니야…… 어떻게 일국의 왕이 이런 모험을 감수할 수 있단 말인가?

척후병이 달려와 말피에게 상황을 보고했다. 말피는 후퇴도 불가능하다는 것을 깨달았다. 이미 세타우 총독이 지휘하는 누비아의 궁수들이 그들의 퇴로를 막고 있었던 것이다. 선택의 여지가 없었다.

말피가 그의 부하들에게 부르짖었다.

—한 명의 리비아 병사는 적어도 네 명의 이집트놈들을 무찌를 수 있다. 전원 공격!

수천의 리비아 병사들이 이집트 군의 제일선을 향해 달려들었다.

람세스는 그의 전차 위에 꿈쩍 않고 버티고 서서 밀려드는 리비아 군을 바라보았다. 메렌프타가 나서서 이집트 군을 지휘했다. 이집트 보병들은 궁수들의 사격을 용이하게 해주기 위해 무릎을 꿇었다. 숱한 리비아인들이 빗발치는 화살에 쓰러졌다.

리비아의 궁수들도 반격했지만, 별 효과를 보지 못했다. 질서가 무너진 리비아 병사들의 두번째 공격은 세트 사단의 보병들에 부딪혀 전열이 흩어졌다. 이집트 전차부대의 반격이 그 뒤를 따랐다. 메렌프타의 명령이 떨어지자 전차부대는 반도들을 덮쳤고, 리비아인들은 말피의 질타에도 불구하고 도망치기 시작했다.

도망자들은 세타우가 이끄는 누비아인들에게 걸려들었다. 누비아인들의 화살과 창은 리비아인들을 몰살시켰다. 전투의 승패는 이미 판가름나 있었다. 수적으로 절대 열세인 데다가 조직적인 전술 훈련이 안 되어 있는 리비아 병사들은 대부분 무기를 던지고 줄행랑을 치기 바빴다.

분노한 말피는 자기 주위에 마지막으로 남은 추종자들을 긁어 모아 저항에 나섰다. 말피가 직접 기른 사막의 전사들은 달랐다. 그들은 한치의 흔들림 없이 밀물처럼 전진해오는 이집트 군에 맞서 싸웠다. 우리테슈프는 사라지고 없었다. 말피는 자신을 버리고 도망간 그런 비겁한 놈에게 더이상 신경 쓰지 않았다.

그의 머릿속엔 이제 단 하나의 생각밖에 없었다. 될 수 있는 대로 많은 이집트놈들을 죽이는 것. 그는 충혈된 눈으로, 자신의 저승길에 먹이로 삼을 적장을 뚫어지게 바라보았다. 저승길은 긴 여로가 되리라. 되도록 큰 놈으로 그는 표적을 삼았다. 그 첫번째 먹이로 삼은 메렌프타가 전차를 몰며 좌충우돌 리비아인들을 짓밟는 걸 바라보며 그는 이를 갈았다. 메렌프타는 창의 사정거리 내에 있었다.

치열한 접전 속에서 두 사람의 시선이 마주쳤다. 섬광과 같은 짧은 순간이었다. 그들 사이의 거리에도 불구하고 메렌프타는 리비아인의 살기를 느꼈다.

순간, 두 개의 창이 동시에 허공을 갈랐다.

말피의 창은 메렌프타의 어깨를 스쳐 지나갔다. 이집트 군 총사령관의 창은 말피의 이마를 꿰뚫었다.

말피는 한순간 그 자리에 못박힌 듯했다. 하늘을 향해 홉뜬 그의 눈에서 핏물이 흘러나왔다. 이윽고 그의 몸이 비틀거리더니 몇 걸음을 떼어놓다가 그대로 쓰러져버렸다.

세라마나는 참으로 오랜만에 유쾌한 하루를 보냈다. 양쪽으로 날이 선 육중한 검을 능수능란하게 휘두르던 그는 자신이 베어버린 리비아인들이 몇 명이나 되는지 더이상 헤아릴 수조차 없었다. 말피의 죽음은 그를 따르던 마지막 추종자들의 용기를 꺾어버렸다. 얼마 남지 않은 리비아인들이 무기를 던지고 땅에 무릎을 꿇었다. 사르디니아 거인의 칼춤은 그제서야 중단될 수 있었다.

람세스가 있는 쪽으로 돌아서던 그는 깜짝 놀라 몸이 얼어붙는 듯했다.

이집트 군 투구를 쓰고 가슴의 갈색 털을 이집트 군 갑옷으로 가린 우리테슈프가 이집트 진영에 잠입하는 데 성공하여, 왕의 전차 뒤편으로 접근하는 중이었다. 아무도 그를 경계하지 않고 있었다.

람세스를 암살하려는 우리테슈프의 시도가 성공 직전에 있었다!

세라마나는 투구를 벗고 칼도 집어던지고 미친 듯이 달렸다. 왕의 전차 앞에 도열한 '왕의 아들들'을 제치고, 전차를 지나쳐, 왕의 등을 향해 질주하는 우리테슈프의 앞을 겨우 막아설 수 있었다. 하지만 우리테슈프가 온몸을 던져 찔러오는 칼날을 피할 틈은 없었다. 철제 단검이 사르디니아 거인의 가슴에 박혔다. 왕의 등을 향해 칼을 내뻗던 우리테슈프는 갑자기 뛰어든 세라마나를 보고, 놀란 눈을 채 뜨지도 못했다. 세라마나의 가슴에서 격렬히 뛰던 피가 분수처럼 뻗어나가 우리테슈프의 얼굴을 붉게 뒤덮어버린 것이다.

세라마나가 손을 뻗어 우리테슈프의 목을 움켜잡았다. 치명상을 입은 거인의 마지막 힘이 온통 그 손아귀에 몰려 있었다. 그는 놀라운 힘으로 우리테슈프의 목을 졸랐다. 우리테슈프가 빠져나오려 발버둥쳤으나 소용없었다.

—넌 끝났다, 우리테슈프! 넌 졌단 말이다!

목뼈가 부러졌는지, 우리테슈프의 목이 한쪽으로 기울며 다리가 꺾였다. 세라마나는 우리테슈프의 몸 위에 쓰러져 계속 목을 조이다가 천천히 손을 풀며, 마치 죽음을 맞이하는 짐승처럼 옆으로 몸을 뉘었다.

람세스가 달려와, 자신을 구해준 사나이의 머리를 받치며 소리쳤다.

—세라마나, 정신 차려! 아직 네 임무는 끝나지 않았다, 세라마나!

—폐하, 폐하는 큰 승리를 거두셨습니다…… 이만, 제 임무를 다하지 못한 저를 용서해주십시오. 폐하 덕분에 참으로 멋진 삶을 살았습니다…….

자신의 최후의 공적을 자랑스러워하며, 사르디니아인은 람세스의 품안에서 숨을 거두었다.

55

15킬로그램의 금을 테두리에 입힌 순은 화병과 물병, 3퀸틀(1퀸틀은 100킬로그램 – 역주) 이상 되는 금과 은이 들어간 제단, 길이 65미터의 리비아 산 소나무로 만들어 금박을 입힌 배 한 척, 기둥을 장식하는 데 쓰일 금판들, 400킬로그램의 청금석, 800킬로그램의 터키석 등이 테베와 피-람세스의 신전들에 바쳐졌다. 리비아인들을 무찌르고 이집트를 침략으로부터 구해준 신들에게 감사드리기 위해, 람세스가 바친 보물들이었다.

람세스 재위 45년이 되는 이 해, 누비아의 제르프 후세인에 새로운 프타 신전이 세워졌다. 그곳의 오래 된 신성한 동굴이 세타우에 의해 신전으로 탈바꿈한 것이다. 왕은 화강암 산 속에 세워진 이 작은 아부 심벨을 직접 개관하였다. 다른 성소들과 마찬가지로, 이곳 역시 오시리스 형상을 한 왕의 거상이 세워졌다.

축제가 끝나고, 람세스와 세타우는 나일 강 위로 지는 석양을 바라보았다.

-자네는 지치지 않는 건축가가 되려는가보군, 세타우.

-람세스 대왕을 따르다보니 이렇게 되고 말았소이다, 폐하.

세타우는 파라오에 대한 예를 갖추며 껄껄거리고는 말을 이었다.

-누비아의 불은 너무 뜨거워서 신전의 돌들 속에서 삭여져야만 하지. 신전들은 후세를 위한 람세스 대왕의 목소리가 아니던가? 우리가 쉴 시간은 영원 속에 충분히 있을 것일세. 우리의 짧은 인생은 일하기 위한 것이고, 일만이 우리의 생을 영원케 하는 것이지.

-자네, 새 일을 해나가는 데 곤란한 점은 없는가?

-큰 어려움은 없네. 람세스 대왕은 전쟁을 사라지게 하셨어. 히타이트와의 평화, 누비아의 평화, 리비아에 강제한 평화…… 그런 일은 거대한 건축물처럼 아름다움을 지니고 있네. 그것은 대왕의 아름다운 창조물들 중 하나로 꼽히게 될 게야. 지금 저 너머에서, 아샤는 참으로 행복해할 걸세.

-나는 종종 세라마나의 희생을 생각하네. 그는 나를 구하기 위해 자기 목숨을 버렸어.

-대왕의 주변 사람들은 모두 세라마나처럼 행동했을 것이네, 람세스. 파라오는 저승에 가서 우리를 대변해줄 사람인데 다른 도리가 있겠나?

람세스가 즉위하던 해 테베 궁의 정원에 심었던 단풍나무는 이제 서늘한 그늘을 제공하는 커다란 나무로 자라났다. 람세스는 그 나무 아래에서 그의 딸 메리타몬이 류트를 연주하는 것을 듣고 있었다. 박새들의 노랫소리가 함께 어울렸다.

매일같이 이집트의 모든 신전들에선, 신성한 호수의 물로 몸을 정화한 사제들이 파라오의 이름으로 제의를 집전했다. 매일같이 크고 작은 성소에 양식이 운반되어 신들에게 바쳐졌고, 사람들에게 다시 분배되었다. 매일같이 신성한 힘이 깨어났고, 마아트 여신은 왕에게 이렇게 말할 수 있었다.

"그대는 나로 살아간다. 그대는 나다. 내 이슬의 향기가 그대를 생기 있게 하고, 그대의 눈은 바로 마아트의 규범이다."

메리타몬은 단풍나무 아래 류트를 내려놓았다.

—너는 이집트의 여왕이다, 메리타몬.

—폐하께서 그렇게 말씀하실 때는 제 평온을 흩뜨리시려고 작정하셨을 때예요.

—내 나이도 이제 들 만큼 들었다, 메리타몬. 바크헨은 카르낙의 번영을 지키며, 하루 24시간이 모자랄 정도로 할 일이 많다. 네가 내 영원의 신전 라메세움을 지켜주려무나. 그 신전의 마법으로 네 어머니와 나는 적을 무찔렀었다. 라메세움의 힘이 계속해서 그 빛을 발할 수 있도록, 제의와 축제가 제때 열리게 해주려무나.

메리타몬은 왕의 손을 잡았다.

—아버님…… 아버님이 우리를 떠나지 않으시리란 걸 아버님도 아시잖아요.

—다행히도 죽음을 벗어날 수 있는 사람은 아무도 없다.

—파라오들은 죽음을 극복하지 않았던가요? 죽음이 아버님께 수없이 험한 공격을 가했었지만, 아버님은 언제나 그것에 버텨내셨어요. 저는 아버님이 죽음을 거의 길들이셨다고 생각해요.

—최후의 승리자는 죽음일 것이다, 메리타몬.

—아네요, 폐하. 죽음은 아버님을 앗아갈 기회를 잃었어요. 오늘 아버님의 이름은 이집트의 모든 기념물에 올라 있고, 아버님의 명성은 국경을 넘어 멀리 퍼져갔어요. 람세스는 이제 죽을 수 없어요.

리비아인들의 반란은 진압되었고 평화가 지배하고 있었다. 람세스의 명성은 날로 커져갔다. 하지만 더욱 성미가 까다로워진 아메니의 책상에는 처치 곤란한 서류들이 쌓여갔다. 총사령관 메렌프타도, 대사제 카도, 왕의 개인비서가 골머리를 썩이고 있는 문제에 해결책을 제시해주지 못했다. 총리대신 역시 손을 들어버렸다.

람세스가 여행에서 돌아오자, 아메니는 투덜거렸다.

—폐하께서 여행하시는 것을 탓하자는 것은 아닙니다. 하지만 폐하께서 멀리 나가 계시면 골칫거리가 자꾸만 쌓여가는 경향이 있어요.

—우리 번영이 위험에 처하기라도 했단 말인가?

—거대한 건축물도 아주 사소한 결함 때문에 무너져내릴 수 있다고 생각합니다. 제가 하는 일이란 게 대단한 것은 아니지요. 그저 하루하루 생기는 자잘한 고장들을 고치는 일입니다.

—자네 연설은 좀 참아줄 수 없겠나?

—상 이집트의 수메누 시장에게서 불평이 접수되었습니다. 지역에 물을 대는 성스런 우물이 말라버렸답니다. 그런 재난을, 지역 사제의 힘으로는 어떻게 해볼 수가 없다고 합니다.

—자네는 전문가들을 현장에 보내봤나?

—일을 제대로 안 했다고 비난하십니까? 일개 사단쯤은 되는 전문가들이 모두 실패했습니다. 결국 어떻게 해볼 수 없는 우물과 불안해하는 주민들만 남게 되었습니다.

한낮의 수메르. 몇몇 여인네들이, 밭에 물을 대는 수로에 모여 있었다. 그녀들은 설거지하러 나온 것이었다. 좀 떨어진 곳에 따로 마련된 장소에서, 또 한 무리의 여인네들이 빨래를 하고 있었다.

여인들은 속내이야기를 털어놓거나 남의 험담을 늘어놓으며 수다를 떨었다. 가장 입심 센 여인은 목공의 아내인 브뤼넷이었다.

—우물이 말라버렸으니, 우리는 이 도시를 떠나야 해.

브뤼넷의 말에 어느 하녀가 반박했다.

—어림없는 소리! 우리 가족은 대대로 이곳에서 살았어. 그리고 나는 내 자식들이 수메누 아닌 다른 곳에서 자라는 것을 원치 않아.

—우물에서 물이 나오지 않는데, 뭘 어쩌겠다는 거야?

—사제들이 어떻게든 해줄 거야!

—그들은 실패했어. 그들 중 제일 똑똑한 자도 이 재난을 물리칠 능력이 없어.

눈이 멀고 다리를 저는 늙은이 하나가 여인들에게로 다가왔다.

—목이 말라요…… 제발 물 좀 주시오.

브뤼넷이 거칠게 대꾸했다.

—귀찮게 하지 말아, 이 늙은이야! 네 손으로 일을 해, 그럼 마실 물이 생길 거야!

—나는 운이 다했어요. 몸도 아프구…….

—그런 엄살은 지긋지긋하게 들었어. 꺼져버려. 아니면 돌을 던질 테야!

장님이 물러섰다. 여인네들은 다시 대화를 시작했다. 장중한 목소리가 그녀들의 등뒤에서 들려왔다.

—내게는 누가 물을 줄 수 있겠소?

여인들은 몸을 돌렸다. 그녀들은 물을 청한 육십대 사내의 당당한 풍모에 눈이 번쩍 뜨였다. 차림새로 보아 유력한 인물이라는 것을 한눈에 알 수 있었다.

브뤼넷이 말했다.

—나리, 곧 물을 바치겠어요!

—저 불쌍한 사람에게는 왜 물을 주지 않았소?

—저이는 아무짝에도 쓸모없는 폐인이에요. 허구한 날 우리를 귀

찮게 하지요.

—마아트의 규범을 생각해보시오. "장님들을 비웃지 말라. 난쟁이들을 조롱하지 말라. 절름발이들을 놀리지 말라. 건강하건 불구건 우리는 모두 신의 손 안에 있기 때문이다. 그 누구도 돌보는 이 없이 버림받게 하지 말라."

부끄러움을 느낀 아낙네들은 눈을 내리깔았다. 하지만 브뤼넷은 지지 않았다.

—우리한테 그런 투로 훈계하다니, 당신이 도대체 뭐예요?

—이집트의 파라오다.

깜짝 놀란 브뤼넷은 몸을 떨며 친구들의 치마폭 속으로 몸을 숨겼다.

—수메누의 우물에 저주가 내렸다. 바로 저 불쌍한 사람을 멸시하는 그대들의 경멸받아 마땅한 태도 때문이다. 이곳에서 며칠을 보낸 내가 도달한 결론이 바로 이것이다.

브뤼넷은 람세스 대왕 앞에 엎드렸다.

—폐하, 죽을 죄를 지었습니다. 저희가 태도를 고친다면, 우물을 구할 수 있겠는지요?

—너희는 우물에 살고 있는 신을 화나게 했다. 그의 분노를 가라앉혀야 한다.

소베크 신의 거대한 신상이 수메누의 '생명의 집'의 공방에서 나왔다. 도시 주민들은 머리는 악어요 몸은 옥좌에 앉은 사람의 형상을 한 신을 구경하기 위해 몰려들었다. 한 무리의 석공들이 신상을 젖은 땅위에 설치된 통나무들 위로 미끄러뜨려 옮기고 있었다. 신상은 천천히, 람세스가 기다리고 있는 우물을 향해 나아갔다.

왕은 몸소 긴 주문을 읽었다. 지구를 둘러싼 원초의 대양인 '눈'으로부터 사람들의 생존에 불가결한 물을 솟아나게 해달라고, 소베크에게 청하는 주문이었다.

이어서 왕은 공인들에게 명하였다. 신이 자신의 일을 하도록, 그를 우물 밑바닥으로 내려보내라는 명이었다.

이튿날, 신성한 물이 가득 솟아오른 우물을 본 수메누 주민들은, 신에게 감사드리고 파라오의 '카'를 찬양하며 잔치를 벌였다. 목공의 아내 브뤼넷은 늙은 장님을 자기 옆자리에 모시고 정성껏 보살폈다.

56

헤파는 빛나는 생을 영위해왔다. 이집트인 아버지와 페니키아인 어머니 사이에서 태어난 그는 어린 시절부터 학구적이었다. 멤피스 대학 캅에서도 눈에 두드러지는 학생이었다. 특히 그가 수학 분야에서 보여준 재능은, 권위적이고 까다로운 캅의 선생들을 감탄하게 할 정도였다. 졸업 후 자기 진로를 두고 오랜 시간 망설이던 그는 중앙 수리청에 들어갔다. 그곳은 강수량 증가를 예상하는 일에서부터 관개시설의 관리에 이르기까지, 나일 강물에 관한 모든 일을 책임지고 있는 관청이었다.

오랜 세월 동안 경력을 쌓은 헤파는, 총리대신 및 대신들과 각 지방 대표들이 나일 강의 범람과 관개에 대해 자문을 구할 정도의 인물로 성장했다. 그는 요령 있게 고관들의 비위를 맞출 줄 알았고,

그러한 능력은 그의 승진을 순조롭게 해주었다. 하지만 그의 후견인이 셰나르였다는 사실은 아무도 알지 못했다. 오래 전 일이지만, 셰나르는 행정조직 각 부문에 자기 사람을 심고 관리했었다. 셰나르, 조국을 배반한 자이며 욕망의 불에 자신을 불사른 음모가이자 술책가인 그가 뿌려둔 씨앗 중의 하나가 헤파였다.

헤파는 셰나르의 충복이었지만, 그러한 사실이 알려지지 않도록 신중을 기했었다. 셰나르가 비참한 최후를 맞고, 숱한 세월이 흘렀다. 한 여자의 남편이자 두 자녀를 둔 오십대의 가장인 헤파는 정열적으로 활동하고 있었다. 행정부서의 높은 자리에 앉은 그는 철저한 일처리로 휘하 부서들을 확실하게 장악하고 원활하게 운영해왔다. 누가 보아도 유능하고 성실한 고위관리였다. 그런 그가 셰나르의 반란조직의 마지막 남은 주요 인물이라고 누가 상상이나 할 수 있었겠는가?

이 오래 된 기억은, 그가 엉뚱한 야심에 현혹되지만 않았더라면 과거에 묻힌 채 결코 떠오르지 않았을 것이다. 헤파는 자신의 능력을 과신했다. 게다가 오래 전, 셰나르가 그의 젊은 가슴에 심어둔 역심의 씨앗은 세월의 힘에 다스려지지 않고 뿌리를 내리고 자라났다. 잘만 하면, 그리고 조금만 머리를 쓰면 권력과 부를 한 손에 거머쥘 수 있으리란 생각이었다.

업무상 만난 페니키아의 거상 나리슈와 저녁식사를 하면서, 헤파는 길을 찾은 느낌이었다. 헤파는 지금이 과도기라고 보았다. 칠십대에 접어든 람세스는 머지않아 국정의 대부분을 왕자와 관료들에게 넘기고 생을 정리하려 할 것이었다. 하지만 그들은 국정을 장악하고 나라를 이끌 만한 능력이 없는 자들이었다. 람세스의 장남인 카는 행정업무와는 거리가 먼 종교에 파묻힌 자이며, 차남 메렌프타는 아버지 말이라면 무조건 복종하는 자로서, 람세스가 사라지면 어찌할 바를 모르고 허둥댈 터였다. 그리고 늙은 서기관 아메니는 람세스와 운명을 같이할 자였다. 람세스가 국정에서 멀어지면 아메니 역시 자리에서 물러나게 될 것이다.

이 모든 것들을 잘 고려해보면, 지금의 권력이라는 것이 보기와는 다르게 얼마나 틈새가 많고 무너지기 쉬운 것인가를 알 수 있었다. 재생 제의라는 마법의 힘과 수석의 네페레트의 의술에 의존해야만 하는 람세스는 이미 사양길에 들어서 있었다.

세나르의 꿈을 이어 결정타를 먹일 순간이 온 게 아닐까?

메렌프타는 히타이트 대사를 피-람세스 왕궁의 대접견실로 안내했다. 히타이트 대사는 여느 때와 달리 선물을 든 수행원들을 거느리지 않았다. 대사가 람세스에게 절하며 비통한 어조로 말했다.

—폐하, 폐하께 알려드릴 슬픈 소식을 가지고 왔습니다. 폐하의 형제, 히타이트의 대왕께서 운명하셨습니다.

파라오의 기억 속에 각인된 하투실의 여러 모습들이 흘러갔다. 카데슈 전투에서부터 그의 이집트 방문에 이르기까지, 수많은 장면들 속에 그가 있었다. 위협적인 맞수였으며 신의 있는 동맹자였던 하투실, 람세스는 그와 함께 평화를 구축했으며 보다 나은 세상을 건설했다.

—그의 후계자는 결정되었소?

—예, 폐하.

—그는 이집트와의 평화조약을 존중할 생각이오?

중요한 질문이었다. 메렌프타는 목이 조여오는 걸 느꼈다.

대사가 대답했다.

—돌아가신 대왕 폐하의 모든 결정은 그 후계자를 구속하고 있습니다. 조약서의 한 조항도 문제되는 일이 없을 것입니다.

—나의 애도의 뜻을 푸투헤파 왕비에게 전해주시오.

—폐하, 안타깝게도 왕비 폐하께선 몸이 편찮으시다가, 하투실

대왕의 비보를 들으시곤 곧 뒤를 따르셨습니다.

람세스는 홀연 외로움을 느꼈다. 네페르타리와 서신을 주고받던 푸투헤파마저 저 세상으로 떠난 것이다. 이집트와 히타이트의 평화를 위해 애쓰던 사람들의 얼굴이 하나하나 뇌리에 떠올랐다. 네페르타리, 아샤, 하투실, 푸투헤파, 이제 그들은 떠나고 람세스 자신만 남았다.

—그런가? 내 형제 하투실의 저승길이 외롭지 않겠구려. 히타이트의 새 왕께 나의 호의와 우정을 전해주시오. 이집트는 언제라도 그를 도울 준비가 되어 있다고 말이오.

대사가 떠나자, 람세스는 아들에게 일렀다.

—즉시 우리의 정보원들에게 연락하라. 히타이트의 상황이 어떠한지, 자세한 내용을 빠른 시일 내에 보고하도록 하라.

헤파는 피-람세스에 있는 자신의 아름다운 별장으로 페니키아 거상 나리슈를 초대했다. 그는 그에게 아내와 두 자식들을 소개하고, 자식들의 뛰어난 교육과 약속된 장래에 대해 몇 마디 자랑의 말을 늘어놓았다. 틀에 박힌 말들을 나누며 점심식사를 마친 그들은 단풍나무로 만든 정자로 자리를 옮겼다.

나리슈가 말했다.

—귀공의 초대를 받아 기쁘게 생각합니다. 그런데, 단도직입적으로 말씀드리는 걸 용서하시길 바라며 묻고 싶습니다. 저를 초대하신 진짜 이유는 무엇인지요? 저는 장사꾼이고 귀공은 수리 전문가로서 고위관리입니다…… 우리에게는 공동 관심사가 전혀 없는데 말입니다.

—당신이 람세스의 무역정책을 마음에 들어하지 않는다는 얘기를 들었소.

—그분이 엉뚱하게도 노예제도의 타당성을 문제삼는 바람에 피

해를 입고 있는 건 사실입니다. 하지만 이집트는 곧 그 생각이 자기들만의 생각이며, 모든 나라를 이집트의 뜻대로 할 수만은 없다는 것을 깨닫게 될 테지요.

—그렇게 되려면 오랜 세월이 필요할 거요…… 그런데 당신이나 나나 우리는 빠른 시간 내에 재산을 모으길 원하고 있어요. 이것이 우리의 공동 관심사가 되지 않겠소?

나리슈는 의아한 표정으로 헤파를 바라보았다.

—말씀하시는 뜻을 알아듣지 못하겠습니다, 헤파 공.

—람세스는 지금 혼자 나라를 다스리고 있소. 하지만 언제까지 그럴 수는 없지요. 이 절대 권력은 심각한 위험에 봉착했어요. 바로 람세스의 연세지요. 후계자라 할 수 있는 카나 메렌프타의 능력에 대해선 더이상 말하지 않아도 아실 거라 믿소.

—저는 정치엔 관여하고 싶지 않습니다. 하물며 이집트의 정치는 더더구나 제 관심사가 아닙니다.

—하지만 당신은 경제력이 지니는 엄청난 영향력을 알고 있잖소?

—인류의 미래가 바로 그렇지 않겠습니까?

—그 미래를 앞당기자는 거요! 당신도 나와는 이유야 다르겠지만, 머지않아 힘이 없어질 이 늙은 왕 람세스에게 앙갚음할 게 있지 않소. 하지만 중요한 것은 그게 아니오. 중앙권력이 약해지는 시기를 틈타 환상적인 매매공작을 펼칠 수 있다는 것이오.

매매공작이라는 말에 상인의 귀가 열린 듯했다.

—매매공작이라면, 규모가 대략 얼마나?

—아무리 적게 잡아도 페니키아 전체 재산의 세 배는 될 것이오. 아니, 내가 너무 적게 잡은 것 같소. 그리고 이 엄청난 일을 주선한 나리슈, 당신의 몫이 가장 크리라는 건 말할 필요가 없겠지요.

—제가 주선한다고요? 그럼 귀공은?

—얼마간 나는 배후에 숨어 있을 것이오.

—도대체 공은 무슨 계획을 가지고 계신 겁니까?

—그걸 말하기 전에, 당신이 그걸 누설하지 않겠다는 다짐이 먼저 필요하오.

나리슈가 웃었다.

—친애하는 헤파 공, 말의 약속이라는 것은 이집트에만 존재하는 것입니다. 귀공도 상업이라는 영역에 발을 들여놓으려면, 그런 낡아빠진 도덕일랑 빨리 벗어던지는 게 좋을 겁니다.

헤파는 잠시 망설였다. 만약 이 페니키아인이 배반한다면 그는 여생을 감옥에서 지내게 될 터였다. 하지만 쉽사리 약속하지 않는 상인의 태도가 오히려 신뢰를 갖게 했다.

—좋소, 나리슈. 내, 당신에게 모두 설명하리다.

헤파의 계획을 들으며, 페니키아인은 아무리 파라오에게 앙갚음할 게 있다지만, 어떻게 이런 정신나간 생각이 그의 머릿속에 싹트게 되었는지 이해할 수 없었다. 하지만 계획이 중도에 실패하더라도 그에게는 아무런 위험이 따르지 않았다. 그 점이 중요했다. 게다가 이집트 고위관리 헤파가 세운 계획은 그럴듯해 보였다. 공작이 성공한다면 상상을 초월한 재산이 그들에게 약속될 것이며, 람세스는 생애의 말년을 재난으로 장식하게 될 것이다.

메렌프타는 말피가 주도한 리비아인들의 반란을 머릿속에서 떨쳐버릴 수 없었다. 국가의 안전보장을 책임지고 있는 총사령관인 자신이, 말피가 꾸며낸 음모를 좌절시키지 못했던 것이다. 람세스의 선견지명과 과단성이 없었더라면, 반란군은 델타 지방을 유린하고 수도로 쳐들어와 약탈을 저지르며 수많은 이집트 백성들을 학살했을 것이었다.

메렌프타는 직접 리비아인들의 이동을 감시하는 작은 보루들을 시찰했으며, 위험이 느껴질 경우 자신에게 즉시 보고하도록 지시를 내렸다. 메렌프타는 군을 재점검하고 인사이동을 단행했으며, 군기를 세우는 데 주력했다.

그는 리비아인들이 완전히 굴복한 것이라고 믿지 않았다. 말피는 사라졌지만, 그에 못지않게 증오심에 불타며 복수의 날을 손꼽는 자들이 말피를 대신할 것이다. 총사령관은 파라오의 동의를 얻어 델타 북동쪽 지역의 군사를 증강했다.

히타이트의 상황은 어떻게 전개될까? 영리하고 현실적이었던 대왕 하투실의 죽음으로 그곳 내부에 어떤 위기가 조성되고 있는 것은 아닐까? 그리고 그것을 감추기 위해 대사를 보내 이집트를 안심시켰던 것은 아닐까? 히타이트인들의 왕위쟁탈전은 일찍부터 유명하지 않은가. 어쩌면 노대왕은 반대세력들을 모두 잠재웠다고 오판하고 있었는지도 모른다.

히타이트에서의 확실한 소식을 기다리며, 메렌프타는 이집트 군을 전시상황으로 편성했다.

람세스의 애견 감시자는 고기를 좋아했다. 선대로부터 물려받은 또렷한 눈동자를 가진 감시자는 주인과 말을 주고받기를 좋아했다. 아무 대화 없이 먹는 식사는, 다정한 대화가 있는 식사와 그 맛이 같지 않았다. 왕과 감시자가 마주 앉아 서로의 점심식사를 끝마쳤을 때, 메렌프타가 들어섰다.

—폐하, 그간 정보원들이 보낸 자료들을 검토하고 하투사에서 귀환한 우리 장교들과 면담했습니다.

람세스는 은잔에 포도주를 따라 아들에게 권했다.

—숨김없이 말하라, 메렌프타. 나는 정확한 사실을 알고 싶다.

—히타이트 대사는 거짓말을 한 것이 아니었습니다. 하투실의 후계자는 평화조약을 준수하고 이집트와의 우호관계를 유지하겠다고 다짐했답니다.

57

나일 강물…… 기적은 해마다 일어났다. 신이 내리는 풍요한 선물에 백성들의 신심은 더욱 두터워졌고, 파라오에 대해 감사하는 마음도 깊어만 갔다. 파라오만이 강물의 수위를 높여 땅을 비옥하게 할 수 있었다.

이 해의 나일 강 수위는 기록적이었다. 11미터! 람세스가 즉위한 이후, 어느 해를 막론하고 신성의 깊은 대해에서 샘솟는, 생기를 가져다주는 물이 부족한 적이 없었다.

히타이트와의 평화가 재확인된 이 해 여름, 곳곳에서 축제가 벌어졌고 사람들은 겨우내 수리한 작은 배들을 범람한 나일 강에 띄우고 산책했다. 다른 모든 이집트인들처럼 헤파는 그즈음 나일 강이 보여주는 장관에 경탄하고 있었다. 강은 호수로 변하고, 중간중간 섬처럼 솟아오른 작은 언덕들 위에 조그만 마을들이 이루어졌다. 가족들이 테베에 있는 부모님 집으로 몇 주간의 휴가를 떠나, 헤파는 좀더 폭넓은 행동의 자유를 가질 수 있었다.

나일 강이 범람하는 이 시기, 농부들이 쉬는 기간에, 수리 관계자들은 끊임없이 일해야 했다. 헤파는 다른 생각을 품고 강 수위를 주시하고 있었다. 필요한 경우, 쌓아놓은 둑을 헐어 농토에 물을 공급하는 저수지에 물이 채워지는 것을 바라보면서 헤파는 미소지었다. 헤파 자신을 위대한 람세스보다 더 부유한 자로 만들어줄 기발한 생각이, 저수지에 차오르는 물처럼 그의 머릿속을 넘실거렸다.

이집트 행정부의 고위 책임자들은 파라오에게 접견을 요청했다. 그들은 파라오가 자신들의 의견을 경청해주기를 바라며, 합리적이라 판단되는 안건을 정중히 올렸다. 그들은 서로 협의하지 않았지만, 같은 결론에 이르러 있었다.

파라오는 그들의 말을 주의 깊게 들었다. 그리고 직접적인 반대 의사는 표시하지 않았지만 그들의 계획을 만류하였다. 다만 그들의 생각이 이루어졌으면 한다는 발언을 덧붙였다. 람세스의 말을 일종의 격려로 받아들인 국고 책임자는 동료들의 신임을 업고, 그날 저녁 아메니의 사무실을 찾았다. 파라오의 개인비서는 부하 서기관들을 모두 퇴근시키고 혼자 남아 있었다.

칠십을 바라보는 나이의 아메니는 아직도, 파라오라는 운명을 걸머지기 전의 람세스에게 신의를 맹세했던 학생 시절의 열정과 자세를 지니고 있었다. 창백한 안색에 호리호리하고 마른 몸매, 많은 양의 음식을 섭취함에도 불구하고 늘 굶주려 보이고, 끊임없이 등의 통증으로 시달리는 그였지만, 거인이라도 나가떨어질 만한 격무를 견디내고 있었다. 쉬는 시간 없이, 몇 시간 되지 않는 수면으로 버티면서도 일처리는 정확하고 세심했다.

그가 국고 책임자에게 물었다.

—무슨 문제라도 있습니까?

—꼭 그런 건 아닙니다.

—그럼, 뭡니까? 난 지금 일하고 있어요.

—우리는 총리대신의 지시로 모였었습니다…….

—우리라니, 누구를 말하는 겁니까?

—예…… '흰 이중의 집' 관리자와 농무대신 그리고…….

—대강 알겠소. 그런데 무슨 일로 모인 겁니까?

—그게…… 두 가지 안건이 있었습니다.

—우선 첫번째 것을 들어봅시다.

—이집트에 봉사한다는 의미에서, 고위층에 있는 동료들이 귀공에게 별장을 하나 선사하고 싶어합니다.

아메니가 들고 있던 붓을 내려놓았다.

—괜찮군요…… 그런데 또다른 하나는 뭡니까?

—아메니, 귀공은 일을 너무 열심히 하셨습니다, 당국이 요구하는 이상으로 말이지요. 물론, 그 헌신적인 성품으로 보아 귀공은 생각해본 일도 없으시겠지만…… 아메니, 이제 은퇴하실 때가 되지 않았습니까? 안락한 집에서 이제 좀 쉬셔야 할 때입니다. 그렇다고 귀공에 대한 사람들의 존경이 사라지는 것은 아닙니다. 어떻게 생각하십니까?

아메니는 아무 말도 하지 않았다. 국고 책임자는 아메니의 침묵을 수긍의 뜻으로 받아들였다. 국고 책임자가 말을 이었다.

—나는 귀공이 현명한 판단을 내리시리라는 걸 알고 있었습니다. 기쁜 일입니다. 동료들도 귀공의 결정에 만족할 겁니다.

—무슨 일인지, 난 모르겠소.

—뭐라고 하셨습니까?

아메니가 격분하여 말했다.

—나는 은퇴 같은 건 하지 않소. 그리고 파라오가 아닌 그 누구도 내게 사무실을 비우라고 강요할 수 없소. 파라오로부터 해임 통고를 받기 전까지, 나는 지금까지 하던 식으로 일을 계속할 것이오. 알았소?

—우리는 귀공을 위해서 생각했던 일인데…….

—더 생각할 필요 없소.

헤파와 나리슈는 어느 더운 여름날, 헤파의 집에서 다시 만났다. 나리슈는 헤파의 아내가 내온 신선하고 순한 맥주를 마시며 말했다.

—잘난 척할 생각은 없지만, 저는 굉장한 일을 해치우고 난 느낌입니다. 페니키아 상인들은 이집트를 살 준비가 되었습니다. 그런데 헤파 공, 공은 팔 준비가 되었습니까?

—내 계획은 이미 진행중이오.

—정확한 날짜는?

—나라고 자연의 법칙을 어찌할 수는 없소만, 너무 오래 참을 수는 없지요.

—곤란한 문제는 없겠습니까?

헤파는 자신감을 드러내 보였다.

—당국에서의 내 위치를 감안하건대, 아무 문제 없을 거요.

—일을 진행하자면 카 대사제의 결재가 필요하지 않습니까?

—필요하지요. 그런데 카는 지금 영적인 것을 탐구하는 중이오. 돌덩어리들에 푹 빠져 정신을 차리지 못하고 있소. 그는 자기가 서명하는 서류가 어떤 것인지 신경도 쓰지 않을 거요.

나리슈가 말했다.

—사소한 문제 하나가 마음에 걸려 그럽니다만, 그런데 공은 왜 조국 이집트를 증오하는 겁니까?

—우리가 이 일을 성사시킴으로써, 이집트는 피 흘리지 않고 외부세계에 문을 열게 될 거요. 오래 전 셰나르가 원했던 것처럼, 낡은 미신과 우스꽝스럽고 쓸모없는 관습들이 사라지겠지요. 셰나르는 람세스를 무너뜨리고자 했지만 성공하지 못했소. 결국 내가 이 독재자를 쓰러뜨리게 되는 거요. 히타이트인들, 리비아인들, 마법사들 모두 성공하지 못했소. 람세스는 이제 모든 경계를 풀고 있을 거요. 나, 헤파가 그를 무너뜨리는 거요.

아메니가 '두 송골매' 지역의 대표에게 말했다.

—한마디로 거절하오.

원기왕성해 보이는 대표는 강한 고집이 느껴지는 턱을 치켜들었다.

—왜 안 된다는 겁니까?

—어떤 지방도 다른 지방에 피해를 주면서까지 특권을 누릴 수는 없기 때문이오.

—하지만 당국의 고위층이 이 계획을 제안하고 격려해주었단 말입니다!

—가능한 일이오. 하지만 어떤 고위층도 법을 어길 권리는 없소! 내가 이제까지 당신이 말하는 그 고위층들의 말을 따랐다면, 이집트는 벌써 망했을 거요.

—확실히 거절하는 겁니까?

—관개체계는 변경되지 않을 거요. 그리고 저수지의 물은 전처럼 정해진 시기에 방류될 거요.

—그렇다면 저는 폐하를 만나봐야겠습니다!

—그분이 당신을 만나기야 하시겠지만, 쓸데없는 일로 그분의 시간을 뺏지 마시오.

왕의 개인비서인 아메니로부터 이미 거절당했으니, 왕을 만나봐야 승인을 얻을 가능성이 없었다. 그는 투덜거리며 고향으로 돌아가는 수밖에 없었다.

아메니는 이상한 생각이 들었다.

벌써 여섯 명의 지역 대표가 편지로, 혹은 직접 찾아와서 수리청이 내린 결정이라며 승인해달라고 요구했던 것이다. 농경지를 늘리기 위해, 저장해둔 물을 예정보다 일찍 방류해달라는 내용이었다.

아메니가 보기에 그 제안에는 두 가지 문제점이 있었다. 우선 그런 농경지 확장은 지금 꼭 필요한 사항이 아니었다. 또 하나의 문제는, 관개라는 것은 시간을 두고 천천히 이루어져야지, 갑작스럽게 해서는 안 된다는 점이었다. 자칫 엄청난 재해를 불러올 수도 있다. 다행스러운 것은, 지역 대표들이 왕의 개인비서에게 최종 승인을 얻어야 한다는 점이었다. 수리청에서는 이런 절차를 모르고 있음이 분명했다.

서기관은 중부 이집트의 버드나무 재배에 관한 보고서를 검토하기 시작했다. 그러나 보고서에 정신을 집중할 수 없었다. 그는 읽기를 멈추었다. 아무리 생각해도 이번 일은 그냥 넘겨버리기에는 심각해 보였다.

왕이 이 문제를 해결할 시간이 없다면, 자신이 직접 나서서라도 이 상궤에서 벗어난 일을 추적해볼 작정이었다.

람세스와 카는 헤르모폴리스에 있는 토트 신전 입구의 탑문을 지나며 얘기를 나누었다. 그들은 햇빛이 넘실거리는 구내를 가로질러, 지붕이 있는 신전 입구에 이르렀다. 토트 신의 대사제가 그들을 맞이했다. 그들은 서기관과 학자의 수호신인 토트를 섬기는 자들만 들어올 수 있는 홀의 모습에 감탄하며, 토트의 성소 안으로 들어가 명상에 잠겼다.

카가 말했다.

—이곳에서 저의 탐구가 끝났습니다.

—그래, 토트의 서를 찾았단 말이냐?

—그렇습니다, 아버님.

—그것이 어디 있느냐?

—여기 놓여 있습니다.

람세스는 의아한 눈으로 주위를 둘러보고, 카를 바라보았다. 토트의 서는 어디에도 보이지 않았다. 카가 말했다.

—저는 오랫동안 그것이 신전의 도서관 서가 어딘가에 숨겨져 있을 거라고 생각했습니다. 옛 문자로 씌어진 어떤 것이라고 말입니다. 그런데 참으로 오랜 탐구 끝에 깨달았습니다. 우리의 성소들에 놓여 있는 모든 돌들이, 삶의 의미를 깨우쳐주기 위해 인식의 신이 써놓은 문자들임을 말입니다. 토트는 모든 조각과 신성문자들 속에 자신의 말을 남겼습니다. 그렇게 흩어져 있는 말들을 하나로 모으는 것, 그것이 우리 영혼이 할 일이지요. 이시스가 찢기고 흩어진 오시리스의 육체를 하나로 모았듯이 말입니다. 아버님, 우리 이집트는 그 자체가 바로 하늘의 모습을 닮은 신전입니다. 이러한 열린 책을 영원히 보존하는 것이, 파라오가 하실 일이지요. 그래야, 마음의 눈을 가진 사람이 그 책을 해독할 수 있을 테니까요.

람세스는 기쁨과 자랑스러움에 젖어 카를 바라보았다. 카의 입에서 조용히 흘러나오는 말은 현자의 말이었다. 어떤 시인도, 호메로스조차도 이러한 경지를 보여주진 못했다.

58

수리 전문가 헤파의 계획은 단순하기는 했지만, 무서운 효과를 가져올 수 있는 것이었다. 저수지에 있는 물을 미리 방류하도록 만들고, 이 잘못을 행정부서에 덮어씌우는 것이다. 특히 관개운하에 관련된 서류 중 이론적인 부분을 맡은 대사제 카가 방류에 관계된 서류에 도장을 찍었다는 사실 때문에 일차적인 책임이 그에게 지워질 것이다.

헤파가 조심해서 발송한 가짜 연구결과를 전해 받은 각 지역 대표들은 이미 헤파가 파놓은 함정에 빠져 있었다. 그들은 저장된 물의 조기방류가 있을 것으로 믿고 있었으며, 그러면 농지가 개발되어 그들 지역이 부유해질 것이라고 믿고 있었다. 심각한 착오가 있었다는 것이 밝혀진다 할지라도, 그때는 이미 뭘 어떻게 해보기에는 늦어 있을 것이다. 꼭 필요한 시기에 저수지엔 농지에 댈 만큼 충분한 물이 남아 있지 않을 것이며, 수확을 기대하기 어려울 것이다.

일이 이쯤 되면, 비난의 대상은 카를 넘어 람세스가 될 것이다.

그때 나리슈가 조직한 페니키아 상인연합이 손을 쓰게 된다. 그들은 각지에서 미리 끌어 모은 곡물들을 무기로 이집트와 협상에 나서, 이집트인들에게 꼭 필요한 생산물들을 내놓으며 상상을 초월한 가격을 요구한다. 국고 책임자는 상인들의 조건을 받아들일 수밖에 없을 것이고, 늙은 파라오는 혼란스러운 상황을 맞게 될 것이다. 그때까지 헤파는 조용히 뒤에 앉아서, 거래를 통해 챙긴 엄청난 이익을 분배받는다. 그러다가 적당한 시기에 총리대신을 쫓아내고 그가 그 자리에 앉는다. 상황이 여의치 않으면, 챙긴 재산을 가지고 페니키아에 자리잡는다. 이것이 그의 계획이었다.

마지막 단계가 남아 있었다. 저수지의 조기방류에 대한 서류에 카의 도장을 받는 일이었다. 카가 비서에게 이 일을 시킨다면, 헤파는 그를 만날 필요조차 없을지도 모른다.

대사제의 비서는 고위관리인 헤파를 따뜻하게 맞이했다.

—당신은 운이 좋군요. 대사제께서는 지금 자리에 계십니다. 그분은 기꺼이 당신을 만나실 겁니다.

헤파가 말했다.

—그럴 필요는 없습니다. 그분을 굳이 귀찮게 할 일도 아닌데요.

—저를 따라오십시오.

초조해진 헤파는 하는 수 없이 비서의 뒤를 따랐다. 그가 안내된 곳은 서가였다. 카는 표범가죽 외투를 입고 파피루스를 읽고 있었다.

—당신을 만나게 되어 기쁘오, 헤파.

—대사제께서 만나주시니, 제게는 영광입니다. 하지만 예하의 연

구를 방해할 생각은 없었습니다.

—내가 어떤 도움을 드릴 수 있겠소?

—간단한 행정절차입니다…….

—내게 서류를 보여주시오.

카의 목소리는 낮고 다정했지만, 엄중한 권위가 실려 있었다. 이렇게 가까이에서 대사제와 대화를 나눠본 일이 없는 헤파는, 자신이 상상했던 몽상가의 모습과 너무나 다른 카에게 압도되는 느낌이었다.

카가 서류를 훑어보며 말했다.

—이 안건은 좀 별난 데가 있어서 자세한 검토가 필요하겠군요.

수리 전문가 헤파는 몸 속의 피가 얼어붙는 것 같았다.

—아닙니다, 예하. 단지 관개를 용이하게 하기 위한 것일 뿐입니다. 그 이상도 이하도 아닙니다.

—당신은 너무 겸손하군요! 나는 경륜이 짧아 의견을 말할 수 없으니, 이 서류를 다른 분에게 맡겨야겠소.

헤파는 대사제의 말에 안심했다. 다른 사람이라 해도, 수리 전문가라면 모두 그의 손 안에 있는 것이나 다름없지 않은가. 당국에서의 자신의 위치를 보건대, 그 전문가를 설득하는 데는 아무 문제도 없을 것이었다.

카가 말했다.

—자, 여기 당신의 서류를 판단하실 분이십니다.

넓은 소매의 얇은 아마 옷을 입고, 손목에 두 줄로 된 오리 모양의 청금석 팔찌를 찬 람세스가 나타났다. 람세스의 시선은 헤파의 영혼을 꿰뚫어보는 듯했다. 헤파는 그 시선에 저절로 뒷걸음질치다가 파피루스가 쌓여 있는 선반에 부딪쳤다.

람세스가 말했다.

—네 작은 머릿속에 든 것만으로도 나라를 망하게 할 수 있다고

믿었더냐. 탐욕이라는 것이 사람을 귀머거리, 장님으로 만드는 불치의 병이라는 걸 몰랐더냐? 너는 전문직에만 있어 이집트를 알지 못했다. 이집트가 무능한 관리들에 의해서만 통치되고 있을 거라는, 네 얄팍한 상식이 이런 수작을 낳았다.

—폐하, 저는…….

—말을 낭비하지 마라, 헤파. 너는 말할 자격이 없다. 국가의 고위직에 있으면서, 나라 일을 돌보라고 제 손에 주어진 힘으로 나라를 망치려 드는 네게서 나는 세나르를 보았다. 마아트를 배반함으로써 자멸하고 마는 졸렬한 인간의 모습 말이다. 네 앞날은 판관들이 결정할 것이다.

아메니의 끈질긴 조사에 의해, 헤파의 음모는 사전에 차단되고 말았다. 카는 아메니에 대한 포상을 건의했지만, 람세스는 말없이 아메니를 바라보는 것으로 대답을 대신했다. 그걸로 충분했다. 만약 람세스가 카의 건의를 받아들였다면, 아메니는 화를 냈을 게 뻔했다.

계절이 가고 날들이 흘러갔다. 편하고 행복한 세월이었다.

적어도 위대한 람세스의 통치 54년째를 맞는 해 봄까지는 그러했다.

이 해에 람세스는 수석의 네페레트와 상의한 뒤, 그녀의 의견에 반대되는 결정을 내렸다. 아홉번째 재생 제의로 원기를 회복한 파라오가 이집트의 농촌을 둘러볼 의향을 나타냈던 것이다. 아무리 그가 파라오라 해도, 칠십대 후반의 노인에게는 무리한 일이었다.

강한 더위가 다시 찾아오는 5월은, 왕의 관절염에는 고마운 날씨였다.

이 시기는 수확의 계절이었다. 농부들은 자루가 나무로 된 둥근

낫을 들고 잘 익은 밀을 자르며 앞으로 전진했다. 다발로 묶인 이삭들은 지칠 줄 모르는 나귀들의 등에 실려 타작 마당으로 운반되었다. 짚가리를 쌓는 데는 전문가들의 솜씨가 필요했다. 그들만이 꽤 오랫동안 견고하게 버틸 수 있는 피라미드 모양의 짚가리를 쌓을 수 있었다. 그들은 힘을 좀더 보강하기 위해 두 개의 기둥을 세웠다.

파라오가 마을로 들어서자, 마을의 유지들이 파라오를 이삭과 꽃들이 놓인 제단으로 안내했다. 제식을 마친 파라오는 정자로 자리를 옮겨, 백성들의 진정을 들었다. 서기관들은 백성들이 진정한 내용을 모두 기록했다. 아메니에게 가져갈 것이었다. 아메니는 이번 여행중 왕이 받게 될 진정을 모두 읽을 작정이었다.

왕은 하소연들을 들으며, 인간의 일이 완전함에 이르지 못함은 당연한 것이니, 이 정도면 개선이 불가능한 오류는 없다고 생각했다. 농사도 잘된 듯했다. 진정하는 이들의 태도는 정중했으며 합리적이었다. 그런데 베니 하산 지방에서 온 농부는 달랐다. 그의 격렬한 태도에, 파라오를 둘러싼 사람들이 충격받을 정도였다.

그가 하소연했다.

—저는 낮에는 밭을 갈고 밤에는 농기구를 수리합니다요. 눈만 떼면 도망가버리는 가축들을 쫓아다니느라고 바쁜데, 보십쇼 폐하, 세관원이라고 제 집에 쳐들어와서는 숫제 약탈을 해댑니다! 욕심만 사나워가지고 저를 도둑놈 취급하고 사정없이 팹니다. 그래도 세금 낼 재간이 없다고 하니까, 제 마누라하고 애새끼들을 감옥에 가두었구만입쇼! 그런데 어떻게 제가 행복할 수 있겠습니까, 폐하?

모두들 람세스가 크게 노여워하리라 생각하며 두려워하고 있었다. 그런데 왕은 태연한 모습 그대로였다. 왕이 조용히 미소지으며 물었다.

—달리 제기할 비판은 더 없느냐?

농부는 어리둥절했다.

—아 아니요, 폐하. 없습니다요.

—네가 아는 사람 중에 서기관이 하나 있구나, 그렇지?

농부는 당황함을 감추지 못했다.

—예 예, 하지만…….

—그가 너에게 서기관 교육 과정에 나오는 틀에 박힌 대사를 하나 가르쳐주었구나. 가끔 그들은 자기들의 직업이 조리 있게 남을 중상모략하는 것이라고 착각하곤 한다. 배운 걸 잘 떠들었다만, 너는 정말로 네가 지금 묘사한 고통을 겪고 있느냐?

—가축들이 틈만 나면 이 밭에서 저 밭으로 도망은 다닙니다요 …… 그래서 야단법석이 일어나곤 하지요.

—이웃들과 잘 상의해보고 합의하지 못하면 마을의 판관에게 도움을 청하여라. 그리고 아무리 사소한 일일지라도, 결코 공정치 못한 것을 받아들여선 안 된다. 네가 그렇게 하는 것이, 이 파라오를 도와주는 게야.

람세스는 죽 늘어서 있는 낟가리들을 둘러보면서 곡물 측량인들에게 정확하게 측정하라고 지시했다. 그리고 카르낙으로 가, 아몬의 영역에서 가장 큰 곳간을 가득 채움으로써 수확의 축제를 개시했다. 사제들과 고관들은 두 땅의 주인이 고령에도 불구하고, 아직 단호하고 확실하게 나라를 다스리고 있음을 주시했다.

카르낙 대사제 바크헨은 선착장을 향하는 왕을 수행했다. 신전 옆에 있는 무성한 밭을 가로지르는 길이었다. 피로한 람세스는 가마 의자에 앉아 밭을 지나는 데 동의했다.

동료들은 일하는데 게으름뱅이 하나가 버드나무 아래 잠들어 있는 게 바크헨의 눈에 띄었다. 바크헨은 왕이 그를 발견하지 못하기를 바랐으나, 람세스의 눈은 아직 날카로웠다.

대사제가 말했다.

—저 자의 잘못에 대해 벌을 내리겠습니다, 폐하.

—한 번만 관용을 베푸시게나. 이집트 전역에 버드나무를 심도록 한 게 바로 나 아닌가?

—저 자는 자신이 어떤 은혜를 입었는지도 모를 겁니다, 폐하.

—나도 가끔 저 사람처럼, 내가 해야 할 일들을 모두 잊고 나무 아래서 잠들고 싶어질 때가 있다네.

람세스는 선착장에서 멀지 않은 곳에서, 가마꾼들에게 자신을 내리도록 명령했다. 바크헨이 걱정이 되어 물었다.

—폐하, 왜 걸으시려 하십니까?

—저기 작은 사당을 보시게…… 거의 무너져가는 것 같군.

수확의 여신인 암코브라를 모신 소박한 사당이 세월과 무관심으로 쓰러져가고 있었다. 어긋난 돌들 사이로는 잡초들이 무성히 자라고 있었다.

람세스가 말했다.

—보시게, 다름 아닌 이것이 진정한 잘못일세. 이 사당을 복구하고 넓히도록 하시게, 바크헨. 돌문을 달고 카르낙의 조각가들에게 시켜 여신상을 만들도록 해서 사당 중앙에 세우시게나. 이집트를 만든 건 신성일세. 아무리 초라한 모습을 하고 있어도 신들을 등한히 하지 마시게.

파라오는 밭에서 꽃들을 꺾어오게 하였다. 그리고 카르낙 대사제와 함께 여신의 '카'를 경외하면서, 제단의 발치에 꽃들을 바쳤다. 저 높은 하늘에서 한 마리 매가 큰 원을 그리며 공중을 선회하고 있었다.

59

람세스는 수도로 귀환하는 길에 멤피스에서 잠깐 멈추도록 지시했다. 카를 만나기 위해서였다. 카는 고대 제국의 기념물들의 보수 작업과 황소 아피스를 모신 지하 신전을 꾸미는 일을 끝마쳤을 것이다.

선착장에서 왕을 맞은 것은, 아름답고 우아한 네페레트였다.

—옥체는 어떠십니까, 폐하?

—약간 피곤하고 등에 통증이 있지만, 괜찮소. 그런데 그대는 무슨 일이 있는 사람 같구려, 네페레트?

—카 대사제께서 위독하십니다, 폐하.

람세스는 너무 놀라 심장이 멎는 듯했다.

—무슨 병인가…….

—고칠 수가 없는 병입니다. 심장이 너무 쇠약해지셔서 더이상 치료가 되지 않습니다.

—그는 어디에 있소?

—프타 신전의 서가입니다. 그렇게 열심히 연구했던 책들 사이에 여전히 계시지요.

왕은 즉시 카에게 갔다.

예순을 바라보는 엄격한 얼굴의 대사제는 차분한 모습이었다. 그의 짙푸른 눈은, 살아 있는 동안 저 너머의 세상으로 갈 준비를 해온 사람만이 가질 수 있는 내면의 평화를 보여주고 있었다. 파라오를 바라보며 그는 미소지었다.

—폐하, 떠나기 전에 다시 뵐 수 있기를 바라고 있었습니다…….

파라오는 말없이 아들의 손을 쥐었다.

—신의 비천한 종인 제가…… 이제 주인의 쓸모 있는 친구가 될 수 있도록, 생명의 산에 드는 걸 허락해주십시오. 그 이상의 행복은 제게 없을 것입니다…… 아름다운 대양에 도착해서 아버님의 지인들 곁에 머무는 것을 허락해주십시오. 저는 마아트를 따르고자 애썼으며, 아버님이 맡기신 임무들을 수행하며 아버님의 명령을 따랐습니다…….

카의 낮은 목소리가 점점 잦아들었다. 람세스는 그 잦아드는 목소리를, 마치 변하지 않는 보물인 양 정신을 집중해서 받아들였다.

카는 아피스의 지하 신전에 매장되었다. 아피스는 황소의 모습 속에 신의 형상을 감추고 있었다. 람세스는 카의 얼굴에 황금가면을 얹고, 장례 집기들과 가구들과 보석들을 선택했다. 프타 신전의 장인들이 만든 뛰어난 그 작품들은, 카의 영혼과 함께 영원으로 이르는 아름다운 길을 가게 될 것이다.

노대왕은 놀라운 기력으로 장례식을 치렀다. 왕은 네페르타리와 이제트를 떠올렸다. 카에게 자신의 생명을 나누어준 네페르타리와 생명을 심어준 이제트는 이제 저 세상에서 아들을 맞을 것이다.

카가 열린 영혼으로 다른 세계를 만나게 하기 위해, 왕은 그의 눈과 입을 열었다. 카의 눈과 입, 아버지를 바라보고 현자의 말을 전하던 그의 눈과 입을 열면서, 람세스 대왕은 감정을 억제하기 위해 혼신의 기력을 다해야 했다.

메렌프타는 아버지를 돕고 싶었지만 람세스는 전혀 약한 모습을 보이지 않았다. 하지만 아메니는 알고 있었다. 자신의 친구가 매순간 이 고통스러운 비극에 맞서 위엄을 잃지 않기 위해 가장 깊은 곳에서 힘을 끌어올리고 있음을. 이윽고 카의 석관이 덮이고 무덤이 봉해졌다.

대신들이 모두 물러가자, 혼자 남은 노대왕은 참았던 눈물을 쏟았다.

햇살이 빛나는 따뜻한 아침이었다. 람세스는 이런 날을 좋아했다. 그는 새벽 제의를 대사제에게 치르게 했다. 오전이 지날 무렵에는 총리대신과의 면담이 있을 것이다. 왕은 힘에 부쳤지만, 번민을 잊기 위해 평소처럼 일했다.

그런데 갑자기 다리가 말을 듣지 않았다. 마비된 듯 도무지 움직일 수가 없었다. 가슴이 덜컥 내려앉았지만, 그는 내색하지 않았다. 그는 위엄 있는 목소리로 시종장을 불렀다.

얼마 안 있어, 네페레트가 왕의 침대맡으로 다가왔다.

—폐하, 이번에는 제 말을 듣고 따르셔야 합니다.

—하지만 그대는 늘 내게 너무 많은 걸 요구한다오, 네페레트.

—이번에도 제 말을 듣지 않으신다면, 폐하의 기력은 영영 날아가버리고 생활도 바꿔야만 하실 겁니다.

—그대는 내가 이제껏 만났던 적수들 중에서 가장 무서운 적수야.

—제가 아닙니다, 폐하. 늙음이지요.

—그대의 진단은 어떻소? 절대로 날 속일 생각은 하지 마오!

—폐하는 내일부터 다시 걷게 되시겠지만, 지팡이에 의존하셔야 합니다. 그리고 오른쪽 엉덩이뼈 때문에 약간 절게 되실 겁니다. 제가 통증을 완화시키도록 애쓰겠지만, 절대 휴식을 취해야 하고 힘을 낭비해서는 안 됩니다. 가끔 마비되는 느낌이 들면서 경직이 일어나더라도 놀라지 마십시오. 폐하께서 꾸준히 안마를 받으신다면 일시적인 것에 그칠 테니까요. 또 가끔 몸을 펴고 눕기가 힘드실 때가 있을 겁니다. 진통효과가 있는 연고가 도움이 될 겁니다. 치료를 돕기 위해 수시로 파윰에서 진흙 목욕을 하도록 하십시오.

—매일처럼 말이지…… 그 많은 약들이라…… 그대는 나를 불구 노인 취급 하는구려!

네페레트가 미소지으며 파라오를 꾸짖듯이 말했다.

—폐하께 이미 말씀드렸지요. 폐하는 이제 젊은 청년이 아니에요. 더이상 전차를 몰아선 안 됩니다. 폐하께서 얌전한 환자로만 지내신다면, 건강이 급격히 나빠지는 일은 없을 겁니다. 과도하게 하시지만 않는다면, 꾸준한 산책이나 수영이 폐하의 기력을 유지시켜 드릴 겁니다. 폐하께서는 일생을 휴식이라곤 모르고 지내신 분이에요. 폐하의 건강은 아주 좋은 편이랍니다.

네페레트의 미소가 람세스를 격려했다. 이 저주받을 늙음말고는 어떤 적도 그를 이기지 못했다. 네페르타리가 좋아했던 현자 프타호텝도 늙음을 불평했었다. 하지만 그는 백십 세의 나이에까지 이르렀고, 잠언집을 남기지 않았던가! 저주받을 늙음, 한 가지 위안이 있다면 이제 피로가 존재치 않는 저 세상의 풍요로운 땅에서 그가 그토록 보고 싶어했던 사랑하는 이들을 다시 만날 날이 가까워온다는 것이었다.

수석의가 덧붙였다.

—폐하의 가장 약한 부분은 치아입니다. 감염되는 일이 없도록 제가 계속 유의하겠습니다.

람세스는 네페레트의 지시대로 따랐다. 몇 주가 지나면서 어느 정도 기운을 회복했지만, 그는 수많은 전투와 시련으로 소모된 자신의 몸이 이제는 부서지기 직전의 낡아빠진 공구에 지나지 않는다는 걸 깨닫고 있었다.

그런 사실을 인정하는 것, 그것이 그의 마지막 승리일 수 있었다.

어둠과 침묵에 싸인 세트 신전에서 긴 명상 끝에, 위대한 람세스는 마지막 결정을 내렸다.

왕의 목소리로 선언된 칙령으로 공식화하기에 앞서, 그는 총리대신과 몇몇 고위관리들을 소집하였다. 메렌프타는 참가할 수 없었다. 파라오의 명을 받아 델타 지방의 경제에 대한 평가서를 작성하기 위해 수도를 떠나 있었기 때문이었다.

왕은 그와 함께 오랜 세월 이집트를 쌓아올린 이들과 장시간 면담했다. 노파라오의 이 오랜 면담을 아메니가 곁에서 거들었다. 그가 작성했던 수많은 기록들은 모두 값진 것들이었다.

왕이 자신의 개인비서에게 말했다.

—자네는 그다지 많은 실수를 하진 않았더군, 아메니.

—제 실수를 하나라도 확인할 수 있었습니까, 폐하? 그렇다면 어디 말씀해주십시오.

—나의 만족을 나타내기 위한, 틀에 박힌 말투였네.

아메니가 말했다.

—받아들이기로 하지요. 그런데 폐하께서는 왜 총사령관에게 그런 이상한 임무를 맡기셨습니까?

—허허 이 사람, 자네가 그 이유를 모른다고 믿게 하고 싶은가?

지팡이에 의지한 람세스는 메렌프타와 함께 그늘진 오솔길을 천천히 걷고 있었다.

—조사 결과는 어떻더냐, 아들아?

—아버님이 제게 감독하라고 하셨던 델타 지방의 세금은 8,760명의 납세자들에게 의존하고 있었습니다. 각 목장 주인들은 500마리의 가축들을 책임지고 있었습니다. 염소를 치는 자들이 13,080명이었고, 가금류를 맡은 자들이 22,430명이었으며, 나귀 끄는 마부들이 3,920명 있었는데, 나귀의 수가 수천 마리는 되었습니다. 수확은 아주 많았고, 밀수꾼들의 수는 적었습니다. 흔히 있는 일이듯이 행정 책임자들이 졸렬하게 행동하기에 제가 단호하게 바로잡았습니다. 작은 마을의 대표들은 정직한 사람을 더이상 괴롭히지 않고 협잡꾼을 잡는 데 신경 쓸 것입니다.

—델타 지방에 대해 잘 알게 되었구나, 아들아.

—이번 임무로 배운 게 많습니다. 농부들과 말을 나누며, 저는 이 나라의 힘찬 심장 박동을 느꼈습니다.

—사제들과 서기관들과 군인들은 잊은 게로구나?

—그들은 이미 여러 차례 만났었습니다. 하지만 제게는 땅과 더불어 사는 사람들과의 직접적이고 지속적인 만남이 부족했었지요.

—이 칙령에 대해 어떻게 생각하느냐?

람세스는 손에 들고 있던 파피루스를 메렌프타에게 넘겼다.

나, 이집트의 파라오 람세스는 왕자이며 왕실 서기관이며 법의 집행자이며 군 총사령관인 메렌프타를 두 개의 땅의 왕으로 세우느니라.

파피루스를 읽은 메렌프타는, 지팡이에 몸을 의지하고 있는 아버지를 바라보았다.

—폐하…….

—운명이 내게 얼마나 되는 시간을 남겨놓았는지 모른다, 메렌프타. 하지만 이젠 네게 왕위를 넘겨줄 시간이 되었다. 나의 아버지 세티가 했던 일을, 나도 하는 것이다. 나는 이제 늙었고, 너는 내가 부과했던 마지막 장애물을 건넌 성숙한 남자다. 너에게는 나라를 다스리는 능력과 관리하는 능력과 전투의 능력이 있다. 이집트의 미래를 쥐어라, 아들아.

60

12년의 세월이 흘렀다. 89살이 된 람세스는 참으로 오랜 세월 동안 이집트를 통치해왔다. 그는 이집트의 통치를 메렌프타에게 일임했지만, 메렌프타는 번번이 아버지에게 조언을 구했다. 람세스는 두 개의 땅의 백성들에게 여전히 유일한 파라오였다.

왕은 일 년의 반은 피-람세스에서, 나머지 반은 테베에서 머물렀다. 그의 곁에는 언제나 아메니가 따랐다. 아흔이 다 된 나이와 온갖 잡병에도 불구하고 왕의 개인비서는 자신이 하던 방법대로 계속 일하고 있었다.

여름이 다가오고 있었다.

람세스는 메리타몬이 작곡한 음악을 듣고, 여느 날처럼 그가 머물고 있던 영원의 신전 근처의 전원으로 산책 나갔다. 걷기가 힘든 그에게 지팡이는 이제 가장 좋은 친구였다.

지난해, 그의 열네번째 재생 제의가 거행되었을 때, 그는 누비아를 부유하고 행복한 지방으로 만든 세타우와 로투스와 함께 밤을 지새며 얘기를 나누었다. 튼튼한 땅꾼 역시 이제는 늙은이가 되었고, 매력적인 누비아 여인도 세월의 공격에는 당해내지 못했다. 얼마나 많은 추억거리를 그들은 가지고 있는가! 얼마나 많은 흥분의 시간을 그들은 같이했던가! 하지만 그들은 더이상 자신들의 손으로 가꿔갈 수 없는 미래에 대해서는 말하지 않았었다.

길가에 나앉은 노파 하나가 화로에 빵을 굽고 있었다. 구수한 냄새가 왕의 후각을 자극했다.

—한 조각만 줄 수 있겠소?

노파의 침침한 눈은 왕을 알아보지 못했다.

—헛일하게 생겼구먼.

—물론 값은 치러야지…… 이 금반지면 되겠소?

노파는 자신의 로인클로스 아랫자락에 반지를 문질러 닦고는 그것을 뚫어지게 들여다보았다.

—이 정도면 좋은 집 한 채는 사겠구먼! 영감, 반지는 놔두구려…… 내 빵을 드리리다. 그런데 그런 보물을 다 갖고 있으니 도대체 영감은 뉘시우?

빵껍질이 노릇노릇하게 구워졌다. 어린 시절 맛이 갑자기 되살아나며 잠시 늙음의 고통을 잊게 해주었다.

—이 반지는 받아두시게나. 할멈 빵 만드는 솜씨가 그만이구려.

람세스는 도공 곁에서 한두 시간 정도 머무는 날이 많았다. 그는 도공의 손이 진흙을 반죽하여, 물을 담거나 음식물을 담는 데 쓰일 항아리의 형태를 빚어내는 걸 바라보며 즐거워했다. 매순간 숫양의 머리를 한 신이 자신의 녹로에서 세상과 인류를 빚어내고 있지 않은가?

왕과 도공은 아무 말도 나누지 않았다. 그들은 함께 녹로가 돌아가는 소리를 듣고, 침묵 속에서 부정형의 물질이 조화롭고 쓸모 있는 물건으로 바뀌는 신비를 경험했다.

여름이 다가오고 있었다. 람세스는 더위가 조금은 덜한 수도로 떠날 생각이었다. 아메니는 높은 창문 덕분에 환기가 잘되는 자신의 사무실에서 거의 나오지 않았다. 그런데 놀랍게도 오늘은 그가 자기의 책상을 지키고 있지 않았다.

오랜 서기관 생활에서 처음으로, 왕의 개인비서는 한낮에 휴식시간을 가졌을 뿐만 아니라, 그의 창백한 피부를 상하게 할지도 모르는 뜨거운 햇빛 가운데 나와 있었다. 그는 충격받은 표정이었다.

왕이 다가가자, 그가 말했다.

—모세가 죽었습니다.

—그는 성공했는가?

—그렇습니다, 폐하. 그는 자기 백성이 자유롭게 살아갈 약속의 땅을 발견했습니다. 우리 친구는 자신이 추구하던 것을 결국 찾아내고야 말았던 거지요. 그를 활활 태웠던 불이, 결국 젖과 꿀이 흐르는 땅으로 탈바꿈하였습니다.

람세스는 가슴 가득 기쁨과 슬픔이 교차하며 흘러가는 걸 느꼈다. 그가 마침내 약속의 땅을 찾았다는 건 큰 기쁨이었고, 그가 이미 세상을 떠났다는 소식은 슬픔이었다.

모세…… 피-람세스 건설의 주역이었고, 오랜 세월의 방랑을 믿음으로 극복한 자, 아무도 꺾을 수 없는 열정을 지녔던 선지자, 이집트의 아들이요 람세스의 영적 형제, 꿈을 현실로 바꾼 모세!

왕과 아메니의 짐이 꾸려졌다. 아침 나절이 끝나갈 무렵, 그들은 배에 올라 북쪽을 향해 떠날 것이었다.

파라오가 아메니에게 말했다.

—아메니, 나하고 같이 가세나.

아메니는 의아한 표정으로 왕을 바라보았다. 람세스가 바라보는 곳은 부두가 아니었다.

—어디 가시려는 겁니까?

—참으로 찬란한 아침이 아닌가? 내 영원의 신전의 아카시아 나무 아래에서 좀 쉬고 싶네. 내가 재위 2년에 심은 그 나무 말일세.

아메니는 깊은 곳에서 울려나오는 듯한 왕의 목소리에 긴장되었다.

—우리는 이제 곧 떠나야 합니다, 폐하.

—가세나, 아메니.

영원의 신전의 커다란 아카시아 나무는 햇살 아래 빛나고 있었다. 그 푸르른 잎들은 가벼운 바람에 살랑거렸다. 아카시아, 타마리스, 무화과나무, 석류나무, 버드나무…… 람세스는 그 동안 얼마나 많은 나무들을 지상에 심었던가!

왕을 충실히 따랐던 감시자 왕조의 마지막 후손인 늙은 개는 자신의 고통도 잊고 왕을 따라 나섰다. 짐승도 주인도 소란스런 벌들의 춤에 불안해하지 않았다. 벌들은 꽃이 만발한 아카시아 나무에서 부지런히 꿀을 모으고 있었다. 그 미묘한 향기가 짐승과 사람의 후각을 즐겁게 해주었다.

람세스는 나무 밑동에 기대 앉았다. 감시자는 그의 발치에 몸을 엎드렸다.

—아메니, 아카시아로 현현하시는 서방정토의 여신이 저 세상에서 영혼들을 맞이할 때 하는 말을 기억하나?

—기억하지요. "이 신선한 물을 받아라. 이 물의 힘, 묘지의 못에서 길어온 이 신성한 물의 힘으로 네 가슴이 가라앉으리라. 이 물을 받아라, 네 영혼이 내 그림자 속에 머물 수 있도록."

람세스가 말했다.

—우리에게 삶을 준 천상의 어머니시지. 파라오들의 정신을, 지치지 않는 불멸의 별들 사이에 놓는 것도 바로 그녀일세.

—목이 마르신가보군요. 제가 물을 가져오겠습니다…….

—그냥 있게. 나는 피곤하네, 친구. 끔찍한 피로가 내 몸을 파고드는구먼. 자네 기억하나? 우리가 진정한 힘에 대해 얘기했던 것 말일세. 나는 파라오만이 그것을 실행할 능력이 있다고 했었지. 허허, 내가 옳았네. 단, 그가 끊임없이 암흑과 싸우며 마아트의 규범을 지킨다는 조건이 따라야 하지. 만일 그 힘이 약화된다면, 하늘과 땅 사이의 연대성은 사라지고 인류는 폭력과 무질서에 놓일 것이네. 통치의 역사는 축제의 역사여야 한다고, 세티는 말씀하셨지. 어른이건 아이건 파라오로부터 그들의 양식을 받을 수 있게 하고, 한쪽을 위해 다른 쪽을 소홀히 해서는 안 된다고 말일세. 오늘, 여인들은 그들이 원하는 대로 오갈 수 있고, 아이들은 환히 웃고, 늙은이들은 나무 그늘 아래에서 쉰다네. 세티 덕분에, 네페르타리 덕분에, 우리 문명을 위대하게 하고 빛나게 하였던 내 근친들과 내 친구들 덕분에, 나는 이 나라를 행복하게 하고 올바른 길에 두려고 노력할 수 있었던 것이야. 이제, 신들이 나를 심판하시길…….

—안 됩니다! 떠나지 마십시오, 폐하!

파라오의 애견 감시자가 한숨을 내쉬었다. 원초의 대양처럼 깊고 나일 강 위의 석양처럼 편안한 긴 한숨이었다. 감시자 왕조를 마지막으로 계승하던 개는 주인의 발치에서 숨을 거두었다.

여름이 다가오고 있었다. 람세스 대왕은 서쪽 아카시아 나무 아래 누워, 영원 속으로 떠났다.

아메니는 자신의 손으로 파라오의 두 손을 힘차게 감싸쥐었다. 80여 년 동안 우정을 지켜오면서도 한번도 해본 적이 없던 동작이었다.

미풍이 잔잔하게 불어왔다. 아카시아 잎들이 바람에 뒤채며 햇빛에 반짝이고 있었다.

이윽고 파라오의 신발 운반 담당관이자 개인비서는 자리를 잡고 앉아, 떨리는 손으로 새 붓을 들었다. 그리고 아카시아 나무로 만든 서판 위에, 위대한 람세스의 마지막 말들을 적어나가기 시작했다.

그는, 잔잔한 미소를 머금고 영원 속으로 떠난 친구에게 약속했다.

—람세스, 제 남은 여생을 폐하의 이야기를 쓰는 데 바치겠습니다. 이 세상에서건 저 세상에서건, 사람들은 빛의 아들을 잊지 않을 것입니다.

옮긴이 **김정란**
시인이자 문학평론가이며 불문학자로서 전방위적 활동을 펼치고 있다. 한국외국어대 불어과를 졸업했으며 프랑스 그르노블 대학에서 이브 본푸아 연구로 문학박사학위를 받았고, 상지대학교 문화콘텐츠학과 교수로 재직했다. 지은 책으로 시집 『다시 시작하는 나비』 『매혹, 혹은 겹침』 『그 여자, 입구에서 가만히 뒤돌아보네』 『스.타.카.토. 내 영혼』 『용연향』, 문학평론집 『비어 있는 중심』 『영혼의 역사』 등이 있다. 『시간의 지배자』 『비교문학개요』 『생각의 거울』 『미셸 투르니에의 상상력을 자극하는 시간』 『아발론 연대기』 등을 우리말로 옮겼다.

문학동네 세계문학
람세스 *제5권 제왕의 길*

1판 1쇄 1997년 5월 29일 | 1판 51쇄 2023년 2월 10일

지은이 크리스티앙 자크 | 옮긴이 김정란

펴낸곳 (주)문학동네 | 펴낸이 김소영
출판등록 1993년 10월 22일 제2003-000045호
주소 10881 경기도 파주시 회동길 210
전자우편 editor@munhak.com | 대표전화 031) 955-8888 | 팩스 031) 955-8855
문의전화 031) 955-3578(마케팅) 031) 955-1917(편집)
문학동네카페 http://cafe.naver.com/mhdn
인스타그램 @munhakdongne | 트위터 @munhakdongne
북클럽문학동네 http://bookclubmunhak.com

ISBN 89-8281-052-8 03860
89-8281-030-7 (세트)

잘못된 책은 구입하신 서점에서 교환해드립니다.
기타 교환 문의 031) 955-2661, 3580

www.munhak.com